巫女の棲む家
妖かし蔵殺人事件

皆川博子

日下三蔵 編

皆川博子
長篇推理
コレクション
2

柏書房

目　次

装丁　柳川貴代
装画　合田ノブヨ

巫《み》女《こ》の棲《す》む家

1

―倉田《くらた》佐市郎《さいちろう》―

霊媒《れいばい》。この、何ともいかがわしいもの。それが私の生業である。

一九四六年、引揚船で帰国したとき、私は三十八歳であった。船内にコレラが発生したため、佐世保《させぼ》に上陸後、有刺鉄線にかこまれた隔離小屋に一箇月足どめをくった。

私は悪疫の罹患《りかん》はまぬがれたが、頭髪が抜け、奥歯を二本失った。更に、収容中、喧嘩《けんか》の巻き添えで前歯を一本欠いた。そのとき、私は笑った。

その後、握飯二個、乾パン四袋を支給され、客貨車混成の無蓋の列車を乗り継いで、東京にむかった。二日がかりの行程であった。縁者がいるわけではなかったので、世田谷の引揚者寮に入った。

戦前、私を大陸によんだのは、姉である。姉は上《シャン》海《ハイ》で娼妓《しょうぎ》をしていたが、フランス人の鉄道技師にかこわれた。私たち姉弟の母は株屋の妾《めかけ》だった。私は高等小学校を卒業すると、母の旦那《だんな》の店に丁稚《でっち》づとめした。株屋は、生物学上は私の父親であった。

姉は父親が異なる。株屋にかこわれる前に母がほかの男とのあいだにもうけた私生児で、株屋は姉にも手をつけ、子供を生ませた。子供は疱瘡《ほうそう》をわずらい、五歳で死んだ。姉が上海に渡ったのは、その後である。

母は私が十六の年、病死し、それから数年後、株屋が倒産した。そのとき、株屋は、それまで無視していた私との生物学的関係を意識したらしいが、私は難破船を捨てた。

姉から誘いがかかったので、上海にわたり、姉の旦那のところで下働きをすることになった。

この家の隣りに住んでいたのが、やはりフランス人で――この一帯はフランス租界《そかい》だったから当然だが――霊媒を職業にしていた。

四十代の、華奢《きゃしゃ》な男であった。みかけはごく平凡で、いくぶん神経質な印象を与えた。水晶球の透視をするときも、交霊会を行なうときも、ふつうの背広を着ていた。もののものしい雰囲気づくりをしないので、かえって顧客の信頼感を増した。交霊実験をたのまれると、この男は気弱そうに困惑してみせ、「うまくいくかどうか」と、ためらい、結局はみごとに相手を瞞着《まんちゃく》して、多額の報酬をせしめた。無力なとりえのない、凡庸《ぼんよう》な男だからこそ、彼自身の肉体をいっとき死者にのっとられる、と相手は納得する。肌の色が蚕《かいこ》のように青白いのと、瞳《ひとみ》の色が淡く、ぽっかり切り抜かれた穴のようにみえる眼が、いくぶん彼を神秘めかしていると、言えば言えた。

私は、しばしばこの男の助手をひきうけるようになった。私は、小柄で器用で、上流の連中からは空気のように無視される存在であったから、かげの小細工をするのに適していた。

霊媒は私を借り出すとき、姉の主人に礼金を十分に払ったので、主人は文句を言わなかった。私がどのような仕掛けを手伝わされているかは、秘密であった。暗幕をはりめぐらしたり椅子《いす》テーブルを並べたりといった雑用をやらされるぐらいに主人は思っていたことだろう。

姉とその主人も、交霊実験に参加したことがある。私は姉をだますのはいささか具合悪かったが、いたずら心もあった。他に数人のフランス人の客がいた。出席者全員は、丸いテーブルをかこんで腰かけた。「よんでほしい死者の名前を書いてください」と言って、霊媒は客の一人一人に紙片を渡した。人々が記入しているあいだ、霊媒は神経質に顔をしかめ、煙草《たばこ》を吸いながら室内を歩きまわっていた。

やがてテーブルに戻ると、左腕をのばし、袖《そで》をまくりあげ、青白い魚の腹のような腕の内側をさらした。

「今宵《こよい》あらわれる霊は、その名をここに出現させる」と低い声で告げた。

積みあげられた紙片の一つを無造作にとりあげると、自分は目をとおさず、列席者にその文字を確認させた。ついで、マッチで紙片に火をつけた。燃えあがったあとに、わずかな灰が残る。その灰を彼は腕にこすりつけた。

人々の見守る前で、霊媒の青白い腕の皮膚に、血の色の文字が浮かびあがった。姉が叫び声をあげ、他の客もどよめいた。

倉田はる、と、日本の文字が四つ、あらわれていたのである。姉が紙片に記した名であった。はるというのは、株屋とのあいだに生まれ五歳で死んだ姉の子供の名である。

数枚の紙片のなかから霊媒が無作為にとったのが、子供の名を記した紙であると確認したときから、姉は気の毒なほど動揺していた。霊媒の腕に名前が浮かびあがるにおよんで、「はる、はる」と、すすり泣いた。

「これは日本の文字だ」と、霊媒は、困惑してみせた。「私には読めない」

姉の主人が、「それは、ハルという、彼女の死んだ娘の名だ。彼女は娘の霊に会いたくて、祈りをこめてその名を記した」と言った。

「おお、ハルもママンに会いたくてたまらなかったにちがいない」霊媒は、そらぞらしく感動した。

「もしかすると、ハルは、姿をみせてくれるかもしれません。霊が物質化するときは、霊媒である私のエクトプラズムを用います。エクトプラズムというのは、半物質の霊気とでもいいましょうか。これは私にとってたいそう苦痛なことだが、日本のママンとハルのうるわしい愛のために、あえてハルに行なってもらいましょう。もし物質化に成功したら、ハルに彼女の手型と足型をとってもらおう。顔も型にとってもらいたいですか」霊媒は姉に訊《き》き、主人が通訳してやると、姉は夢中でたてつづけにうなずいた。私よりフランス人とのつきあいは長いのに、姉は少しも言葉をおぼえず、私の方が読み書きも喋《しゃべ》るのも堪能になっていた。

私はパラフィン液の入った桶《おけ》と冷水の入った桶を室内にはこび入れた。

「ハルが物質化に成功したら、このパラフィン液で、手型、足型、顔型をとってもらいます」霊媒が言うと、疑り深いたちらしい一人の客が、「手型だの足型だのといっても、前もって作っておいて我々の目をごまかすこともできるではないか」と文句をつけた。

「それでは、あらかじめ、パラフィン液の目方をはかっておきましょう」霊媒はなだめた。「実験後、桶のパラフィンの目方がへっていたら、そうして、手型足型などに使ったパラフィンの目方をあわせるともとの重さになったら、霊の物質化が証明される。それでいいですね」

「はる、顔をみせて」姉は泪声《なみだごえ》で空にむかって言った。なぜか、霊は上方にいるという気がするものだ。

「マダム、ただし、絶対にさわってはいけません。さわったり抱いたりすると、私のエクトプラズムが断ち切られ、私は死んでしまう」

霊媒のきびしい声に、姉はおびえた顔でうなずいた。

霊媒の腕にあらわれた文字は、すでに消えていた。霊媒は袖を下ろし、疑り深い男の隣りの椅子に腰かけ、手を縛ってくれと言った。

「縛ったところで、縄抜けというやつがあるからな」男は言った。

実際、霊媒は、縄抜けを常套《じょうとう》手段にしていた。私もその方法を教えられた。奇術師なら誰でも知っている簡単なことで、緊縛されるとき、手首を少しひねっておくのである。

「それでは、みなで手をつなぎましょう」霊媒はおとなしく言った。「小指と小指をこういうふうにからめあわせましょう。あなたは、私の右手の小指にしっかり指をからめてください。左の指は、こちらの方にあずけます。ほら、これで、私の手は自由に動けない」

私は口に光る輪をつけたメガフォンをテーブルの上に置き、姉の隣りに腰かけ、皆、テーブルの上で指をつなぎあった。

「さあ、灯を消してください」

客の一人が壁付きスイッチを押しすばやく席に戻った。室内が暗黒になった。

やがて、かすかなラップの音がきこえた。

「ハル？　ハル？　ハルですか。ウイなら一つ、ノンなら二つ、ラップを鳴らしてください」

ラップは一つ。はる……と、姉はすすりあげた。

「ハル、今夜は、姿をみせてくれますか。ウイなら一つ。ノンなら二つ」

一つ、ラップが鳴った。

「はる、はる、母さんだよ」

「静かにしてください」霊媒が喘《あえ》いだ。「この実験は私を消耗させる。私は非常に疲れる。騒ぐと精神統一ができない。みなさん、静かに、動かないで。ああ、手を離してはいけない。しっかりつなぎあって」

闇《やみ》のなかでメガフォンがとびあがった。天井のあたりまではねあがり、部屋の隅にまで、はねまわった。

「ハルがママンに会えて喜んでいる」霊媒が小声で言った。

「か……あ……さん」日本の言葉で声がささやいた。

「はる、はるだね。元気かい。何か言っておくれ、はる」

「か……あ……さん」

メガフォンはテーブルに落ちた。

「ああ、はる……」

部屋の一隅に、ぼうっと光る筋があらわれた。それは少しずつのびあがるように大きくなり、うすぼんやりした光のかたまりになった。

「はる、はるだね。はる、こっちへ来ておくれ」

「動いてはいけない」姉の主人が、霊媒にかわって叱《しか》った。

「か……あ……さん」

人間の形にみえなくもない光の像は、姉に手をさしのべ、身もだえながら少しずつ小さくなり、細い線になり、消えた。と、見ているように記したが、私はこの奇瑞《きずい》を目撃することはできなかった。私は布を二重にかぶって部屋の隅に立っており、その布は、一枚は夜光塗料を全面に塗ったもので、もう一枚は黒布である。いったんはいだ黒布を、そろそろと、全身にまとった光る布の上にかぶせおわると、

「か……あ……さん」とささやき声で、私は言い、私の扮したはるは、闇に没した。

「ああ、苦しい、手を離して。灯りをつけて」

息もたえだえに霊媒が呻《うめ》く。私はすばやく布を戸《と》棚《だな》のうしろにかくした。毛足の長い絨緞《じゅうたん》は、私の足音を消す。

「ああ、ああ、苦しい」

霊媒の呻きに皆がうろたえて、スイッチを探し灯りをつけた。組みあった指は、手を離して、というう霊媒の呻きに、灯をつける前にばらばらになっていたから、私がぬけ出していたのは誰にもわからなかったはずだ。

床には、水に濡《ぬ》れたパラフィンの小さい手型、足型、そうしてデスマスクに似た子供の顔型がはるの置土産《おきみやげ》として残されていた。手型は愛らしく指を曲げ、子供の手袋のようだ。足はいまにも歩き出しそうだし、顔は、あどけないはるのおもかげを残していた。

姉はかがみこんで、私が前もって石膏《せっこう》で作った型にパラフィンを塗り、かわいたところで中の石膏をとり去るという作業によって作ったはるの置土産を、いとしそうに撫《な》でさすった。

疑り深い客は、パラフィンの目方をはかり、桶のパラフィンは減量し、型に使ったものとあわせてもとの量になることをたしかめると、霊媒に抱きついて、凄《すご》い、きみはすばらしい霊媒だ、ああ、私は奇《き》蹟《せき》を見たのだ、と叫んだ。

型は、霊媒の椅子の中に前もってかくしてあった。目方のごまかしは小さい錘《おもり》のしわざである。型の目

方に等しい重量の錘を、最初桶のパラフィンを計るとき、ひそかに桶にとりつけ、後、とりはずしただけの、簡単な手先の手品である。

メガフォンは、伸びちぢみする棒であやつった。

両手を隣人とつなぎあわせ自由を拘束された霊媒と私が、どうやって動きまわれたか。

「手を離してはいけない！」という霊媒の叫びが、タネである。

その前に、彼は少しずつ、指をからめたまま、右手と左手を近づけておいた。「手を離してはいけない！」と叫びながら、右手をひきぬいた。あわてた右隣りの客に、左手の人さし指を持たせた。これで右手は自由になった。少したって、左手も急に引く。両脇の二人は、手を押さえようとして、互いの手をとりあう。霊媒は解き放たれた。私も、この呼吸を利用したのである。

腕に血の色で名前を浮かび上がらせる、これは、ついに、私にはできなかった。霊媒が、デルモグラフィー（皮膚紋画症）と呼ばれる特別敏感な皮膚を持つ体質だったのである。

前もって、私は姉の字に似せて、倉田はると書いた紙を霊媒のために用意しておいた。姉が会いたい死者といえば、はるのほかにはない。株屋の旦那の名など書くはずはなかった。

皆が記名しているあいだに、霊媒は室内を歩きまわりながら、先を尖《とが》らせたマッチの軸で腕に強く名を書く。用意した紙は手にかくし持っている。数枚の紙片のなかから選ぶとみせかけて、彼が皆に示すのは、このあらかじめ用意された紙である。

袖をまくり、まだ字のあらわれていない腕をみせる。強くこすると、血の色の文字が浮かびあがるのである。

私はこれらの職業上の秘密を姉には明かさなかった。姉は何度もはるに会いたがったが、私と霊媒は口実をもうけて避けた。他の者なら、どんなにでもだましてやるが、姉への残酷ないたずらは、一度でたくさんだ。

姉の主人は、やがて河北省獲鹿県《かくろく》の石家荘《せっかそう》に転任になった。主人は姉を気にいっていたので、いっしょに連れていった。私も同行した。

隣家の霊媒は私を手離すのを残念がった。私と彼は、呼吸のあった共犯者であり、容易に他人に心をひらかない点で似かよっていた。表面の人あたりのよさも共通していた。


石家荘に移って二年とたたぬうち、蘆溝橋《ろこうきょう》事件を口火に開戦となり、南京《ナンキン》、上海は、日本海軍航空部隊の爆撃にさらされた。

日本軍は、涿《たく》県を占拠し、保定《ほてい》、完県を陥しつつ南下し、石家荘に迫った。姉の旦那は同国人らとともに避難し、姉と私は置き去られた。私たちは、街の住民の大多数とともに、この地方を縄張りとする馬賊《ばぞく》の一団に率いられて山西省に逃れた。

侵攻してきたのは母国の軍隊であったが、敵国人のあいだにわずかに混った同国人を選りわける余裕が、勢いにのった兵隊たちにあるとは思えなかった。

馬賊の発生源は、農民の自衛集団である。時代の推移とともに、頭目とその配下からなる秘密結社的な存在となり、他部落への襲撃、掠奪《りゃくだつ》、拉致《らち》した人質とひきかえの身代金要求が盛んになった。しかし、縄張り内の農民を保衛するという性格は保たれていた。

姉は、主人からもらった宝石類を多少身につけていた。これらは馬賊にとり上げられた。そのためか好遇されたが、男たちの性欲のはけ口にされることは拒めなかった。私には、男たちから姉を護《まも》る力はなかった。

この集団は、やがて、悪質匪賊《ひぞく》鎮圧の名のもとに日本軍に攻撃され、破滅した。私と姉は自発的に捕われ、日本人であることを申したてて保護を頼んだ。私は当然兵役につくべき年齢だということで、即時、軍属に徴用された。私がそのことで下士官と話をしているあいだに(それは話しあいではなく、苛烈《かれつ》な、暴力をともなった訊問《じんもん》であった。私がスパイではないかという疑念を持たれたのである)、姉は兵隊たちに強姦《ごうかん》された。掠奪と殺戮《さつりく》と強姦は、彼らの日常になっていた。私はそのまま軍と行を共にさせられ、姉は石家荘に送られた。

私の属した隊が、転戦の後、石家荘に駐屯している原隊に戻ったとき、私は、まず、女を買いに走った。

バラックがずらりと並ぶ慰安所《いあんじょ》には、兵隊たちが列を作っていた。軍属はあとまわしにされた。ようやく私の番がきたとき、私は、仰《あお》のいて股《また》をひろげ、うつろな眼を開けている女の上に軀《からだ》を投げ出した。その女が姉ではないということを、とっさに見さだめてはいた。女は朝鮮から強制的に連れてこられた一人であった。私が極度の昂《たか》ぶりに慄《ふる》えながら女を凌辱《りょうじょく》したとき、女は無表情のまま、手をのばして板壁に爪《つめ》をたて、横にひいた。小さい一文字の痕《あと》がささくれた板の上に残った。

私が姉を探しまわったのは、その後である。慰安婦にされる可能性を、私はしばしば考え、打ち消してきた。慰安所の経営者は、知らないと、私に否定した。私は幾日も街なかを探し歩き、それと同時に慰安所に通った。このバラックのなかで姉と対面する羽目になるのを怖《おそ》れながら、姉の消息を知るために、通った。いや、その目的がなくとも、私は通いつめ、性欲を女の躰内《たいない》に吐き捨てたにちがいない。そのとき、私は、姉の苦痛と女たちの苦痛が一つのものであることを考えなかった。一方で女たちの軀を苛《さいな》みながら、一方で姉を救出することを思っていた。

バラックの板壁には、無数の爪痕があった。相手をした兵隊の数を帳場にごまかされないよう、心おぼえのために女たちが刻むしるしだと、私は知った。

女の多くは、だまされたり、あるいは力ずくで連れてこられた朝鮮人であった。男たちの精液と汗と体脂がしみこんだ薄い蒲団《ふとん》の上に、仮死に近い軀が仰臥《ぎょうが》し、その下半身には糊《のり》のような精液が幾重にも付着しては干涸《ひから》び、陰毛をこわばらせていた。

日本語の話せる女がいて、私はようやく、姉らしいものの消息を知ることができた。日本人なので優遇され（ということは、兵隊相手ではなく、将校の専用にされるということなのだ）ていたが、性病を持っていることが発覚し、病気をうつされた将校たちから半殺しのめにあわされた。――性病は、馬賊のあいだにいるとき罹患したのかもしれないが、将校の誰かれに、まず、うつされた可能性もあると私は思った――。病気がすすみ、脳をおかされ廃人になった。物置にとじこめられているが、食物をろくに与えられていないから、じきに死ぬだろう。それだけのことを喋るのは、その日一日で四、五十人の客をとらされた女にとって、ひどい負担となった。

　物置は、バラックのすぐ裏手にあった。つい目と鼻の先に、姉はいたのだ。

　小屋の戸は、外から閂《かんぬき》をかけてあった。錠前はついていないので、外側からなら、たやすく開けることができるのだが、その一本の閂をはずすことは、とほうもない決断を私に強《し》いた。

　選択。一本の閂の形をとって、それは、私の前にある。

　私は、姉を見る自分を許せない。姉を放置して立ち去る自分を、なおのこと許せない。

醜悪《しゅうあく》で痴呆《ちほう》の姉を、健《すこ》やかな姉を食い殺したもののように私は感じることだろう。心も軀も人ならぬものに変形したさまを姉は私に見られる。姉はもはや、羞恥《しゅうち》の心を持たぬものになっていようが、正気であれば姉が感じるであろう悲惨を、私自身が感じる。

　私はどちらか一方を選ばねばならず、どちらを選んだにしても、札はマイナスなのだ。

　閂は、鋼鉄の腕のように、私の前をさえぎる。

私は、小屋に入り、全身を痂《かさぶた》におおわれたものを、見た。痂はひび割れ、血と膿汁《のうじゅう》がにじみ出ていた。顔の、鱗《うろこ》が動き、二つの細い穴が開いた。一方は牡《か》蠣《き》のように白濁し、もう一方は黒く、かすかに艶《つや》があった。その眸《ひとみ》が私にむけられたとき、一瞬の空白が私をとらえた。気づいたとき、私は小屋の外の道を埃《ほこり》を蹴立《けた》ててやみくもに走っていた。

　私は迷い、怖れ、数日後に、ようやく、どのように変形していようと、姉は姉なのだと、怯懦《きょうだ》な心を何とか押さえこみ、小屋に戻った。

中はからであった。積み重ねた藁《わら》とぼろが、人がもたれかかっていた痕をかすかにくぼませ、赤黒い飛沫がこびりついていた。血痕であることを私は認めた。床に、戸口からさしこんだ外光が白い川を作っていた。

性病の娼婦の顔面に鉄槌《てっつい》の一撃を与えて死亡させた犯人の詮索《せんさく》は、まったく行なわれなかった。私は、慰安婦の噂《うわさ》に、役立たずの厄介《やっかい》ものの病人がそのようにして殺されたことを知っただけであった。

私は、一瞬の空白のあいだに私の手が何を行なったか、考えまいとした。考えまいとつとめればつとめるほど、その答えは明白に私の前にあらわれた。目を閉じると、鉄槌をつかんだ男の姿が私の眼前にあらわれる。その男は、常に、後ろ姿を私に見せた。自分の背中というものは、見ることができないものだ。それにもかかわらず、人は、それがおのれであることを認め得る。

後に、慰安所の経営者の腹心である男が、荷厄介《にやっかい》な女を打ち殺したことを手柄話のように語るのを耳にした。その女は腐りかけ、死人も同然なのに、食物を運んでいったら、何か文句を言った、もっと栄養のつくものをくれという意味だった、軀を起こしてにじり寄ってくるから、思わず手近にあった鉄槌でなぐったら、あっけなくくたばってしまった、厄介払いをしてやった、男は愉快そうに笑い、私はそのとき、自分が殺された女の弟であることを口にできなかった。

その夜、私はまた、凶器をつかんだ男の背を眼裏《まなうら》に見た。それは、やはり、私の背であった。

佐世保の隔離小屋では独り身だったが、東京世田谷《せたがや》の引揚者寮に入ったとき、私は十六歳の女の子と二人暮らしになっていた。

帰国の船でいっしょだった引揚者の娘で、母親が隔離小屋で病死し、ひとりになったので、私が面倒をみることにした。慈善心など私にあるわけはなく、そうかといって、最初から霊媒商売に佑子《ゆうこ》を利用するつもりでもなかった。私が佑子の母親の軀を性欲の対象にしたことはたびたびあり、周囲の者は、私が女の子をひき受けるのをごく当然の成りゆきと見ていた。

しかし、女は、私以外の男たちとも性交を持ち、金銭や食糧を代償に受けとっていたのだから、私だけが特別関わりが深かったわけではないのだ。

佑子がどうして私についてくる気になったのか、それも私にはわからない。佑子自身にもわかっていないのかもしれない。私のうわべの愛想のよさにだまされるには、佑子の勘は、少女特有の敏感さ鋭さを持っていた。保身本能が働いたのだろうか。この男といっしょにいれば、とにかく生きていけそうだと。

引揚者寮は、もとは軍の居住地だったところで、数千坪《つぼ》の敷地に、木造二階建ての旧兵舎が散在していた。そのだだっ広い部屋をベニヤ板で仕切り、各家族の仮住居にあてていた。

「佑子、服を着かえな」

佑子は、前かがみになって私の靴下をつくろっていた。私が声をかけると、引きぬいた針の糸は切らずにそのまま丸めた靴下に刺し、針箱がわりのブリキの箱にしまって顔をあげた。

「富永さんにもらったセーターを着な」

佑子は立って、部屋の隅に置いた行李《こうり》の蓋《ふた》を開けた。その動作がことさらのろいので、気が進んでいないのがわかる。

しかし、佑子は私の言葉に逆らわない。まだ独力では食べていけないと心得ているからだろう。

私はベニヤ板の壁に寄せてある自転車をかついで、廊下に出た。七輪《しちりん》やみかん箱が幅の半ばをふさぐ廊下を、入口の方に行った。以前、入口の土間に自転車を置いておいたところ、鎖でつないで錠をかけておいたから丸ごと盗《と》られはしなかったが、チェーンと荷台をはずして持ち去られた。他の自転車からはずして補ったが、それ以来、外には置かないことにしている。

佑子が赤いセーターに着かえて出てきた。洗いざらして目がつまりフェルトのようになっているが、純毛である。赤い鮮《あざ》やかな色も、いい。私は、佑子が華やかな色彩のなかにあることを好む。

目を伏せて、廊下のはしに軀を寄せて、佑子は歩いてくる。大柄な軀を、なるべく人目に立たせたくないと思っているふうに見える。女学校には行かせていない。無口で動作がゆっくりしているから、鈍くみえるが、みかけよりはるかに頭はよさそうで、どこから手に入れるのか、ときどき小むずかしい岩波文庫などを読んでいる。古本らしい。表紙は手ずれして、綴《と》じのゆるんだような本ばかりだ。

佑子は自転車のスタンドをはずし、またがろうとした。

通りかかった若い女の二人連れの一人が、「佑ちゃん」と呼んだ。

一人はアメリカ人、もう一人は日本人で、声をかけたのは日本人の方である。どちらも、私も顔だけは見知っている。ヴォランティアというのだろう。寮の子供たちに紙芝居や人形芝居をみせたり、絵を描かせたりして、相手をしている。キリスト教関係の団体から派遣されてきているらしい。

「このあいだ、どうして休んだの。病気?」

日本人の女の方が、きつい口調で訊いた。髪をひっつめにし、眼鏡をかけている。眼鏡のレンズは分厚く、魚のようにとび出した眼をしている。瞼《まぶた》の肉が薄いのも、魚を連想させる。

アメリカ人の女は佑子よりさらに二《ふた》まわりも軀が大きく、背をのばし突っ立っているから、ひどく横柄《おうへい》にみえる。

「さぼっちゃだめよ」日本人の女は言い、アメリカ女は、念を押すようにうなずき、二人で肩を並べて去った。

私が歩き出すと、佑子は自転車を押しながらついてきた。

何をさぼるなと言われたんだ。私は、その質問を口にしなかった。私は佑子の日常に責任を負うつもりはない。責任を負うのは傲慢《ごうまん》であり、回避するのはいくじなし、と、どちらも負いめとなるのなら、私はせめて、いくじなしである方を選ぶ。この選択は、さほど困難ではなかった。一つには、佑子は私より着実であり、賢く身を処すだろうと思えるからだ。すぐれたものの鼻づらを、劣ったものがひきずりまわすことはない。

　通路の両側の空地は細かく区分され、希望者が野菜畑にしている。子供たちが数人たむろして、棒で何かつついていた。血に濡れたぼろの塊りにみえたが、そのわきを通る時、横目で見ると、猫の死骸《しがい》だった。私が通りすぎた背後で、「禿《は》げ」と、子供たちの声がきこえた。

　引揚げ時の、極度の栄養欠乏から抜け落ちた頭髪は、その後完全には生え揃《そろ》わない。後頭部の地肌が透《す》けてみえる。そのために、私は、年齢不詳といった印象を他人に与える。童顔《どうがん》なのである。四十近いというのに、愛らしいえくぼができる。いずれは皺《しわ》にかわるだろう。

　寮の正門を出ると、私は荷台にまたがり、佑子がペダルを漕《こ》いだ。

　黙々と、佑子は、ペダルを踏む足に力をいれる。赤煉瓦《れんが》の塀《へい》が切れると、焼け跡がそのまま残る空地になる。私は、右に曲がれ、左に曲がれ、と口で指図する。

　三軒茶屋《さんげんぢゃや》の交叉点《こうさてん》で、停まった。片脚を地につけて傾いた自転車をささえた佑子は、右の方をむいて、ちょっと会釈《えしゃく》した。相手は、古本屋の奥にいた。店先の台に古雑誌が並べられ、その一角だけ、埃くさい。店の奥の男は、三十前にみえた。顔が青白く、前かがみになった両肩のあいだに首が埋まり、軽い佝僂《くる》であるらしかった。私の知らない生活を、佑子はあちこちに持っているのだなと思った。

　交叉点を渡り、太子堂《たいしどう》を過ぎ、どぶ川のような北沢川を越えて左に曲がる。このあたりは爆撃を受けていない。空襲のあとのない地域は、奇妙にのどかだ。

　私鉄の駅に近い高台の住宅地に入り、大谷石《おおやいし》積みの門の前で、自転車を停めさせた。

坂の下一帯は、焼け跡がそのまま放置され雑草が生い茂っているので、高台に石塀をめぐらしたこの家は、城砦《じょうさい》めいていた。

木の頑丈な表札に、日馬秀治と記され、そのわきに、白塗りの板看板が釘《くぎ》で打ちつけられ、こちらには『内科小児科　日馬医院仮診療所』と書かれてある。

「ヒマ……」と、佑子は半分口のなかで読んだ。

「クサマだ」と、私は訂正した。

門扉《もんぴ》は木製で、家の構えに不似合な緑のペンキが塗ってある。元来は鉄扉《てっぴ》がとりつけてあり、戦争中の強制献納でとりかえられたのだろう。

漆黒《しっこく》の和瓦《わがわら》が重々しい入母屋《いりもや》造りの屋根を持つ玄関は、来客用のいかめしいものと、家族用の内玄関が並んでいる。大玄関の左手に、とってつけたように、青い釉《ゆう》瓦の屋根、モルタル壁にフランス窓を持った洋館がはり出し、内玄関の左手は柴垣でさえぎられている。

私がここを訪れるのは二度めだが、佑子ははじめてで、堂々とした構えの建物に、気圧《けお》されたかと思って見ると、逆に、いくぶん気負っているふうにみえた。その気構えを見抜けたのは、私だからだろう。他人には、常とかわらぬ重ったるい、ずぶといとも無関心ともとれる表情にみえよう。

大玄関の両開きの扉の合わせめに、『本日休診』の札がかかっていた。この建物は、本来は、日馬秀治《しゅうじ》の私宅であり、医院は日本橋にあった。戦災で焼失し、再建まで、臨時に私宅を診療所にあてているということで、応接室として作られた洋館が診察室に使われている。

自転車に鍵をかけた佑子は、大玄関の方に行きかけたが、私は、内玄関のベルを押した。私たちの風態からすれば、勝手口がふさわしいぐらいのものだ。

足音がして、どなたですか、と、引きちがいの格子戸の内側で声がした。女の声であった。

「倉田です」

ああ、と納得した声で、戸が引き開けられた。

取次ぎに出たのは、声の感じよりはるかに若い、佑子と同じ年かっこうの少女であった。初対面だが、日馬秀治の娘の黎子《れいこ》、と、私は見当をつけた。使用人という感じではない。この前訪れたときは、住みこみの看護婦が取次ぎ、日馬夫妻に会っただけで、子女にはひきあわされなかった。日馬秀治は、現在、男、女、男の順に三人の子持ちで、名は、豪人《ごうじん》、黎子、暁生《あきお》。そのほかに、戦争中病死した悠人《ゆうじん》という息子がいたということだ。

「お嬢さんですね」私は、たしかめた。

黎子は、うなずいたものの、その顔つきは、露骨に私たちをうさんくさく思い、さげすんでいることをあらわしていた。

私は、この少女に興味を持った。佑子とは対照的に、裏返した手袋のように、感情をむき出しにしている。それも、かなり気位の高い、それでいてたやすく傷つきそうな、そうして、傷つけば傷つくほど、むきになってつっかかってきそうな、そんな手応《てごた》えを感じたのである。

黎子は、敵意のある視線を、私から佑子にうつした。私は、二人の娘が視線で一瞬格闘したのを見た。勝負がつくほどの長い時間ではなかった。

「ちょっとお待ちください」

言葉づかいは礼儀正しく言い、黎子は奥に入った。

二畳ほどの取次ぎの間《ま》は、外来患者の受付と調剤室兼用に使われているらしい。待合室になっている大玄関ホールに面した壁に小窓がくりぬかれ、正面の壁には浅い薬棚が作りつけられてあった。

やがて、「こちらへ」と案内にあらわれたのは、黎子ではなく、この前も顔をあわせた看護婦であった。

中廊下がまっすぐにのびて、家を二分している。南側に座敷と次の間、暗い北側に、茶の間と台所、浴室、便所が並んだ作りである。更に奥の方の様子はわからない。中廊下の突きあたりの階段を看護婦はさし、「どうぞ」と、軀をひいた。

「この前の部屋ですね」

「そうです。どうぞ」

黎子はどこにいるのだろうと、私は思った。茶の間と廊下の境は、紙のかわりに不透明なすりガラスを嵌《は》めた障子で、そのむこうに人の気配を私は感じた。

すでに陽《ひ》の落ちはじめる時刻であった。交霊実験のあと、夕食がふるまわれるはずである。

途中に踊り場があって鉤《かぎ》の手に曲がった階段をのぼり切ると、左に縁側がのび、座敷が二つ並んでいる。手前側の十畳間の障子の前で、私は声をかけた。

「倉田です」

「やあ、お入りなさい」

座敷には、日馬秀治と滝子の夫妻が端座していた。

日馬秀治ほど邪気の無い男を、私は知らない。彼にとっては、物事の表面は、まったく明晰《めいせき》で、その内奥まで均質なのだ。

精神に贅肉《ぜいにく》が無いように、体軀もひきしまっている。この男にとって、世界は水晶造りなのだということを、私は、はじめてひきあわされたときから、感じた。

日馬秀治には、富永という心霊実験愛好者のところで催《もよお》された交霊会で紹介された。

引揚者寮に、富永の家に闇物資を売りに出入りしている闇屋がいる。

おかしな家でよ、と、闇屋は私に言った。

この前、頼まれた米を持っていってよ、勝手口を開けたら、女中がとんできて、いま、家の中に光をいれたらだめだと、叱りつけやがった。霊媒さんが死んでしまうよ、交霊会の最中なんだから。交霊会たア何だ、おれが訊くと、何か、神さんが霊媒にとっついて、喋ったり物を動かしたりするんだって、そう女中が言うんだ。

私も霊媒だよ。私が言うと、闇屋は、何とも奇妙な顔をした。

霊媒って、何だ。

知らんでもいいよ。そう言いながら、私は、手づるがつかめた、と思った。闇物資の売買で、何とか食べてはいたが、定職にはついていなかった。私の身についた職といったら、この詐欺《さぎ》まがいの、いや、詐欺そのものの、霊媒業だけだ。希少価値のある仕事だ。誰にでもできるわけではない。上海で習いおぼえたほかに、石家荘で、私は、別なやり方を仕入れていた。

暗闇の中で霊に喋らせたり物を動かしたりといった実験は、戦前から日本でも行なわれている。そのほかに、透視や念写といったことも明治のころから盛んになったり衰えたりしながらつづいている。明治四十三年の秋行なわれた御船千鶴子《みふねちづこ》の透覚実験などは、新聞記事になるほどの評判であった。

上海のフランス人霊媒は、自国他国の心霊実験に関する資料を丹念に収集していて、私もその大部に目をとおしていた。フランス租界に長くいるうちには、フランス語、それに英語の横文字も、単語の拾い読みぐらいはできるようになっていたし、写真のむずかしい説明は、霊媒にしてもらった。

植物もすべて霊魂を持つ、というのが、心霊研究家の通説である。心霊写真というげてものがある。私がフランス人霊媒のもとで見た写真のなかには、西洋の妖精の絵そのままの、透明な翅《はね》を持った少女、まるでうすばかげろうのようなのが二人、花のそばで踊っている図柄のものがあった。少女はどう見ても作りものの人形だが、信じたいものは、これで納得するのだった。霊媒の素質のあるものが思念して写真をうつすと、物の精、あるいは死者の霊魂が形をなしてフィルムに感光する、とされている。信じる人間がいるということが、私には不思議だ。

御船千鶴子に関する記事を載せた、明治四十三年四月二十五日、及び九月十六日の日付を持つ黄ばんだ東京朝日新聞も、フランス人霊媒のコレクションのなかには、あった。日本の文字を見るのがなつかしく、私は、くりかえし、手荒に扱えば破れそうな新聞を読んだものだった。

四月の記事によれば、御船千鶴子は、九州熊本の産、同地の高等小学校を卒業しただけで、特別の学識はない（この点は、私と同じだ）。中学校教諭である兄の、催眠術《さいみんじゅつ》の実験台になったことがあり、その後、兄のすすめで精神修養のため深呼吸をつづけて無我の境に入ることを試みるうちに、透視、念写の霊力を得た。東京帝国大学の文学博士福来《ふくらい》氏が彼女に興味を持ち、実験をくりかえし、彼女の庇護《ひご》者の位置についた。実験前に千鶴子に見せてない名刺を錫《すず》製の器に密閉し、千鶴子に読ませた。千鶴子は思念し、これを読みとったというのである。

ついで、九月の記事は、東京帝大の文科、医学、理学の各博士九名、及び、御船側から千鶴子と福来博士他数名が同座し、実験を行なった旨が報じてある。

理学博士山川健次郎が、自ら字を書いた紙片を鉛《なまり》で密封したものを二十個こしらえた。この形は、福来博士が常に実験に用いるものに似せた。なれない形のものでは御船千鶴子がやりにくかろうという配慮であった。御船千鶴子にそのなかの一つを渡した。千鶴子はこれを持って無人の部屋に入り、透覚した。

千鶴子の透覚した文字は『盗丸射』であり、鉛容器の密封をひらいてあらわれた紙片の文字も、やはり『盗丸射』であった。

しかし、山川博士は、自分が提供した透覚物には、『盗丸射』と書いたものはなかったはずだといい、心おぼえのために、記しておいた紙片をみせた。鉛容器の形も、よくみると、山川博士の持ってきた他の十九個と少し違っている。

再び三《み》たび実験をくり返したが、千鶴子は疲労のため精神統一ができず、不結果に終わった。〝一回の間違は何故に起つたかと言ふ疑問は今尚《な》ほ解決することができぬ。聞く処に依《よ》れば「盗丸射」と書いた透覚物は、慥《たし》かに福来博士の造つた中の一個らしい、山川博士は透覚物を造る為に模型として福来博士から透覚物の一つを借りたと言ふから、それが間違つて山川博士の分へ入つたのではあるまいかと言ふ〟

と、新聞の論調は、福来という東京帝大の博士を傷つけぬよう配慮した書きかたになっていた。

この御船千鶴子という女は、後に自殺したはずである。

大正六、七年ごろには、三田光一《みたこういち》という霊媒業者が、鹿児島沖の海底を透視したら、金銀財宝が山と沈んでいる、引揚げれば莫大《ばくだい》な儲《もう》けになると言い、金主《きんしゅ》を募《つの》った。この財宝譚《たん》には、一応の裏付けがあって、慶応三年、琉球《りゅうきゅう》王が島津公に献貢《けんこう》する、金貨幣一万両入箱二十五個、銀貨幣十二貫入箱四十八個、その他財宝入箱十七個を積んだ帆船が、鹿児島沖で暴風雨にあい沈没したという史話が残っている。

大正十五年、三田光一は、金主をみつけ、引揚げを完遂し、財物いっさいを白木の箱におさめて、鹿児島市第十五銀行支店に保管させた。

しかし、県警察が調査し、箱を開けさせたので詐欺が判明し、三田は逮捕され有罪宣告を受けた。逮捕されたとき、三田光一は、奥羽《おうう》地方に大金脈があるのを透視したと称し、その発掘資金提供者を物色のため、上京し、ステーション・ホテルに滞在していた。

この事件は、かなり大々的に報道されたから、私の記憶にも残っている。

闇屋は、私の思惑どおり、富永の家に闇米をはこんだとき、私のことを女中に話した。おれんとこの寮にも、霊媒だった男がいるよ。上海で、かなり有名だったらしい。フランス人の霊媒といっしょに仕事をしていたって。

そうして、闇屋は私に、富永さんの旦那が、あんたに会いたいってよ、と告げたのである。

私は闇屋に案内されて、富永家をたずねた。

富永の家は、永福町《えいふくちょう》にあった。質屋業と金貸しで、生活はゆとりがある様子だった。

「あんたの背後霊は」富永は、さっそく訊ねた。

「大峰さんと、呼んでいます。現世では役《えん》の行者《ぎょうじゃ》の弟子だったそうです」私はでまかせを言った。

「役の行者のね」富永は、期待はずれな顔をした。

「上海で、フランス人の霊媒といっしょだったというから、何かこう、もっと……若い美女の霊でも出てくれるかと思った」

自分のところでは、溝口という霊媒をいつも呼んでいるのだが、と、富永は言った。出てくる霊は毎度同じだし、話してくれることも変わりばえしないので、少し目先を変えたいと思ってね。一度、あんたに頼んでみるかね。来月の第一日曜日、うちで交霊会をひらくから。

いいね、と念を押され、前金を渡された。

私は、この富永という男は、交霊実験を商売にしているのではないか、いんちきでもかまわない、集まる客を上手にだましさえすれば、という腹らしいと察した。もし、私が失敗して客の前でいんちきが暴露されても、富永は傷つかないのだ。彼も私にだまされた被害者であるのだから。

私は、極力、おもしろい手品を演じればいいのである。それも、種や仕掛けはないことになっている。なぜ、人は、こういう超常現象を信じたがるのか。座興半分か。

上海でも、霊媒を訪れる常連の上客は、決して生活苦にあえぐ貧者ではなかった。

富永家の交霊実験会で、私は、数人の客に紹介された。そのなかの一人に、日馬秀治がいた。

日馬秀治は、同席の人々から、先生と呼ばれ、明らかに尊敬されていた。彼が診断の確かな医師であり医学博士であり、この家の主人富永の主治医であるという理由だけではなく、日馬秀治には、たしかに、人に畏敬《いけい》の念を起こさせる毅然《きぜん》としたものがあった。

清冽《せいれつ》な水流のように自分が清廉潔白《せいれんけっぱく》であると同時に、他人もそうあって当然と思いこんでいるようだった。

他の者には、交霊実験は、ただの慰《なぐさ》みだが、日馬秀治は違っていた。

「倉田さん」と、日馬秀治は、私を見すえて言った。「私は、実験は、もはや、不要なのです。実験というのは、霊が実在するか否か、霊はどのようなことができるか、を験《ため》すことだ。『心霊』という文字を人は使うが、私は、そうではない。私が求めているのは、高い『神霊』です。神です。私は、神霊の導きにより、私自身の魂を磨き、霊格を高めたい。若いころから、私は、ひたすらそれを願ってきた」

日馬は翳《かげ》りのない目で私をみつめつづけた。

「溝口という霊媒に、私は失望している。いや、霊媒がどのような人物であろうとかまわんが、くだらない話しかできん霊につきあうのは時間のむだだ。私は、この会を退会しようと思っとるところだった。しかし、私は、信じておる。必ず、最良の霊媒に会うことができる、と」

その夜の交霊会は、日馬を満足させたらしい。終了後、日馬秀治は、私に自宅に来てほしいと丁重に申しいれた。自分の妻と、場合によっては子供たちも混じえ、真剣に、霊の導きを受けたいと、日馬秀治は言ったのである。

日馬邸で、一回めに、列席したのは、日馬とその妻の二人だけであった。

「お子さんたちは?」

「子供らは……」と、日馬秀治は、残念でたまらぬ気持を、くっきりと声音《こわね》に出した。

「若いものは、どうしても、こういうことを素直には受けいれませんのでね」横から、日馬滝子がとりなした。手強《てごわ》いな、と、私は直感した。この女は、夫のように俗世に超然としてはいない。

「この次までに説得し、出席させるようにする」日馬秀治は、半分は自分自身に、半分は妻にむかって言った。そうして、

「ごらんのように、蛍光塗料を塗った人形、鈴といった小道具は用意してありません。前にも申したように、私は、霊が霊媒のエクトプラズムを使って小道具を動かすという実験は、もう見倦《あ》きている。私はただ、あなたの背後霊大峰さんの話をうかがいたい。そうして、ゆくゆくは、更に高い神霊の導きを賜《たまわ》りたい」と、つづけた。

座敷の、幅一間《けん》、奥行き三尺《じゃく》の床《とこ》の間《ま》には、いっぱいに白木の祭壇が嵌《は》めこまれ、社《やしろ》を模したものが上段に二基、中段に三基祀《まつ》ってある。下段には白木の三宝《さんぼう》、その下は引戸に紫の縮緬《ちりめん》をはった戸棚、両脇に御幣《ごへい》をたて、神道《しんとう》にのっとった飾りつけである。日馬秀治は神道家なのかと、私は納得した。

窓には防空用の暗幕がはり渡され、まだ仄《ほの》かに残る外光をさえぎっていた。

「あなたに、富永さんの交霊会ではなく、特に私どもに来ていただいたのは、そのためだ。富永さんのところに集まる人たちは、鈴が鳴った、机が動いたと言って喜んでいる。心霊への質問も、金儲けの方法、結婚相手の可否、いわば、人生をそつなく切りぬけてゆく方法ばかりだ。そういう手合には、それに相応した霊しかあらわれますまい。私は、富永さんの会では実に不愉快な思いをしてきた。私が真剣であることが認められれば、必ず、高い神霊の降霊が得られると思う。あなたもそのつもりで、心身ともに清浄にしてこの場に臨んでいただきたい」

この男は、と、私は内心啞然《あぜん》として、求道心に燃えたった中年の男を眺めた。私に、この一介の霊媒屋に、真理を語れと迫っているのだ。

私に言えることといったら、何か。

腐臭の充満した物置小屋。老醜の魚と化した姉。鉄槌。一箇の鉄槌とともに、私もまた人外《じんがい》のものとなった。

それだけだ。しかし、そのようなことをこの男に語ったところで、何の足しにもなるまい。

日馬秀治の求めているのは、いたって高邁《こうまい》な、私には何のことやらわからない、『高い神霊のお言葉』というやつなのだ。

よろしい、試みようではないか。日馬秀治が私に申し出た謝礼金は、高額であった。

暗幕を背に置かれた椅子に私は深々と腰かけ眼を閉じた。日馬秀治は私の手首を縛ることはしなかった。通常の交霊会では人形や鈴が置き並べられる机の上には、紙を巻いて作ったメガフォンが一個置かれてあるだけだ。

日馬秀治が目顔でうなずくと、滝子が電灯を消した。

闇になった。

音楽が流れた。トロイメライである。

レコードは、このときは日馬秀治自身がかけた。霊媒がトランス状態に入る助けに、静かな音楽を流すのは、富永家での交霊会でも通例であった。

頃合をみはからって、私は、ポケットから義歯を出し、欠けた前歯の穴にはめた。これだけでもかなり声が違ってくる。

富永の交霊実験によばれることになったとき、私は、なけなしの有金《ありがね》をはたいて、歯医者に行き、義歯を作ってもらった。喧嘩の巻き添えで歯を欠いたとき、まさか、こんなことに役に立つとは予想しなかった。あのとき、私は、何もかも失いつくしたと思っていた自分に、まだ失うものがあったのかと、何か腹の底からおかしくなったのだった。

ふだんの私の喋り方は、前歯の穴から少し音が逃げる。その穴をふさぎ、しかも、メガフォンを使うから、ひびきのある声にかわる。

メガフォンは、これもどの交霊会でも使われている。霊が、霊媒のエクトプラズムを用いてメガフォンを持ち上げ、喋るということになっている。なぜメガフォンを使うかといえば、声の質をごまかすためなのだが、幸い、理由を詮索する客はいない。交霊会にはメガフォンがつきものと、納得している。

霊がエクトプラズムを使って動かすメガフォンや人形などのうしろを手でさぐってはいけない、と、これも約束ごとになっている。エクトプラズムに触れられると、霊媒の軀が傷つく。エクトプラズムは霊媒の肉体から抽出《ちゅうしゅつ》されるものだからである。私はメガフォンをとり上げ、おお——と声を発した。

日馬秀治は、レコードを止めた。

その後の問答は、私が案じたより、はるかにぐあいよく進行した。

というのは、それまで、自分の信念を披瀝《ひれき》する機会を持たなかったのであろう日馬秀治は、滔々《とうとう》と、ひとり語りつづけたのである。


二度めの訪問である今日は、私が指示した品々が、室内に取り揃えてある。

物資が欠乏しているとはいえ、あるところにはあるものなのだなと、私は月並な感想を持った。

あるといったところで、とりたてて豪勢なしろものが揃っていたわけではない。戦前なら、このくらいの構えの家の什器《じゅうき》としてはむしろ貧弱なほどだが、何しろ、紙一枚でも不自由な御時世なのだ。

　部屋の中央に敷きのべられた緋毛氈《ひもうせん》。これは、雛《ひな》壇《だん》に用いられたものだろう。ところどころ、すれて白っぽくなっている。

　その上に、鮮やかに白く半折の画仙紙《がせんし》。

　墨《すみ》の液をたたえた大型の硯《すずり》。

　径一寸ほどの白木の棒。その中央には、ま新しい太筆が、十字形にくくりつけてある。

　私と佑子は、画仙紙をはさんで相対して坐《すわ》った。

「これで手落ちはありませんかな」

　日馬秀治が、嬉《うれ》しくてたまらぬ声で訊く。次回は扶拈《フーチ》を行なうと、前もって予告しておいたのである。扶拈を日本で行なうのは、これが最初であろう。そのことも日馬秀治をたいそう喜ばせた。

「墨が足りませんね」私は言った。「もっとたっぷり、そう、深皿にいっぱいほど」

「墨汁《ぼくじゅう》でよろしいんですか」滝子が、すばやく口をはさんだ。

「いや、墨汁では神霊に礼を失する」日馬秀治がさえぎり、

「奥さん、水を汲《く》んできてください。佑子にすらせます」私は言った。

「このお嬢さんが、先日言われた神伝《かむづた》えの……？」

「そうです。佑子といいます」

「黎子を呼んできなさい」日馬秀治は妻に命じた。

「神伝えの方《かた》に墨すりをしていただくわけにはいかん。黎子をここに呼んで、すらせなさい」

「でも……」滝子はちょっと渋った。

「呼んできなさい。早く」

　母に連れてこられた黎子は、水差しと深皿をのせた盆をはこんで入ってきた。不機嫌さを押し殺すために、顔から表情を消していた。完全に消すことはできず、瞼のふちが薄紅《あか》くなっている。父親の命令には逆らえないしつけが、十分になされているのだろう。

　滝子が硯の海の墨を皿にあけ、空《から》になった硯に水をみたすと、黎子は、腹立たしさのありったけを手に集めたように、力まかせに墨をすりはじめた。私

や佑子の方をまるで見ようとしないが、許されれば、いんちき、出ていって、と声をあげたいところだろう。

「倉田さんに御挨拶《あいさつ》したのか」

「さっき、玄関でしました」

声は従順だ。訓練のゆきとどいた犬だ。条件反射が身についてしまっている。

「佑子さんは、いくつかな」

日馬秀治は、この男には似合わない、いささか無理に愛想よくした声を、佑子にむけた。

「十六です」

佑子は、少しかたくなって答えた。日馬秀治は、人をくつろがせない。

「黎子と同じ年だな。すると、女学校の五年だね。どこへ行っているの」

「学校へは行っていません」

「ほう、神伝えひとすじということですか」

質問は、私にむけられた。私が瞑目《めいもく》しているので、精神統一のじゃまになると思ったのだろう、日馬秀治は口をつぐんだ。しかし、彼の浮き浮きした気分は感じられた。

今、彼は、彼の生涯の特別な時に在るのだと、感概深いのにちがいない。彼は、こういう時を待ちのぞんでいたのだろう。先夜、彼がほとんど感涙溢《あふ》れんばかりにのべた言葉を思い出した。言葉の一つ一つはおぼえていないが、気迫にみちた喜悦は闇のなかで私につたわった。そのことは印象に深い。

どうも荷が重いことだ。しかし、嘘《うそ》とでたらめで、彼の真実をどこまで造形できるか、やってやろうと、私は心を決めたのではなかったか。

そこには一種の、復讐《ふくしゅう》の快感といったものがあったのはたしかだ。

何に対する復讐かといえば、およそ、私にもさだかではないのだ。

しかし、この男の純粋無垢《むく》は、どこかで私のいかがわしさと通底してはいないか。

カードの遊びに、プラスの切札を、全部集めおおせたとたんに、その総量はマイナスに変わるという、奇妙なルールがある。奇妙ではあるが、何か、怖ろしく真実みがある。

プラス。プラス。輝かしいプラス。私も佑子もまた、彼の手に加えられたプラスの切札だ。いつか、逆転の瞬間があるだろう。そのとき、血にまみれ、男たちの傲慢《ごうまん》な精液にまみれ、白痴《はくち》のように軀を投げ出していたマイナスの女たちが、一転、プラスの旗をかかげ、地を蹴ってすっくと立つだろう。

私は理屈にあわない妄想を消そうとした。

あの女たち、凌辱された姉、弟に叩き殺された魚の姉。この男にはまるで関わりのないことだ、と思っても、私は、どうしても許しきれないのだ。まるで傷を知らぬげのこの男を。好意は持ちながら。

私は、左手を下座にさし出した。それにあわせて、むかいあった佑子が右手をのばした。下座に控えた日馬秀治が、恭々《うやうや》しく筆を結んだ棒をささげ、その両端を私と佑子の手に持たせた。

私は棒の端をつかむと、初手から驚かしてやろうという魂胆もあって、紙の下端から上にむけて、逆に字を書きはじめた。

書いているのは、私である。しかし、私は単なる媒体であり、高い神霊が、私の腕を用い、私のあずかり知らぬ神託《しんたく》を記し給う、というわけである。

私はこの方法を、石家荘にいるときにおぼえた。

上海の霊媒は、これはやらなかった。

石家荘は、フランス資本でさかえた瀟洒《しょうしゃ》な清潔な街だったが、メイン・ストリートを離れれば、阿片《アヘン》のにおいのただよう貧民窟があり、そこに、秘密結社紅卍《こうまんじ》の流れをくむという占卜師《ぼくせんし》がいた。筆と紙ではなく、先のとがった細い棒と長い棒を十文字に組みあわせたものを用い、大地に託宣《たくせん》を記していた。

占卜師は阿片中毒の初老の男だが、相棒は十二かそこいらの娘だった。痩《や》せていて、小さく、どうかすると七つ八つの幼女にしかみえないこともあった。娘は、しじゅう腹をすかせていた。そうして、しじゅう、もらいものや拾いものを、両手で口に押しこむようにして食べていた。娘は、白痴ではなかったのかもしれない。しかし、なまじ智恵があっても、その智恵の用いどころがない暮らしであった。

私も、決して、思考力は人より格段に劣るものではないと思っている。

日馬秀治は、私を手厚く遇してはいるが、敬していないことはわかる。しかも、彼は、自分が私を軽んじ傷つけ踏みにじっていることに、まるで気がついていないのだ。善そのものであり、それ以外のものでありようがないという、傲慢さ、傲慢であることを知らない無邪気さ。

滝子もまた、私を腹のなかで軽蔑《けいべつ》し、うとましくさえ思っているが、この女は、自分の気持をはっきり識《し》っている。その分、夫のように透明ではない。濁《にご》りに対して、私は寛大になる。

そうして、黎子にいたっては、これはもう、私と同じ地べたで、何か歯ぎしりするようにして、敵意をむき出しにしている。この娘は、私の同類だ。彼女はそうと認めないだろうが。

私は、『真』の一字を、ほとんど紙いっぱいに、下から上に書きあげた。一番上は、炎が天にむかって噴きあがるように、勢いよくはねあげた。

ふうっと力を抜いて棒から手を離すと、待ち受けていた日馬秀治が受けとった。

「みごとですなあ」

感にたえたように彼は言い、紙の下の方にまわって惚《ほ》れ惚《ぼ》れと眺めた。

「やはり、神霊の書かれる字は、我々とはちがいますなあ。何ともいえぬ力強さがある。尊いですなあ」

「お嬢さん」と私は黎子に呼びかけた。「佑子とかわって、そこにお坐りなさい」

やや強圧的に、私は言った。突然、相手の虚に足を踏みこみ、高みから有無《うむ》を言わせぬ態度で命ずるとき、私の童顔は一変して、威圧するようになる。その瞬間の変化に相手はとまどい、屈伏する。そのテクニックを私は心得ている。

「ほう、それは、何か……」

日馬秀治が、何かまた興《きょう》深いことを見られるのかと、子供のように眼を輝かす。

「そうした方がいいという気がするのです。私にもわかりませんが」

私はつつましく言った。つい今しがたの強い言葉は、あたかも何か憑《つ》きものが私をして言わしめたごとくだ。そう相手はとるだろう。

黎子、と父親にうながされ、黎子は、佑子といれかわって私の前に坐った。

私が命じる前に、滝子が『真』と記した画仙紙をそっととりのけようとし、

「濡れているから破るな」と、日馬が手を貸して、新しい半折を敷きのべた。

「この棒のはしを持ちなさい」

私は黎子の眼を見すえて命じた。

わたしにはわかっている、こんな馬鹿げたこと、お父さまの命令だからしかたがない、わたしはこんなこと、大嫌いだ、黎子の眼から、私はその罵《のの》りをよみとった。

「目を閉じなさい」

私はしばらく瞑想《めいそう》し、脳裏に浮かぶ文字をそのまま一気に記した。

直毘光紫天道
賜直紫
筆をおくと、黎子は目を開き、けげんそうに紙を眺めた。

「どういう意味でしょうな。賜うとありますな」

日馬も、しげしげとみつめた。

「私にもわかりません」私は言った。「交霊会で、直接おたずねください」

実際、私にも意味はわからないのだった。

いんちきには違いないが、私も、前もって考えて書くわけではない。目を閉じ心をなるべくからにしていると、ふっと言葉や文字が浮かんでくる。それをすかさずつかまえて、記すのである。思念の流れは、時におそろしく早く、つかまえそこなうと、もどってはこない。霊感という言葉であらわすのは、こういう状態をいうのだろう。

「食事のあとで、交霊会もお願いできますか」

「いや、今日は疲れたので、次回にしましょう」

私は言った。

「黎子、どういう感じだった」日馬が訊くと、

「何だか、腕がひっぱられるような」と、黎子は少し困ったように言った。あまりに単純な実感で、日馬秀治は露骨に不満そうな顔をした。

「佑子さん、あなたは神伝えになるのに、どういう修行をしたの」日馬の質問は佑子にむけられた。

「何もしません」

「佑子は私の補佐をするだけです」私は説明した。

「まだ、佑子がほかの方を相手にしては、できません。いずれできるようになると思いますが」

「誰でもできるものなのですか」

「霊媒の……巫女《みこ》といった方がいいか、いや、神伝えですな」私は、日馬の気にいる言葉を選んだ。

「神伝えの素質を持ったものでなくてはなりません。霊の通信をとらえるアンテナが生まれつき鋭敏であることですね」

「黎子は、どうでしょう。素質がありますか」

「いやよ、お父さま！」

黎子は、叫んだ。思わずあげた悲鳴のようにきこえた。

「黎子は黙っていなさい。これは、非常に大切なことだ」

日馬秀治は、居ずまいを正し、軀をのり出した。

「前回の交霊会で、御神霊に申し上げたことだが、私は、神政復古こそ、世の理想だと信じている。ゆるぎない信念を持っている。神意がそのまま国政に反映することです。もちろん、これは一朝一夕《いっちょういっせき》にできることではない。しかし、私自身の生きかたに関してだけでも、常にあやまりない神意を仰ぎたい」

娘をシャーマンにしたいということか、と、私は真剣な日馬を見た。

「教祖のお筆先というのがありますな」日馬はつづけた。「あれも、霊の憑依《ひょうい》現象だが、これまでのところ、どうも低俗でいかん。教祖が無学な田舎《いなか》のばあさんだから、お筆先の内容も粗末だ。私は、道を求めて、大本教《おおもと》、天理教《てんり》、いろいろ接触してみた。みな、金をふんだくるばかりで、どうにもこうにも」

無学だろうが粗野だろうが、大本教の出口《でぐち》なおといい、天理教の中山《なかやま》みきといい、地に叩きつけられ苦しみぬいたものの、魂の叫びなのだ、苦悩が、世の人への共苦へと転換し、お筆先となって溢れだし、生き神となった、しかし、組織化されたとたんに、組織はそれ自体、金をくう悪とならざるを得ないのだ、と私は言いかえした。心のなかだけで。

そうして、シャーマンの資質を持つものは、決して、人格円満、正常、健康的な、好ましい人間というわけにはいかないのだ。

神経質で、気むずかしく、夢想家で、興奮しやすく、幻覚や意識喪失、失神、てんかん性発作をおこしやすいといった、およそ社会人として不適確な人間が、シャーマンには適している。

私のように、まるっきりいんちきの霊媒は別だ。私は、神がかりなど、なったことはない。みせかけているだけだ。

原始社会でのシャーマンには、二種類ある。職能として世襲するものと、エクスタシー体験、神秘体験によって召命されるものである。

どちらにしても、今の常識でいうなら、いわばヒステリー、精神異常である。

訓練によって、このヒステリー状態に入らせることは、不可能ではない。本人が先にいったような病的資質を先天的に持つならば。

佑子は、だめだ。この娘は、簡単に催眠術にかかったり恍惚《こうこつ》状態に陥ったりすることは、まず、なさそうだ。私の扶拈《フーチ》の相手をつとめるのも、金を稼《かせ》ぐ手段とわりきっている。食べるためだ。私は、おいおいサクラに仕込むつもりでいる。

黎子は、私のみるところでは、きわめて危《あぶな》っかしい。暗示のかけようによって、神がかり的な状態を発動させることはできるかもしれない。私は、わりあい他人を見抜くカンはすぐれている。占い師の重要な能力は、この、カンである。

だが、せっかくノーマルな生活を送っているものを、わざわざぶちこわし、不安と狂躁におとしこむこともないではないか。

「お母さま」と、黎子は、訴えるように母親を見た。

滝子は、目顔で制し、首を振った。

「倉田さん、あんた、口寄せができるんだって？」

寮の共同洗濯場の傍を通りかかったとき、呼びとめられた。

研《と》ぎ出《だ》しの流しの前で、泡だちの悪い粘土のような石鹸《せっけん》をこすりつけ、洗濯板に押しつけながら、女たちが私を招いている。お喋りの相手に私をひきこもうというのだ。

風が冷たい。洗濯場は吹きさらしである。女たちの指は赤くふくれあがり、関節の肉が割れ、頬《ほお》は紫色になっている。

「今ごろ洗濯かね。もう日が暮れるよ」

「しかたないんだわ。いそがしいから」

「朝から買出しに行っていたからね」

「私は口寄せなんてしないよ」

富永の家に出入りしている闇屋が何か喋ったのだろうと思いながら、私は女たちの傍に寄った。

「かくさなくたってさ。手相も見るの？」

「やってほしいな」

女たちは、からかい半分、本気も少し混った口調で言う。

「どうしたら運がむいてくるかさあ」

「金儲けのうまい口なんて、神さんが教えてくれないかねえ」

「教えてくれる神さんがついていれば、このひと、こんなところにいないわよ、いつまでも」

「吉田さん、あんた、倉田さんに頼んでさあ、御主人呼び出してもらったらいいじゃないの」

「やめてよ」吉田という女は、本気で腹をたてた声で断ち切る。「私にとっては、冗談ごとじゃないんだから。主人のことは」

「私は、イタコじゃないよ」私は辛抱《しんぼう》強く言う。

「それじゃ、何をやっているの」

「闇屋だよ。知っているだろう。何か売りたいものがあったら、仲介してやるよ」

「はなっから、売るものなんか、ありゃしない。軀一つの引揚げだもの。よく死ななかった」

「このごろ農家もこすっからいわよ。いばりくさってる。綿紗《めんしゃ》の羽織《はおり》持っていったって、まるで相手にしてくれないいんだから」

「へえ、あんた、よく綿紗なんか」

「焼けなかった親戚のがくれたのよ」

「ねえ、ほんとに、何かやるんでしょう」女のひとりが私に、ねばる。

「あんた、占いだの口寄せだの、信じるのかね」

「あたる人もいるっていうからねえ。倉田さんの、あたる?」

「私は、そういうことはしないんだよ」

「だからさ、どういうのをやるのよ。どこだか、お屋敷に行って、やってあげてるんでしょう。よっぽどお金になるの?」

「みずくさいじゃないさ。同じ引揚者のよしみで、安く占ってよ」

「泥棒をみつけ出すのは、できないのかねえ」とひとりが、「物がなくなって、しようがない。昨日も、子供の運動靴がないのよね、ちょっとのすきに」

「いやだ、外の人よね、もちろん。盗《と》ったりするのは」

「倉田さん、明日の送別会、来ますか」女たちのひとりが訊く。「佐々木さんの送別会」

「いいねえ、佐々木さんみたいに、さっさとここを出ていける人は」

「うちなんか、全然あてがないもんねえ」

「送別会のとき、やってよ、占い」

寮の人たちを相手に交霊実験をやる気は、私にはない。私は、寮の住人たちが好きだ。一人一人が、地獄の底をのぞく思いで引揚げてきたその記憶を、からっとした笑いのかげにかくしている。

歩き出しながら、私は、泥棒という言葉がちょっと気になった。まさか、佑子ではあるまい。

集会所をのぞいた。ここは、託児所にも使われ、日曜日は、午前中はキリスト教の集会、午後はヴォランティアが子供会をひらいている。佑子がときどきここに手伝いにくるのだということを、私は最近知った。
子供をまわりに集めて、佑子は紙芝居をやってい
た。私は、何かひどくてれくさい思いをした。子供
たちは拍手し、佑子が今日はこれでおしまい、と言
うと、それ以上ねだりもせず、のろのろと散った。
奥からアメリカ人と日本人の女のヴォランティアが
出てきて、佑子にちょっとしたねぎらいの言葉をか
けた。
それから、日本人のヴォランティアは急に血相を
かえ、子供たちをどなりつけた。
黒板に白墨《はくぼく》で子供のいたずら書きが書かれていた
が、それが、太陽に似た女の性器の象徴画であった
のだ。
佑子は、ゆったりした足つきで出てきた。
「行くぞ」と私は言った。日馬秀治の家で二度めの
交霊会を行なう日であった。
「今日は、娘と下の息子も出席します」
日馬秀治は機嫌よく言った。

「一番上のは、外出しておって、まだ帰ってこない。
時間までに戻るよう言っておいたのだが。待つこと
はない。はじめましょう」
いつもの座敷に、私のための椅子がはこびいれて
ある。古い応接セットの一脚らしく、傷《いた》んでいるが
上質の革張《かわば》りの安楽椅子である。
その前の小机には、メガフォンのほかに、人形と
おもちゃのガラガラがおいてあった。人形は、布製
の安っぽい抱き人形である。布の平たい顔に、絵具
で目と口を描いてある。その上からなぞった蛍光塗
料が、電灯がついているので、まだ目立たない。
窓はいつものとおり、雨戸を閉ざした上、暗幕を
ひいてある。
「子供たちは、はじめてなので、今日はこういうも
のも用意しました」
下座に置かれた蓄音器《ちくおんき》のハンドルを、三男の暁生
が、目を伏せてまわしている。この少年も、何か、
いやいや席についているようにみえた。腺病質《せんびょうしつ》らし
い。首も、手の指も、ほっそりしている。癖なのか、

痰《たん》を切るような咳《せき》払いをときどきする。母親の滝子はそれがうるさいとみえ、暁生が咳払いするたびに、目で叱った。

日馬秀治は和服であった。それも着流しではなく、袴《はかま》を着けた礼装である。滝子も、大島か何からしい袷《あわせ》をきりっと着こなしている。二人の子供の方が、洗濯はされ、垢《あか》じみているわけではないのに、どこか着くずれたような感じで服を着ている。服地がスフで、肘《ひじ》や腰がのびているため、だらしなくみえるのかもしれない。

黎子は、暁生の隣りに横坐りになっていたが、滝子が目をむけると、坐りなおした。黎子と佑子は同じ年だというのに、どちらも自分から声をかけて友好を結ぼうとはしない。

「外は暗いから大丈夫だとは思うが、光が入らないかどうか、試してみよう。黎子、電灯を消してごらん」

日馬秀治が命じかけると、黎子はその言葉が終わらぬうちに、あわてて立ち上がった。前につんのめりそうにいそいで、壁付きのスイッチを押した。

室内が闇になると、小道具に塗った蛍光塗料が青黄いろく、ぽうっと光る。

「よし、大丈夫だ。灯りをつけて」

暁生、レコードはすぐにかけられるな、と日馬秀治は念を押した。

「大丈夫です」

暁生は、少し吃《ども》って答えた。

「では、最初に御神霊に拝礼する。倉田さんは私と並んでください。滝子はここに。佑子さんは、黎子の隣りに」

神棚にむかって正座すると、日馬秀治は柏手《かしわで》を打ち、平伏した。皆がそれにならう。

「今宵、倉田佐市郎氏を媒《なかだち》に、御神霊のお導きを願い上げることになりました。何とぞ、日馬秀治を守護賜わる御神霊の御降臨あらんことを」

恭々しく奏上し、

「では、倉田さん、お願いします。今夜だけ、まことに失礼だが、手を縛らせていただく。信じることのできない人間というのは、哀《あわ》れなものです」

二人の子供たちのことをさしていた。

フランス人霊媒は、手首ばかりか足首も、がんじがらめに縛りあげられても抜け出すわざを心得ていた。常連相手では、その縄抜けもあまり必要ではなかったけれど、大脱出の魔術でも、彼ならできただろうと思う。

「黎子、倉田さんの手を縛りなさい。おまえが得心《とくしん》のいくよう、厳重に縛ってかまわない。倉田さん、まったく失礼なことで申しわけない。御神霊に対しても不敬きわまりないが、今回だけ、かんべんしていただきたい」

黎子、と、日馬秀治は厳しい声でうながした。

「いやなんだけど……」

黎子の表情が半泣きにかわるのを、私はいささか不思議な気持で見た。父親に逆らえば叱られると、その叱責《しっせき》を予想して、もう泣き顔になっている。こんな気弱そうな表情を黎子がみせるとは、意外だ。縛るためには、私の手にさわらなくてはならない、それがぞっとするほどいやなのだろう。

「私がやりましょうか」

滝子が言った。

「いや、黎子、自分でやりなさい。私はこういう不愉快なことはしたくない。おまえが疑いを持たないためにすることなのだ。黎子、やりなさい」

黎子は、机の上の小布で、前に重ねあわせた私の手首を縛った。指が触れたとき、黎子の首筋に、ざあっと鳥肌がたった。これほどの嫌悪は、何かのきっかけで一転すれば、逆の感情になる。危ういことだと私は思った。いったん恍惚体験を経たら、彼女自身の意志の制御のきかないところにのめりこんでいきそうな危うさだ。私はもちろん、私が黎子に性的な牽引《けんいん》力を持つという意味で言っているのではない。

黎子はかなり強く結んだつもりだろうが、これなら、何も結んでないのと同じだ。

「黎子と暁生に、もう一度注意しておくが」と、日馬秀治は「これから、交霊会がはじまると、人形やガラガラが動くが、決して、それにさわってはいけない。前にも説明したとおり、霊は、霊媒の軀から、エクトプラズムというものを抽出して、それを物質化し、手のかわりに使って物を動かす。エクトプラズムは、きわめてデリケートなもので、光に弱い。室内を暗黒にしておくのは、そのためだ。エクトプラズムに傷がつくということは、霊媒の肉体に傷がつくということなのだ。人形が近くに来たとき、それをつかんで引き寄せたりしたら、エクトプラズムがちぎれて、霊媒が死ぬ結果になる。霊媒は命の危険をおかして、交霊実験を行なってくださる。くれぐれも気をつけるように」

その警告のあいだ、三人の子供は、無表情だった。黎子と暁生は、不服や不満を親にみせぬため、表情をおさえているのだろう。人形のうしろをさぐれば、私の腕、そうして私の軀があることを知っている佑子は、真情のこもった日馬の言葉に何かしらじらとしていたのもしれない。

「電灯を消しなさい」

私の特技は、夜目がきくことだ。灯りを消し、ほかのものには真の闇だろうが、少し目がなれれば、私には、うっすらと人の位置ぐらいはわかる。

音楽。トロイメライである。日馬秀治の手持ちのレコードをみせてもらって、滝子と三人で曲を選んだとき、トロイメライがいいでしょうといったのは、滝子であった。私が、トランスに導かれるにはなるべく静かな曲がいいと希望をのべたのである。そのとき、私は、日馬秀治のレコードの貧弱さに、いささか呆《あき》れたのだった。音楽、美術、そういうものの鑑賞力は欠如しているらしい。軍歌が数枚、島の娘と赤城《あかぎ》の子守歌が裏表になったのが一枚。女学生の愛唱歌のような浜辺の歌と椰子《やし》の実《み》、それに童謡、金語楼《きんごろう》の落語が一枚。これでは、滝子の言を待たずとも、トロイメライ以外に選びようがない。トロイメライの裏はG線上のアリアで、この一枚は、滝子の好みらしい。

フランス人霊媒は、レコードのかなりなコレクションを持っていた。私はそのなかのマーラーが好きで、彼のもとで、しばしばたのしませてもらった。鉄道技師の妾の弟、下男も同然の身としては、ずいぶん贅沢なことであった。

あのおびただしいレコードは、どうなっただろう。戦乱の、人が悲惨な状況に追いつめられたとき、美は何の役にもたたないのか。私は、上海ではじめてレコードをきいた。何と精妙なものだろうと感動した。一枚の平たい円盤が、どうしてこのようなゆたかな音を包含できるのか。そうして、一見、どれも同じにみえるレコードが、それぞれ異なった音楽をうちに蔵しているというのも、奇蹟のように思えたものだった。

私は布の輪から手を抜き、ガラガラを持って、振った。蛍光塗料が闇に曲線を描く。音楽が止《や》んだ。しばらくガラガラを振りまわしてから、私は人形をとり上げた。

目と口、そうして手足の先に蛍光塗料がぬってある。

私は人形を高く低く動かした。

「ただいま、お出ましくださいましたのは、どなたさまですか」日馬秀治がたずねる。「大峰さんですか」

私は、人形にいやいやをさせた。

「ほう、すると、今夜はじめておいでくださった御神霊ですか。どなたさまでしょうか」

私は人形を持ったまま立ち上がり、足音をしのばせ、黎子に近づいた。

人形は空中を飛行《ひぎょう》するように、列席者の目にはうつっている。

いたずら気を出して、私は、黎子の髪をつまみ、ついついと二、三回上にひっぱって、席にもどり、人形を机の上に放り出した。霊が去ったので、人形はただのでくにかえった。

安楽椅子にゆったりと腰を下ろし、義歯をはめると、メガフォンをとりあげ「おお――」と私は声を発した。

「大峰さんでしょうか」

そうだ、と、私はメガフォンをとおして答えた。

私は、三種類の声を使いわける。役の行者の弟子、大峰さんと称し、野太い声、音声を出さないささやき声、女声に似せた裏声。甲高《かんだか》い裏声は、言葉がきわめて不明瞭になるが、これは、その霊が霊媒を使って喋るのになれていないためと説明されることになっている。

「今宵は、ごらんのとおり、娘と息子も加わってお ります。後ほど、彼らにもお言葉を賜わりたいと存じます」

闇のなかで、かしこまって語りかける日馬秀治の声は、何か芝居がかってきこえる。

そういえば、この一場は、私にとっては、まさに道化芝居だが、日馬秀治にとっては、芝居などとはとんでもない、人生のこの上ない至福の時なのだと思うと、私はまことに奇妙な気がした。

「日馬秀治、おうかがい申し上げます。過日扶拈《フーチ》をもちまして……」

天杖《てんじょう》であると、私はかぶせた。日本の神道家にふさわしい名にかえさせることにした。

「天杖、天の杖でございますか。わかりました。以後、その名称を用います。天杖により真という字を賜わりましたが」

真大神《まことおおかみ》である、と、私は言った。

これは、日馬秀治を極度に感動させた。信仰の中心が授けられたのである。

日本の神道は、神社神道、皇室神道、学派神道、教派神道、民間神道の五つの領域にわかれる。

神社神道と皇室神道は、明治維新の時期に結合されて国家神道となった。

アニミズム、自然崇拝を起源とする神道は汎神《はんしん》的で、原始キリスト教のヤハウェに相当する唯一絶対神を持たない。

私は、すべての神を包含する存在として、真大神の名を彼に与えた。たとえれば、真大神は富士山である。そうして、もろもろの神仏は、富士山を形成する土の一塊、石の一片である。この、きわめて融通性に富んだ日本的な神の説明は、みごとに日馬秀治の気にいった。もろもろの神の頂点に真大神が屹《きっ》立《りっ》するのではなく、森羅万象《しんらばんしょう》すべてを包含するものである、と、私は説明を更にひろげた。いわば、大生命である。人もまた、この大生命に包含される一つの粒子である。生と死は一如《いちにょ》。生は大歓喜であり、死もまた大歓喜である。生は、大生命の一つの形であり、死は、別の形に移るだけのことである。

私の独創ではなく、日馬秀治の言葉の断片を、私が再形成したのが、これらの言葉であった。

日馬秀治の信念は、私によって増幅され、荘厳《しょうごん》された。

ひとしきり感動の礼をのべた後、日馬秀治は、

「おうかがい申し上げます」

と言葉をあらためた。

「会のはじめに、人形をよりましとして降霊されたのは、どなたでありましたろうか」

忘れてはならぬものがおろうが、と、私は言った。

そのとき、わあっと悲鳴があがった。

「悠《ゆう》兄さん！　悠兄さんだったんですか」

黎子の声であった。

「悠兄さん！　まだ、いるんですか、ここに」

「黎子」滝子がたしなめた。

「黙っていなさい」日馬秀治がとめた。「黎子に話させなさい」

「悠兄さん、悠兄さん、教えて。わたしが殺したの？　教えて、悠兄さん」

2

―日馬黎子―

悠人《ゆうじん》のことを、うちのものが誰も口にしなくなったのは、いつごろからだろう。

東京西郊にある癲狂院《てんきょういん》に、わたしがひそかに悠人に会いに行ったのは、わたしと暁生が宮城県に縁故疎開することに決まった昭和二十年の三月だった。連夜サイレンが唸《うな》り、サーチライトが交錯《こうさく》するなかを黒い機影が掠《かす》め、時に、呼吸をとめた鳥のように落下した。考えてみると、それはほんの二年足らず前のことなのだ。

そのころ、すでに、悠人は、まるで一度もこの世に存在したことがないもののように、うちのものの口にのぼることはなくなっていた。しかし、疎開が決まったとき、わたしは悠人に一度会っていこうと思った。

以前、長兄の豪人《ごうじん》に連れていってもらったことがあるので、病院への道すじはわかっていた。

父と母は、悠人の入院以来、わたしが彼に会うことを許さなかった。禁止を直接わたしに言いわたしたのは、母であった。

お父さまがお許しにならないからね。

母は、いつもの論法を使った。

母の言葉によれば、何事にあれ、禁止するのは常に父であり、母はその伝達者にすぎないのであった。

子供の行くところではありません。お父さまは、決してお許しになりませんよ。

わたしは、父から言葉をかけられることは、ごくまれであった。わたしと父のあいだには、障壁のように母がいて、わたしは、天皇と為政者のありようの図式が、我が家にもあてはまると思ったりした。

悠兄さんに会いたいと、わたしは豪人にせがみ、豪人は――両親にはたぶん内密で――わたしを病院にともなったのである。そのときは、面会室で、豪人とわたしは悠人に会った。二人の兄は、何かわた

しには理解できないむずかしいことを話しあってい
た。悠人はいくらか神経質に口ごもり、はがゆそう
にせきこんで吃《ども》り、たえず指先をふるわせていた。
豪人はそれに対してあまり表情を動かさず、しかし
真摯《しんし》に受け答えしていると、わたしは感じとった。
このとき、わたしは漠然とだが、悠人は父と母から
見棄《みす》てられたと感じていたようだ。
　かなり幼いころから、たまに悠人と二人でいると
き、わたしは、せつないような、もどかしいような
感覚にとらわれるのだった。あぐらをかいた悠人の
膝《ひざ》のあいだにすっぽりと腰を落としているときだけ、
いくらか苛立《いらだ》たしさが鎮《しず》まり、甘やかな倖《しあわ》せめいた
気持になるのだが、じきに、それでもなお物足りず、
悠人の腕を前にまわし羽交締《はがいじ》めの形にさせ、兄の力
のなかに溶けいってゆく感覚に浸りこんだ。六つ七
つのころまで、そうやって兄に甘えたのをおぼえて
いる。
　六歳年長の悠人とわたしの共有できるものは無か
った。彼が興味を持つラジオの組立てとか外国の映
画とかは、わたしにはまるで理解できなかったし、
彼の蔵書はわたしの歯のたたないものばかりであっ
た。
　豪人にいたっては、九つも年上だから、もう別世
界の住人のようなもので、話が通じないのは当然だ
けれど、悠人は、ほんの少しわたしが背のびすれば
手がとどきそうで、その一歩の距離が無限に遠いの
だった。ただ、肌の触れあいをとおしてしか、わた
しは彼と交流することができなかった。
　悠人の膝に抱きこまれていると、至福と呼びたい
ような感情の昂《たか》まりに泪《なみだ》が滲《にじ》んでくることもあった。
その倖せはごく短く、彼がわたしを抱き下ろして立
ち上がってしまえば終わるのだった。
　少し長じると、わたしは兄に肌で甘えられなくな
り、兄の方でも、わたしを抱くことを忘れた。
　しかし、悠人が部屋に籠《こも》りきることが多くなった
とき、わたしは殻《から》を閉ざした兄にいっそう親しみを
おぼえた。兄は、わたしにとっては了解不能の不気
味な存在とはならなかった。はじめから、わたしと

兄とのあいだには、言葉による流通はなかったのである。悠人は、わたしの闖入《ちんにゅう》だけは拒まなかった。昼も雨戸を閉めきった部屋で、幼いころしてくれたように、悠人はあぐらのなかにわたしを抱きこみ、じっとしていた。

閉ざされた部屋は、安らかだった。わたしは嗅覚《きゅうかく》と触覚だけの世界にいた。視覚はきかず、聴覚は不必要だった。

わたしは、わたしを包む薄闇《うすやみ》が際限なくひろがってゆくように感じた。それと同時に、兄とわたしが一つの混沌《こんとん》とした形のないものとなって、薄闇のなかに充《み》ちると感じた。においと音の区別がつかなくなり、しかも、その音は現実のものではなく、内耳の更に奥深いところで、かすかに鈴のようにふるえ、わたしは、彼の膝のあいだでとろりと睡《ねむ》った。

道はわかっているつもりだったが、駅を下りたとき、わたしは困惑した。豪人に連れられてきたときとは、あたりの様子が一変していた。駅の付近の建物が強制疎開でいっさい破壊されてしまっていたのである。空襲の焼け跡とは別種の強引にもたらされた荒廃がひろがっていた。焼きつくされた場所は諦《てい》観をもって死んでいるが、この土地は、生《な》ま殺しの呻《うめ》きをあげていた。

地元の人らしい中年の女が二人、喋《しゃべ》りながら歩いていたので、わたしは近寄り、病院の名を告げて道をたずねた。

「何だって、あんなところへ行くの」

兄が入院しているのだ、と、わたしは口ごもりながら言った。その種の病院に入院することが、まるで犯罪者が刑務所に入っているのと同様な目で見られるのに、わたしは気づかざるを得なくなっていた。

女たちは、軀《からだ》をひいて、わたしを吟味《ぎんみ》した。不気味なもののいる場所を敢《あえ》て訪れるものは、やはり不気味なのだろう。

「今どき、そんな病気になっていいのかね」

女は咎《とが》めた。咎めることで、不気味さをはぎとろうとしていた。

あんたの兄さんなら、戦争に行く年ごろでしょうが。体が悪いのなら、こりゃあ仕方がないよ。どうすることもできないんだからね。しかし、頭がおかしいなんて、こりゃあ非国民だよ。いい軀をしているんだろう。私の息子なんか、乙種《おつ》だよ。それでも立派に兵隊さんで戦っている。穀《ごく》つぶしっていうんだよ、あの病院の患者のようなのは。あんな病院は閉鎖して、患者も重労働させりゃいいのよ。頭がおかしくたって、穴掘りぐらいできるだろ。頭で掘るわけじゃないんだから。非国民のくせに配給だけはきちんともらって、買出しの苦労もせずに食べさせてもらっている。いい御身分というものだよ。二人の女は、互いに負けじと喋りたてた。

もっとも、働かせるにしても、厳重に監督してもらわなくてはね。何をするかわかりゃしない。このあいだも脱走者が出て、この一帯大騒動だった。自警団が総出で探しまわった。怕《こわ》かったよ。男手が少なくなっているんだから。病院ものんきすぎる。一人一人に手錠かけて足枷《あしかせ》はめるぐらいのことはしてもらわなくては。あの脱走者がつかまったときは大変だったね。棒でなぐられてもなぐられても、血だらけの顔で歯むき出して、むかってきたものね。

わたしは女たちの傍を離れ、うろおぼえの方角にむかって歩き出した。

二十分も歩きまわるうち、記憶にある道に出た。左側は竹藪《たけやぶ》、反対側に古びたコンクリートの塀《へい》がつづいていた。塀の内側から、ありあまる樹々の枝がおおいかぶさり、からまり茂ったヤブカラシが小さい昆虫の単眼を集めたオレンジ色の花をつけていた。繁茂した葉群《はむら》にかくされているが、塀の上端にはガラスの破片が植えつけられ、更に、等間隔に据えた鉄棒に有刺鉄線をはり渡してあった。豪人と来たときと同じだ。ここが悠人のいる病院だと、豪人はあのとき教えてくれたのだった。

車の轍《わだち》の痕《あと》が浅い溝を作る砂利道《じゃりみち》に、竹の枯れ葉が散り敷いている。その葉先が、半ば泥に埋もれたまま、ひらひらと動いているようにみえ、わたしは腰をかがめた。薄青い——たぶん、シジミ蝶《ちょう》だろう

——その年はじめてみる蝶であった。指先で翅《はね》をつまみ、手のひらを二枚貝のようにあわせて封じこめた。かすかな翅のそよぎが手のひらをくすぐった。

手をひらくと、小指の爪《つめ》ほどの小さい翅は、こびりついた泥の重みに、しおれていた。泥をはらえば薄い翅が破れそうだった。わたしは蝶をヤブカラシの葉にのせた。

石の門柱に打ちつけられた『愛光園』の看板は、墨《すみ》の文字が薄れていた。頑丈な木の門扉《もんぴ》は内側から閂《かんぬき》で閉ざされ、わたしは横のくぐり戸から中に入った。正面の木造の建物にむかって、敷石がのび、その両側はじゃがいもと南瓜《かぼちゃ》の畑になっていた。

桃色のペンキが鱗《うろこ》のようにひび割れめくれかえった建物の、玄関ホールが待合室を兼ね、二脚並んだ布張りの長椅子《ながいす》は、どちらも、坐《すわ》ろうとするものを拒むように、布が破れ、スプリングがとび出しかかっていた。外来患者は誰もいなかった。

下駄箱のわきの籠《かご》に、スリッパが放りこまれてある。どれも爪先《つまさき》が破れ、指の痕が黒くへこみ、脂《あぶら》じみていた。使い古して投げ棄てられたもののようだが、外来用の備品であることは間違いなかった。油雑巾《ぞうきん》で土埃《つちぼこり》をなすりつけたような床に裸足であがるのも気色が悪いので、わたしは履《は》きかえた。

わたしは、この、備えつけのスリッパというしろものに、いまだになじむことができないでいる。

備えつけのものを身にまとうと、何か、自分の力の一部がそぎとられ、その場所の支配力に侵されるような気分になるものだ。

受付と記された小窓のすりガラスを軽く叩いてみたが、返事は無かった。

小窓を開けて中をのぞくと、事務机やカルテの棚《たな》があるだけで、空《から》だった。

とび出したスプリングをよけて長椅子に腰を下ろし、そのまま待った。

声をかけるのがはばかられた。建物のなかは、あまりに静かだった。しかし、奥に患者が収容されているという先入観のためか、無人のようには感じられず、扉のむこう、壁のむこうに、息をひそめたものが充満しているように思えた。

病院につきものの消毒薬のにおいと、何か異様な悪臭がいりまじって漂っていた。腐敗した厨芥《ちゅうかい》のにおいに似て、もっと甘ったるく不愉快だった。野犬を収容し殺す場所の近くを通ったことがある。そのときのにおいとそっくりだ。

わたしは、以前豪人といっしょにここに来たときのことを思い出そうとした。これほどひっそりしていただろうか。いや、受付には看護婦がいたし、この長椅子には外来患者とその付添いらしい人が何人かいた。

誰もあらわれないので、わたしはとうとう立ち上がった。こわれたスプリングのはしが腿《もも》をさした。

左右にのびた廊下にペンキの剝《は》げた扉が並んでいる。わたしは、扉を一つずつノックして歩いた。廊下の突き当たりは上部にガラスを嵌《は》めたドアで、そのむこうは外廊下が別棟と連絡している。ドアは鍵がかかっていた。

迷路のような廊下をさまよい歩くうちに、わたしは裏庭らしいところに出ていた。

赤土の地面のほかは何もない場所であった。いや、正確に言えば、わずかな雑草、土に半ば埋まった瀬戸物の破片、そんなものは、あった。

灰色のモルタル壁の建物が庭をとりかこみ、窓の鉄格子は赤茶けた血がにじむように錆《さび》がふき出していた。

壁に寄せかけてあるものを、わたしは、骨格標本に渋紙をはりつけた等身大の人形と錯覚《さっかく》した。生気がまるで感じられなかったのだ。しかし、それは、ゆらりと壁から離れ、わたしの方に近づいてきた。

手を出して、何か聞きとりにくい声で言った。言葉はわからないが、食物をねだっていると察した。わたしは、何も持っていなかった。切符を持たずに不正乗車したような居心地の悪さをわたしはおぼえた。

その男がまとっているのは、襤褸《ぼろ》としか言いようがなかった。病院で支給された白衣なのだろうが、茶渋《ちゃしぶ》で煮浸《にびた》したような風合《ふうあい》、肌との境めである衿《えり》や袖口《そでぐち》は垢《あか》が凝固し、裾《すそ》は海草のように垂れていた。

少しも恐怖心が湧《わ》かないのが不思議であった。いや、警戒はした。まったくこちらには理由のわからないことで突然機嫌を損じるのではないか、そうなったら、暴力で襲われるのではないかという危惧《きぐ》が皆無ではなかったが、同時に、親しみもおぼえた。危惧は、相手がこちらの親近感を認めてくれないのではないかという点であった。男の要求するものをわたしは何も持っていない。一握りの炒《い》り豆が彼の笑顔を誘い出すかもしれないのに。

炒り豆を、わたしは持っている、と、気がついた。外にいて空襲にあい帰宅できなくなったときの用心に、小さい布袋にいれた非常食糧を、わたしたち女学生はいつも携帯していた。しかし、気づいたとき、わたしは、兄もきっと腹を空《す》かせているにちがいないと思った。兄のために、とっておかなくては。男は、わたしの心の動きをよみとったように、表情がけわしくなった。

男の表情が、恐怖心をよび起こした。わたしは後じさった。男の眼に光がこもった。わたしの怯《おび》えが、男を猛々《たけだけ》しくした。友好的な気分は消え失せた。

病院の看護人が建物から走り出てきて、男を短い棒でなぐった。なぐられる前から、看護人を見ただけで男はうずくまり頭をかかえこんだのだが、看護人は容赦《ようしゃ》なく、頭を肩を乱打した。なぐりながら加勢を呼び、もうひとりの看護人が走ってきた。病人を同僚にひき渡して連れて行かせ、看護人はわたしを詰問《きつもん》した。

兄に面会に来たのです、と、わたしは言った。

面会は許されない、看護人は怒鳴りつけた。かってにこんな所に入りこんではいかん。早く帰れ。なぐりつけそうな勢いであった。看護人の持つ警棒が、病人よりもいっそうわたしには怕《こわ》かった。看護人にせきたてられ、わたしは廊下に戻りながら、会わせてほしいということを、しつっこく言った。まもなく疎開するのだということを、とりとめなく喋った。看護人はふと気が変わったのか、ここで待っていろとわたしを廊下に立たせ、奥に去った。

三十分近く、わたしは、ただ立っていた。別の男――たぶんこれも看護人だろう――が来て、何をしているのかと咎《とが》めた。わたしは心細さがきわまり、ほとんど逆上し、まるでふてぶてしく落ちつきはらったのと同じようになっていた。兄に面会にきて、廊下を歩いているうちに道に迷い、庭で病気の人に会い、と、くどくど説明しているうちに、看護人は面倒になったのか、手でわたしを追いやり、行ってしまった。

突然、サイレンが鳴った。警戒警報だろうか、空襲警報だろうか、わたしは判断がつかなかった。

建物のなかがざわつきだすかと思ったが、何の気配もない。わたしのいる所から遠い場所で、人々は動いているのかもしれなかった。

どこにいても、警報が鳴ったら近くの防空壕《ぼうくうごう》に入るようにと指導されていたが、壕がどこにあるのか皆目《かいもく》わからないので、わたしはそこに立ちすくんでいた。

建物の外に出ようにも、出口が見あたらなかった。

いいかげんに見当をつけて、廊下を歩き出した。廊下の板は節が抜けて穴があき、反りかえって継ぎめがすいていた。廊下は、蜘蛛手《くもで》にひろがっているように感じられた。

戸のついてない小部屋があり、のぞくと、便所だった。四つ並んだ大便所はドアが無く、間仕切《まじき》りだけで、そこに男が立っていた。庭で見た男と同じ風態だったし、同じように痩《や》せこけていたが、兄だとわかった。

悠人は、ふらりと近づき、わたしが軀を寄せると肩に手をかけて歩き出した。

わたしは兄に軀をまかせて、いっしょに歩いた。思いついて、腰にさげた布袋をとり、口を開け、悠人の手のひらに炒り豆をこぼした。悠人は、片手はわたしの肩にまわしたまま、豆を握ったもう一方の手を口にはこんだ。ゆっくり、しゃぶるように食べ、わたしと目が合うと、少し恥ずかしそうに笑い、口を開け、指で歯をゆすってみせた。歯は根がゆるんでぐらついていた。

「何も持ってこれなかったの」わたしは言った。

「内緒で来たから」

「外に出よう」悠人は言った。豆が口に入ったままなので、不明瞭な声になったが、わたしには聞きとれた。

「防空壕に入らなくては」

「くだらんよ」と悠人は言った。

「でも、危いかもしれないわよ」

警報が鳴ったら防空壕にとびこむことは、条件反射のようにしつけこまれていた。

のんびりと無人の廊下を二人で歩いているのは、たいへんな規則違反をおかしている気分であり、楽しくもあった。兄の軀は、におった。首すじも手の甲も、垢でどす黒かった。

わたしには、兄が、どの程度正常なのか異常なのか、わからなかった。きわめて病状がひどいといわれた、部屋にこもりきりのとき、わたしには少しも怖ろしくない兄であった。しかし、いま、兄は、どことなく冷ややかで、わたしは感情の交流を感じることができない。庭で会った病人のように、突然気分が激変しそうな不安があった。それでも、他の誰よりも、わたしは兄を親しいものに思った。

兄は、目的地がさだまっているようにぐいぐいと力強く歩き、わたしはそれに従った。

玄関にくると、兄はスリッパのまま、外に出た。わたしはいそいで靴に履きかえ、後を追った。

「悠兄さん、警報が出ているのよ。外を歩いたら危いわ」

「くだらんよ」と悠人は言った。

すると、わたしも、二人でいっしょに歩いている、それだけで十分だ、それ以外のことは、心をわずらわすに足りぬくだらないことだ、という気がした。しかし、悠人がどういうつもりで〝くだらん〟と言ったのかは理解できなかった。理解できなくてもかまわない。悠人とわたしのあいだには、いつだって、言葉による理解は無かった。

兄とわたしは、癲狂院の建物の外に出た。

これは、いけないことなのだ、とわたしは思った。

禁じられていることなのにちがいない。

外の光を浴び、兄は手をあげて目庇《まびさし》を作った。首筋の黒い汚れがうきたった。兄の歩きぶりがたよりなくなった。糸で宙に吊るされ、足先がようやく地についているように、兄は歩いていた。

わたしたちは、久しぶりに会った兄妹にふさわしい会話を、まだ一つもしていなかった。

「疎開するの」わたしは言った。兄が黙っているので、つづけた。「暁生もいっしょよ。お父さまとお母さまと大兄さんは残るの」

悠人のあいづちをわたしは待った。その空白をもてあましたのか、悠人は少し吃って「くだらん」と言った。

わたしは、兄が応答の機能を失っているらしいことを知った。適確な言葉がわからず、ただ、それがみじめな状態であることだけは自覚し、それをわたしに悟《さと》らせまいため、ただ一つ思いつく傲岸《ごうがん》な言葉、くだらんよ、をくりかえしている。自尊心はおかされていないのだ。死骸《しがい》に屹立《きつりつ》するファロスのように。

わたしは少し涙が出そうになったが、こらえて微笑した。すると悠人は、自分の応答が的《まと》はずれではなかったと勇気づけられたように、ぎこちなく笑って、くだらんよな、と言った。

車の轍の痕が残る砂利道に出た。ヤブカラシの葉にのせたシジミ蝶は、もういなかった。わたしたちは子供のように手をつないで歩きつづけた。やがて、警報解除のサイレンが鳴った。わたしは、わたしたちのほかに他人が存在するのだということを忘れていた。兄も、そうだったろう。

人家のあるところに、わたしたちは来ていた。通りすがりの女が、ぎょっとして立ちどまりわたしたちをみつめた。女はあたふたと背をみせて走り去った。

「くだらないわね」わたしは、兄に通じる言葉を言った。

「ああ、くだらん、くだらん」豆を口にふくんだ兄の言葉は、くららん、くららん、ときこえた。

そのとき、わたしは気がついた。〝くだらん〟というのは、父が折にふれて口にする言葉であった。父にはきわめて単純明快な価値の規準があり、それにあわぬものは、くだらん、の一語で切り捨てられる。たとえば、自殺する人間、逃避する人間、懐疑的な人間、それらはすべて情状酌量の余地なく〝くだらん〟やつである。

しかし、兄の〝くららん、くららん〟は、わたしの耳に哀《かな》しかった。

それから兄は勢いづいて、何か早口で喋りだした。口の中の豆が、明晰《めいせき》な発音をさまたげた。辛うじてあとをたどっても、内容は支離滅裂《しりめつれつ》としか思えないものであった。

わたしは数人の男がわたしたちの方に走ってくるのを見た。男たちは鳶口《とびぐち》や棒を振りまわしていた。待て、とか、つかまえろ、とかいう叫びを聞きわける前に、わたしはわたしたちにむけられた殺気を感じとった。兄も同様であった。わたしたちめがけ走ってくる男たちは国防服を着、ゲートルを巻いていた。

兄の風態は、一目で病院のそれとわかるものだ。わたしと兄は、逆の方向にむきをかえ、走った。それは病院に通じる方角であった。頼りない歩き方をしていた兄の足は早かった。兄はわたしの手を握りしめていた。

女の子、離れろ、こっちへ来い。石が当たるぞ。危いぞ。離れろ。

口々に叫ぶ声を聞いた。

離れろ。石を投げるぞ。当たってもいいのか。早くこっちへ来い、女の子。

止まれ、逃げるな、という声も混った。

きちがい、女の子を離せ。

危いぞ、女の子が人質にとられている。

わたしたちは行手をはばまれた。たぶん電話連絡が病院に入ったのだろう。看護人たちがこれも棒を手に走ってきた。

前後をはさまれ、兄はわたしの手を握りしめたまま、道をそれ、畑地に走りこんだ。わたしは、そのとき、足を遅めた。兄といっしょにいたら、投石で打ち殺される。その恐怖がわたしを捉《とら》えた。石は、わたしの背にあたり肩を打った。

兄にひきずられ、わたしは転んだ。その軀の上に、何か重いものがおおいかぶさった。


わたしの認識が明瞭でなくなるのは、その後につづく部分である。

もちろん、わたしは、それ以外のことなら正確に認識しているなどというつもりはない。何もかも、あやふやで、確信を持ってこうだと言いきれることなどありはしない。戦争ということ一つにしても、私にとってのそれは銃を持って戦うことでも国を守ることでもなく、周囲の人々とわたしとの距離とか、かかわり具合とか、それによる悦《よろこ》び、辛さ、などで認識されていたのである。

しかし、投石のあとにつづいた時間は、わたしは、認識のしようもない。意識を失っていたのは、確かである。そのあと、わたしはどこともわからぬ場所で、誰ともわからぬ人々に介抱《かいほう》されたり質問されたりし、何かもうろうとしているうちに家に送り帰され、疎開がそれに続いた。

父も母も、豪人も、このことに関して何もわたしに話さなかった。わたしがたずねようとすると話はそらされ、わたしが病院に行き悠人とともに歩き、悠人が人質をとった脱走者とまちがえられ、といった一連のことがらは、まるで無かったことのように なった。

疎開先で、わたしはそれまで顔をあわせたこともなかった親類の世話を受け、そこでの暮らしに自分をなじませるのにせいいっぱいで、悠人との記憶をとり出して検討する余裕がなかった。悠人との記憶の上に、土砂が積もった。

敗戦後、東京に帰った。誰も、わたしに、悠人の死についてこと細かに教えたものはいなかったが、わたしはいつとなく、彼が投石によって死亡したらしいこと、彼の軀の下にあったわたしは無傷であったらしいことを知った。それは、耳を掠《かす》める人々の話の断片から次第に組み立てられていったもので、断片と断片のあいだには間隙《かんげき》があり、わたしの想像や連想がそれを塗りこめた。だから記憶はいつまでたっても不完全であいまいで、ゆらいでいた。

ときどき、わたしは、悠人に会いに病院に行ったこと自体が、夢か空想の産物であったのだと思い、そう思うと少し呼吸が楽になる気がした。夢と現実に起こったことの区別があいまいになることは、わたしにはしばしばあった。たとえば、わたしは、深夜、父と母が風景画の額を眺めている夢をみた。数日して、それと同じ額が玄関にかかげられた。夢だと思っていたが、わたしは夜中に目をさまし、父と母が購入した絵を眺めているところを実際に目撃したのだった。それと逆の場合も当然あり、その方が多かった。

悠人の写真を、わたしは持っていない。子供のころ家族揃《そろ》ってとった写真があったはずだが、アルバムからはがされていた。悠人は、まるで一度もこの世に存在したことがないもののようだ。


わたしが小野八汐《おのやしお》を知ったのは、上級学校進学を翌年の春にひかえた年の、十一月であった。

その日、わたしは父の書棚からひそかにもち出した本を売るために、三軒茶屋の古本屋に寄った。学校は休んだ。学校で教える程度のことは入試には役にたたない。家で英文和訳の練習問題でも解いた方がいいのだが、家のなかは落ちつかない。患者さんがしじゅう出入りしている。玄関のホールだけではまにあわず、座敷も昼間は待合室に使っている。父の患者さんに挨拶《あいさつ》されるのは苦手だ。〝日馬先生のお嬢さん〟という仮象に、彼らは丁重に頭をさげるからだ。彼らはそのとき、わたしを透して父にむかって頭をさげている。

授業に役に立たないという理由だけではなく、登校が、わたしには苦痛でならなかった。

学校が爆撃にさらされていたそのとき、わたしは疎開していた。そのことが孤立の原因の一つだと、人は言うかもしれない。

東京に残っていた女生徒たちは、交替で若竹寮に泊まりこみ、焼夷弾《しょういだん》の火から建物を護《まも》った。護るよう、学校から命じられていた。皇族の学問所だった建物を下賜《かし》されたという若竹寮は、学校の栄誉の象徴であったから、女生徒たちの焼死より、寮の焼失の方が重大事とみなされたのだろう。学校の本棟は全焼したが、若竹寮は無傷で残った。

焼失した跡地には罹災者《りさいしゃ》用の住宅が建てられ、学校は駒場《こまば》に移転した。鮮烈な連帯の記憶をわかち持たないわたしが、学校で異邦人のようなのは、当然だ。彼女たちのあいだではほんのちょっとした言葉の断片や身ぶりで通じあうことが、わたしには暗号のようだ。

父の本を、下北沢《しもきたざわ》の文栄堂という古本屋に売りに行ったことがあるが、二度めに怪しまれてしまった。

最初のとき、名前と住所を台帳に記入するように言われた。規則なのだそうだ。

わたしは、おかしなことかもしれないが、父の本をかってに売ることよりも、名前をかくすことの方に、うしろめたさをおぼえ、本名を記してしまった。

二度め、また、台帳に記せと言われ、途中まで書いて、筆がしぶった。ためらってから、でたらめな名前を書いた。文栄堂の、水ぶくれの章魚《たこ》は、台帳の前の方をめくり、わたしが前に記入した名前をみつけ出し、同じ筆跡だ、どちらが本当の名前か、と詰《なじ》った。売ろうとしたのが女学生の蔵書とはとうてい思えない本だから、疑われるのが当然だった。

父の本を売るのに、罪悪感が少しも起こらないのは、不思議だ。いや、これらの本は、父にとって大切なものではない。あってもなくてもいいように、ページもめくられないままに忘れられている本たちなのだ。

しかし、知れたらとんでもない悪事をおかしたように叱責《しっせき》されるだろうから、それが憂鬱《ゆううつ》なだけだ。

おそらく、父は、愚昧《ぐまい》な人間だという苦々しい目でわたしを見、母はたいへんな破廉恥《はれんち》罪をおかしたように居丈高《いたけだか》に叱《しか》りつけ、その叱責の甚《はなは》しさがわたしの罪悪感とつりあわないので、わたしは黙って頭をさげているだろう。

父の裁決は、黒か白かに割りきれている。善ならざるは悪である。悪は不浄である。父は清浄の人である。『善』の裁断器がちゃんと下りる。はみ出した部分は、うむをいわせず切り捨てられる。悠人も、そうやって切り捨てられた。父の鏡には、悪は明瞭な輪郭をもって映し出される。わたしの鏡には、えたいの知れぬもやもやしたものが映っているだけだ。

小野八汐は、どんな鏡を持っているのだろう。

小野八汐は、文栄堂の次にわたしが本を売りに行った三軒茶屋の白楊堂《はくようどう》のひとである。

店の奥に空の水槽があって、少しなまぐさかった。水垢の汚れがガラスの壁に付着していた。小型の山《さん》椒魚《しょううお》を飼っていたのだと、小野八汐は言った。山椒魚というのは、ほとんど動かないで、何時間も同じ姿勢を保っている。自分も、店番をしているとき、あまり動くことがないので、しばしば、山椒魚と顔をむきあわせ、みつめあっていた。ふと気がついたら、山椒魚と自分と、意識がいれかわっていた。自分が山椒魚の姿で水槽の中におり、店番をしている自分の姿をみつめていた。

また、もとに戻ったのね、と、わたしは念を押した。

山椒魚は、奥多摩の川に放した、と、小野八汐は言い、それから、これは外国の小説にある話だよと言った。

わたしは、からかわれたのかもしれない。

わたしは極端に人見知りが強い。それが、小野八汐には、初対面なのに、この水槽のなかには何がいたのですか、とたずねた。名前は、あとになって知ったのである。

この店に入ったとたんから、わたしは、何か懐かしいような気分に浸されていた。はじめて足を踏み入れる場所というものは、ぎっしりと空間に何かが詰まっているみたいで、わたしははじき返されてしまうのだけれど、ごくまれに、躯がすっぽり包みこまれるような居心地のよさを感じる場所がある。はじめて訪れたにもかかわらず。白楊堂がそうで、わたしは、いくらか羽目をはずしてなれなれしくなっていた。この居心地のよさが、どういう理由からくるものか、わたしには説明がつかない。その場所とわたしの波長が合ったとでもいうほかはない。

学校へはいつも下北沢から井《い》の頭線《かしら》に乗るのだが、一度、三軒茶屋まわりのコースをとったことがあって、そのとき、『古書高価買入　白楊堂』と看板を出した小さい店があるのに気づき、いつか寄ってみようと思ってはいたのである。

わたしから買いとった本を、小野八汐は机の上に置いた。奥まった、畳二枚ぶんほどの場所に彼は机を前に坐り、脇《わき》に小さい手提金庫を置いている。水槽は金庫と反対側にあった。

その畳敷きの場所は土間より六十センチぐらい高いのだが、小野八汐は佝僂《くる》なので、立っているわたしの顔の位置は小野八汐の顔より少し高い。背後は障子で、茶の間につづいていた。彼は山椒魚の話をわたしにした。

彼の声は快《こころよ》かった。悠人の膝のあいだにすっぽりと包まれる感覚が、久々によみがえった。わたしは

いつまでも聞いていたかったが、そういう心の動きを気《け》どられるのが恥ずかしく、本の代金を握って、書棚の前に立った。背後に、彼を感じていた。何を買おうかとわたしは物色した。世界戯曲全集が並んでいるが、これは揃いでないと売らないらしい。二十冊揃いの値段を記した白い紙でひとまとめにしてある。新刊書店には、仙花紙《せんかし》の薄っぺらな雑誌しかないので、薄暗い古本屋の書棚が、贅沢《ぜいたく》に豪華にみえる。どの本も、みな値段を記した白い帯をつけ、錠を閉ざした金庫のように中みをかくしている。彼の細い繊細《せんさい》な指が、この作業をしたのだろうか。彼の顔は、指と同じように繊細で、骨の上に薄い皮膚をはりつめ、瞼《まぶた》のふちや唇は、くっきりと刻みめをいれられていた。眼の表情の明るさが青白い肌と不釣合で、その眼は眼窩《がんか》の奥に深く嵌《はま》り、何かをのぞかせてくれるように黒々と開いていた。

わたしはその眼をのぞきこみ、黒い通路がどこにわたしを導いてくれるのか知りたいと思ったが、もちろん、そんなことをする勇気はなかった。

客の入ってくる気配がした。足音で、わたしのうしろを通り抜け奥に行ったのがわかった。

「これ、ありがとう」若い女の声だ。振りむくと、わたしぐらいの年の女の子が、本を彼に手渡していた。「また、何か貸してね」

おぼえてしまったわ、と言って、少女は、我れ非情の河より河をくだりしに、とつづけた。船人の綱のいざない、いつかおぼえず、と彼の声が加わった。罵《ののし》り騒ぐ蛮人《あかびと》は　やつらを標的《まと》にとひっとらえ　いろとりどりに立ち並ぶ　杭に裸に打ちつけぬ。

ゆけ　フラマンの小麦船、と、わたしは心のなかで歯ぎしりするようにつけ加えた。

わたしはひそかに、わたしだけのもののように思っていた詩句を、闖入者《ちんにゅうしゃ》が無造作に口にしたことに怒り、それを闖入者が彼と共有していたことに嫉妬《しっと》した。そうして、激しく嫉妬する自分に呆《あき》れた。

しかし、嫉妬は、わたしに、心をかくす用心を忘れさせた。闖入者が「ヤシオさん」と彼に話しかけたとき、

「ヤシオって、どういう字を書くんですか」と、わたしは強引に割りこんだ。

彼は、最初から三人で話しあっていたとでもいうふうに、すんなり、「漢数字の八に、汐」と教えた。

「八汐さん？　名前は？」と、わたしは彼の方に歩み寄った。八汐というのは苗字《みょうじ》だと思った。

「それが名前」

「それじゃ、苗字は」

「小野」

「小野八汐さん？」

「そう」

「わたしは、日馬《くさま》黎子です。日の馬と書くの。珍しいでしょう」口がかってに動いて喋っていた。

「この店は、本を売るとき、名前を帳面に書かせないんですね」

闖入者は、わたしが売った本を手にとり、ページをめくっている。

「海が好きなのですか」わたしは話をとぎらせたくなかったので、訊《き》いた。

「どうして？」

「海の好きそうな名前だから」

「名前は、親がつけた」

「そうですね」わたしは少し赤くなった。「名前は自分のものなのに、ひとがつけるのだから、おかしいですね。一生、他人の思いを背中に貼《は》りつけているみたいですね」

そう言ってから、わたしはいっそう赤くなり、舌を噛《か》みたくなった。小野八汐は、わたしの言葉を気にとめないようにみえたが、わたしがどぎまぎして言葉を失ったので、背中という言葉が宙に浮き、くっきりきわだってしまった。わたしは彼の軀を少しも醜《みにく》いと思っていないし、そういう軀をしていることも含めて、そのままの八汐を好きなのだと言いたかったが、言葉にあらわすのはむずかしすぎた。

「こんな本、読んでいるの、八汐さん」闖入者が、わたしの売った本をひらひらさせて言った。

「こんなこと、興味があるの？」

しちむずかしい本を文栄堂に売ろうとして見咎《みとが》められたから、わたしは、もう少し手頃なのを選んで持ってきたのだった。

父の書物は、読むことを禁じられていた。父の本とかぎらず、大人の本はいっさい、読んではいけないと命じられていた。映画の十八歳未満おことわりと同じだが、両親の禁令は小説本の全部に及んでいたので、小学生のころでも、許される本はあまりに他愛がなさすぎた。わたしが本に読みふけるのを喜ばない父が、積極的にすすめる一群の本があった。

霊界通信、霊界物語、といったたぐいである。

小野八汐に売ったのは、霊界通信とサブタイトルのついた『小桜姫《こざくらひめ》物語』という本で、これは読むと父にほめられるから、子供のころくり返し目をとおした。わたしの本といってもいいくらいだ。鎌倉時代、三浦半島の豪族の娘だった小桜姫という女性が、死後の霊界の生活を霊媒《れいばい》を通じて語り、それを本にまとめたというしろもので、七つ八つのころは、けっこう本気にして読んだのである。

その本によると、死後、霊魂は、せっせと修行を積むことを要求される。怠ると地獄のようなひどいところへ墜《お》とされる。〝精神統一し無我の境に入ると霊魂は碧《あお》い透明な球体になる〟という一節だけが、印象深かった。うまく碧い珠《たま》になれないと、お目付《めつけ》役《やく》の霊魂にひっぱたかれるというのである。ひっぱたかれるというのは記憶ちがいで、叱られるというだけのことかもしれないが、死んでからまで勉強させられるのではかなわないと、子供のわたしは、うんざりしたものだった。

しかし、碧い透明な球体には心を惹《ひ》かれた。わたしはしばしば透明な空間に在る透明な碧い球体を思い浮かべた。それはゼリーが辛うじて形を保っているような、たよりなく、いとおしいものに思われた。

「お客さんから、今、買った本だ」小野八汐はわたしの顔をちょっと見て言い、わたしはますます赤くなり、いたたまれない思いをした。闖入者は、こんな本を持っているのか、おかしな人だ、と、わたしを軽蔑《けいべつ》しているようにみえた。

霊媒がはじめてわたしの家に来たのは、それから三日ほどたった日曜の夜だった。

父はわたしと弟の暁生にも出席するように命じたが、わたしは拒んだ。珍しく、父はわたしの不従順を許した。

霊媒がきたとき、わたしは不愉快なものの顔を見ないですむように早くから茶の間に入りこんでいた。わたしの部屋は交霊実験が行なわれる二階の座敷の隣りで境は襖《ふすま》一枚だから、まきこまれないためには階下に避難していなくてはならないのだった。父が交霊実験の会にしばしば出かけて行くのは知っていたが、家に霊媒を呼びこむことまでするとは思わなかった。

中廊下を通って階段を上がって行く霊媒の足音だけ聞こえた。わたしは三日前白楊堂で『小桜姫物語』を売った金でもとめた『閉ざされた庭』を読んでいた。フランスの翻訳小説で、おそろしく暗い話だ。読みながら、ふっと気がそれて、山椒魚と意識が入れかわったという小野八汐の冗談を思い出した。

冗談には違いないが、恐ろしく思えた。小野八汐は決して陰湿ではない。明るい。その明るさは、雷雲が垂れこめようとする前の青黒い空の、水平線のあたりの異様な明るさに似ている。

『意識』は、わたしの、もっともわたし自身であるところのものなのに、それがわたしの制御を離れ、かってに移動するとなったら、足もとの大地がなくなってしまうようなものだ。

わたしは、少くとも、わたし自身でありつづけたい。新聞に、山口県の農家の主婦が、神がかりになって辻説法《つじせっぽう》をはじめ、それに和する人々が集団的にエクスタシーに陥り、踊り狂うという記事と、写真がのっていた。踊っている人たちの表情は、醜い。痴呆《ちほう》の顔だ。自分を、あっさりと、ほかの力のなかに溶かしこんでしまっている顔だ。

いや、小野八汐の話は、意識を溶かしこんで自分を見失うのではなかった。意識は明瞭なのに、それの居場所だけが違ってしまうのだ。

小野八汐の角ばった軀のなかにいるわたしの意識という思いが浮かんだ。わたしは、わたしでありながら、彼の軀の哀《かな》しみがもっとよくわかるようになるだろう。彼は、哀しいだろうか。わたしにはわからない。

そんなことを思っているとき、野太い吠《ほ》えるような声が聞こえた。遠いところから、幾重もの障害を越えてひびいてくるような声だ。交霊実験がはじまったのだ。何を喋っているのかは聞きとれない。電灯が消えた。毎晩のように停電になる。暗いなかに、陰鬱《いんうつ》な吠え声だけがひろがる。

わたしは、思い出した。母が暁生を産んだとき、なぜか、入院せず、自宅で分娩《ぶんべん》した。深夜だった。獣の遠吠えのような、何ともいえず陰惨《いんさん》な声が高く、細く、間を置いては聞こえた。月に吠える狼の声だって、こんなにやるせなく陰惨ではないだろう。陣《じん》痛《つう》の呻きだと、あとになって知った。

わたしは手さぐりで蠟燭《ろうそく》に火をつけ燭台《しょくだい》に立てた。一本だけだ。貴重品だから無駄にはできない。小さい灯がもう一つゆらいで、暁生が入ってきた。「ひとりでいると怕《こわ》い」と言った。わたしは暁生の蠟燭を吹き消した。

実験の行なわれている二階の座敷には、床《とこ》の間《ま》いっぱいに嵌《は》めこまれた大祭壇がある。毎朝、この前で家族が揃って礼拝する。この儀式から宥免《ゆうめん》されているのは、豪人だけだ。大学病院に勤務する豪人に、父も母も一目《いちもく》おいているようにみえる。戦争中の皇道神道《しんとう》の尾のかげにいまだにあるような我が家から、豪人は、するりとぬけ出している。豪人は、アメリカのにおいを身につけている。彼ひとり、日曜日にはどこかの教会に行く。米人の牧師が来るので、会話の勉強になるということらしい。

豪人は、いっしょに住んではいるけれど、半分独立した生活をしている。わたしと暁生が父と母に従い、朝食の前に祭壇に灯明《とうみょう》と水と米を供え、祝詞《のりと》をあげるとき、豪人は自室で眠っている。仕事がいそがしくて帰宅が遅い。そうして、父が朗々と祝詞を奏上しようとするのを、母がたしなめる。豪人の眠りをさますと言って。豪人が自由を得ているのは、自分の収入があるからだろうか。

祝詞を、子供のころは、わけもわからず唱えていたが、仔細に考えると奇妙な文言である。『罪』と『穢《けがれ》』が不可分のものとされている。しかも、その罪穢れは、雑多なものを網羅している。母と子とおかせし罪、子と母とおかせし罪、獣おかせし罪、呪《まじもの》せし罪、生膚断《いきはだ》ち、死膚断《しにはだ》ち、白人《しらひと》こくみ、糞屁こたくの罪、即《すなわ》ち、わたしと暁生は、毎朝、近親相姦《そうかん》、獣姦、白子である罪、排泄《はいせつ》の罪、その他もろもろをはらい浄《きよ》められて、登校するという次第である。

やがて、ひっそりした足音とともに、霊媒は帰って行った。

一週間後、再び霊媒が来た。そのとき霊媒は、わたしと同じ年のひとを連れてきた。佑子と霊媒が呼ぶそのひとが、小野八汐のところで会ったあの闖入者であったことに、わたしはぞっとした。

佑子の表情からは、わたしを記憶しているのかどうか、読みとれなかった。わたしは佑子に気おくれを感じた。彼女がわたしのささやかな悪事の目撃者であるという理由によるものではない。また、わたしが不覚にも心をつき動かされた相手と、より親しい位置にいるためでもなかった。十分に感情のバランスのとれた大人を佑子に見たためであった。わたしは、他人とのかかわりあいがぶざまである以上に、自分とのかかわりが不器用で、ともすると、制御の効かないわたしにこづきまわされ、くたくたになるのだが、佑子は、おそらくそんな弱みは持たないだろう。

　佑子は、一目でわたしを見抜かなかったにしても、霊界通信という特殊な本を売りに来た娘と、霊媒を招いた家の娘と結びつけるのは、たやすいことだったにちがいない。

　あのとき、佑子は、『小桜姫物語』をも、またそんな本を売りに来たわたしをも、ばかばかしいと嗤《わら》っているようにみえたのだが、その佑子が、霊媒の相棒を、平然とつとめているのである。

　霊媒は、いたって風采のあがらない小男であった。正座すると、丸っこい膝は、たるんだ腹の下からわずかにのぞくだけだ。卑《いや》しい感じはしないが、神秘的なところなど少しもなかった。

　わたしは父の厳命で、同席せざるを得なくなった。霊媒と佑子は、中央に筆をくくりつけた棒の両端を持ち、字を書いた。二人とも目をつぶっていたので、わたしは少し驚いた。目を閉じたままでこれだけの文字を書くというのは、たいしたものだと、認めないわけにはいかなかった。

　書き終わった霊媒は、無邪気そうに小さい丸い目をしばたたいた。ほう、と感心した顔で自分の書いた字を眺めた。

　わたしは佑子を観察した。仏像を思わせるゆったりした顔だ。誰からも等間隔のところに腰を据えてゆるがないというふうだ。後で、食事のときに、佑子が引揚者で身寄りが無く、霊媒のところに居候《いそうろう》しているが血のつながりはないのだというような事情を霊媒の口からきき、わたしは不思議な気がした。

家族のいるわたしの方が、愛情乞食《こじき》で、孤児の佑子は他人の思惑に超然としている。心のなかまではわからないけれど、少くとも、外見《そとみ》にはそう見える。用心深く、周囲を信じていないために、かえって泰然としてみえるのかもしれない。

わたしも扶拈《フーチ》と呼ばれる棒の先端を持たされた。不愉快であった。

登校の苦痛は、ますますひどさを増した。

駅にむかおうとすると軀がこわばり、呼吸が苦しくなり、目まいがして倒れそうになるのを、わたしは何度か経験した。むりに歩こうとすると吐き気さえしてくる。空気がセメント色に不透明になり、石壁のなかに閉じこめられる。

この日は、特にそれがひどかった。わたしは、三軒茶屋まわりのコースをとることにして軀をだますことを思いついた。ほら、たのしいところへ行こう、とだましておいて、渋谷《しぶや》行きの電車に軀を放りこんでしまう。そうして大橋《おおはし》で降りればいい。学校は駒場と大橋の中間である。

三軒茶屋の停留所には長い行列ができていた。青い巨大な芋虫《いもむし》のような路面電車は、乗降口まで人が溢《あふ》れていた。待ちかまえていた人々は殺到し、重なりあい、押しのけ、ひきずり下ろし、ただ電車に乗ることだけが、その日の使命でもあるようだ。一台めには乗れなかったが、かなり先頭に近づいた。うしろにたちまち列がのびた。次の電車が来たとき、前の男の背を押してステップに足を割りこませるかわりに、わたしは一足脇へのいていた。ふくれあがった電車がゆらゆらと危《あぶな》っかしく走り去ったあと、気がつくと、わたしは列からはみ出していた。乗るためには、再び最後尾につかなくてはならない。歩いたほうが早いくらいだ。

わたしには闘争心もパッションも、決して欠けてはいないはずなのに、それらは凍結してしまっている。渋谷の方にむかって歩き出す、ただそれだけのことに、わたしは全精力を費した。

努力を放棄する前に、わたしは折衷《せっちゅう》案を思いついた。ほんのちょっと、白楊堂をのぞいて行こう。ひととき、たのしい思いを味わわせたら、そのあと、軀は、わたしの命令をきくだろう。

小野八汐は、駱駝《らくだ》色の衿巻《えりまき》を首にまき、小さい瀬戸の火鉢《ひばち》に両手をかざしていた。

わたしはなめらかに店の中に入りこみ、あまりに現金な軀の動きを悲しんだ。

これから学校へ行くんだけれど、と、訊かれもしない先に言い、わたしは書棚を眺めわたした。

次の瞬間、わたしは自分でも思いがけない行動をとっていた。頭に思い浮かんだとたんに、軀がすばやく動いて、まるで考えの方が行動のあとを追ったようだった。小野八汐の隣りにひょいと並んで腰を下ろし、軀をかがめて前方をみつめたのである。

薄暗い店の奥にうずくまった前の方に、しらじらと明るい空間があった。

「いつも、こうやって見ているんですね」

小野八汐は、瀬戸の小さい火鉢をわたしの方に少し押しやった。火鉢のふちはぬくもっていた。

この前買った本は、もう読んだのか、と彼は訊いた。もし読み終わったのなら、持ってくれば、買いとるよ。その代金で別の本が買える。売ったときの値段で買ってあげる、とさえ彼は言った。これは、貸してくれるのと同じことだ。わたしは嬉《うれ》しさのあまり、吃って、そんなことはできない、と辞退した。それでは営業妨害になるでしょう、本は商品なのだから。彼は、苦笑して、それ以上はすすめなかった。

わたしの遠慮が、変にひねこびていたのかもしれない。この前、あなたから買った本は、売れたよ、と彼は言った。あんなおかしな本を買う人もあるんですね。あの手の本があれば、持っておいで。欲しがっている客があるから。

まだ、あるかもしれません。

あなたの本？　ああいうことに興味があるの？

いいえ、いいえ。わたしは耳がほてった。

その日、わたしは遅刻した。担任教師に理由を詰問されたとき、つじつまのあった嘘《うそ》を考えるのがめんどうになって、黙っていた。教師はわたしの耳をなぐり、わたしは痛みより恥ずかしさのために、走って逃げた。教師は追ってきたが、途中で引き返して行った。わたしはそのまま校門を出た。家に帰るには早すぎた。白楊堂に寄るのはためらわれた。一日に二度もたずねるのは、しつっこすぎる。わたしは彼に、好意を持っていると知ってほしいけれど、それが過剰なほど激しいことをさとられたくはなかった。

下北沢で電車を下りてから、わたしは闇市《やみいち》で少しうろつき、それから公園に行った。

戦時中に鉄の部分をすべて献納した遊具は、解体途中で放置されたような姿をさらしていた。ベンチに寝ころがっている人影を見た。浮浪者かと思ったが、中学の制服を着た少年で、少し近づくと、弟の暁生であることがわかった。暁生は、解体された遊《ゆう》動円木《どうえんぼく》の丸太のように軀を投げ出していた。わたしは足音をしのばせて去った。

時間をつぶして夕方帰宅すると、先に帰り着いた暁生が母に叱られていた。叱られる場所は、二階の座敷の祭壇の前と決まっている。隣りの自室にわたしは入った。襖越しに母の叱責の声が筒抜けにきこえた。暁生の無断欠席は一日や二日ではないらしく、学校からの連絡でそれを知らされた母は、激怒していた。母の声がとぎれたとき、暁生は気弱い声で、何だかだるくて、と弁解した。年寄りじみたことを言うのではない、と母は叱った。今から、そんなにのらくらと怠《なま》けていてどうするのです。気持の持ちようで、どうにでもなるものです。しゃんとしなさい。明日から必ず学校に行きなさい。はい、と暁生は答えていた。次第に自閉的になっていった悠人の影を、母は暁生の上に見て、がむしゃらに追い払おうとしているようだ、とわたしは思った。

その後、わたしは、とにかく登校はしようとつとめた。公園のベンチに寝ころがっていた暁生は、いかにも無気力でみじめで、わたしは鏡にうつし出された自分を見たような気がした。

暁生の動作がひどく投げやりなのに、わたしはあらためて気づいた。父や母の目のとどかないところではすぐ横になり、足音がするとあわてて居ずまいを正している。わたしの目にさえ、それはだらしなく、ふてくされているようにうつった。

疎開しているとき、暁生は、わたし以上に土地の子供になじまなかった。わたしは弟の淋《さび》しさに気を配る余裕はなく、その上、姉弟であろうと男の子と女の子が身を寄せあっていれば、あからさまなからかいの種になることもあり、離れ離れに小さい薄い殻《から》で辛うじて各々をまもる状態にあったのだった。

わたしは暁生には何も言わなかった。暁生は母の管轄下にあり、わたしがさしでがましく暁生と話しあうのは越権行為であった。

一日の授業が終わると、わたしはすぐに下校し、白楊堂に寄るのを日課とするようになった。英語の練習問題を彼にたずねると、すらすら解いてくれたことから、彼の傍で問題集をひろげる習慣がついた。わたしは、勉強という狡猾《こうかつ》な口実で、わたし自身をさえだましました。

白楊堂のガラス戸の内側に木綿《もめん》のカーテンがひかれているのを見たとき、わたしは、わたしのささやかな欺瞞《ぎまん》を小野八汐が嗤っているような錯覚《さっかく》をもった。引違戸《ひきちがいど》は鍵がかかり、わたしは拒まれていた。隣りの店とのあいだの細い露地をぬけて裏にまわってみたが、裏口もしまっていた。裏は空地で、どぶ泥のにおいがかすかにした。霜《しも》どけの土がぬかるみ、ズック靴の底に厚くねばりついた。

一週間、白楊堂は閉ざされたままであった。隣りの店のひとに、古本屋さんは店をやめたのですか、と訊いてみた。病気だろう、と、店のひとはことともなげに言った。あのひとは喘息《ぜんそく》の気があるから、家に帰って寝ているんだろう。家って、ここに住んでいるんじゃないんですか。住まいはここから五、六分のところだよ。相手が、妙にさぐるような目をむけたので、わたしは口をつぐんだ。

三度め、霊媒が佑子といっしょに訪れて来たのは、それから数日後であった。

そのとき起きたことを、わたしは、どう説明していいのかわからない。

わたしと暁生も交霊会に出席するよう、あらかじめ、父に厳命されていた。

父はわたしに、霊媒の手首を縛れと命じた。わたしにそう命ぜざるを得ない父の憤懣《ふんまん》を感じた。彼にとっては明晰な事実であることを、なぜ疑うのかと、彼は苛立《いらだ》っていた。縛って実証せねば信じようとしないわたしや暁生を哀《あわ》れんでもいるようだった。

わたしは、不合理なものを信じようとはしなかった。この夜までは。

敗戦まで、わたしたちは、あまりに不合理を無条件に信じることを強《し》いられてはこなかったか。精神主義とか信念とかいう言葉がかるがると持ち出されるとき、わたしはアレルギー性の嫌悪をおぼえる。わたしにわかっているのは、わたしの心も軀もきわめて脆弱《ぜいじゃく》であり、しかもその脆弱な武器で何とか生きていかなくてはならないということで、その上、凡庸《ぼんよう》な生は拒否する、と、気負ってさえいるのだ。たかが、学校が不愉快だくらいのことで鬱屈《うっくつ》しているくせに。

どれほどひ弱であろうと、わたしは、わたしの理性を父の迷信の上に置いてきた。

だが、この夜わたしは、何か深い淵を一気にとび越えたのだ。それとも、わたし自身を何ものかに明け渡してしまったのか。

暗闇は、戦争のあいだ、わたしたちに身近なものであった。わたしたちは比喩《ひゆ》ではなく、文字どおり暗い夜を過した。光を殺し、日本列島が暗い死魚となり、わたしたちは息をひそめていた。

しかし、この夜、わたしがそのなかにいた闇は、これまでに経験したことのないたぐいのものであった。

黒闇《こくあん》のなかで、わたしは軀の輪郭を失った。闇は無《む》辺際《へんざい》にひろがった。地平を持たぬ荒野であった。わたしは、ただひとりでそこにいた。皮を剝《む》かれた獣のように、赤剝けた魂となり、ひりひりと痛み、やがて大地も消え、浮遊していた。一方で、わたしは、交霊実験中の室内にいるのだ、何人もの人といっしょなのだ、と、理解していた。わたしは決して、理性を失ったわけではなかった。

闇のなかで泣いている幼児を見た。実際に目に見たのではない、心に浮かんだだけかもしれない。その幼児の言いようのない淋しさを、わたしはそのまま感じた。

そのとき、青白いぼんやりした光を、これは肉眼に見た。

ああ、人形が動いている。わたしはすなおにその現象を受け入れた。踊る人形をみつめているわたしの髪が、瞬間、ひっぱられた。そのときである。見守られている、愛されている、わたしは愛されている、愛されている、そう、わたしは感じた。激しい喜びが、わたしのなかから溢れ出したのか、外から押し寄せてわたしを包んだのか、わたしは熱い海のなかにいた。

歓喜の昂《たか》ぶった波は、徐々に鎮《しず》まったが、わたしはなお、静かな喜悦のなかにいた。

霊の声が重々しくひびいたとき、わたしはもはや、何の疑いも持たなくなっていた。その声が何を語っているのかは、心にとまらなかった。声は、父と語りあっていたからだ。わたしはただ、あたたかいやさしい感覚に包まれていた。さっき人形をよりましとしてあらわれたのはどなたでしたでしょうかと、父が訊いた。忘れてはならぬものがおろうが。思いもかけぬ号泣が、わたしの咽《のど》からほとばしり出た。

3

――倉田佐市郎――

メガフォンを落とし、私はいそいで両手を輪のなかにもどした。電灯がつけられた。瞼《まぶた》をとざしていても眩《まぶ》しい。私は身動きせず、数分間、トランス状態のふりをつづける。手首の縄がとかれる。といているのは、滝子である。気配と指の感触でわかる。黎子は泣いている。これほどたやすく逆転したのかと、私は黎子をいささか哀《あわ》れに思った。

おもむろに眼を開く。暁生が、とまどった視線をすばやく姉に走らせてはそらせた。

交霊会は毎週日馬《くさま》邸でもよおされ、列席者が少しずつ増えた。日馬秀治が、患者や知人を誘っているのであった。

日馬秀治には、人を信頼させる力がそなわっている。彼には私欲がほとんど欠如し、その欠落部分は強固な信念で埋められているからだ。

彼の強い要望で、その後、私は黎子にエクスタシー訓練を与えねばならなくなった。黎子は、しかし、疑い深かった。最初の交霊会で、不信はみごとに信に逆転したが、自分に霊媒《れいばい》の素質があるとは思っていなかった。恐怖心もあった。

神前に二人だけで坐《すわ》り、瞑目《めいもく》させ、軀《からだ》を小きざみに震動させトランス状態にみちびこうとしたが、黎子の嫌悪感が強く、うまくいかなかった。黎子はトランスに陥ることを怖《おそ》れ、拒否していた。

それで、私は黎子にまず天杖《てんじょう》を教えこむことにした。

いつも私が坐る側に、かわって黎子を坐らせた。私は受座についた。即《すなわ》ち、霊能力を発揮するのは、この場合、黎子ということになるのである。

目を閉じて精神統一につとめなさい。私は命じた。そのうち、腕がひとりでに動きだす。逆らわずに動きにまかせなさい。

霊がわたしの腕を動かすの？

私は重々しくうなずいた。そうして、私の命じたとおり瞑目している黎子のために、光という字を書いてやった。

筆がとまってからも、しばらく黎子は動かないでいたが、やがておそるおそる目を開き、紙の上にあざやかに記された文字を見て息をのんだ。

でも、これ……、黎子は釈然としないように言った。倉田さんが書いたのよね。

私ではないよ。私は答えた。黎子さんが神伝《かむづた》えの座についたのだからね。

黎子は半ば疑い、半ば信じかけていた。

それから、しばしば練習をくりかえした。黎子は興味を持ちはじめ、練習は毎日になった。

そのうち、黎子はひとりで筆を動かしはじめた。

これは、ロシアの生理学者セチョノフの説によれば、筋肉の観念運動行為である。

何かの運動を想像しただけで、対応する筋肉はかすかに収縮する。神秘への期待は、運動を強化する。

最初は、意味をなさない線が縦横ななめにひかれるだけであった。

やがて、黎子の心のなかで、これは〝ま〟の字を書くのかな……、そう思ったとき、筆は〝ま〟を記している。黎子が筆を動かしているのだが、想念と筆の動きはほとんど同時だから、あたかも思いが筆の動きのあとを追っているようでもある。

黎子は意味の通じる文章を書くようになった。しかも、狡猾《こうかつ》に、彼女は目を半眼に薄く開いて書くことを、私に教えられる前にやりはじめていた。私は、いつも薄く目を開いている。外から見れば閉じているとしかみえぬほど、細く。

『自動書記』もできるのではないかと期待したのは日馬秀治である。ひらたく言えば、『お筆先』だ。

もちろん、ここまでくれば、自動書記もたやすい。二人で筆を結んだ棒をささえ持つかわりに、ひとりで鉛筆で書くだけの違いである。

日馬秀治の喜びようは、まったく無邪気であった。毎日、神前に娘を坐らせた。文机《ふづくえ》の上には数本の鉛筆と藁半紙《わらばんし》の分厚い束が、常に用意されている。紙は貴重品だが、患家に紙問屋がいて融通してくれるので、日馬の家では不自由していなかった。

黎子は、この頃、上級学校進学を断念している。入試の日に、失神発作を起こして倒れた。日馬秀治は平然としていた。神伝えが黎子の天職である、進学などは不必要だ、そういう神意が、一時的な病気の形をとってあらわれたのだ、と彼は説明した。失神からさめた後、喘息《ぜんそく》のような呼吸困難がつづいたが、心配はないという日馬秀治の言葉どおり、黎子はじきに常態にもどった。

この後、しばしば発作を起こすようになった。霊の働きかけに敏感なのだと、日馬秀治はかえって喜ぶ気配であった。

私の目にも、黎子の発作は肉体の疾患とはうつらなかった。見た目にはずいぶん苦しそうだが、黎子自身、その発作をおもしろがっているようなところが仄《ほの》見《み》えた。

私は、実験動物の変化を見る目で、黎子の変化を、日馬秀治の様子を、更には交霊会参加者の次第に増加するさまを、見た。

このごろ、自動書記や天杖のとき、書く内容が先に浮かんでくるみたいなの。黎子は、いくらか不安そうに打ち明けた。手がひとりでに動いて書くのではなく、自分で書いているようなの。

それでいいのだよ。私ははげました。考えるといっても、黎子さんが考えるわけではない。霊が書かせたいことをあなたの脳に命令しているのだよ。それを正確に受けとめればいいのだ。

そうね。わたしがまちがったことを書きかけると、筆がとまってしまうの。そうして、正しい言葉をつかまえたとき、楽に動きはじめる。そうして、ふいに、鋭い刃物で断ち切られたように、言葉の流れがとまるの。頭のなかが空白になるわ。やはり、わたしがかってに考えているわけではないのね。黎子は笑顔をみせた。稚《おさな》さの残る少女の顔だ。私は、哀れみとともに、かすかな憎しみもおぼえる。たぶん、この娘があまりにもろいからだろう。

佑子といるときには、私はくつろぐ。

わたしは、かねと物しか信じない。口数の少い佑子がたまに喋《しゃべ》る言葉の裏には、いつも、それがついてまわっている。

このインフレの最中に、かねを信じているのか。私がからかうと、

インフレを利用して大もうけしている人もいるわ。わたし、贅沢《ぜいたく》はいらないの。でも、精神の方が物より大切なんていうのは、もう、鳥肌がたつわ。精神アレルギーだわ。

ヴォランティアは、かねにならないだろう。それに、かねと物しか信じないクリスチャンというのは、矛盾《むじゅん》しているよ。——佑子は教会に通っているのだ——。

わたしはアメリカに行くのよ。佑子は確定した事実のように言う。

それが、佑子のきわめて具体的な幸福の形であるらしい。アメリカはかつての敵国ではあっても、引揚げの悲惨な記憶に直接むすびついてこないから、過去と断絶した明るい場所に思えるのだろう。

現実のアメリカではなく、陰湿な翳《かげ》のいっさい射《さ》さない、透明な輝かしい空間のイメージである。かねと物しか信じない、と宣言しながら、佑子は非現実の空間に目をすえ、かねにならない引揚児童の世話をし、それでいて現実主義者のつもりなのだ。

五月、私は、下北沢の宇田《うだ》という男の家に呼ばれた。この男は、日馬の患者のひとりで、交霊会にも熱心に顔を出している。一度あそびに来いと誘われていた。他の常連にさきがけて、私と親交をむすんでおきたいという腹らしいのだ。

交霊会に集まる人々のあいだに、何か組織を結成する気運が生まれはじめている。宇田は、組織の中心部に立ちたがっているようだ。もちろん、中心は日馬秀治だが、その幕閣《ばっかく》の一人者になりたいというところだ。この宇田という男は、大陸浪人くずれであった。

古びた安普請《やすぶしん》の家の表札は、『宇田寓《ぐう》』となっている。女と二人で住んでいるが、そのキミ子という女は妾《めかけ》で、本妻は中野に住んでいる。今どき、本妻と妾を、両方食わせていけるとはたいしたものだと最初思ったのだが、その後耳にしたところによると、本妻は、妾のところに入り浸っている宇田の稼《かせ》ぎなどあてにせず、ダンス教室をひらいて繁盛している。妾のキミ子は縫物《ぬいもの》で宇田を食べさせている、ということである。本妻の方に大学生の息子が一人いる。息子は、ときどき交霊会に顔をみせ、父親の妾の家にもあそびに来る。母親は気の強いヒステリーぎみの女なので、キミ子のところの方が居心地がよいらしい。

宇田は、五十年輩の貧相な男である。額《ひたい》と頬骨《ほおぼね》が突き出し、平たい鼻の鼻翼が極端に横にはっている。キミ子は三十二、三で、華奢《きゃしゃ》でひかえめで、何か影が薄い。

私は予告しないで、気まぐれに突然おとずれたので、宇田の家には来客があった。

客といっても、古本屋だ。若い。佝僂《くる》の軀《からだ》に見おぼえがあった。

縁側に、紐《ひも》で十字にくくった書物の山があった。玄関で声をかけても応答がないので、私はかってに庭先にまわったのだが、ちょうどキミ子が、「もう少し何とかならないの?」と古本屋に交渉しているところで、私を見ると顔を赤らめた。

「やあ、倉田さん、どうぞあがってください」

宇田は、障子を開け放った茶の間にいた。

縁側に坐った古本屋は、そのかたわらを通りぬける私に、かるく目であいさつした。

キミ子が茶の仕度に立ったので、古本屋――後に、小野八汐という名だと知った――は、「こういう本は売れませんので」と、値段の交渉を宇田にむけた。

「これでもめいっぱい勉強させていただいています」

「貴様、その軀では戦争には行かんかったんじゃろう」宇田は、ずけずけ言った。「おかげで命拾いしたな。貴様と同年輩の男は、みな戦死したぞ。埋めあわせに高く買え」

茶道具をはこんできたキミ子が、いたましそうに眉《まゆ》をひそめたが、宇田をとめるようなことは言わなかった。逆らえばなぐられる。宇田は、キミ子に対しては簡単に暴力をふるう。

「貴様ら、買値の倍も三倍もの値をつけて店に出すのだろう。この国民の困窮時に、暴利をむさぼるな」

古本屋は、まるで表情をかえなかった。

キミ子が茶をすすめたのをきっかけに、宇田は、古本屋と私をひきあわせ、交霊会に出席してみろと、熱心にすすめはじめた。

「この倉田さんは、実にすぐれた霊媒なのだ。つまり、きわめて霊格の高い霊の導きを、交霊会によって、我れ我れは受けることができるのだ。何しろ、日馬先生がすっかり心服しておられるのだからな。貴様、日馬先生を知っておるのか」

「クサマ……。どういう字を書くのですか」

「日の馬だ」

「太陽馬ですね」と、小野八汐は微笑した。日馬という名に心あたりのある様子だ。

「帝大の医学部を出られた医学博士だ。以前は日本橋で開業しておられたが、戦災で医院が焼けたので、こちらの御自宅を仮診療所にしとられる。その立派な先生が審神《さにわ》をされるのだから、まちがいない」

「サニワといいますと?」

「審判の審に神と書く」

「お巫女《みこ》さんが正しい御神霊のお言葉を取次いでいるか、低俗な霊が憑《つ》かないか、きちんとみておいでになるのよ」キミ子が言った。

「神を人間が審判するのですか」古本屋は、ちょっとおもしろそうに、「神が人間を裁き、その神に人間のお目付役《めつけやく》がついているとは、みごとな相対化ですね」

宇田には、小野八汐の皮肉がまるで通じなかった。ただ、嗤《わら》われたことだけは感じとり、額に癇癪《かんしゃく》の筋が浮いた。どなろうとするのを、キミ子が口をはさんで、そらした。

「日馬先生は、うちの人の命の恩人なんですよ。あのときは、あなた」と宇田にむかい、「本当に心臓がとまったんですものね。わたし、何とか助けてやってくださいって、先生にとりすがって。そうしたら、日馬先生は、口と口をつける人工呼吸を三十分も一時間も……いえ、時間をはっきりはかったわけではないけれど、とうとう生きかえらせてくださったんですものね」

先生は、とキミ子は古本屋と私に、まるで私たちが反論するのを説得するような意気ごみで、「祈ってくださったんですよ。お祈りって通じるものなんです。あら、倉田さんはこの話ごぞんじだった。いやだわ、わたし」キミ子は少し赤くなった。ひとりで力んで喋ったのをはずかしがっていた。

「その先生が、サニワというのをなさるのですか」

「そう。お嬢さんがお巫女をなさるのよ」

「神伝えだ」宇田が訂正した。

「お嬢さんのお名前は?」

たちいったことを訊《き》く、と私は思ったが、キミ子はいぶかしがりもせず、

「黎子さん」

「どういうことをするんですか、そのお嬢さんは」

「来てみることだな」宇田は言った。「自分の目で見、耳できくにかぎる。毎月一度、一般の人のための交霊会がある」

「お嬢さんが交霊実験をやるのですか」

「いや、それは、この倉田霊媒だ。おもしろ半分の実験ではない。御神霊の導きを仰《あお》ぐ集まりなのだ。悩みごとがあって真剣にすくわれたいと願うもののために開かれる会だ。貴様など、ずいぶんと悩みごとがあるだろう」

小野八汐は平然と受け流した。

キミ子も熱心にすすめると、

「日馬さんという家で、その集まりをやるのですか」

「いいや、日馬先生のお宅の集まりに出席できるのは、わしたちをはじめ、えらばれたごく少数の者だけだ。一般の人のための会は、越水《こしみず》という会員の家で行なう。ぜひ、来なさい」

古本屋は、私にまっすぐ目をむけた。内心をうかがわせない、表情を殺した目だが、まるで信用して

いないのはすぐにわかった。信用はしていないが、何がしかの関心は持ったようだ。

怜悧《れいり》そうな男であった。心をひらいて話しあったら、おもしろい手ごたえがありそうだ。しかし、私もまた、茫洋《ぼうよう》と鈍い目で表情をかくした。


越水の家で交霊会が行なわれた夜、私は小野八汐のおとずれを期待しながら、床を背にした椅子《いす》にゆったり腰かけていた。

会場は襖《ふすま》をとり払って二間《ふたま》ぶちぬいた二階の座敷である。

列席者は三十人ほど。ほとんどが顔なじみだ。黎子は壁を背に文机の前に座り、机の上には藁半紙の束と鉛筆がおかれてあった。交霊会での問答を筆記する役を日馬から命じられている。日馬秀治は上座に端然と坐っている。人々は雑談をかわしているが、日馬秀治はそれには加わらない。この男は、意味のないお喋りというやつになじめない。

私の期待どおり、小野八汐が部屋に入ってきたとき、客に茶をくばっていた佑子が、おどろいて湯呑《ゆのみ》をひっくりかえした。意外だったのは、黎子までが小さい声をあげたことだ。小野八汐は、佑子と黎子にそれぞれ、かすかに目であいさつした。

佑子と小野八汐が顔見知りであることはわかっていたが、黎子も知りあっているとは思わなかった。

小野八汐がこの集まりに関心を持つのも道理だ。

しかし、二人とも、小野八汐に話しかけようとはしない。佝僂の男は、人のあいだにひっそりと坐った。


やがて、日馬秀治が手をあげて、人々のざわめきを制した。実験がはじまるのかと、皆居ずまいを正しかけたが、そうではなかった。日馬秀治の視線の先を人々はたどり、沈黙した。黎子が紙に書きなぐっていた。めざましい速さである。目を閉じている。一枚に十字も書けばいっぱいになるほどの大きな字で書きとばし、余白がなくなると左手で払いのけて紙をとばし、次の紙に書きすすむ。衆人の目の前で黎子が自動書記の状態になるのははじめてのことなので、人々の畏敬《いけい》と好奇のまじった目が集まる。

　私は、いたましさをおぼえた。自動書記というのは、いわば、麻酔をかけられ意識不明に陥る直前、抑制がはずれ、意識下におさえられていたものが譫言《うわごと》となるようなものだと、私は思っている。夢を文字にあらわしたものとも言えよう。夢は当人の意志とはかかわりなく紡《つむ》ぎだされるが、その人間の内部世界そのものである。人前に無防備にさらしてよいものではない。
　五、六枚書きなぐって、黎子は鉛筆を放りだし、目を閉じたまま大きく息をつくと、机につっぷした。近くにいた列席者が畳の上に散った紙を揃《そろ》え、日馬に渡した。この列席者は、宇田の正妻の息子だ。黎子は苦しそうに荒い呼吸をし、坐り直そうとして倒れた。黎子の発作はみな見馴《みな》れているから驚きもしない。
　日馬秀治は紙に目をとおしていたが、「寝かせておいてください」と言い、「どなたか、黎子のかわりに筆記役をしていただけないか」と見渡した。

「佑子さんにやってもらおう」

　女たちが黎子のスカートの乱れをなおして部屋のすみに寝かせ、毛布をかけた。喘鳴《ぜんめい》のような黎子の呼吸が、しばらく耳についた。日馬医師が立って黎子の額に手をおき、瞑目した。症状がややおさまると、「では、はじめましょう」と、医師はおちついて言った。

　この一場は、いささか芝居じみていた。

　仮病と言いきっては酷《むご》いかもしれないが、黎子の軀はどこも病んではいないのだ。それぐらいは、医事に素人《しろうと》の私にもわかる。他人の注意を自分に集めたい、何か特殊な人間として認められたい、もちろん黎子は自覚していないが、そういう内心の願望が、この奇妙な症状の根なのだと、私はみている。軀を霊に使われる苦痛から発作が生じると、日馬秀治は医師にあるまじき説明をつけて、自分も納得し、他人をも納得させている。「今日は、はじめての方が三人ほどおられるから」と司会をつとめるのは、越水である。越水、宇田、その他、小さい出版社を経営している矢住《やずみ》、神主《かんぬし》の高谷《たかや》などが、会のいわば中心メンバーで、何かと勢力をはりあっている。

越水は小野八汐に私の手首を縛るように言った。それから、私の口にコップの水をふくませた。暗黒のなかで霊がメガフォンを通して語るとき、霊媒が自分の声帯をつかって喋るのではないという証《あか》しのためである。

水をふくんだままでは喋れない。しかし、手首の縄など私には無いも同然なのだから、背広のポケットにかくしてあるゴム袋に、暗闇《くらやみ》のなかで水を吐き出し、終了して灯がつく前にまた口中にもどしておけばすむことなのだ。他愛のない手品だ。

私の手を縛りながら、小野八汐は無遠慮な目で私をみつめた。一見おとなしそうだが、どうして、したたかだ。

小野八汐の縛りかたは、手ぎわよかった。たいがいの素人は、幾重にも縄をからめて、がんじがらめにしたつもりでいる。しかし、その方が縄の長さにゆとりができて、縄抜けは楽になる。小野八汐は、一巻きしただけだった。結びながら、少し嗤った。せっかく来たのだから、どんなことをするのか見てやろう、失敗させることもない、とその笑顔は言っていた。

電灯が消されてから、私はいつものように蛍光塗料を塗った物品を空中で動かした。それから、列席者の質問にこたえた。子供の病気についてたずねるもの。商売の成りゆきについてうかがいをたてるもの。

私は、いささか退屈した。小野八汐が何か鋭くつっこんでくるかと思ったが、何も発言しなかった。

会の終了後、皆にまじって階段を下りようとする小野八汐を、日馬秀治が呼びとめた。

「小野さん、話したいことがあるので、残っていただきたい」

日馬は、階下の応接間に小野八汐を招じ入れた。私も、するりとあとについて入った。

六畳ほどの洋間で、布のすりきれた椅子のセットが身動きする余地のない窮屈《きゅうくつ》さで置かれてある。

「どう思いましたか」日馬は、小野八汐に直截《ちょくせつ》に問うた。明晰《めいせき》であり、誠実な眼であった。小野八汐は、即座に答えかけ、その言葉をのみこんで、ちょっと間をおいて、

「あなたは、どう思っておられるのです」と問いかえした。

口にしようとしてのみこんだ言葉。愚劣《ぐれつ》です、と、彼は言おうとした。私にはわかった。

「きみは、私たちの同志である天命を持っています」日馬秀治は断言した。「きみは、疑うかもしれん。しかし、天命は人間の恣意《しい》によって左右できんものです」

「先生は、精神と肉体を二元的なものとし、肉体が破壊された後も、個の意識は存続すると信じておられるのですね」

小野八汐は、私が意外に思ったことに、ひどくきまじめにくってかかった。私はもっと、斜《しゃ》にかまえた皮肉な言を吐くことと思っていた。

「信じているのではない、それが、事実です。きみがここにいることが事実であるように。もっと明確に説明しましょう。人間は、三つの要素から成りたっています。第一は魂。これは、生命と言いかえてもいい。第二は肉体。そうして、第三が霊体です。肉体が滅びると、魂は霊体に包みこまれる。これが霊です。霊が肉体を持った生者と接触するには、特殊な能力を持ったもの——霊媒——の力を借りる。霊は、その努力によって向上し、浄化され、やがて宇宙の大生命に合します。このときは、もう、個人的活動的な存在ではなくなります。交霊会などで、霊媒を通じて我々に語りかける霊は、その意味では、まだ完全に浄化された存在ではないのです」

「それでは、人間の存在の窮極《きゅうきょく》の目的は、その大生命への融合ということですか」

「そうです。きみは理解が早い」

「理解と納得は別です。ぼくは、死は純粋で簡単な消滅と信じて、いや、識《し》っていますから」

「どうして、識っているなどと言えるのです」

「先生が何を信じようと、いや、識っていようと、

御自由ですが、どうしてそれをぼくに押しつけるんですか」

「きみが選ばれたひとだからです」

「さっきの、あの交霊会というやつで、ぼくに霊の存在を納得させようというんですか。ちょっと気のきいた手品師なら、もっとましなことをやります。ぼくは、こういう魔術を見たことがある。ぼくの友人が――そいつは戦死しましたが――インドの魔術師から伝授されたなどともったいをつけて、実演してみせました。

彼が用意したのは、水をみたしたガラスの水槽と黒、白、赤、黄、青、五色の砂です。彼はその砂を次々に、透明な水に投じ入れ、かきまわしました。砂は混りあい、水は土色に濁《にご》りました。好きな色を言え、と彼はぼくらに言いました。その色の砂をこのなかからとり出してみせると豪語したのです。そうして、それをやってのけました。青、とぼくが言うと、彼は水に手を入れ、一つかみの砂をとり出した。彼の指のあいだから、青一色の乾いた砂が、さらさらと流れ落ちた。彼は、手をひらいてみせました。もちろん、何もかくし持ってはいない。黄、黒、白、ぼくたちが命じる色の砂を、彼は混じりあった砂の水からとり出した。あれは、学徒動員が間近いころだった。ぼくらは、華麗な砂の流れにみとれました。つづいて、彼はうずらの卵ぐらいの大きさの石をポケットから出し、ぼくらに手渡して、よく調べさせました。その石を水槽に入れ、オカリナを吹いた。ぼう、ぼう、と、素朴なメロディーを流した。そうして、水槽の上で手を一振りすると、石は水中からとび上がり、彼の手に戻った。彼は水槽をかたむけて、水を流し出し、何の仕掛けもないことをぼくらに示した。もし、霊媒がこういうことをやってみせ、霊能力によるものだと言ったら、あなた、信じますか」

「信じるかもしれません」日馬は、何か奇妙に明るい静かな目で言った。「すべてを疑い、一つの貴重な真実を逃すより、百度だまされても、百一度めに真実に出会う方を、ぼくはとります」

ところで、と、日馬は、子供のような好奇心を無邪気にのぞかせて、言った。「その奇術の種を教えてくれませんか」

小野八汐は苦笑し、種を明かせば他愛ないことなのだと、言った。あいつは前もって、色のついた砂をそれぞれ小さな塊にして表面に油を塗り焼き固めたものを用意し、砂のなかにかくしておいたのです。砂を水槽に入れかきまわすとき、どの塊がどのあたりに沈んだか記憶しておき、指定された色の塊を泥水からとりあげた。強く握りしめると、乾いたままの砂が、指のあいだからこぼれ落ちます。

奇術師は、右手に観客の注意をひきつけ、左手で秘密の動作をする。ぼくたちが色砂の奇蹟《きせき》にあっけにとられているあいだに、あいつは、これもあらかじめ用意しておいた小さい金属製のバネを濁水の中に沈めた。環型のバネの、両端が重なった部分は角砂糖をはさんでとめてある。石は、その上に置かれました。水が濁っているおかげで、バネはぼくたちの目にふれなかった。やがて砂糖は溶け、バネがはね、石をはじきとばす。あいつは、その瞬間を見はからって、もっともらしく手を振った。

「あなたの霊媒にも、もっと上手な手品をやってもらうといい」と、彼は傍にいる私の方をみむきもせず言った。

「今日の集まりはきみを満足させなかったかもしれないが」と日馬は小野八汐の挑発を無視し、「私のところで行なう集会に出席なさい。違う感想を持つと思います」

「どうして、ぼくにこだわるのですか。ぼくがこういう軀だから、悩みが多いだろう、救ってやろうというわけですか」

「娘の自動書記で、きみが我々とともに御働《みはたら》きをする魂《たま》だとわかったのです」

「お嬢さんも霊媒ですか」

「神伝えです」

「お嬢さんは病気ですか」

「霊体を霊に使われるのは、苦痛なものです」

小野八汐は、かすかに嫌悪の表情をみせた。御働きだの魂だの神伝えだのといった言葉は、たしかに、嫌悪感をもよおさせるものがある。

「ぼくが知りたいのは」彼は言った。「先生は医者だ。医者というのは、科学者でしょう。それが、どうして、霊媒というような、非科学的なものに興味を持つようになったのですか」

「ぼくは霊媒に興味を持ったのではありません」興味という言葉を強調して、日馬は言った。

「ひとつには、医者という仕事は、常に、人間の生命という問題と直面していなくてはならない。きみは、奇跡を信じないらしいが、肉眼にはみえない微妙な精子と卵子の結合から、きみという複雑な生命体が生じることに、何の畏怖《いふ》もおぼえませんか」

「おぼえますよ。まったく、たいした玩具をわれわれは持っているわけで、しかも、必ずそれは失われることになっている」

青くさくむきになったのを恥じるように、小野八汐は少し語調を皮肉めかした。

「不可避の死への恐怖が、死後生存の幻想を生み出す。先生は希望について語っている。まやかしの希望です。最後に大生命に融合するのなら、その以前に、どうして細分化された、このさまざまな不幸があるのです。いま、ぼくらにとって切実なのは、今日の、明日の、米ですよ。先生は、十一やそこらの女の子が、明日の米のためにスカートをめくるところなど見たことがないでしょうが」

紋切型《もんきりがた》の論駁《ろんばく》だ。相手が握りしめているのは、思想ではなく信念というやつで、信念というやつは、化石のようにゆるがない。

小野八汐もそれに気づいたようだ。しかし、急に語調を転換することもならず、「死亡した胎児、あるいは生後二、三箇月、まだ自意識を持たぬうちに死んだ子供はどうなるのですか。それらの死後の霊魂は、固有の人格を持つのですか。無自覚のまま、浄化をめざすのですか。虫や、あるいは微生物の生命はどうなるのですか」

「ぼくは若いころ山歩きが好きで」と、日馬は言った。「よく、ひとりで尾根を歩きまわりました。そういうとき、実際に、ぼくは、宇宙にみちる大生命を体感したのです」

　そのときの感動を思いかえすように、日馬秀治は目を閉じた。しかし、日馬が他人に与える印象は、晦渋《かいじゅう》な神秘的なものではなく、あくまで明るく実務的でさえあった。

「きみは、個体の持つ感情と生命を混同して喋っています」日馬秀治は明快に言った。


　越水の家を辞し、暗い道を駅の方へ歩いて行く小野八汐の後を、私は追った。

　私が追いつく前に、小野八汐は気づいて歩をゆるめ、ふりむいた。私は並んで歩いた。小野八汐の頭は、私の腋《わき》の下のあたりにあった。

「あの先生は、太陽馬ですね」

　宇田のところでも一度口にした言葉を、小野八汐はまた言った。

「黎子さんは日蝕《にっしょく》馬というところだ」これはひとり言めいたつぶやきであった。

「黎子さんを知っているんですか」

「ときどき、うちの店に本の売り買いに来ます。あの先生は、若いときに何か神秘体験を持ったというのは本当のようですね」

「日馬先生ですか」

「ええ。くわしくききました？」

「いや、さっき、はじめて耳にしました」

「翳《かげ》のない人ですね」

「そうですね」と私はあたりさわりのない相槌《あいづち》をうった。翳がないばかりか、翳の存在を認めないというふうだ、日馬秀治は。それが合理性と結びつかず、霊媒だの巫女だのといったものと連繋《れんけい》するというのは奇妙なことだ。

「神秘体験というのも、要するに、その人間自身が生みだしたものじゃないですか」小野八汐は、理屈っぽく言った。私の霊能など、頭から無視している。

「私は霊媒なんですよ」私は笑いながら、彼に思い出させた。

「ああ、そうでした。黎子さんもね。彼女も霊能者」

黎子はこの男に強い好意を持っている。恋と呼べるほどの感情なのだろう。それを、さっきの自動書記であらわしてしまった。日馬秀治は感づいていない。おそらく、黎子自身も。

4

―小野八汐―

俺《おれ》が手に入れたものは、何なのか。

戦争のあいだ、俺は特別な存在であった。兵役を免除されるという特権によって、俺は選民であった。

十歳の夏、赫《かが》かしい陽《ひ》の下で、俺は聖別された。

そのときまでの俺は、ごく凡庸《ぼんよう》な少年であったように思う。五人きょうだいの三番めという、家族のなかでも、もっとも目立たない場所にいた。男が二人つづき、両親が女の子を望んでいるとき、その願望を揶揄《やゆ》するように俺が生誕し、両親は俺に女児の服を着せて育てた。三年後に妹が生まれ、俺は本来の性に戻った。そのことは、二人の兄に俺をからかう種を与えることにはなったが、さして重要な因子ではない。

俺の父は、弁護士の抱え運転手であった。渋谷の、美竹町《みたけちょう》に、弁護士の住まいを兼ねた事務所があり、俺の家は、裏手の低地にあった。

給料は、父の母親もまじえた八人の生活を賄《まかな》うのに十分ではなかったから、父はガソリン・スタンドの従業員や、自動車の整備工場の経理係などと提携し、伝票をごまかし、収入の不足を補った。

禁断をおかしたのは、俺ではなかった。弁護士の息子は俺の次兄と同年であり、遊び仲間でもあった。年下であるためにいささか邪魔扱いされながら、俺も時折、仲間に加えられた。

大谷石《おおやいし》を積み重ねた門柱に乗ることを、弁護士の家では厳禁していた。石の継ぎめがゆるんでいたからである。

禁止していたのだから、こちらには落度は無い、と、弁護士とその妻は、事故の後で主張した。

門柱の上によじのぼったのは、弁護士の息子であった。石がくずれかけたとき、彼はとっさに、塀《へい》につかまって軀《からだ》をささえ、石塊は、門柱の傍に立っていた俺の上になだれ落ちた。

見舞いに、俺は、弁護士夫妻から幻灯機をもらった。それは、すばらしい贈り物であった。きょうだいたちも、そうして弁護士の息子でさえ、俺の幸運を羨《うらや》んだ。ギプスで背を固定され身動きのできない俺のために、彼らは争って、幻灯機を操作してくれたものだ。俺は幻灯機の名目上の持主であった。

ギプスが鋸《のこぎり》でひき割られ、俺は、再び生まれた。医者は歩行が不可能になるかもしれないと言っていたので、その予言が適中しなかったとわかったとき、母親は赤飯を炊いた。骨がゆがみ成長がとまろうと、下半身麻痺《まひ》の不幸にくらべたら、何ほどのこともない、と、誰もが言った。

俺は、しばしば、巨大な石塊が天から落ちかかるところを夢に見、白昼も、その光景が脳裏に浮かんだ。空は、実に青かった。記憶のなかで、青は群青《ぐんじょう》になり濃藍《のうらん》になり、ついには漆黒《しっこく》に近い青となり、燃える隕石が視界をおおって落下した。

その石は、俺を責め、告発していた。ほんの些細《ささい》な罪、小さな嘘《うそ》とごまかし、それらがとほうもないものに拡大され、俺を押しつぶした。俺は自分を納得させるために、過去の所業を洗いたててみた。しかし、帳尻があうためには、兄たちや弁護士の息子、そうして父も母も、まわりの人間誰も彼もが、巨岩の下敷になるべきだと気がついた。

俺は、三軒茶屋で古書店をひらいている伯父《おじ》夫婦にひきとられた。この夫婦は実子がいなかったので、弁護士夫妻が先にたって話をすすめた。

俺は中学には進まず、店番を手伝った。市《いち》の競《せり》や大量の買込みには、伯父が出かけた。店は寝泊まりするには狭いので、住まいは歩いて数分のところに、別にある。

伯父夫婦は、俺を猫かわいがりした。それだけなら、みたされなかっただろうが、俺はやがて、友人に恵まれた。本を売りに来る学生たちと親しくなった。彼らは俺の外形につまずかず、俺という総体とじかにつきあった。

伯父が住まいにひきあげ、店を閉めたあと、俺たちは、持ち寄った酒を飲んだ。彼らの目に、俺は、俺の外形を見ることはなかった。もっとも、彼らは、故意に目をそむけたわけではない。『人間はひとつの無益な受難である』と、フランスの哲学者の言《げん》をひいて口にした男は、はっきり、俺をみつめ、「ここにその明証がある」と言った。

俺が中古の蓄音器《ちくおんき》を買って店に置いたので、酒とともにレコードも持ち寄られるようになった。時に、警官が様子をさぐりに立ち寄った。左翼の集会と疑われたのである。たしかに、彼らから禁断の書をあずかり、かくしたこともあった。

そうして、彼らは、ひとりひとり、人間が無益な受難であることを証明するように、応召し、死んだ。

こうなって、はじめて、俺は、追放刑を受けたものであることを自覚した。

本土空襲が激しくなったので、伯父夫婦は、伯母の郷里に疎開することになり、俺も当然同行するものと思ったようだが、俺は、住まいと店の留守番をかって出た。俺の父は運転手をやめ、軍需工場につとめていた。兄二人は応召した。渋谷の家は焼け、母と妹たちは、母の田舎《いなか》に疎開した。

俺はひとりになり、すると、周囲と俺自身が、明《めい》晰《せき》に見えてきた。

それは、俺は俺であって、決して他人ではない、という、きわめて単純な事実であった。

俺は、かねは持っていた。それまで、俺には時間だけは十分にあったから、その一部をさいて株の売買の研究をし、実戦に出た。やがて兜町《かぶとちょう》の取引は停止になったが、それまでに小金がたまっていた。妹が疎開するとき、少し持たせてやった。疎開する家、強制とりこわしの家が増え、書物を大量にひきとる機会が多くなったが、資金には困らなかった。運搬は人手を頼んだ。

空襲のとき、俺は防空壕《ぼうくうごう》には入らず、買いとった書物の山のあいだで眠った。

戦争の役に立たず、いかなる勤労活動にも参加しない俺に、非難は集中した。配給物の削減あるいは停止という形で、それは端的にあらわれた。もっとも、女たちは、陰で俺に好意を示した。俺に好意をほどこすことで、彼女たちは、自分の慈悲深さに満足した。

近所に警察犬が飼われていた。漆黒のドーベルマンで、断耳と尾の切断によって剽悍《ひょうかん》な姿態にととのえられた、獰猛《どうもう》な犬種であった。ふだんはその家に飼われ、必要に応じて警察が借り出し使用する。いずれは軍用犬として徴用される予定になっていた。この犬は、国家に貢献するところが非常に大きいということで、それに応じたゆたかな食糧を配給されていた。

犬は、近所の人々に恐れられていた。主人以外の人間に決してなつかず、他人が近づけば唸《うな》り声をあげて威嚇《いかく》し、更に近づくと、容赦《ようしゃ》なく嚙《か》みついた。

時たま、鎖をひきちぎり脱走した。地を蹴《け》って疾駆し、人々は戸を閉ざしてかくれた。

俺は、ひそかにこの犬を愛し、哀《あわ》れんだ。

突然、空襲はやみ、敗戦となった。

犬の末路に言及すれば、犬は、病んだ。食糧の配給はなくなった。鎖につながれた犬は肋骨《ろっこつ》が浮くほどに痩《や》せ、腹だけが異様にふくれた。

自ら、腹を喰いちぎって、犬は死んだ。ありようは、腹腔にできた腫瘍《しゅよう》と溜まった腹水の苦痛に耐えかね、畜生《ちくしょう》の愚かさで嚙みちぎってしまったということなのだろうが、俺は、犬の壮絶さを謳《うた》いたい。

きちがいじみたインフレーションのおかげで、株でためたかねは小銭同然になり、その上、インフレ抑制策として預金封鎖が実施された。敗戦以前から、公定価格十三銭の糸が露店の闇値《やみね》は十円から二十円というふうにインフレは進行していたが、十月に入ると、一升五十銭の米の公定価格など、まるで無視され、闇値は百二十円と暴騰《ぼうとう》した。

復員してきたかつての仲間が俺をたずねてきたのは、敗戦の翌年の十月ごろだ。山椒魚《さんしょううお》は、その男が持ってきた。二日、おれのところであずかり、三日めに、いっしょに食った。

「嘘《うそ》でしょう」と、日馬黎子は疑わしげに言ったが、俺が、一瞬、山椒魚と意識を交換したのは、実際の体験だ。夢というなら、それでもよい。ただ、俺は俺であって彼ではない、という明確な認識が、それによってゆらいだ。

越水の家を出て、霊媒《れいばい》と称する男と肩を並べて歩きながら、俺は考えた。道は暗かった。頭上には過去に死滅した星々の残光が、あたかも現存するもののように、ゆらいでいた。

俺は、世界の脳髄《のうずい》になり得る。俺は、黎子の自覚せざる意識を、支配できそうだ。

それは、倉田という霊媒のいかがわしい交霊実験とは比較にならぬ壮大な試みだ。

暗い空を、太陽馬が疾駆する。燃え、墜《お》ちる。俺はそのさまを視《み》た。流星か。

5

――倉田佐市郎――

組織を作り、拡大しろという意味の指示が、黎子の自動書記にしばしばあらわれるようになってきた。私はいささか意外に感じた。

先にも言ったように、自動書記というのは、しょせんは、当人に内在する識閾《しきいき》下の自我の噴出だ。無意識とはいえ、黎子の内に組織化された宗教団体設立の夢など、あろうはずがない。集団より孤をのぞむタイプだと、私は黎子を観察していた。

日馬秀治の願望の投影か。しかし、日馬秀治は、組織の拡大というような、実利的な発展には関心がない男なのだ。魂の浄化という、何とも抽象的な欲望しか持たない。

それでも、彼は霊言は忠実に実行する。周囲の男たち、宇田、高谷、越水、矢住といった連中は、日馬よりはるかに俗っぽい。現世的な目標を与えられて、勇みたった。

私は、交霊会で同じことを言ってやることにした。私は、拡大鏡、あるいは、増幅器である。日馬秀治の意向を、願望を、壮麗化してやるだけである。組織の中心は、虚だ。それを誰よりもよく知っているのは、私である。

組織は天杖《てんじょう》によって『霊泉会』と命名され、正式に宗教法人の届け出をし、受理された。

国家神道《しんとう》、神社神道に対する政府の保障支援を廃止する神道指令が発布されたのが敗戦の年の十二月、すぐひきつづいて治安維持法とともに宗教団体法が廃止され、かわって宗教法人令が勅令として公布された。宗教団体は統制をはずされ、届け出によってたやすく法人となることが可能になったから、呪術《じゅじゅつ》とシャーマニズムに支えられた、現世利益をうたう新宗教が、このところ続出している。

戦争中凄《すさ》まじい弾圧を受けた大本教は再建され、ほんみちの教祖も釈放された。戦争のあいだはファシズム礼讃、天皇中心主義をうたった生長《せいちょう》の家は、アメリカから精神分析、精神身体医学をとりいれて衣《ころも》がえし、万教超越、生命礼拝、相愛協力によって地上天国を建設するとうたいあげている。世界救世教、ＰＬ教団、霊友会《れいゆうかい》、いっせいに活動を開始し、騒々しいことだ。神道系、仏教系、その他大小あわせて数えれば、新宗教はこの狭い日本国土に二百を越えよう。

　宇田たちは、あわよくば、それらの上にたつ大宗教団に発展させようと野心をふくらませた。

　黎子は、精神統一しているとき、かすかに鈴の音が聞こえる、と言った。その言葉から思いついて、私は交霊会の席上、全員に鈴を使用することを命じた。紐《ひも》で編んだ先端に房のように小鈴をつけ、振りながら祈禱《きとう》する。

　鈴の音は、エクスタシーを誘いだすのをたやすくした。黎子につづいて、越水の妻、高谷の妻と二人の娘、矢住の妻、宇田の妾《めかけ》のキミ子、女たちが次々とトランスに入るようになった。日馬秀治の妻の滝子も加わった。天杖や自動書記を行ない、神憑《かみがか》り状態になって託宣《たくせん》めいたことを口走り、なかなか、みごとな眺めとなった。滝子に憑《つ》いた女性神は、他の女たちに憑いた霊の上に立つものだと宣言した。これらの乱立した巫女《みこ》群の順位も、滝子のお筆先で決められ、その服装までが、やはり滝子の憑依《ひょうい》霊によって指示された。白衣に袴《はかま》。その袴の色が、順位によって異なる。滝子は白、黎子は紫、その他の女たちは緋《ひ》。物資が極度に不自由ななかで、どのようにしてか、これらの道化《どうけ》衣裳はきちんととのえられた。

　いつのまにやら、位階制度が制定され、ヒエラルキーが形成されてゆく。宗教の内容より、権威ありげな形が、まず作られる。

　日馬の信念によれば、霊能力と呼ばれるものは、決して特殊な人間だけが持つものではない。霊と我々が自由に交流するのが本来自然なありかたなので、霊能者の続出はべつに驚くことではないのであった。

しかし、それぞれの霊言と称するものに矛盾《むじゅん》が生じるのも、また当然である。私は成りゆきにまかせた。崩壊はここから起きるのかもしれない。

だが、ほんのかすかな期待が、私のなかになかったとは言いきれぬ。人の常識をくつがえすような、私をも戦慄《せんりつ》させるような、人の思考の限界をわずかでも踏み越え、闇《やみ》のむこうの光の存在を垣間みせてくれるような、そのような言葉が、心の奥底のとてつもなく深いところから汲《く》みあげられ、女の口からほとばしる瞬間を、誰かがみせはすまいか。凡庸《ぼんよう》な女たちの凡庸な日常から、何があらわれるものかと承知してはいたが。

この狂躁のあいだ、暁生の存在は、ほとんど誰からも無視されていた。

勢いに乗るというのは、不思議なものだ。

私は、一種の感慨をもって、広間に居並ぶ人々を眺めわたす。

霊泉会幹部のひとり高谷が神主《かんぬし》をつとめる八幡神社の社務所である。

宗教法人として発足以来一周年を賀して、公開天杖会をひらいた。

つめかけている人々の数は、七、八十人はいよう。会員もいれば、野次馬《やじうま》気分の見物もいる。神言を受けたら帰るように言っても、なおとどまっている者が多い。それでも、すなおに帰っていった者もいるから、延べにしたら、参加者の数は二百人を越す。

広間の正面に〈真〉の一字を大書した軸を下げ、中央に毛氈《もうせん》。正面右手に正装の巫女群が居並ぶ。左手には会長日馬秀治と、宇田をはじめとする教団幹部たち。矢住の姿だけがみえなかった。彼の妻も来ていない。

矢住の欠席は、幹部の誰にとっても、気がかりなはずである。気にとめていないのは、日馬秀治だけであろう。何事にあれ、我が上に起きることはすべて善《よ》きことである、という彼の信念は、みごとなほどである。しかし、私は、思ってしまうのだ。彼にとっての善きことは、他の者にとっての悲惨となることはあるまいか、と。一人が笑うとき、一人が奪われて泣く。だからといって、私は、とりたてて彼を今責めるつもりはない。日馬秀治が笑おうが泣こうが、世の悲惨は変わることはない。

もうひとり、列席していないのは、佑子である。私の相棒をつとめる必要がなくなったとみると、佑子は自分だけの生活を持ちはじめた。あいかわらず、引揚者寮に私と起居を共にしているものの、昼は無認可の保育園で働いているので顔を見ない時間の方が多い。

日馬秀治は、端座している。若いとき座禅の修行もしたという彼は、何時間でも姿勢をくずさぬことが苦痛ではないらしい。彼は、この集まりに苦々しい思いを味わっている。霊泉会を結成したとき、彼が期待したのは、このような催《もよお》しを持つ組織への形成発展ではなかった。

「次の方、山本さん、山本英吉さん、どうぞ受座にお進みください」

進行係の青年が、紙片の束に目をとおし、呼びあげる。参会者のうち神言拝受を希望する者は、あらかじめその旨を係に申し出、用紙に記名し、御伺《おうかが》い事項を記しておく。

これまでも、週に一度、社務所で天杖を行なってきた。今回のような大がかりなものではなく、交替で巫女が社務所につめ、審神者《さにわ》は神主の高谷がつとめていた。市井《しせい》の易断業者めいたやり口を日馬秀治は嫌ったが、これは組織の財政強化と宣伝に役立っていた。

壮麗に、より壮麗に、と、私は虚《うつ》ろな城が築かれてゆくのを見守る。その裏に、崩壊の姿が常に重なっている。

崩壊させるのは、私でなくてはならぬ。

そうして、崩壊は、いやが上にも壮麗にふくらみきった外壁が、内部の空虚をささえきれなくなった、ぎりぎりのとき、いっきょに生じねばならぬ。

私が思い描くのは、大規模な宗教団体組織ではない。〝城〟は、即《すなわ》ち、日馬秀治である。

そう思いながら、このところ、私は、居心地のよさになまぬるく浸りこんでいる。

ありがたいことに、私は教祖ではないから、肩肘《かたひじ》はる必要はない。私は霊の媒体にすぎない。今も、私は隅の目立たぬところに、だらしなく壁にもたれ、あぐらをかいている。

その対角線の、これも人目に立たぬ隅に、小野八汐が、肩のあいだに細い首を埋め、ひっそり坐《すわ》っている。彼は正式に入会し、いろいろな集まりに、ほとんど欠かさず出席している。その黒々した目は、会衆の愚かしさを冷笑してはいない。憤ってもいない。もちろん好意的であるわけはなく、在るものを在るがままに眺めている、というふうである。

「山本さん」と名を呼ばれた来会者が、みなの注視を浴び、いささか面映《おもは》ゆそうに立ち上がったとき、入口の方が騒がしくなった。

「まあ、そういうことは、別のときに」

制止しているのは、受付係をつとめている若い会員の声である。

「いつ、どこで伺おうと同じだろう。放しなさい。その手を放しなさい」居丈高《いたけだか》な声は、矢住であった。

「矢住さん」受付係は、争いを一般参会者にきかせまいと、声が低くなる。「今日は、外部の人のための催しなんだから、内輪《うちわ》のことは、内輪の会のときに伺いましょうよ」

「きみ、私に説教するのかね。失敬じゃないかね」

「まあ、まあ、そんな大きな声を出すのはやめましょうよ」

受付係は宇田の本妻の息子で私立大学の一年だが、大人びた、女性的な声で、いきり立つ矢住をなだめている。

「あれは、矢住さんじゃないですか」

宇田が腰を浮かした。宇田は地声が大きい。そうしてあたりを斟酌《しんしゃく》することを知らないから、会場中に、彼の声がゆきわたった。

「何を騒いどるんだ。私が行ってみてきましょうかな」

宇田は、日馬の同意を求めた。

「いや、私が行きましょう」

神主の高谷が大仰《おおぎょう》に眉《まゆ》をひそめて、そそくさと立ち上がった。「困りますな、こういうときに」

宇田は短気で手が早いから、行かせたらかえって騒ぎが大きくなると高谷は判断したのだろうが、幹部たちの軽々しい動きようは、日馬秀治の泰然とした態度を、ことさらひきたてる。そういえば、矢住にしても、何もこの公開の席に悪役めいてあらわれなくともと、私は無責任な観客の座に身をおいて思ったが、矢住としては、なりふりかまってはおれぬ事態であったのだ。

そうして、また、こういう騒ぎが起きるのは、予測されてしかるべきだった。

騒ぎのもとはといえば、まるで流行《はやり》病いのように続々と、巫女、霊能者が会の中に発生したことにあるのだろう。矢住の妻も、そのひとりだ。

神言が誰を通じてなされようと、矛盾の起きるはずがない、というのが、会員にとっての正論であった。

高谷の制止をふりきって、矢住は会場に入ってきた。日馬の前に膝《ひざ》をつくと、

「日馬先生、神言を賜《たま》わりたい」と、ほとんど悲痛ともいえる声音《こわね》で迫った。

「私は、すべて、御神霊の指示にのっとって、やってきました。今、ゆきづまっとります。手形が、どうにも落ちん。今日じゅうに何とかせんと、倒産です。御神霊は、よう知っとられるはずです。私は、御神霊の導きを信じとります。私利私欲で言うとるのではない。日馬先生も御存じだ。幹部のみなさんも、よう御存じだ。私は霊泉会のために私財を投じとります。会の財政面は我が社の利益で大半まかなっとるではありませんか。家内は、神伝《かむづた》えの資格がなかったのだろうか、あやまった御受けをしたのだろうかと案じて、寝込んどります。家内はもともと、自分にそんなだいそれたことのできようはずがないと思っとった。しかし、ふり払ってもふり払っても、霊言が湧《わ》き出しよる。私も交霊会でおたずね申し上げた、家内の御受けはまちごうとらんじゃろうかと。正しい、と、御神霊は仰《おお》せられた。おそれず神言を

受けよと言われた。ところが……すべて、裏目裏目となりよる。これは、試練じゃと、わしは思うた。禍《わざわ》いとみえることは最後には福に転じると、信じようとつとめた。しかし、もう土壇場《どたんば》にきとるのです。後がない。どうしたら、手形は落ちよりますか。おそえいただきたい。それとも、裸一貫になれちゅうのが、御神言でありますか」

その言葉を口にしたとき、矢住の表情に、明らかな変化が見られた。我れ知らず口をついて言葉に、驚いたようにみえ、あっ、と息をのんだが、彼自身シャーマンと化したかのように、滑《なめ》らかにつづけた。

「いきなり裸になれと命じられても、よう従わん、それゆえ、こうすればうまくゆく、うまくゆく、と、わざと誤った道に誘いこみ、最後に……おお、そうでありましたか」

私は、矢住と幹部連中がなれあいでこの芝居をうったのかと、一瞬、思いかけたほどだ。

矢住は、ひとりで怒り、嘆じ、そうして、いつのまにか、ひとりで結論を生み出していた。

「わかりました。日馬先生、いや、御神霊様、ようわかりました。私は、私利私欲は持たぬと言いながら、やはり、欲は捨て切れんでおったです。御神霊は、そこのところを見ぬいておられた。わしから何もかもとり上げられ、さあ、この男、悟《さと》るか悟らぬか、と突っ放して、しかも深い目で見守っとられた。わしは今の今まで、うろたえ、疑い、こりゃあどうも……と思っとったのだが、今、目がさめよりました」

矢住は怒りの昂奮《こうふん》をそのまま感動に逆転させ、小鼻に力をいれ、唸《うな》りはじめた。

「神言を賜わりたい」と、矢住はあらためて恭々《うやうや》しく日馬の前に手をついた。

私は顔を動かしたはずみに、小野八汐と視線があった。

さきほど名を呼ばれ、受座についていた山本某は、その場の空気を察したとみえ、気をきかせてひきさがった。

日馬に命じられ、黎子は落ちついた物腰で立ち上がり、紫の袴の裾《すそ》をさばき、天杖の座についた。

私は、また、小野八汐の様子をちらりと見た。興味深そうに、小野八汐は黎子の動きを目で追っている。

矢住はひとりできりきり舞いして、ひとりで結論を出し、悟りを得たとありがたがっているのだから、もはや、神言も何も、あったものではない。何が書かれようと、さしてありがたみを増すものでもあるまい。

黎子の筆から何があらわれるかと、私も興味を持った。

日馬は、現世利益を得る方法を霊言にたよることは厳禁していた。矢住が、妻を媒体に、出資者の信用度をたずねたりしたのは、この禁をおかしていた。

矢住と黎子にささえられた天杖の筆は、敷きのべられた紙の下端に、力強く下りた。ぐいと穂先が押しつぶされ、ついで、上端にむかって、一直線に走りのぼった。

それだけであったが、矢住は、自分の悟りの正しさを神霊に嘉《よみ》されたのだと、感動した。

私は、集まっている一般の列席者、半信半疑、あるいは野次馬的な興味だけ、のひとたちに、いくらかサービスしてやろうかと思った。

矢住の一幕は、矢住本人にとっても、また会員の多くにとっても、感銘深いことだろうが、かえって索然《さくぜん》とした者や反感を持った者も、非会員のなかにはいるようにみえた。

私は神主の高谷に耳打ちした。この男が、幹部のなかでは、もっとも山気《やまけ》がある。高谷はうなずいて、日馬にとりついだ。日馬は首を振って不同意を示した。

「何ですか」宇田がのり出した。

「倉田さんが、参会の皆さんのために読心術を行ないましょうと申し出られたんですよ」高谷が言う。

「それは、いいじゃないですか」宇田は大声で賛成し、それから日馬の顔色をうかがった。

「読心術というと、何か言葉がよくないが、これも霊力の一つのあらわれですもんな」

「しかし、倉田さんにそういう能力があるとは知らなかった」

話し声を耳にした参会者たちが、ぜひ、とざわめきはじめ、日馬も承知せざるを得なくなった。

「会員外の、今日はじめてここに来られた方がいいでしょうな。はじめての方、ちょっと手をあげてくださいませんか」

私の指図を受けて、高谷は言った。挙手した者のなかから、高谷は適当にひとりを選んだ。

「紙に、私に行動させたいことを書いてください」私は言った。「歩けとか、右に曲がれ、とか。私には見せずに」

「何でもいいんですか」

「躯《からだ》を動かすだけにしてください」私はつつましく言った。「私の能力では、そのくらいしかできないので、歌えとか喋《しゃべ》れという命令まではわかりません」

「いや、それだけでも正確にできたら、たいしたものだ」男は言いながら、紙を手でかこい、背を丸めて命令文を書き記した。

更に、『思念伝達者』が初参加の者のなかから選ばれた。高谷は、まことに朴訥《ぼくとつ》そうな三十二、三の女を指名した。

「この命令文を読んで」私は言った。「黙読ですよ。それから、命令のことだけに思念を集中してください。ほかのことに気をそらしてはいけません。あなたの集中力が弱いと、思念が私につたわらない。いいですか」

女は、力んだ顔になった。失敗したら自分の責任だと思いこみ、一心に命令文を読み、頭の中でくりかえしている。

私は、満座の中央に坐り、女の左手で私の右手首をつかませ、左手を女の手の甲にそえた。女の手の肉は、やわらかくなめらかだった。久しく女の躯に触れていない。街娼《がいしょう》を買いに行こうか。姉の顔が脳裏をよぎった。二つの顔が重なっていた。色白のやさしい姉。性病に膿《う》みくずれた姉。

精神の集中が必要なのは、女以上に、私自身だ。

「順を追って、各段階ごとの命令だけに思念を集中してください。もし私がまちがってもあなたは、心の中だけでそれを訂正してください。声や身ぶりにあらわす必要はない。私はあなたの心を読みとるのだから。さあ、まず、私に何をさせたいのか、強く思ってください」

女に言い、私と女は手をつなぎあわせたまま、静かに立ち上がった。

命令を記した紙片は、会衆に回読されている。

入口の方に歩く。敷居《しきい》のところで向きをかえ、日馬秀治の前に行く。そこで坐り、二度おじぎをする。命令文の記述者のところへ行き、彼の胸のポケットからハンカチをとり出す。ハンカチを彼の隣りの人に渡す。立って部屋の中央に戻り、坐る。二度、両手をあげる。おじぎをする。

私はほとんどよどみなくやってのけ、一同を感心させた。その後で紙片の命令文が読みあげられ、私の行動にあやまりのなかったことが、全員に確認された。

学者犬の奇蹟《きせき》と同じことだ。2＋3は、と訊《たず》ねられた学者犬は、0から9まで数字を書いて並べた紙から、5と記した紙を選び出す。馬も、同様の芸をする。2＋3は、と問われると、前脚のひづめで、五回、床を叩く。犬や馬がいくら賢いからといって、数字の計算までできはしない。彼らの賢さは、主人の、人の目にはとまらぬほどのわずかな表情の変化、目の動き、みぶりを確実に読みとることにある。

私は、私の手が触れている女の手の筋肉のかすかな運動をたよりに行動したのである。

私は、敏速に方角をさぐる。

正面の掛軸の方へか。

女は、私が入口にむかうことを期待しているから、私があやまった方向にちょっと女をひっぱっても気づかない。あるいは、すぐに反応しない。私は試行《し》《こう》錯誤《さくご》する。入口の方へか。正しい動きを待ちかまえていた女は、即座に、いっしょに歩き出す。女の筋肉は、その方向に運動を開始しようと準備していた。正しい方向をつかんだ私は、女の先に立って、力強く歩いてみせる。女は驚いてついてくる。

女は、私が正しい行動をしているときはおとなしく従い、まちがったことをしようとすると、無意識にかすかな抵抗が筋肉にあらわれる。知らず知らず、彼女は私の共犯者になっているのである。

命令のそれぞれの段階で、私は瞬時に試行錯誤を行ない行動を取捨選択する。上海のフランス人霊媒《れいばい》のところで受けた訓練の一つである。

散会後、幹部とその家族だけが残り、直会《なおらい》となった。

私は快《こころよ》く神酒《みき》のおさがりをのんだが、日馬秀治は、苦々しい面《おも》もちであった。酒席を、彼は嫌っている。

「倉田さん、読心術までやるとは知らなかったなあ」高谷が、なんとなくこわばった空気をときほぐすように言う。

「あれは疲れます。もう、やりません」

「そうじゃろうなあ」宇田がうなずく。

「やらんでください」日馬が厳しく言った。

「低俗な興味で入会する者が増えるのは困る」

読心術のいかがわしさを、日馬秀治は直感したのかもしれない。

「さあ、どうぞ」越水の妻が、素焼の銚子《ちょうし》をとりあげ、神酒を注いでまわる。

「矢住さんは?」

「先に帰った。いくら腹を決めたというても、会社を放って酒をのんどるわけにもいかんのでしょう」

宇田が言う。

「しかし、大変ですな。腹を決めたのはりっぱなものだが」

「なに、あそこは、資産家だから困らんですよ」

「矢住さんは困らんでも、従業員はちょっと苦しくなりますな」

高谷が言ったが、話はそれ以上には進まなかった。巻き添えで失業する従業員の問題に話が及ぶのを、誰もが暗黙のうちに避けていた。

「ひとつ、歌いますかな」

宇田が手拍子《てびょうし》をとり、俺《おれ》もゆくから君もゆけ、狭い日本にゃ住み倦《あ》きた、と声をはりあげると、海の向こうにゃシナがある、シナにゃ四億の民が待つ、と、ほかの男たちが和した。私は、時が逆方向にむかって流れ出したような気がした。

男たちの歌がとぎれたとき、酒のまわったらしい宇田の妾のキミ子が、女学生のような可憐《かれん》なソプラノで、シナの町の夕暮れに、と歌った。親のない子がただひとり、手桶《ておけ》さげてとぼとぼと。父は遠い満州で、匪賊《ひぞく》のために殺されて、今では墓となっている。

敗戦を境に、世間から忘れ去られた歌が、開いた墓の口から流れた。

私は、霊泉会の幹部たちを、それとなく眺めた。若い連中の姿がみえない。黎子と、高谷の長女、宇田の息子が席をはずしている。

なまぬるいサロンだ。敗戦で靭帯《じんたい》の切れてしまった男たちが漂い集まってきて、彼らにとっては居心地のよい巣作りをしている。

日馬はひとり、天空を駆けのぼる意気を持っているのだろうが、彼を取り巻くのは、駄馬ばかりだ。私はといえば、馬になぞらえるさえおこがましい。ささやかな陽《ひ》だまりに、今や、懶惰《らんだ》にうずくまる、毛のまだらに抜けた駄猫だ。

胡弓《こきゅう》の伴奏が似合いそうな何ともやるせない節《ふし》まわしから逃れて、私は社務所を出た。杉木立が空を覆ってそびえる境内は、湿気を含んで暗かった。

心地よい酔いから一転して、私は気が滅入《めい》っていた。読心術などやってみせたことが、うとましくなった。霊媒商売に、職業の誇りも何もあったものではない。啖呵《たんか》ひとつで人を丸めこむ大道香具師《やし》の方が、はるかに爽《さわ》やかだ。読心術をやってみせたのは、媚《こ》びにほかならなかった。誰への、何のための媚びかは知らず、私はたしかに媚びていた。

私の詐欺《さぎ》行為は、日馬秀治の信念と拮抗《きっこう》するはずであったのに、霊泉会そのものが、砂に打ち上げられた水母《くらげ》のようだ。

矢住の、さっきのあのひとり芝居は、どういうことだ。計画倒産のきっかけを、うまくつかんだようなものだ。

彼を責める資格はもちろん私には無く、銭苔《ぜにごけ》が土といっしょに盛り上がった石段を、私はのぼった。

ふいに気分が落ちこんだのは、酒のせいだ。このまま会を放り出し遁走《とんそう》したい気分になっている。

詐欺を続けることは、常に、並ならぬ緊張をしいられる。

空中高く張りわたした一本の針金の上に、椅子《いす》の脚を置き、腰を下ろし、体重の移動でたえずバランスをとる。その針金が、いつのまにか、幅広い帯のようなものになっていた。会の幹部たちは、おそらく半ば以上無意識に、私の詐欺をたすけている。さっき、高谷は、挙手した人々のあいだから、きわめて暗示にかかりやすそうな女を選び出した。

私は緊張がゆるみ、気が弱まっている。マイナスの札を武器に、輝かしいプラスの札を揃《そろ》え持つ日馬に瞞着《まんちゃく》の戦いを挑んだ私には、一種の気概があったはずだ。

壮絶な一騎討ちに比すべき戦いになるはずが、もっとも弱い立場の人々に手傷を負わせることになってしまった。

気が滅入ったのは、宇田の妾の歌のせいばかりではない。

石段をのぼりきると、左手の神楽堂《かぐらどう》の裏で人の声がした。

「よく見ていなさいよ」

黎子の声であった。

私はのぞき見た。

黎子は、若い男の肩に両腕をまわし、外国の映画で見おぼえたらしいポーズをぎごちなくまねて、目を閉じ、のどをそらせていた。男はうしろ姿しかみえぬが、宇田の息子であり、その傍に高谷の娘が立ちすくみ、二人の稚拙《ちせつ》な接吻《せっぷん》を凝視していた。黎子も高谷の娘も、巫女の衣裳《いしょう》はすでにぬぎ、ふだんの服に着かえていた。

私は足音をしのばせて去った。「見ていなさいよ」と高谷の娘に命じた黎子の驕慢《きょうまん》な声が耳に残った。

私はその夜新宿に行き、街娼の軀を求めた。

るような文言をしるした紙は、手のなかにあった。

母は茶の間で何か書きものをしている。父は診療中だ。

「ちょっと出かけます」

廊下に膝《ひざ》をついて、母に声をかける。どこへ行くの、と咎《とが》められる前に、いそいで玄関に出て靴をつっかけた。帰宅したとき、さぞ叱《しか》られるだろう、そう思うと足がすくんだが、思いきって小走りに外に出た。

三軒茶屋までの道をいそいだ。

小野八汐は、店の奥で本を読んでいた。背後の閉ざされた障子のむこうから、音楽が流れていた。低弦とファゴットがはげしく動き、ヴァイオリンの高音が泣き叫ぶように走る。

わたしが息を切らして小野八汐の隣りに腰を下ろすと、彼は本を閉じた。表紙の文字は横文字だった。英語ではないので読めない。

「これ、何語?」

「ドイツ語」

6

――日馬黎子――


〈もっとも美しい人間の姿は、その醜《みにく》さをとことん自覚し、みずから滅び去ることだ。〉

紙に記された文字をみつめ、わたしはぞっとした。たしかに、わたしの手が書いた文字にちがいない。頭のなかにその言葉が浮かんだことも自覚している。わたしはそのとき、動く手をとめようとしたのだ。しかし、見えない力に突き動かされ、わたしの手は、おそろしい言葉を書きつづけた。

おそろしいけれど、惹《ひ》かれる言葉であった。

父は、何と言うだろう。このような言葉が父の気にいらないことはたしかだ。邪霊がついたと言うだろうか。

ふいに、言いようのない恐怖にかられ、わたしは部屋をとび出し、階段をかけ下りた。自殺をすすめ

「すごいのね。ドイツ語も読めるの?」

「少しね」

「何て読むの?」

「マイン　カンプ」

「どういう意味?」

「我が闘争」

口絵の写真を見て、おどろいた。戦争中は不世出の英雄としてほめたたえられ、敗戦と同時にすべての悪の根元とされた男の写真だ。

「ヒトラーのことを書いた本?」

「彼が書いた本だよ」

「どうして、今ごろこんな本を読むの?」

小野八汐は、ひどくやさしい眼で笑った。それから、

「この曲を知っている?」と話をそらせた。

「知らないわ」

「マーラーの交響曲第五番。マーラーはボヘミヤ生まれのユダヤ人だったから、戦争中ナチスの支配下では演奏を禁じられていた。しかし、この、悲愴《ひそう》な曲調の底にどろりと頽廃《たいはい》のよどむマーラーと、ナチスの血のにおいが、相聞《そうもん》の気配を、ほら、ただよわせている」

「わからないわ」

「ヒトラーは、資本の論理に飼われた狼だった。狼は死んだが主人は生き残った」

「何だか、全然わからない」

「どういう体制であろうと、それを極限化していけば、ゴーレムとしてヒトラーが生み出される」

「ゴーレムって何?」

障子のむこうで咳《せ》きこむ音がした。

汚れたズックの運動靴が床のかたすみに寄せてあるのにわたしは気づいた。内側に日馬と墨書《ぼくしょ》してある。男物だ。

「暁生が来ているの?」

ヒトラーの写真より、はるかに衝撃は大きい。

咳《せき》はやみ、障子が細く開き、暁生がのぞいた。傍の蓄音器《ちくおんき》がマーラーを流していた。

「姉さん、内緒だよ。たのむよ」

「学校、さぼったの？」

「かったるくてさ」

「しじゅう、ここに来ているの？」

「ほかに、ごろごろしていられるところがないからね」自嘲《じちょう》した表情は、年寄りじみてみえた。

「ここでレコード聴いているのが、一番いい」

ぐるぐると螺子《ねじ》のゆるむ音がして、高鳴ったティンパニーが間のびした。暁生は死にかけた小動物をいそいで手当てするように、把手をまわした。

「電蓄が欲しいな。音がもっときれいに聴こえるって」

「そのうち、買うよ。中古のやつ。売り物が出るだろう」小野八汐が言うと、

「モギレフスキーの約束、忘れないでよ」

暁生は、甘えた。

「せっかく苦労して行列して、割引きの前売り買ったんだから」

「モギレフスキーって、何？」口惜《くや》しいけれど、話にわりこむために、わたしは訊《き》いた。

「ヴァイオリンの巨匠。姉さん、知らないの。日比谷で、ブルッフとメンデルスゾーンとチャイコフスキーと、三大協奏曲を演奏するんだ」

「わたしも行きたいわ」

「切符、二枚しかないんだ」暁生はきっぱり言った。

それから、気弱く、

「学校さぼってること、ほんとに、うちには内緒だよ」と言いそえた。

「暁生くん、軀《からだ》がどこか悪いんじゃないのかな」小野八汐が言った。「お父さんに診察してもらうといい」

「親父に言わせると、病気は心の影だって。まず精神をきたえろって、お説教だよ」

その翌日、わたしの自動書記は、〈肉体は心の影である〉と記した。父は目をとおし、大きくうなずいた。

7

――倉田佐市郎――

日馬の家で行なわれる幹部の定例交霊会の日、私は早めに着いて、日馬の家族といっしょの夕飯によばれていた。公開天杖《てんじょう》会から二週間ほど後だ。豪人は不在で、丸い卓袱台《ちゃぶだい》に日馬と滝子がむかいあい、黎子と暁生がむかいあい、私は日馬と黎子のあいだに割りこむ形になった。カレーで味をつけたすいとん汁をふるまわれた。盛りわける滝子は、私の皿に肉片が入らぬよう細心だった。

私が日馬の家に出入りするようになって一年半、その間のインフレーションの進行は凄《すさ》まじい。六、七倍から十倍。闇値《やみね》で買う食糧はそれ以上。帰国当時九十銭で入れた銭湯が六円になったし、一本六円だったビールは配給でも四十円、闇で買えば百円はとられる。ところが、日馬は物価の動きなどには無《む》頓着《とんちゃく》だから、最初私に申し出た謝礼金の額は、ほとんど上昇しないままである。家計をあずかる滝子は当然承知しているわけだが、これも、自分から値上げは切りださない。神言の伝達が金銭に換算されるということが、日馬秀治にはなじめないのだろう。滝子は食事をふるまうことで十分に恩恵をほどこしているつもりだ。私は、会員の家で、その家族のためだけの交霊会をおこなうことで、収入をおぎなっている。これは日馬秀治のよろこばぬことだ。

修養のための道場を、都会をはなれた山間清浄の地に建設したいと日馬秀治が口にしたのは、このときであった。

とんでもない、と、滝子は甲高《かんだか》い声をあげた。しかし、表立って反対するのは神事最優先のたてまえにもとると思ったのか、

「まだ早すぎましょう?」と、表現をやわらげた。

「資金もありませんし」

「日本橋の、病院の焼け跡の土地の借地権を売ればいいだろう」

「あそこには、罹災者《りさいしゃ》がバラックを建ててかってに住みついています。立《た》ち退《の》かせるのが大変ですよ。それに、いつかはあそこにまた病院を再建しなくては。豪人のために」

「豪人には、この医院をまかせる。私は安んじて道場にこもれるというものだ」

「あなた、まだ早すぎますよ。豪人は臨床の経験も足りませんし、第一、まだ学位をとっていません。それに、豪人は、いずれ道が開け次第、アメリカに留学する希望を持っているようですよ」

定刻が近づくと、玄関のベルが幾度も鳴り、そのたびに黎子が取次ぎに出て、次々に訪れる幹部たちを座敷に請《しょう》じ入れる。

ほぼ顔が揃《そろ》ったとき、再び訪問客があった。

取次ぎに出た黎子は、少し緊張した顔で座敷の入口に膝《ひざ》をつき、「お父さまに用だそうです」と告げた。

「急患か」

「いいえ。はじめ、矢住さんに会いたいとおっしゃって、矢住さんはまだみえていませんと申し上げたら、それではお父さまにって」

「誰だね」

「お名前はききませんでした。男の方ばかり五人です」

「これから行事がはじまるので、お会いできんと言いなさい」

黎子が玄関に行ってほどなく、怒号がきこえた。

「矢住さんの会社の関係の人たちですね」滝子が眉《まゆ》をひそめて日馬を見た。「黎子ではむりですね」

日馬が不愉快そうに立とうとすると、滝子はとめた。

「あなたが出て行くと、いっそう厄介《やっかい》なことになりませんか？　倉田さん、出てみてください。矢住さんの関係の人でしたら、主人がお会いしてもしかたありませんもの。帰るように言ってください」

男たちは、殺気立っていた。私は、倉田です、と言って式台に坐《すわ》った。おまえか、いんちき霊媒《れいばい》は、と、ひとりがどなった。

罵声《ばせい》がつづいた。暴力にまで行かねば、彼らもおさまりのつけようがあるまい。まったく無抵抗ではなぐりにくかろうと、少し言葉を返した。相手はそのきっかけをつかまえて私の服の胸元をつかみ、私が抗《あらが》ったので、反射的にひきずり落とした。肉に与えられる苦痛に、どのくらい耐えられるだろうかと、私は思いながら、三和土《たたき》に並ぶ幹事たちの靴の上に手をついた。なぐられながら、声をたてまいとつとめた。

男たちは、日馬の名を呼びたてた。立ち上がる日馬を、めんどうなことになりますから、と滝子がとめているところが浮かんだ。人間が拷問《ごうもん》に耐え得る限界は、五時間だときいたことがある。拷問というには値しない殴打《おうだ》であった。相手にも、いささかのためらいがあり、攻撃力を弱めていた。奥の座敷はひっそりしていた。私は卑《いや》しい霊媒屋でございますよ。声には出さずに私は言った。

やがて、男たちのなかで仲裁に入るものがあり、男たちは、裁判沙汰《ざた》にしてやる、訴えてやる、と奥にきこえよがしに罵《ののし》り、ひきあげた。

みぞおちを突かれたのが、軀《からだ》には一番こたえた。私は便所にいそぎ、吐いた。吐物はカレーのにおいがした。磨《みが》きこまれた床板に吐物の飛沫が散った。浅い木の箱に備え入れてある新聞を八ツ切りにした落とし紙で、私は汚れを拭《ぬぐ》った。

芦田内閣漸《ようや》く成立
最後までもんだ〝農相〟

対ソ強硬策を準備
米、これ以上の侵略許さず
〔ワシントン十三日発UP共同〕米国政府当局者は十三日トルーマン大統領は目下その閣僚とともにソビエト勢力の進出を食いとめる目的で、
一、新《あらた》な軍備拡充計画を実施し現在以上に勢力進出を企てることはソビエトにとって危険であることをソビエトに納得させるとともに
一、米国は共産主義が現在以上に勢力を拡張する

ことは国際平和にたいする脅威《きょうい》とみなすとの強硬な外交声明を発表する可能性につき検討中であると言明した。……

そんな記事に漠然と目をとおしながら、私は吐物を拭った紙を丸めては溜壺《ためつぼ》に捨てつづけた。

〝共学の門〟に恋の刃
　京大生　女子学生を殺す

関東一円の犯罪は上野地下道が巣
　新警察制度　一カ月の報告

日本経済再建最終案
　米国陸軍省で検討中

酔いどれ天使　待望の公開迫る
　日本映画界の野心児黒沢明《くろさわあきら》がギャング映画に新しい境地を描く！

陽春に放つ日活の喜劇又もヒット
　凸凹スパイ騒動　メトロ大作
　アボット、コステロの珍技に爆笑！

〝ソ連、空で対決企図〟
　世界最大の空軍建設中

米空軍長官証言
　ソ連はわれわれとの対決を望んでいる、そしてその対決は空中において行おうと思っている、そのためソ連は米国の十二倍の数の飛行場を建設中……

洗面所で手を洗っていると、おしぼりが差し出された。宇田の妾《めかけ》のキミ子であった。

おしぼりを渡しながら、「すみません」とキミ子は本心すまなそうに細い軀をすくめた。受けとるとき、キミ子の手が私の指に触れた。手首も指も細いのに、掌《たなごころ》の肉はふっくらとしていた。私はその手を握りこみたい衝動にかられたが、そのとき、滝子が背後に立った。キミ子は、目を伏せて出て行った。

「大変でしたわね」滝子は少し笑った。

冷淡な表情の上に一皮《ひとかわ》薄くかぶせた愛想笑いであった。帯のあいだにはさんだ熨斗《のし》袋を指先でひき出し、「今日は交霊会はむりでしょうね」と言った。

交霊会はやらなくても礼金は渡してやる、という顔である。

「そうですね」私は言い、熨斗袋を受け取りズボンのポケットにおさめた。神言の伝達に金銭が介在する。滝子も日馬も、そのことで私を蔑《さげす》んでいる。清浄な行事に、私は一点の穢《けが》れを作っているのである。礼金を支払うとき、滝子は、私に対し雇い主の顔になる。日馬は、できることなら、私を敬《うやま》いたいのである。敬うに値する人間を、霊媒に持ちたがっている。彼が謹《つつし》んで奉戴《ほうたい》する神霊の言葉を伝える媒体は、あいにくなことに、社会的地位の低さ、一文《いちもん》無しの引揚げ、教育は高等小学校卒、そうして品性の卑しさ、すべて彼の気にいらぬことばかりである。

私は彼らにとって、人格を持たぬ道具である。唇の内側を切ったので、いくら義歯をはめてもいつもの喋《しゃべ》り方はできぬ。もちろん滝子は私の詐欺《さぎ》をみぬいているのではなく、交霊会で今の事件が持ち出されるのを、何となくうっとうしく思ったのだろう。

座敷に戻り、今日はこのまま帰ると告げると、宇田が、「倉田さん、災難だったな」

と言った。

「暴行罪で訴えることもできるんだが」越水が皆の顔色をうかがった。「しかし、あまり事を荒立てるのは、どうも……」

「矢住さんの処理のしかたがまずかったんでしょうな」高谷が言った。「だからといって、こちらに凧を持ちこむのは、おかどちがいというものですよ。そうじゃないですか。いやあ、倉田さん、災難でしたな」

「騒ぎを大きくするといかんと思い、ひかえていたが、どうもひどい様子なので、止めに出ようとしたところだった」越水が言った。宇田は、何か自分が理不尽なことをされたように、苦々しげな顔で腕をくみ、その腕をほどくと、四つにたたんだちり紙をポケットから出して、かっと痰《たん》を吐いた。

日馬は無言であったが、最後に、「今日はだめですかな」と、残念そうに言った。今日の成りゆきに関し、交霊会で質問したいと、そればかり考えていたようだ。医師の日馬の目から見れば、私のけがはほんの掠《かす》り傷で、招霊の妨《さまた》げになるほどのものではなかったのだろう。

私は、日馬がねぎらいの言葉を口にする前に、辞去した。それまで平静を保っていたのに、もし、日馬からねぎらわれたりしたら、何か制御がきかなくなって爆発しそうな気がした。道具は、道具として扱われるべきである。

北沢川に沿った細い道を、私はゆっくり自転車を走らせた。土手の桜並木は、空襲で焼け焦げ、黒い骨のような枝を突き出し、根もとから青いひこばえがひょろりとのびていた。

寮に戻ると、部屋の前の廊下で佑子と行きあった。佑子はタオルをかぶせた洗面器をかかえていた。銭湯に行くところかと思ったが、タオルの下から新聞紙がはみ出し、かすかに、いやなにおいがした。私の視線に気づくと、佑子は洗面器を私の目からかくすように持ちかえようとしたが、今さらかくしてもしかたがないと思いなおしたのか、「おかえりなさい」と言って、そのまま歩き出した。

「気分が悪いのか」

佑子の唇は白っぽくなっていた。

佑子は廊下のはずれから渡り廊下を便所の方へ行った。私は先に部屋に戻った。あとから入ってきた佑子は洗面器を部屋の隅においた。きれいに洗ってあった。

「佑ちゃん」と、仕切りのベニヤ板のむこうから、隣りの部屋の女が声をかけた。「大丈夫なの?」

「大丈夫です」

「ちょっと、そっちへ行くよ」

「いえ、大丈夫ですから」

「早いとこ、お医者に行った方がいいよ」

「どうしたんだ」私は佑子に訊《き》いた。

「ちょっと吐いたのよ」

とたんに、私は、カレーのにおいを思い出した。

「ああ、倉田さん、帰ってきていたのかね」

隣りの女が、無遠慮に戸を開けてのぞきこんだ。

寮の住人は移動がはげしい。移転先を工面《くめん》して出ていったもののあとに、新たに引揚げてきた家族が入居する。隣りの家族は私と前後して入居し、私同様、ずっと居続けている。

「倉田さん」と、女はうしろ手に戸を閉めた。「おせっかいなようだけれど、きちんと形をつけてやらないと、佑ちゃんがかわいそうだよ」

「形って何だね」

「いえね、わたしはおせっかいで、言いにくいことを口にしただけさね。まあ、近ごろはずいぶん何でもいいかげんになっているけれど、やはり、きちんとけじめをつけるべきことは、やってやらなくてはね。皆だって、いい気持じゃないからね。あまり目立たないうちに、早くしてやった方がいいよ。年がちがいすぎるったって、こうなってしまったら、考えなくちゃね。佑ちゃんはまだ子供なんだから、あんたがきちんとしなくちゃね」

「きちんとって何だね」

「わからないふりでとおすなら、それでもいいけどね。わたしは古いなじみだから、親切から言うんだけど、皆は、もっとひどいことを言うからね」

「小母《おば》さん、何をかんちがいしてるんですか」佑子が横坐りになったまま言った。

「佑ちゃん、小母さんにごまかしたってだめ。これでも三人の子持ちなんだからね」

「出て行ってほしいな」私は言った。

「おや。そんな言い方はないよ、倉田さん。よけいなお世話だというのなら、それでもいい。わたしは何も言わないよ。でもね、寮が淫売屋《いんばいや》みたいになるのは困るからね。それでなくても、引揚者だというと、内地にずっといて焼け出されもしなかった人たちは、まるで身分違いみたいな目で見るんだから、この上、引揚者寮は風紀が悪いの何の噂《うわさ》がたったら、まっとうに暮らしてるわたしたちの立つ瀬がない」

「ベニヤ板一枚だよ」私は、不愉快さを、板を叩く指にこめた。「あやしい音でもたてたら、そっちに筒抜けだろう。変な噂はまき散らさないでくれ」

「聞き捨てならないわね」隣りの女はあがりこんで、膝をつめ寄せた。「まるで、わたしが無責任なことを言いふらすみたいにきこえたね。わたしは、つい、今の今まで、あんたと佑ちゃんの味方のつもりだったんだよ。年が離れていたって、これだけ苦労をともにしてくりゃ情も湧《わ》くさね。ほかの人が、かげで何だかんだ噂するとき、わたしは、倉田さんだって、いずれはきっちり籍を入れるつもりだろって、あんたたちの側に立ってかばってきたんだよ。そりゃ、ひどいことを言う人だっていたわよ。何たって男と女なんだから、何でもないっていうんなら、部屋を別に住むぐらいのことはしなくちゃ」

私は佑子に目をむけた。重ったるい軀つきだが、細腰がくびれ、ふっくらやわらかいところと、ひきしまったところ、めりはりのきいた——一言でいえば、女らしくなってきているのを、私はあらためて認めた。

佑子は少し軀をよじり、私と隣りの女の視線をはずそうとするふうにみえた。

「わたしはもう何も言わないわよ、好意で言っていることを変なふうにとられて、噂をまき散らすだの何だの、こんな口惜《くや》しいことってないからね。何も言わないけどね、ただ、あまりアメリカさんみたいなまねは、少くとも、この寮のなかではしてもらうわけにはいかないね。うちにだって子供がいるんだから、子供たちにきかれたとき、説明のしようがないふうなことは、おことわりだよ」

「誤解されては、こっちだって黙ってひっこんでいるわけにはいかない。私はかまわないにしても、佑子に傷のつくようなことは」

「倉田さんが身におぼえがないとなると、どういうことになるのかね」女はとげとげしく言った。「佑ちゃんとしては、具合の悪いことだね。佑ちゃん、あんた、そんな娘《こ》だったのかね」

「佑子、気分が悪かったら、横になっていな」私は言った。

何か悪いものでも食べたのか、そう訊くのはそらぞらしすぎた。隣りの女のあてこすりに言い返さない佑子の態度から、私も、佑子の不快の原因を感じとらざるを得なかった。

隣りの女が腹立たしさを足音にあらわして去った後、

「相手は、知っているのか」と目をそらせて訊いた。

「大丈夫よ」佑子は言った。

「どういうふうに大丈夫なのだ」

佑子は目顔でベニヤの仕切壁を示した。薄い板壁は、音に関しては、ないも同然だ。

私は思いきり声をひそめ、「どう大丈夫なんだ。あまり辛い思いだけはしてほしくない」と言った。

「心配しなくていいの」佑子は落ちついて言った。

「佑子、私は倖《しあわ》せなんてものはめったにありはしないと知っているが、少くとも、辛いとわかっていることは、できるだけ少くした方が、生きていくのに楽だとは思うよ」

「辛いって、どういうこと」

「佑子が今まで味わってきたようなのが、辛い思いだ。これ以上辛くなるのは、よしな。私には、それぐらいしか言えないがね」

「わたし、倖せになるんだから、大丈夫」

「相手は、知っているんだな」私が念を押すと、佑子はうなずいた。

「知っていて、放っておくようなやつでは、佑子がどう倖せになるのか、私にはわからんな。結婚するのか」

結婚が、ただちに倖せと結びつくものでもないと承知していても、十八の娘がひとりで出産し子を育ててゆくより、はるかに楽なことだけはたしかだと思えた。

「結婚したわ」佑子は言った。私は一瞬言葉を失った。それから、賢いようでもやはり年相応に、肝腎《かんじん》

なことは無知なのだと、

「寝ることと結婚はちがうよ」

「籍を入れたわ」

私は再び言葉につまり、ようやく、「本当か」と、馬鹿なことを訊いた。

「二人で区役所に届けてきたわ」

「それじゃ、お祝いをしなくてはな」しばらくして、私は言った。

「お祝いをくださるのなら、現金でください」佑子は言った。

「相手といっしょに住まないのか」

「今は、住めないから。もう、訊かないで。大丈夫なんだから」

「子供を作り、籍を入れるほど好きあった同士なら、どんな場所だって、いっしょに住めないことはないだろう。相手は宿無しか」

「無いわけじゃないけど、彼の家ではないから」

「私が、どこかほかへ移ってもいいよ」私は言った。

「私ひとりなら、何とでもなる。相手をここに呼んだらいい。おかしなことを言いふらされなくもなる」

「いいんです。いずれ、〝きちんと〟なるんだから」

佑子は、そう言いながら、ベニヤ板の壁の方に、ちょっと笑いかけた。壁のむこうの女にむけた、いささか皮肉をこめた笑いであったらしい。

「〝いずれ〟なんていうのは、まったくあてにはならないよ。相手はどういう男なんだ」

「いずれ、きちんとなったときにね」佑子は大人びた顔で言った。

私はこの娘に、どうでも手もとから離したくないというほどの強い愛着を持っているわけではなかった。成りゆきからいっしょに住むようになり、情も移ってはいるけれど、心をひらききって甘えてくる娘ではない、こちらが気づまりに感じることもあった。いなくなれば、淋《さび》しくはあろう、しかし、辛い思いをせずにやっていってくれるのなら、ほっと気持が楽になりもする。そうはいっても、十八の娘の〝大丈夫〟がどれほど確実なものか、いたって心もとなく思えた。自分の血をわけた子供なら、腹を立て、うろたえ、なぐりつけ蹴倒《けたお》してでも、相手の名をきき出し、結婚させるか、相手に誠意が無いのなら手おくれにならぬうち堕《お》ろさせるか、おろおろと行動にうつっただろうか。子を持ったことのない私には、わからぬ。

佑子に対しては、大丈夫と言われれば、一歩退《の》いた。佑子と私は、他人であった。血をわけた子であっても……と、私は思った。私は退くかもしれぬ。

「いつごろ、〝きちんと〟なるんだ」

「たぶん、来年」

「子供が生まれてからか」

「そう」

「今、子供は何カ月だ」

「三カ月」

「堕ろすなら、限度だ。知っているのか」

「知っています。でも、堕ろさない。殺すことよ、堕ろすって」

「馬鹿。産んでから育てられなかったら、なおひどい」

「育てます。彼といっしょによ。だから、もう、ほんとに何も訊かないで。訊いたってしょうがないでしょ」

私の冷たさに相応する冷たさで、佑子は言った。私の冷たさは、自分の無力を是認《ぜにん》するところから生じ、佑子の冷たさは、私の無力を容赦《ようしゃ》なく認める若さから生じていた。

「お祝いをくださるのなら」と、佑子は私のさっきの申し出を、もう一度たしかめた。「現金でくださいね。おかねはいくらでも必要なの」

「たいしたことはできないが、洗いざらい、やるよ」私自身は、金銭に執着はなかった。覇気《はき》も野心もない。日馬の崩壊をこの手でというのは、夢想でこそあれ、野心とは呼べまい。

「しかし、佑子、子供が生まれたらいっしょに育てるといったな。それなら、なぜ、今、いっしょに暮らせないんだ」

「来年になれば、彼、たぶんアメリカに行けるの。

そのとき、いっしょに行きます」

「ＧＩか」やめろ、と私は言った。

「ちがいます」

「将校か」

日本人の渡米は、きわめて少数の例外をのぞき、全面的に禁止されている。アメリカに入国できる女性は米軍将兵と結婚したもの、あるいは婚約者ぐらいなものである。

「いいえ、日本人」

「日系の二世か」

「そうじゃないの。日本人」

「日本人は渡航禁止になっているのを知らないのか」

「でも、留学の道がひらけてきているのよ。今月の一日の新聞を読まなかった？　マッカーサーが日本人の経済発展のために、早く貿易制限を解除して、海外旅行も許可しろと陸軍長官にメッセージを送っているし、むこうの大学に奨学金の申請をして、許可の下りるのを待っている人たちも、いるのよ。ガリオア資金で留学生を募集援助する計画もすすんでいて、来年中には必ず実施されるということよ。フロリダのロリンス大学からは去年留学生を送れという引合いがきて、四百何十人が応募し、選抜の決定を待っているそうよ。道は開けてきているの」

「ばかに詳しいな。佑子の相手は留学希望の学生か」

「学生じゃないわ。訊かないでって言ったでしょ」

ふいに、記憶のなかから、一つの言葉がたちのぼった。今日、耳にしたばかりだ。

……豪人は、いずれ道が開け次第、アメリカに留学する希望を持っているようですよ。

私は、打ち消した。

豪人に、私はほとんど会ったことがない。霊泉会の活動などまるで無視しているらしく、交霊会にも出席したことがない。

「入籍もすませたと言ったね。それじゃ、佑子は、日馬佑子になったのか」

私は、ためしに、いきなり、ぶつけてみた。しかし、思いきり声をひそめる分別《ふんべつ》は働いた。隣りに、おそらくベニヤの板壁に耳を押しつけているにちがいない女がいる。

「どうして！　知っていたの……」反応は、鮮《あざ》やかだった。

「私の方が訊きたいよ。いつごろから、どうして日馬豪人と親しくなったのか。本当に、あの日馬の長男とか。……馬鹿な。馬鹿な……、佑子、だめだよ。馬鹿……。堕ろすんだよ、手遅れにならないうちに」

「何が馬鹿なの。何も知らないじゃありませんか。わたし、正式に結婚しているのよ」

「むこうは、おまえ……。違いすぎる。何もかも違いすぎるよ。第一、あのうちで、親が許すわけがない。内緒なんだろう」

「だから、訊かないでって言ったんだわ。彼とわたしだけなら、何も問題ない、二人でおかねの苦労だけすればいいんだわ、だけど、まわりの大人たちが関係してくると、とてもめんどうになるのよ。うまくいくことが、うまくいかなくなってしまうのよ。黙っていてください。これまでだって、黙ってわたしの好きにさせていてくださったでしょう。今まで、世話してくださったの、感謝しています。だけど……邪魔しないでほしいの。うまくいくんだから。二人だけなら。いろいろ考えて計画しているんだから」

「辛い思いをするよ、佑子。二人だけというわけにはいかないんだよ」

「ずいぶん、世間並みなことを言うんですね、珍しいわ」

私は、黙ろうと思った。黎子と思いくらべ、私の目には野放図《のほうず》としかみえない佑子のやり方のほうが着実なのかもしれない。父親にがんじがらめにされ、私に惑わされ、死者とかかわりあって黎子は、地上の生を生きてゆくことを知らない。精神統一して霊言を俟《ま》つということは、用心深く閉ざされた蓋《ふた》をとりのぞき、意識の深淵を覗《のぞ》きこむことにほかならぬ。

豪人に、親にそむいてまでと決意させるほどの魅力が佑子にあるのだろうか、と、私はあらためて見直した。

身近にいると、気づかぬものだ。私はいつも、佑子を目の前にしながら、口の重いぼってりと鈍重な、記憶のなかの佑子を見ていたのだ。きめのこまやかな肌、弓なりの眉、一重《ひとえ》だが輪郭のくっきりした少し腫《は》れぼったいまぶた。

「佑子の顔は、古い仏像に似ているよ」丸みを帯びた唇は、私がこれまで思いこんでいたような鈍重な印象を、もはや与えなくなっていた。

「彼もそう言うわ」佑子は、下《しも》ぶくれの頬《ほお》に指をあてた。

よく見ていなさいよ。傲岸《ごうがん》な命令とともに、接吻《せっぷん》をみせつけていた黎子が浮かんだ。それはひどく稚《おさな》いぎごちない姿であった。

「かねの苦労は、佑子の思う以上に大きいよ」私は言い、はじめて佑子にいじらしさをおぼえた。しかし、佑子は私のそんな気分には頓着せず、「せっかく彼と食べた夕飯、吐いてしまって損したわ」と笑った。

私も、日馬の家でふるまわれたカレー味のすいとんを、無駄にしてしまったのだ。胃のなかはほとんど空《から》だと思い出した。

「何か食いに出ようか」

「果物が食べたい」佑子は言った。


五月半ばの爽《さわ》やかなある日、私は銀座に出た。佑子を連れて行くつもりであった。

大陸で生まれ育った佑子には、はじめての場所だろうと思った。私も、子供のころ、一度母に連れて行かれた記憶があるだけだ。そのときは姉もいっしょだった。私が八つか九つだったのだから、姉は十五ぐらい。

姉が黒々と艶《つや》のある長い髪を三つ組みに編み、その先を薄い水色のリボンで根元に結びとめていたこと、紫陽花《あじさい》色の絽《ろ》の着物を着ていたこと、そして、三人で入ったミルクホールのテーブルに金魚鉢《ばち》があったのを、おぼえている。初夏だった。姉が子供を産んだのがその年の暮れだから、今考えると、姉はそのとき、すでにみごもっていたことになる。姉と母がそのときそれを知っていたのかどうか、私にはわからない。

佑子を誘ったあとで、私はそれに思いあたり、同じようにみごもっている佑子を伴うのが少し気重になった。

佑子は、銀座へは一度、彼といっしょに行った、と言った。

「でも、彼もわたしも、ああいうところ、あまり好きではないの」

〝彼〟という呼び方は、私にはどうも耳ざわりだ。

「いつ行ったんだ」

「二月の十日よ」

佑子は日付をはっきりおぼえていた。たのしかったのだろう。

「帝劇で、『悲恋』というフランス映画を観《み》たの。初日だったし、混んで大変だったわ。それから日比谷公園を少し歩いて、銀座に行ったの」

「私と行っても、おもしろくないかね」

「よけいなおかねは、使わない方がいいわ。銀座に連れて行ってくださる気があるのなら、そのぶん、おかねでください」

私は十円札を二枚、佑子に渡し、ひとりで寮を出た。ある会員のうちでその家族だけのための交霊会をやり、礼金をもらっていたので、懐《ふところ》にゆとりがあったのだ。

日馬は私に、霊泉会から月々一定のかねを支給するかわり、個人的な依頼には応じないやり方をとるのを希望している。たぶん、今度の幹部会でその件が検討されるだろう。霊泉会の財政は、潤沢《じゅんたく》ではない。会員の会費と天杖の謝礼だけでは、会報を発行したりする必要経費の半分にも足りないので、日馬が不足分の大半を補い、矢住も時折寄付をしてきた。しかし、矢住は最近退会した。

滝子は、私への月極《つきぎ》めの礼金を二千円に押さえる腹づもりでいる。日馬が雇っている見習い看護婦の給料と同額。革靴一足の値段である。

いかにも、霊媒屋は、詐欺である。虚業である。

だが、これとて一つの芸にはちがいないのだ。私は私の芸を売っているのである。

能楽師の起源は散所《さんじょ》の民である。やがて貴族の観賞芸能へと上昇し、能の地位はたかまったが、演ずるものは貴人ではない。これぞ我が生業《なりわい》とわりきれば、この巧みな手腕に対して報酬は些少《さしょう》にすぎる。いかいか、と私は、思わずいきごんだ自分に苦笑した。

二千円。私は日馬の道化《どうけ》となる。それもいいではないか、と私は、思わずいきごんだ自分に苦笑した。

いずれ虚城をくつがえす。いっときのことだ。

いつ、どのようにして、と計画があるわけではない。ただ、その心づもりが、懶惰《らんだ》な私の日々をささえている。

銀座の通りは、臀《しり》の形をくっきりみせたズボンのGIの腕に、口紅《くちべに》のきわだつ女がぶらさがって歩く姿が目についた。

私は日劇の前に立った。新東宝《しんとうほう》スタア総出演、スタアパラダイス。私ひとりなら新宿の帝都座五階でストリップを見るのだが、

「倉田さん」

やはり、キミ子は来ていた。棒縞《ぼうじま》のセルの着物で、入場券売場の横に心細そうに立っていた。

「おひとり？　佑子さんは？」

「誘ったんですが、都合が悪いと言って」

「あら」キミ子は目を伏せた。「佑子さんもいっしょだと思ったから……」

「かまわんでしょう」

「でも……」

「入りますか」

「いえ……」キミ子はうつむいて歩き出した。「映画より、お願いしたいことがあって……」

「何ですか」

「佑子さんもいっしょかと思って、わたし、お弁当を用意してきたんですよ」

キミ子は切り出しにくいのか話題をそらせた。

「喫茶店がどこか開いているんじゃないかな」飲食営業緊急措置令による休業命令が、先月末解かれたので、喫茶店もほそぼそながら営業を再開した。

「交霊会って、昼間はやれません？」

「やれますよ。部屋を完全に暗くすることさえできれば」

「そうですか」と口ごもりながら、キミ子の足は有《ゆう》楽町《らくちょう》の駅の方にむかう。

「今日、主人は中野の方に行っていて……」

〝中野〟とは、宇田の本妻を指す。

「わたし、ひとりだけで、御神霊にうかがいたいことがありますの」キミ子は頤《あご》を衿《えり》に埋めて思いあまったように言う。「主人にはきかれてはいけないことなんです。交霊会は、いつも皆さんいっしょだから……。一度、倉田さんにお願いしたいと思いながら、おりがなくて」

「私に、今日、奥さんだけのための交霊会をやってほしいんですか」

「ええ。あつかましいですけど……。今日も佑子さんがいっしょだから駄目だとあきらめていたのですけれど」

「私はかまいませんよ」と言うと、

「それでは、これからうちに来ていただけます?」

とキミ子の声は少しはずんだ。私はよほど無害な男と思われているらしい。

宇田の家を会場に、幹部会がひらかれたことがあった。幹部の集まりは日馬の家でいつも行なわれ、時折、矢住の家でもひらかれた。宇田が、たまには自分のところでと、皆を招待したのである。

キミ子はそのとき、宇田にどなられながら、ひとりでおろおろと客の接待につとめていた。宇田はみえをはり、全員に夕食をふるまった。日馬や矢住のところは闇物資を買うゆとりがあるが、宇田は失職中でキミ子の縫物《ぬいもの》で生計をたてているのだから、材料をとり揃えるのには苦労したはずだ。酒を飲まぬかわりに甘いものの好きな日馬のために、宇田はキミ子に命じて牡丹餅《ぼたもち》を作らせた。私はキミ子に頼まれ、闇の砂糖と小豆を工面してやった。当日は少し早めに行き、作るのを手伝った。

台所の床にあぐらをかき、キミ子が握る白い糯米《もちごめ》に、私は餡《あん》をまぶしつけた。

上海にいたころ、姉と二人で、こうやって牡丹餅を作りましたよ。姉は、どうしても西洋料理になじめなくてね。主人の食事は中国人のコックが作るんですが、コックは姉のための牡丹餅までは作りませんでしたから。

弾力のあるやわらかい糯米に、私は丹念に餡をまぶし、撫《な》でながら形をととのえた。

姉はそのころ、奥さんとちょうど同じ年ごろだった。三十前後。女のひとが一番きれいになる年ごろ……。

佑子を映画に連れて行こうと思うんですが、と言ったのも、そのときだった。私も佑子も銀座のあたりの地理はよく知らなくて。

いつおいでになるの。

べつに決めてはいないんですが。

いっしょに行きましょう、と、いつのまにか話が進んでいた。もちろん、私がそのように話をはこんだのだが。

宇田に聞こえぬよう、声をひそめていた。

主人が留守の日がわかったら知らせます。

奥さんがいっしょだと心強い。

あら、わたしも銀座はあまり知らないんですよ。

牡丹餅は舌が震えるほど甘かった。

「主人と別れたいのです」

闇のなかでキミ子は言った。

そういうことだろうと、予想はしていた。

雨戸を閉めきり、防空用の暗幕をはりめぐらし、昼の光をさえぎった暗黒のなかで、キミ子の軀がそこにあることが、目で見、手で触れるよりなまなましく感じられた。

「もう、疲れました」

キミ子の意識に、私は存在しない。霊媒の倉田佐市郎は、道具にすぎない。しかし、無意識ながら、キミ子はやはり私に訴えかけているのだ。彼女も、霊泉会の巫女《みこ》群のひとりである。交霊会をとキミ子に言われたとき、私は、神託《しんたく》を得たければ自動書記という方法があるではないかと言った。自分のことは自分では伺《うかが》えませんとキミ子は言った。

たしかに、自動書記では、自問自答にしかならぬ。キミ子が求めているのは、他人の理解と慰《なぐさ》めである。

「でも、別れたいと、ほんのちょっと仄《ほの》めかしただけで、主人は殴る蹴るの乱暴をするのです。そのくせ、自分は中野のひとのほうに、時々行くのです。別れてはいけないでしょうか。別れることができるでしょうか」

時を待て、と私は言い、抱きすくめてやれないのをもどかしく思った。

メガフォンを放り出すのが、霊が去ったしるしである。

やがて、キミ子は暗幕と雨戸を引き開けた。夜が一瞬、昼に反転する。それと同時に、キミ子も、とり澄ました顔に戻った。交霊会のあいだ私は失神同様のトランス状態にあり、キミ子が神霊に何を訴え、どのような答えを得たか、知らないということになっているのだ。

闇のなかでは、キミ子はずいぶんあけすけに、宇田との閨房《けいぼう》の話まで語った。私はそれに適当に返事をしながら、声と声でキミ子と愛撫《あいぶ》しあう感覚を味わった。キミ子も同様だったのではないだろうか。

「佑子さんと三人で食べるつもりで作ったお弁当、いまお食べになります?」

「いただきますよ」

「お握りなんですよ」

「貴重品だな」

泣いたあとの残る顔をかくすようにして、キミ子は台所に立った。うしろから抱きしめたら力を抜いてもたれかかってくるかもしれぬ。しかし、キミ子の無防備な背中は、私を便利な道具とみなし、暴力をふるわれる不安を持っていないためとも思えた。私が辛うじて自制したのは、倉田佐市郎そのものを求めているとキミ子が自覚するのを待とうと思ったからである。

ただ一度キミ子の軀を抱けばいいというのなら、このような斟酌《しんしゃく》はいらぬことであった。

茶を淹《い》れながら、キミ子は、胸のつかえが下りた顔であった。交霊会はただの神信心よりは手応《てごた》えがある。相手は確実に、キミ子ひとりの訴えに答えてくれたのである。

接吻も性交も、男と女の結びつきを堅固なものにするとは限らぬと承知するくらいには、私も年を重ねている。性急な肉の行為は、絆《きずな》を切断する刃物の役しかなさぬ場合もある。

自制しようとすると、うつむいて茶を湯呑《ゆのみ》に注ぐキミ子の耳たぶが、艶のある黒い髪のかげで、それだけが別の生きもののように誘いかけていた。肉の薄い小さい耳だが、耳朶《じだ》は舌の先のようにしゃくれ、不釣合にふっくらしていた。指が細いのに掌《たなごころ》だけは厚い手と同じ不均衡を、耳も持っていた。

キミ子が湯呑をさし出そうと顔をあげたので、耳はかくれた。

8

——小野八汐——


皺《しわ》だらけの紙を、俺《おれ》は捨てずに手もとにおいてある。

その紙を、俺はとり出して、また眺めた。〈もっとも美しい人間の姿は、その醜《みにく》さをとことん自覚し、みずから滅び去ることだ。〉

乱暴ななぐり書きだが、黎子の筆蹟《ひっせき》である。

黎子は、この紙片を握って、恐怖に追われるように走ってきた。

俺の夢想が黎子の意識に根づいた。

地上に累々《るいるい》と横たわる屍《しかばね》。屈強な男。老婆《ろうば》。嬰児《えいじ》。太陽が照りつける。地上にうごめく黒い蟻《あり》の群れ。蟻は骸《むくろ》の耳孔にもぐりこむ。虫たちのため厖大《ぼうだい》な蛋《たん》白源《ぱく》。

すでに、黎子の自覚せざる意識は、俺の意志を神言に変えて、霊泉会を発足させた。

数百、数千、数万、そうして数十万。その集団の意識を、じりじりと自殺願望にまで導くのに、どれだけの時が必要か。

人間が無益な受難であることに対する、積極的な否定としての自殺である。自殺によってこそ、人間は人間となる。ひとりひとりの、細ぼそとした厭世《えんせい》死であってはならぬ。マジョリティの人間が、いっせいに、無益な受難に対して、否！　と叫ぶのである。

数知れぬ骸が、否！　をつきつける。そのとき人間は、醜い皮袋、糞袋であることをやめ、高貴、凛《りん》乎《こ》を己《おの》がものとする。

俺はいわば、もっとも敬虔《けいけん》なキリスト者の裏側に貼《は》りついた顔ともいえるではないか。俺は、もしかすると、神という毛唐《けとう》のもたらした観念を受けいれているのかもしれぬ。それでなければ、否！　と意志表示をする対象がないからだ。

黎子の意識は、父親によっても支配されている。きわめて楽天的な、それゆえに残酷な日馬秀治の思考は、俺の力を何層倍も上まわる強さで、黎子に影響している。

更に、黎子自身の意思が、もちろん存在する。

俺は、三《み》つ巴《どもえ》の葛藤《かっとう》に翻弄《ほんろう》されながら渦のなかに立とうとする黎子をみつめつづける。

この娘に、俺はやさしい感情を持ちはじめている。

日馬秀治は奥秩父《おくちちぶ》三峰山麓《みつみねさんろく》に土地を購入した。修養の道場を建てるためである。矢住の一件以後、日馬秀治は、彼が審神者《さにわ》として同席しないところで女たちがかってに霊言を問うことを禁じた。ただし霊能力発現のための修行は奨励し、道場建設も、その目的にそったものであった。

資金調達のために、彼は日本橋の病院跡の借地権を手放した。無断でバラックを建て住みついていた罹災者《りさいしゃ》は立退《たちのき》要求に応ぜず、地主を混えてもめごとがつづいた。日馬は金銭の問題で争うのをわずらわしがり、法外に安い値段で権利を売却した。土地を購入すると、あとに建設資金はいくらも残らなかったが、日馬秀治は、雨露さえしのげればよい、掘立《ほったて》小屋で十分だと、恬淡《てんたん》としていた。

会の発展は、表面は順調だ。宇田の息子が友人たちを誘ったのか、若い会員も増えた。この連中は、形而上《けいじじょう》の問題に深刻な目をむけるのではなく、一つの事業として会を発展させることに興味を持っている。いたって屈託《くったく》がない。

ささやかな新宗教集団『霊泉会』は、さまざまな夢によって食い散らされている。つまり、黎子の内部が、雑多な他人の夢に食い散らされるということだ。


七月半ば、道場が完成した。さっそく、日馬は道場にこもることにし、その間医院は代診をたのんだ。参籠《さんろう》の目的は、日馬自身の修練と、黎子の霊能力の錬磨であった。他の幹部及び会員に対しては、随時、自由に参籠することをすすめた。

土地の農家と契約し、米、野菜などを闇《やみ》で購入する手はずもととのえられた。

9

――日馬黎子――


わたしの夢に、ひとりの男が睡《ねむ》っている。

男は光に包まれているらしい。

光は薄絹のように軀《からだ》の輪郭を溶かし、肌の色を青白くする。光は、目には見えない。男の軀があって、はじめて、そこに光が溜まっていることがわかる。

年齢はみわけがつかない。太い骨、確実にそこにある骨、を、これも確かな手ざわりで肉が巻いた、確固とした軀が在るのではない。たえず、ゆらめき、見えているのに細部が見えない。遠い記憶を思い浮かべる努力に似て、見きわめようとすると、いっそうぼやけてしまう。

そこは、切りたった崖《がけ》の上らしい。迫《せ》りあがった台状の場所で、下方は靄《もや》におおわれたように曖昧《あいまい》になり、その手前の下の方は暗澹《あんたん》とした澱《よど》みである。

鎖が降ってきた。硬直した蛇《へび》だろうか。数十。数百。いいえ、やはり、鎖だ。じゃらじゃらアん。地に先端がついたとたんに、硬直がとけ、くねくねと横たわる。地？　どこに地があるのか。

じゃらじゃらアん。

鎖の音ではない、滝の音だ、と気づいたとき、わたしはめざめていた。

睡ったのは一瞬であったらしい。わたしは文机《ふづくえ》の前に正座したままだった。

机の上の紙片には文字が書きなぐられている。

わたしの手がその文字を記したのを、わたしは憶《おぼ》えている。

『善と悪は、二つの原理である。悪は存在の外側に抽象的に認識される。』

読みかえしたが、何のことやら、わたしにはわからない。

おそらく、このような文章は、父の気にいらないだろう。

父は、その説明を更に自動書記に求めるだろう。

文机の前に坐《すわ》るのが、わたしは恐ろしい。

わたしはまるで白痴《はくち》のようにならねばならぬ。白痴が、からっぽの壺《つぼ》のような精神の状態をさす言葉であるなら。

わたしは、思考するわたしであることをやめて、石がそこに在るように、在らねばならぬ。このとき、物はすべて、わたしにとって意味のある物であることをやめる。わたしもまた、単に、そこに在るだけの物となる。

すると、突如、机や柱、そうして板戸を開け放したむこうにみえる滝、浅い流れ、枝をさしかわす樫《かし》や楢《なら》、櫟《くぬぎ》、檜葉《ひば》、それらが、一つの平面上に並び、おそろしい力でのしかかってくる。

わたしは金縛りにあったように軀が動かず、声も出ず、逃れられない悪夢のなかにいるような恐怖を味わう。

夢なら、醒《さ》める。醒めることによって、逃れられる。

だが、これは、現《うつつ》において生じるのだ。

時として、想念がとめどなく湧《わ》き出し、ふだんのわたしには思いもよらぬ言葉が次々とくり出される。『肉体は心の影である』この言葉が記されると、父は我が意を得たようにうなずく。精神のありようが軀を支配するというのは、父の日頃の持論である。『病は、身心を清浄にする禊《みそぎ》である』『禊は即《すなわ》ち、身を削《そ》ぐことである』『身より不浄を削ぎ落とすためのたたかいが病である』わたしの手は記すが、わたしは、そうは思えない。あるとき、わたしの手は記す。『光明の敗退。生成と崩壊』これらの言葉は、父の採るところとならない。父は審神者《さにわ》として、書記を取捨選択する。

　清流をへだてて正面にみえる滝は、さして大きくはないが、激しい。滝壺に落下する音は、じゃらじゃらアんという金属的な音にはほど遠い。

『道場』は、掘立《ほったて》小屋である。床は地から三尺ほどに高くしつらえてあるが、杉板をはっただけだから、湿気も冷気も板のつぎめから這《は》いのぼる。夏のあいだはいいが、九月に入ったら住みにくくなるだろう。板敷きの部屋は、広さだけは二十畳ぐらいある。それに十畳ぐらいの土間。ここは炊事などに使う。それだけである。押入れもなく、夜具は畳んで部屋の隅に重ねてある。滝を右手に見る方の壁ぎわに、〈真〉と大書した軸、その前に三宝《さんぽう》、軸の両脇《わき》には幣《ぬさ》が立ててある。便所は少し離れた戸外で、野壺《のつぼ》の上に小屋がけしたような簡単なものである。電灯はもちろんひかれてない。懐中電灯と蠟燭《ろうそく》。風呂《ふろ》もないが、夏場は、川で水を浴びるだけで足りる。追い追い、ととのえてゆく予定だというが、父はいまのところ、この生活に満足しきっている。

　机の上の紙の束は、わたしを威圧した。字が書かれたのは一枚だけである。瞑目《めいもく》して心をからにしようとしたが、いっこう筆は動き出さないので、わたしはあきらめ、素足で外に出た。

　天蓋《てんがい》のように頭上をおおった梢《こずえ》の葉むらを洩《も》れた陽《ひ》が渓流に白い斑をつくり、蟬《せみ》の声と水音が綯《な》いまざる。密生した草を踏むと、足の下にじわりと水が滲《にじ》む。

小屋が完成したのは七月の半ばで、父は、直ちにわたしを伴った。暁生は一週間ほどおくれ、学校が夏休みに入ってから、母と共に来た。母はその日のうちに帰京した。医院は代診にまかせてあるが、豪人の世話もあり、何日も母が家をあけることはできない。

大小の岩の上を薄く水が流れる。流れに沿って歩いて行くと、暁生が岩に腰を下ろし、流れにすうっとさらわれて行きそうに、素足を水に浸していた。わたしを見ると、目をそらせた。まるで怯《おび》えているようで、わたしは意地悪い気分をそそられた。

「宿題、できたの」

「ああ」

暁生の、顔の両側に突き出した耳、細い首すじ、こめかみに浮き出た静脈が、わたしを苛立《いらだ》たせる。わたしと暁生は顔だちはあまり似ていないけれど、わたしは鏡をのぞいているような気分になる。暁生もそれを感じているのか、こちらが友好的に手をのべても、ただ逃げることしか念頭にない小さい鼠《ねずみ》か何かのように、かすかな敵意さえみせて、軀をすくませる。

草を踏みしだく音がして、木立のあいだから父があらわれた。白い縮《ちぢみ》のシャツは草の汁で斑《まだら》によごれ、木洩《こも》れ陽《び》が散って、魚の鱗《うろこ》のようだ。木綿《もめん》の半ズボンを履《は》いている。子供じみた半ズボンは、父の威厳をいささか損《そこな》う。陽にさらされることの少かった脛《すね》は青白く、脛毛ばかりが目立つ。自信と満足感が外《そと》股《また》に踏みしめる素足にあらわれている。

父とわたしと暁生の一日は、早暁、滝に打たれることからはじまる。水は冷たく、氷の剣で乱打されるようだ。白衣をつけて行なうのだが、乾いて肌になじまないでいた布が、瀑水《ばくすい》を浴びたとたんにからまりついてくる、その最初の感触はあまり快《こころよ》いものではない。暁生は最初、熱を出した。躰内《たいない》の毒が灼《や》かれるのだと父は言い、よろこんでいるようにみえた。

森の精気をみなぎらせた父が近づいてくるのを見ながら、わたしは憑霊《ひょうれい》を待つときの恐怖を瞬時忘れ、この生活はすばらしいとさえ思った。

「黎子、自動書記はすんだのか」

「あまり、できませんでした」

「途中で投げ出してはいかん」

父は大きく腕をのばした。いささかわざとらしいほど豁達《かったつ》な仕草だ。

「どうだ、気持いいだろう。腹の中まですがすがしくなる。飯がうまいだろう」あまりうまくて食べすぎられては困るが、と、珍しく冗談めいたことをつけ加えた。「今日は食糧の補給部隊が来る。賑《にぎ》やかになるぞ」

父のきげんのよい顔をみると、わたしは何か浮き浮きした。


夕方近く、一行が上がって来た。

霊媒《れいばい》の倉田、宇田と妾《めかけ》のキミ子と、宇田の本妻の息子の琢磨《たくま》、彼の大学の友人ふたり。琢磨とその友人たちは、米や野菜を山と背に負っていた。

三十分ほど遅れて、越水夫妻と、小野八汐が到着した。長時間の山歩きは、小野八汐の肉体にかなりこたえたらしく、土気色の額《ひたい》に脂汗《あぶらあせ》をにじませていた。

いっきょに十二人に増えた夕食のために、わたしは、土間にそなえた竈《かまど》に大鍋をのせ、玄米の粥《かゆ》を炊いた。越水の妻とキミ子が手を貸した。キミ子は父のために牡丹餅《ぼたもち》を持参してきていた。

食事どき、暁生は、いつになくはしゃいだ。身ぶりは大袈裟《おおげさ》で、頓狂《とんきょう》な笑い声をたてた。

「暁生くん、元気だなあ。よほど、山が気にいっているね」越水が図星だろうというふうに言い、暁生は、いっそうけたたましく笑った。みじめな気分で過しているのを、かけらほども悟《さと》られまいと、不自然な高調子《たかちょうし》でおおいかくしているのだと、わたしは感じた。

父は、調子に乗るんじゃない、とたしなめた。

暁生は玄米の粥を何杯もおかわりした。すごい食欲じゃないか。こりゃあ、たちまち鍋がからになるな。暁生くん、暁生くん、どぶろくを飲むか。一杯だけ。日馬先生にはちょっと目をつぶっとっていただこう。暁生くん、よくがんばっとるな、これで何日になる、一週間か。ホームシックにならないか。お父さんと姉さんがいっしょだものな、淋《さび》しくはならんよな。先生、山は実にいいですな。私もできることなら、夏いっぱい、ここにおりたいですな。学生諸君は夏休みなんだろう。修行しなさい。滝を浴びて無念無想となる。豁然《かつぜん》と悟《さと》るところがあるはずだ。飯《めし》、まだありますか。もう一杯。おいおい、暁生くん。なに、若いんだ、大丈夫だよ。若い者は食わにゃいかん。

いやあ、愉快ですな。御神霊も喜んどられましょうな。黎ちゃん、どうですか、悠人さんもたのしんでいますか。

「ユージンさんて誰です」学生のひとりが誰にともなく訊《き》いた。

「黎ちゃんの兄さんで、以前なくなった」琢磨が説明する。

「死んだ人も、この宴会に参加しているのか」

「もちろんだ」越水が応《こた》えた。

「先生、ぼくは一応入会はしておるんですが」学生のひとりが父に問いかけた。「死後、霊が存在するのは事実として、ですね、しかし、何故、生者と死者が交流を保たねばならんのですか。何のために、死があり生があるのか、いや、生命が永遠につづくのなら、死は、何のために必要なのですか」

「魂の浄化の一段階です」父は、あっさり言いきった。学生は、いくつもの問いをたてつづけにしたのだが、父の答えは、最後の問いに対するものであった。「人間の現世のさまを基準にものごとを考えようとするから、むずかしくなる。現世は、永遠の生命の、ごくごく短い、一期間です」

「すると、個体の生命が現世に生ずる以前は、どういう状態だったのですか」

「種子から植物が生じ生育し開花する、その生命の流れを考えてみなさい。開花を大生命に合したときとすると、双葉の時期を現世とみることができる。この例が適切でない点は、花は種子を生じた後枯れ朽ちるが、大生命は無限に存在する。しかし、きみ、これは言葉で説明しきれることではないのです。きみが体感する以外にない。生命の実相は、現世の人間の頭脳で論断できるようなものではない」

わたしは、小野八汐に目をむけないようにしていた。彼に対する恋を他人に悟られないためであった。衆目にさらされたら、恋は変質する。二人だけのかかわりである一すじの糸が、複雑な網の目となり、素朴な行動は演技となる。

「しかし、先生、そう言いきってしまったら、あらゆる思索は無意味になってしまうのではありませんか」

皆の視線が学生と父に集中しているようなので、わたしはそっと小野八汐を見、彼の視線をとらえ、二人のあいだに糸をつなごうとした。そのとき、わたしは見た。暁生が、小野八汐に親しげに糸を投げかけ、小野八汐が同じような親しさで、その糸をとらえた。

小野八汐は、殻《から》からひき出された栄螺《さざえ》の身のように、そこにいる。この場所は、彼にふさわしくない。彼とわたしのかかわりにも、ふさわしくない。不自由な軀に辛い思いをさせてこの山の中にまで来てほしくない。

食事がすんでも、陽は落ちきらず、梢に夕明りが溜まっていた。少し近くを歩こうということになって、皆で外に出た。

わたしは他の人々をやり過し、歩みの遅い小野八汐と肩を並べようとした。暁生が、すでに、その位置を占めていた。道らしいものはほとんど無い。三人で並んでは歩けなかった。わたしは走り、先頭近くを行く琢磨とその友人たちのグループに加わった。

琢磨は、わたしとの親しさを誇示しようとはしなかったが、妻が他人に愛想よくするのを寛大に見ている夫のように、鷹揚《おうよう》だった。

「黎子さん、たとえば、ヘブライ語とかギリシャ語とか、まるっきりあなたの知らない言葉で文章がつづられることがある?」学生が訊いた。

「全然、不合理なんだよな」もうひとりが言った。

「だが、この会にいると、気分のいいことだけは確かだな」

「もう少し論理的にさ、体系をととのえた方がいいんだ。教団として発展させるためにはさ」

「浄と不浄で割りきっちまうというのは、簡単明瞭でいいよな。これだけの大戦争があってさ、残虐《ざんぎゃく》行為があってさ、それがすべて、浄化への禊だなんて、あっけらかんとして単純で、何かユーモラスでさえあるな」

「ユーモラスというのは、怕《こわ》いんだぜ」

「ユーモアを全然解さないのと、どっちが怕いかな」

「こちらからみればユーモラスだが、当人は全くまじめでユーモアのつもりじゃない、そのギャップに、一層怕いものがひそんでいるんだ」

なあ、宇田、と学生はふりかえった。二人ずつしか並べないのに、わたしはむりに二人のあいだに割りこみ、琢磨はうしろを歩いていた。

「道化《どうけ》の怕さというのもあるだろう」琢磨が言った。

「そう、道化役者の眼は怕い」

他人の眼はすべて怕い、とわたしは思った。怕くないのは、小野八汐だけだ。彼がやさしいからではない。人は、どんなに親切でも、ぎりぎり自分の身をまもらねばならぬときは豹変《ひょうへん》して酷《むご》くなる。小野八汐は変わらないだろう。特別やさしくもないが、突然えたいの知れぬ恐ろしい貌《かお》をあらわすこともない、誰に対しても。そう、わたしには思えた。

「宇田、親父《おやじ》さんの鼻の穴が開いてるぜ」

学生がまたふりかえった。感情が激すると、琢磨の父親は、横にはった小鼻が緊張し、鼻孔がひろがる。

はるか先頭を行くのは父である。宇田はその後につづいている。うしろにみえかくれしながら、倉田とキミ子が並んで歩いてくるので、鼻孔の動きぐあいは察しがつく。

琢磨はキミ子にそう悪い感情は持っていないようだ。宇田の本妻である琢磨の母親が、夫とキミ子の様子を監視させ報告させるために、息子の入会に積極的だったのだと、これは、越水の妻がほかの女たちに話していたことだ。しかし、琢磨はそういう自分の役割に嫌悪を感じているようでもない。

「交霊会がこの教団の売物――売物は言葉が悪いか、特徴、魅力……なんだから、ああいうことでごたごたが起きるの、まずいんじゃないか。問題が起きたら、日馬さんは霊媒倉田氏を追い出すだろう」

「潔癖《けっぺき》だからな」

「べつに潔癖でなくたって、宗教団体のなかで男女関係のごたごたはまずいよ」

「宗教団体かなあ、この霊泉会というのは。ちょっと違う気がするな」

「あいまいなところがいいよ。幹部のおっさんたちは、明確な理念など何も持っちゃいない」

二人の学生は、両側からおもしろそうにわたしを見た。

「野心が無さすぎるんだな、おっさんたちは」

「黎ちゃん」と、学生のひとりが琢磨をまねてなれなれしく呼んだ。ようやく、わたしはこの二人を区別して認識しはじめていた。この男は牛島、もうひとりが原。

「霊泉会は、盛大に発展すべきだよな。そう思わない？」

「わからないわ」

「ビイ　アンビシャス」

「どうせやるなら、でかいことなされ」と原が節《ふし》をつけた。

「交霊会ってのは、俺、なかなかのはったりだと思うんだよ。これをもっと有効に宣伝すべきだな」

「日馬さんが、はったりや宣伝は大嫌いなんだ」琢磨が言った。「前に、天杖会《てんじょう》をやっていて、これがずいぶん宣伝に効いたんだが、中止になった」

「〝霊の浄化〟だけじゃ、人集めにはちょっと弱いよな。大衆は、目先の倖《しあわ》せを求めている。家内安全、商売繁盛、健康長寿」

「平和と民主主義」原がまぜかえした。冗談めかして喋《しゃべ》りあっているが、わたしはその底に、かなり真剣に二人が――琢磨もまじえて三人が――一つの事業として霊泉会を発展させようともくろんでいる本心を感じた。

「日馬さんには、心ゆくまで日馬さんの理念を遂行してもらえばいいんだ。こっちはこっちで宣伝活動をやる」

「ダラ幹もいいところだよ、おっさんたちは」

二人の会話はわたしの頭越しに行なわれ、ときどき琢磨がうしろから話に加わった。

ねえ、黎ちゃん、とあいづちを求められても、わたしにはまるでかかわりのないことのように思え、返事のしようがなかった。以前、戦争がわたしにとって、わたしを中心に置いた状況としか感じられなかったように、霊泉会もまた、わたしにとっては、わたしに見え、感じられる部分だけの存在であった。会のために何かをするということは念頭になかった。

学生たちは、すでにある霊泉会を、一塊の粘土のように彼らの好むままに形づくろうとし、その粘土の塊は、わたしの外にあった。〝集団〟という素材は、人に夢を持たせるのかもしれない。

そういえば、小野八汐でさえ、霊泉会の発展をのぞんでいるとわたしにときどき言う。

わたしは公《おおやけ》の席では、彼が列席しても素知らぬふりをしているが、白楊堂へはまた訪ねて行くようになっていた。

——わたしはさっき、小野八汐だけは怕《こわ》くないと言った。怕くはないが、ふと無気味なものを感じることがなかっただろうか……。

利害にかかわったとき豹変する怕さは、理解できる。わたしもまた、そういうものだからである。小野八汐は変貌《へんぼう》すまい。だから、怕くはない。しかし、一貫して、わたしには理解できない何かよくわからない怕さ、いいえ、怕いのではない、無気味さ——それとも違う。

歩きながら、わたしは、奇妙な想念にとりつかれた。小野八汐は、実在しないのではないか。わたしの内部の、わたし自身にさえわからぬ部分が、仮に姿をとって、わたしに見えているのではないか。

しかし、彼は明らかに、父や倉田や、幹部たちや、そうして佑子とも、話をかわしているのだから、小野八汐が不在の虚像であるとすれば、父も倉田も幹部たちも佑子も、すべて、実体は無いことになる。するど、父と話をかわす人間、倉田とかかわる人間、それらも、在ると思うのはわたしの錯覚《さっかく》で、誰もおりはしない、そういうふうにひろげて行くと、地上の人間すべてが消えてしまう。それどころか……わたしの歩みは少しずつのろくなった。倉田とキミ子がわたしの傍を追い越した。ふりむくと、越水夫妻がわたしのすぐうしろにおり、しんがりに暁生と小野八汐が肩を並べていた……小野八汐が虚であり、それと話をしている暁生が虚であるなら、暁生とかかわった今朝のわたしも、虚だ、わたしもまた、いない人間なのだ、わたしが無いのなら、今、わたしの目にうつっている樹々も大地も、空も、何もかも、本来ありはしないのだ。

何も無い、という感覚に、わたしは怯《おび》えあがった。それは、突然幽霊を見たような恐怖であった。

まったく理屈にあわないこの恐怖感を、わたしはおさえこもうとした。

すべては、小野八汐が実在しない、わたし自身の内部の投影が形をとったものという、突拍子《とっぴょうし》もない考えが発端で、それから増殖した妄想である。くだらない想念の遊びである、そう思っても、何も無い、という感覚は執拗《しつよう》にわたしを捉《とら》えていた。

わたしは越水夫妻をやり過し、うしろをむいて、並んで歩いてくる小野八汐と暁生にむきあった。

夕暮れが迫っていた。樹々は黒ずみ、輪郭があいまいになりはじめていた。

両手を前に突き出し、小野八汐めがけて走ったら、そのまま彼の幻を突きぬけてしまうのではないか。

「暗くなると、道がわからなくなる。ぼつぼつ引きかえそう」越水の声。「おおい、帰りませんか」

「よし、帰ろう」遠くから、これは父の声らしい。

小野八汐と暁生は向きをかえ、今度は先頭になって、道場の方へ歩き出した。

わたしは、両腕で自分の軀を抱きこむようにして歩いた。この、理由のない怯えは、自動書記の為、精神統一をしているときに襲われる恐怖に似ていた。

以前、わたしは、どんなときでも、少くともわたし自身でありつづけたいと思い、踊る宗教の集団エクスタシーの写真を見て、醜《みにく》いと思ったのではなかったか。

精神統一して憑霊を待つわたしとは、いったい、何なのだ。

愚かしいことをしているのではないか。ふと、思った。

すると、さっきはわたしの意識にくいいってこなかった学生たちの会話がよみがえった。

彼らは、交霊会ははったりだと語っていた。つまり、彼らは、倉田の交霊会を虚偽だと言っているのだ。虚偽だけれど、会の発展にはこの上なく効果があるというのだ。

では、あの最初の交霊会のとき、熱い潮のようにわたしを包んだもの、あれも、嘘《うそ》だったというのか。あのとき、わたしは悠人を感じた。悠人はたしかにそこにいて、わたしは、愛されていた。愛されていた。わたしの髪をついついとひっぱった、あれが悠人でないとしたら、霊媒の倉田の指ということになるではないか。

わたしは、倉田の指に悠人をおぼえ、感動し叫び声をあげていたということになるではないか。

ふいに目かくしをされた馬のように、わたしは惑乱した。

最初あれほど嫌い、軽蔑《けいべつ》し、不信の念しか持っていなかった倉田を、あれ以来、わたしは少くとも疑うことだけはなくなっていた。

わたしの自動書記というのは、本当に憑霊作用なのだろうか。

黎子さん、たとえば、ヘブライ語とかギリシャ語とか、まるっきりあなたの知らない言葉で文章がつづられることがある？　そう訊いたのは、牛島だったか、原だったか。彼らは、わたしの霊能を怪しんでいる。

その夜は、雑魚寝《ざこね》した。琢磨と学生たちは寝袋にもぐった。

翌朝、皆で滝を浴びた。越水の妻とキミ子は、川に足を浸しただけであった。暁生が加わらなかったのは腹をこわしたためで、ひんぱんな厠《かわや》がよいを皆に気づかれまいと妙に人目をさけるので、かえって注意を惹《ひ》いた。深夜、懐中電灯の明り一つをたよりに少し離れた厠に行くのがいやだったため、暁生は下着を少し汚し、そのことで軀が裏返しにされたような屈辱《くつじょく》を味わっているようだった。彼は下着を厨《ちゅう》芥《かい》を捨ててある穴に捨てようとし、あいにく、わたしはそれを見てしまった。わたしが気づかなければ、暁生は汚れた下着を忘れ去ることができたのだ。わたしは下着を洗った。衣料は貴重品であった。患者が医者に患部をさらすとき羞恥心《しゅうちしん》をとり払うように、暁生は、いくらか尊大な態度にさえなって、わたしに始末をまかせた。皆が起き出す前に、それは、無言で行なわれたのだった。

滝に濡《ぬ》れると、白衣を着ていても、小野八汐の背の骨はゆがみをくっきりとあらわし、わたしの胸も、乳首の形まで浮き出した。

食事のあとで、学生たちと琢磨の三人は、わたしを散歩にさそった。

道場を離れると、学生たちは、わたしの霊能力を実験させてくれと言った。感覚器官を通さずに、物を認知する能力があるかどうか知りたいというのである。わたしは、そんな実験はしたことがないし、父も許さないだろうとことわった。

それじゃ、ゲームだと思って、やろう、と彼らは誘い、カードの束を扇状にひろげた。☆□≋+○、五種類のマークが五枚ずつ、二十五枚あった。二人は、口々にやり方を説明した。二十五枚のカードをよく切りまぜて伏せる。一分に一枚ずつ開いてゆき、マークを記録する。わたしは、百メートルほど離れたところにいて、カードを見ずに、直感したマークを紙片に記す。あとで両方をつきあわせるというのである。

わたしは、ぞっとした。

「疑っているのなら、どうして入会したんですか。遊び半分なんですか」

思いがけない強い声が出た。

琢磨は、わたしに助けの手はのべず、黙っている。

「これは、いいかげんな実験じゃないんだよ」牛島が言った。「アメリカのデューク大学のラインという超心理学の研究をしている学者が一九三〇年から一九三四年にかけて行なった方法なんだ。もっと厳重に、被験者を隔離して行なったんだけれどね。大勢の人間に実験し、統計をとってゆくと、明らかに遠感能力を持つ者がいることがわかってきた。二十五枚一組を七十四回、合計千八百五十回行なって、五百五十八回適中したピアス・プラットという男がいた。確率からいって、五回に一回、全体で三百七十回は誰でもあたる計算になる。もちろん、実験は多少のばらつきはある。しかし、ピアスの場合は、確率の示す数字より百八十八回も多く適中している。偶然にこれだけ適中するというのは、十の二十二乗、つまり、一の下に〇が二十二つく数のうち一回だけということになる。こうなると、偶然とはいえない。彼には何らかの超人的な能力があるということになる。現実にこういう人間がいるんだから、ぼくは神秘を否定しない。だから、霊泉会にも入会した」

「霊泉会は、超能力の実験のためにあるんじゃないわ。もっと……精神的なものよ」

「わかっているよ。ただ、ぼくは……ぼくらは、自分の目でたしかめたいんだ。超能力の、少くとも、遠感の実在を。好奇心と思ってくれてもいい」

「うまくできなくとも」と、原が横からわたしの気を惹いた。「黎ちゃんの霊能がだめだということにはならない。もしかしたら、遠感は霊能とはまるでちがうたぐいのことかもしれないし、あるいは、黎ちゃんに働きかけている霊が、こういう実験には協力すまいと思っているのかもしれないんだから」

わたしはうつむいて首を振りつづけた。何度かすすめたあげく、二人はあきらめたが、「日馬先生には内緒だよ、今のこと」と念を押した。「ぼくたちは霊泉会を大切に思っているし、発展におおいに協力しようと決心しているんだから」

琢磨はついにわたしを助けなかった。終始、ほとんど無言で成りゆきを傍観していた。

その日の午後、暁生は再び厠とかかわりを持つことになった。腹の具合はよくなったのだが、藁草履《わらぞうり》を片一方壺《つぼ》に落とした。厠の杉板の床は、毎日、わたしが雑巾《ぞうきん》で拭《ふ》き、土足を脱いで厠用の藁草履をはくことになっている。

草履一足でも、たやすく手に入るわけではないが、それ以上に父が機嫌を損じたのは、暁生がそれをすぐに父に告げてあやまらなかったためであった。恥ずかしいのと、父の叱責《しっせき》が怕くて言いそびれたのだろうが、知らん顔でおしとおす図太さが暁生には足りなかった。

草履が片方ない、誰か落としたんじゃないのか。原、おまえだろ、ばか、俺がそんなそそっかしいことするかよ、足ごと落ちたんじゃないのか、おまえ、におうぞ。学生たちは、くったくなかった。暁生はそわそわして父の目をさけ、それに気づいたキミ子が、実はわたしが、と申し出た。このくらいのことで他人の身代わりになるのは、たいして気重いことではない。キミ子としては、さりげない好意だったのだろうが、悪い結果になった。それを予想して、身代わりなど言い出さない分別《ふんべつ》を持っていたのは、小野八汐と琢磨と二人の学生。裁く側に立って、犯人は誰だという目をしていたのが越水と宇田。おろおろして、わたしが落としたと言おうかと迷ったのがキミ子と越水の妻。倉田は何だか無関心にみえた、というふうに、わたしは周囲を分類した。わたしは悪結果を予想できるから黙っていたひとりだが、父のありようを他の人たちよりわたしは知っているのだから、べつに分別が人一倍あったわけではない。

父は暁生に、拾って洗えと命じた。

わたしは、暁生に手を貸した。狭い厠のなかで、二人で長い木の枝で壺をさぐり、ひっかけてすくい上げた。川下で、二人で交替に洗った。洗ってはしぼり、またすすいだ。石の上に干した。わたしと暁生は、ちょっと笑顔をかわした。それからわたしは走って戻った。

その夜、倉田霊媒によって交霊会が行なわれた。

学生たちは神妙で、試すような質問も、理屈っぽいことも言わなかった。わたしは小野八汐の右隣りに坐っていた。ブラウスの半袖《はんそで》からむき出しになったわたしの左腕は、彼の腕とふれあっているわけではないのに、羽毛のそよぎのような快いものを感じていた。

翌朝ふたたび滝を浴び、昼前に皆は去った。

自動書記を命じられてひとりで道場に残っているとき、わたしは、学生の話した実験を試みる誘惑をおさえられなかった。自動書記用の紙を切って、二十五枚のカードを作り、1から5までの数字を五組記した。学生たちはマークを用いたが、数字でも同じことだろう。切り混ぜて伏せ、悠人に、カードの数字を教えてくださいと心の中でくり返し強く思った。

悠兄さん、これはとても大切なことなのだから、必ず、必ず、教えてくださいね。わたしが、わたしのしていることを正しいと知るためなのですから。あなたといつも話しているのが、嘘ではない、あなたがわたしに書かせているのだ、と、確認するためなのですから。

カードを伏せたまま、一枚ずつとっては、心に浮かんだ数字を記し、とったカードはそのまま山に積んでいった。

二十五個の数字が縦に並んだ。

3534133124341453325421
323

それから、カードを山ごと裏返した。

あらわれたカードは、「3」だった。適中していた。勇気づけられて、わたしはそのカードをとり、机の上に置いた。次にあらわれたのは、「5」であった。しかし、一枚ずつ縦に並べた結果は、次のようになった。

3512431554121322421453
354

適中したのは、３５３４１２４３、の八つである。

確率は五分の一なのだから、適中率は悪くはない。

しかし……と、わたしは、やはりぞっとした。

悠人が教えてくれたものなら、二十五枚、全部適中するはずではないか。

三分の一弱の適中率ということは、これまでの自動書記にも、三分の二以上、わたしの恣意《しい》――あるいは潜在意識……といったものがまぎれこんでいたということになるのだろうか。

ばか。死んだからといって、伏せたカードの数字が読めるわけではない。

頭のなかで、悠人の声がした。

くだらんよ。

でも……と、わたしは心のなかで訊《たず》ねかけ、やめた。わたしの頭のなかにきこえる悠人の声、それとて、わたしの一部ではあるまいか。わたしは自問自答していただけか。

ちがいますね、悠兄さん。ここにいるのですね。いるよ、という声と、ばか、という声が重なった。

笑い声がした。耳にきこえたのではない。

しばしばわたしを襲うあの恐怖が、わたしを鷲《わし》づかみにした。笑い声が高くなり、わたしを包み、わたしは外にとび出したが、笑い声は消えず、頭上の梢、滝、岩、周囲のすべてが敵意を放射した。足がすくみながら、わたしは走ろうともがいた。

「どうしたのだ」と、これは耳に外からきこえた。父が立っていたのだが、その姿が、異様に巨《おお》きく見えた。わたしの軀の内部が砂のようなもろいものになって、さ、さ、さ、と弱い音をたててくずれた。

もう一度小屋に戻り自動書記をつづけることを命じられた。しかし、筆は動かない。奔放な想念の流出がとまった。何もかも嘘だ、という声が、傷のついたレコードのように、頭のなかでくり返された。

〝何もかも嘘だ〟と、わたしはそのまま紙に記した。すると、もつれた糸のはしをさぐりあてたように、そのあとの言葉がつづいて書かれていった。〝と思うのは、心の迷いにすぎない。おまえの力を疑ってはいけない〟

悠兄さん、これは本当にあなたが書かせているのですか。わたしの潜在意識ですか。

そう問いかけると、また、笑い声が起きた。

父は、あとから書記をしらべ、気を散らさずまじめにやれと叱った。

わたしは、学生に教えられた実験を試みたことを父に告げることができなかった。試したわたしがいけないのだ。父の濁《にご》りのない勁《つよ》い眼をみると、わたしは自信をとり戻せるような気がした。しかし、ひとりで机の前に座ると、不安に怯え、そうして、何もかも嘘、という言葉が浮かびあがるのをおさえようがなかった。

わたしがこの苦痛からまぬがれることができたのは、急遽《きゅうきょ》、東京に帰らねばならぬ事情が生じたからである。

わたしと暁生は、三日に一度、山をおりて下の農家から野菜を買い入れる。インフレーションがひどいのに、夏野菜は暴落して公定価格を割り、出荷してもかえって損になるくらいなので、農家では喜んでわけてくれる。一軒の農家には特に頼んで、東京との連絡場所にしてもらってある。

そこに電報がとどいていた。母からで、いそいで帰京してくれという文面であった。

翌日の朝、山を発《た》ち、夕方家に帰り着くと、母は父といっしょに二階にあがった。わたしと暁生の耳に入れたくない話をするためであった。

わたしは久しぶりに我が家の縁側に腰を下ろした。防空壕《ぼうくうごう》を埋めたてた庭は、まだ赤土をさらしたままに放置されている。蟬が鳴いているが、猛々《たけだけ》しくふり注ぐ山の蟬にくらべると、まるでささやいているようだ。

いつまで、こういう生活がつづくのだろうと、わたしはふと思った。あの学生たちは、会を盛り立てると言いながら、一方で、わたしを惑乱させた。わたしがこれほど、自分の能力に疑いを持ち混乱するとは、彼らは予想していなかったのかもしれない。

もし、この能力、死者の言葉を伝える能力と思われているものが、嘘だとしたら、わたしは、いったい、何なのだろう。

　父に見捨てられる、とわたしは思った。父の穏やかな微笑、満足げなうなずき、それらによって報いられるために、わたしは巫女《みこ》でありつづけたかった。一方、父を脱ぎ捨て、死者をそぎ落としたいとも思った。死後も意識が残るというのは、考えてみればこの上なく恐ろしいことであった。それは、自殺というたったひとつの救いさえ奪う。

　父が下りてきて、わたしを二階に呼び上げた。神前に坐らせると、

「豪人と佑子さんのことを、伺《うかが》いなさい」

　父はわたしに命じた。

「私は反対なんですよ」母が強い目をわたしにむけて言った。わたしは自分が叱責されているように感じ、軀をかたくした。

「お父さまも、もちろん、反対です」

「兄さんと佑子さんのことって……」わたしは、おずおず訊ねた。「どういうことなんですか」

「黎子は知らなくていいんです」母が言った。

「御神霊にはすべてわかっているのだから、黎子はただ、御伺いをたてて、お答えを記せばよい」父が補足した。

「とんでもない話です。素性《すじょう》の知れない男の連れ子を、この家にいれるわけにはいかない」母は言いかけ、言葉をつくろった。「おたがいに不幸になるにきまっています。女学校も出ていないのでは、今はよくても、ゆくゆくは、豪人と話もあわず、何かと不都合が生じます。それが目にみえているから、私は反対するんです」

　父と母は神前に並んで正座し、手を畳についた。父が、息子豪人と佑子の結婚は神意に叶《かな》うことかどうか、御指示を仰《あお》ぎたいと奏上し、母が、逆上を押さえた甲走《かんばし》った声で、もちろんこのような縁組みはまちがっていると思うが、佑子の子供はどのようにしたらよろしいのかと訊ねた。

　机の前に坐らされたわたしは、父と母に、階下に

おりていてくれとたのんだ。背後に二人に控えていられてはかえって気が散る。

そのあとわたしは瞑目《めいもく》して、右手に鉛筆を持ち、思考の迸《ほとばし》りと、それにつれて手が動き出すのを待った。

むすばせよ、と、手は記しかけた。

わたしは、押さえた。

これは、父と母の気にいらぬ言葉だ。

わたしは、むりに、別の言葉を考えた。

許されぬ、という言葉を思い浮かべ、記してみようとした。手は重く、何かに押さえこまれているように動かなかった。むすばせよ。心が命じるままに手を従わせると、鉛筆は楽に動いた。

むすばせよ。

「終わりました」と、わたしは階段の上から父と母を呼んだ。何かさわやかな気分であった。

記し終わったとき、わたしは急に佑子に会いたくなった。

この一事は、わたしに少し自信をとり戻させた。


豪人が佑子と結婚しようがすまいが、わたしにはかかわりのないことで、むしろ、わたしは父の意向に沿った答えが得られたら、父が安心するだろうとさえ思ったのである。それなのに、手は、父の意に反する答えを記した。これは、わたしの意志によって左右されたものではない。

だが、記し終わったときの、あのさわやかな気分は、どうしたことだろう。わたしの潜在意識が、父母に逆らい、豪人と佑子を結ばせることを望んでいたのか。それに合致した答えを、わたしは作り出したのか。もしかしたら、わたしたちの心の奥底には、霊魂をまねた機能があり、霊魂などというものをもち出さなくても、この現象は説明がつくのではあるまいか。心の奥底で作られたものが、外からの語りかけ、独立した人格の声のように感じられるのではないか。

いや、正確に、悠人の声をとらえることができたから、悠人は満足し、わたしも爽《さわ》やかなのだ。

しかし、なぜ、生きている人間が、一々、死者の意に沿うよう行動しなくてはならないのだ。馬鹿げている。生きている者にわからぬ生者の未来が、死者にはみとおせるというのか。

わたしは佑子には少しも好意を持っていないはずだし、豪人を父より多く愛しているとも思えない——豪人はいつもわたしから遠いところにいる——のに、父と母の不本意そうな顔をみながら、わたしは何か喜ばしかった。

子供をどうするのかと母が訊ねていた。すると、佑子は出産したのだろうか。それとも、いまみごもっているというのか。何という大胆な、すばらしいことなのだろう。

すばらしいと思い、同時に、おそろしいとも思った。わたしは、ようやく、琢磨と一度接吻《せっぷん》したことがあるだけで、それも、好奇心と、ひとつには、琢磨がわたしにみせる好意を嫉妬《しっと》して彼にまつわりつく高谷の娘に、みせつけてやろうという、あさましい意地悪い気持からしたことであった。好奇心はみたされたが、わたしは男の口中のやにくささを知っただけだった。

男と女が愛しあい、子供ができる、ごく当然のことなのだろうが、わたしには、豪人と佑子が何か奇《き》蹟《せき》のような不思議なことをしたと感じられた。そのとき、わたしは、——わたしは他人を愛したことがない……と、強く思った。小野八汐を恋している。でも、佑子が豪人を愛しているような愛ではない。たぶん、生まれつき、わたしは愛のとぼしい気質なのだ、と思ったとき、わたしはいやな気分になった。

その夏は、再び山に戻ることはなく過した。佑子は豪人に伴われて、うちに挨拶《あいさつ》に来た。佑子はゆったりした筒のようなワンピースを着ていた。

「驚きましたね。無断で入籍して、しかも子供までできている。私たちに言わせてもらえば、そういうのは、ふしだらとしか言いようがないんですが、近ごろの若いひとはちがうんですかね」母は口もとだけ笑い、その笑顔は、怒りつけるよりはるかに冷酷だった。

「前もって話しても反対されるのはわかっている。騒ぎが大きくなるだけだからです」豪人は冷静に言った。

「言っておきますがね、佑子さん、御神意ということですから、あなたを日馬の嫁には迎えますが、倉田さんに日馬の親戚顔でふるまわれては困ります。私どもは、倉田さんに対しては今までどおりの扱いしかしませんからね」母は豪人の眼をさけ、もっぱら矛先《ほこさき》を佑子にだけむけた。

「とにかく、式と披露はきちんとやらなくてはなりません。こんな夏のまっ盛りに、大儀なことだわ。今どき、夏物の式服や留袖《とめそで》なんて、どちらも持ちあわせていませんよ。お客に招かれる方だって迷惑です。まったく、何というみっともない。世間さまに恥をさらすために式をあげるようなものだわ」母は次第に昂奮《こうふん》をあらわにみせ、口早に、声が高くなった。豪人と佑子は、しごく平静に母の罵《ののし》りを聞き流している。自信があるからなのだと、わたしは感嘆した。ことに、佑子の落ちつきぶりは、みごとであった。日馬の家の財産がめあてなのだろうとにおわせる母のあてこすりも、掠《かす》り傷一つ佑子につけないようであった。母の言葉がまるで的《まと》をはずれているから、傷つかないのだとわたしは思った。

「式も披露もやりませんから安心してください」豪人が言った。「そんな金はないんです」

「そうはいきません。日馬の家の長男が嫁をとるのですからね。それ相当のことはしなくてはいけません」

「ぼくと佑子が、そういうものは不必要なんですから」

「あなたは男だからそれでもいいでしょうけれど、佑子さんがかわいそうですよ。一生に一度のことです。花嫁衣裳も着られないなんて」

「いいえ」佑子は穏やかに笑った。何と自信に溢《あふ》れた笑顔だろうと、わたしは見惚れた。

「豪人」と父がようやく口をはさんだ。「式と披露は、お父さんたちにまかせなさい。けじめはつけねばいかん。霊泉会としても、はじめての、めでたい式だ」

「せっかくですが、ぼくたちは、霊泉会とは無縁ですから」豪人は、少しためらってから、「お父さんがどういう信念を持っておられようと、お父さんの自由ですが、ぼくと佑子は無関係です」

「だって、豪人さん、披露もせずに嫁を家に入れることはできません」母がまるで豪人に甘えかかるように涙声《なみだごえ》になった。

「この家はぼくの家ではありませんから、佑子とはもうしばらく今のまま別々に暮らし、ぼくが渡米するとき、妻としていっしょに行くつもりでいました。しかし、別居結婚がお母さんたちの気にさわるようなら、部屋を探してうつります」

「そんな贅沢《ぜいたく》な。焼け出された人たちが住まいがなくて困っているという時に、こんなちゃんとした家があるのに部屋借りをするなんて」

終始、豪人と佑子は平静であった。佑子は豪人を信頼しきり、豪人はそれに応える勁《つよ》さを持っていた。

やがて豪人は、知人の家の一室を借り、佑子と共に移り住んだ。母は逆上し嘆《なげ》き佑子を罵ったが、ふいにぴたりと二人の名を口にしなくなった。二人は最初からこの世にいないものと思いさだめたような鮮《あざ》やかさであった。そうなるまでに、わたしは執拗に母に責められた。

「決して、黎子が悪いことをしたとか、故意に嘘をついたとか言っているわけではないのだから、正直に、ありのままにおっしゃいね。あなたは、いつごろから兄さんと佑子のことを知っていたの」母は佑子を呼び捨てにした。家の嫁になったのだから、敬称はつけないということらしい。

「知りません。今度はじめて聞いたんです」

「だって、佑子があなたに相談したでしょう。ほかに相談相手はいないのだから」誰も聞く者はいないのに、母は重大な秘密を語るように声をひそめ、口をわたしの耳に近づけた。「口止めされていたのなら、しかたないのよ。でも、もうみんなわかってしまったのだから、何を喋ってもかまわないんですよ。

いったい、いつごろから二人は親しくなったのかしら」

「わたしは知らないんです」

「佑子って、どういうひとなんでしょうね。黎子はどう思う？　頭は悪くなさそうね。いえ、それどころか、たいそう悧口《りこう》だわ。怕《こわ》いくらい」

ええ、そうですね、お母さま。わたしは小さい声で言った。

「豪人と佑子のことを知ったとき、あなた、どう感じたの」

「どうって……」

「正直におっしゃいね。羨《うらや》ましいとか、二人は自由でいいとか、そんなふうに思ったんじゃないの」

わたしは口ごもった。わたしは羨ましくてならなかったのだ。しかし、わたしは警戒した。

「それは世の中がかわったのだからね、お母さんだって、ああいうふうに自由にできたらいいと羨ましいくらいよ。あなたが同い年の佑子を羨むのは当然かもしれないわね。でも、お母さんは、黎子を縛るつもりは少しもないのよ。こういう世の中なんだから、あなたも好きなことをのびのびとやればよいのよ。言いたいことがあったら、何でもお言いなさい。どう？」

落ちついた静かな声音《こわね》に、わたしはつい用心を忘れた。

「ええ……いいなあと思いました。佑子さん、きれいだった」

母の眼が、一瞬、白くなったような気がした。錯覚だったのかもしれない。しかし、母の形相《ぎょうそう》が一変したのは、事実だ。わたしは、やはりあくまで、母の意に沿った言葉だけ選んで口にしなくてはいけなかったのだ。

お母さま、兄さんと佑子さんのやり方はひどいわ。かってですよね。お母さまにこんな辛い思いをさせるなんて。

「やっぱり、そうなのね。おお、危い。何ということでしょう。だから、自動書記にあんな言葉があらわれたんです。私は、こういうことは自動書記で伺うべきではないと思ったのよ。身内のこととなったら、どうしても感情が入りますからね。まさか、黎子……」いったん昂《たか》ぶった声を、母は極度におさえた。

「あなた、お兄さんや佑子に頼まれて、わざとあんなことを書いたのではないでしょうね。もしそうだったら、正直におっしゃい。これは大変なことなのよ。お父さまはああいう方だから、子供のように素直に信じてしまわれる。でも、どうしても書き手の心が多少とも反映することがあるだろうということは、お母さんにもわかります。黎子、あなたは大変なことをしてしまったのよ。今から、お父さまにあやまって取消しておいでなさい。どう考えたって、こんな縁組が正しいはずはありません。本当に、あなた、何ということをしてくれたの。自分のしたことがわかっているんですか。佑子というのは、どこの馬の骨かわからない……いいえ、身分とか、そんなことを言っているんじゃありません、あなたは子供でわからないでしょうが、結婚のとき相手の身もとを調べるのは、大切なことなんですよ。精神病とか結核とか、そういう血統だったら困るでしょう。佑子の場合は、調べようがないんだから」

母は悠人の病気を忘れているのだろうか。わたしは再び、用心を怠った。

「でも、お母さま、うちだって悠兄さん……」

「悠人は若いときにありがちな神経衰弱です、悪い病気とは違います。黎子、あんた、誰にも悠人のことは言ってないでしょうね。こんなことが知れたら、あんたが結婚できなくなりますよ」

わたしは礫《つぶて》をわたしの軀にあてまいと、わたしの上におおいかぶさった悠人の重い感触を思い出した。

悠人と心のなかで語りあっても、あの記憶を思い起こすことは、辛すぎたのか、わたしはまるで忘れきってしまっているようだった。決して忘れてはいなかった。その記憶はわたし自身と一体になっていて、特に意識にのぼらなくても、消滅することはあり得なかった。

わたしは、豪人と佑子のように互いに信じあう相手を持たないのだから、わたし自身の〝霊能〟を信じる以外に、拠《よ》って立つ場所が無い。

わたしは、はじめて父に、母がわたしの書記を疑い、嘘を書いたと責めるので困る、わたしはまちがったことをしているのだろうかと、言いつけるようなことを言った。父はかげで母をたしなめたらしい。母が二人の名をいっさい口にしなくなったのは、それ以来である。

子供がひとりきりなら、そむかれて出て行かれたら辛くてかなわないだろうけれど、二人、うちにいるのだから、案外平気なものだわ。母は最後にそう言って、わたしと暁生に珍しくもたれかかるような笑いをみせた。


一夜、激しい雨が降りつづき、風が荒れた。朝になると止《や》み、陽があらあらしく照りつけた。午後、わたしは白楊堂に行った。

夏も、冬も、店の奥まった薄くらがりは、ほとんど変わるところがなかった。冬の火鉢《ひばち》のかわりに、塗りのはげた黒い扇風機《せんぷうき》が弱い風を送っていた。かなり古いものでモーターの部分がいたんでいるらしく、耳ざわりな不規則な喘鳴《ぜんめい》をたてた。

わたしにも風があたるように、小野八汐は首振りのスイッチを押した。扇風機の首は、ほんの少し右に動き、鑿岩機《さくがんき》が岩を削るようなけたたましい音を大袈裟にひびかせ、それ以上右に動くのをあきらめたように、左にわずかに揺れ、又、やかましく騒いだ。

「すごい音ね」

小野八汐も苦笑し、首振りスイッチを止めた。すると、羽の回転もゆるくなり、止まった。小野八汐はあちらこちらのスイッチを押したり叩いたりしたが、無駄であった。

「わたし、嘘を書いていると思う?」

それ以上言葉をつづけるのが怕くなって口をつぐんだ。

小野八汐に訴えたいこと、相談したいことは、溢れるほどあった。しかし、口に出すと、その疑いが明瞭な、取返しのつかない事実になってしまいそうだし、小野八汐の傍にいると、そんなことは口にしなくてもいいような気にもなった。

　わたしの〝霊能〟が嘘だとしたら、この二年間が、まるでこっけいな、みじめなものになってしまうばかりか、わたしというものが丸ごと否定され、父が否定され、わたしはからっぽの皮袋にすぎないものと認めざるを得なくなる。

　わたしは、自分の心の動き、思考、いっさいを信じることができなくなる。

　敗戦で、すべてが逆転した。それは、わたしの外にあるものの変貌であった。輝かしかったものは実は泥土であり、真実は鍍金《メッキ》となって剝《は》げ落ちた。今度は、わたしにもっと密接な外部、そうしてわたし自身、それが空無になる。

「わたし、嘘なんか書いていないわ」

　小野八汐は黙ってわたしを見た。助けてくれるのかくれないのか、突き放しているとも、哀《あわ》れんでいるとも、みえた。

　居てくれるだけでいい、とわたしは思った。黙ってみつめてくれている人がいるというのは、もしかしたら、この上ないことなのかもしれない。誰だって、言葉で他人を助けることなどできないのだ。

10

――日馬黎子――

九月に入ると、父は、再び山に行くことをわたしと暁生に命じた。

母は、暁生は学校があるからと反対した。

「黎子だけお連れになればいい」

豪人と佑子のこと以来、母はわたしの〝霊能〟に信をおかなくなりはじめた。わたしが母を苦しめる霊言を記した、つまり、わたしの心の中に母への反逆がひそんでいるのだと、母はわたしを見とおしたように、ほのめかした。父には言わず、わたしにだけ、言った。

父は、暁生の心身を強靭《きょうじん》にする方が登校より大切だと主張した。新学期がはじまっても、暁生はあいかわらず、朝家を出ても学校へは行っていないことが、担任教師からの連絡で明らかになったのである。

一年休学させろ、と父は言い、今のままでは二学期の中間試験も危《あやう》い、点数不足で落第になるより、軀《からだ》の具合が悪いということで休学させた方が得策かもしれないと、母も迷いだした。

父はその決定を、再びわたしの自動書記にゆだねようとした。暁生自身の意思は、誰も問わなかった。

父も疑いが兆《きざ》しはじめたのではあるまいか、ふとそんな気がした。父の強引さは、疑いの芽を圧しつぶし踏みにじり、あとかたもなくするためではないのかとわたしは思い、打ち消した。父までがゆらぎはじめたら、一切がくずれ落ちてしまう。

皮肉なことに、会の発展は順調だった。琢磨と二人の学生を中心とした積極的な対外活動によって、会の外形は整然ととのえられ、会員も増加しつつあった。霊泉会独自の礼拝の形式とか、バッジの図案、年間行事の予定、交霊会もこれまでの成りゆきまかせのものからテーマを決めたものへとかわり、そのテーマも、半年先の分まで幹部会によって決定された。道場を、もっと設備のととのったものにするための寄付も、会費とは別につのられた。

わたしは、暁生に、休学したいのかどうかきいてみようかと思ったが、自動書記に迷いが生じるだろうと、やめた。

わたしの潜在意識が、これまで他人の行動を決定してきたなど、そんな恐ろしいことには耐えられない。

悠兄さん、悠兄さん、とわたしは心の中で悲鳴のようによんだ。そばにいてくれますね。正しいことを教えてくれますね。幸い、あの恐ろしい笑い声は湧《わ》き起こらなかった。

山行きが延びたのは、父の講演のスケジュールが琢磨たちにリードされた幹部会で組まれてしまったからである。

暁生の中間試験明けの休みに、暁生とわたしのほかに希望者も同行して、山で滝行を行なうことになった。


紅葉のもっとも輝かしい時期は過ぎ、熟《う》れ過ぎた果実のような不穏な気配を、山は漂わせていた。凛烈《りんれつ》であるべき山の空気に、わたしは、水気をたっぷり含み重ったるく腐敗してゆく果実のにおいを感じた。

同行者が多いせいだろうかと、わたしは理由づけた。

学生たちは来なかったが、倉田と、幹部たち——宇田、越水、高谷がその妻たちとともに、米や野菜をかついで、最初からいっしょに参加した。何か楽天的な、懇親会めいた雰囲気が、わたしを苛立《いらだ》たせた。

わたしは、父の望むものになろうと、厳しく、心を決めていた。完璧《かんぺき》に、なろうと。

到着した翌日から、滝行がはじまった。滝の水はあまりに冷たく、実際に落水に打たれるのは、父とわたしと暁生だけであった。他の者は流れのほとりの岩上に座し、鈴を振って祝詞《のりと》を唱和し、その背後で焚火《たきび》が火の粉を散らしていた。

滝の冷たさに耐えるには、軀の全細胞をひきしめ、そうして全精神を〝耐える〟という一事に集めきらねばならぬ。組み合わせた両手が激しく上下に振れ、叫び声がのどを奔《はし》る。もはや、それは苦痛ではなかった。いや、苦痛ではあったが、それに等しい量の悦《よろこ》びであった。わたしは、観客まで持っていた！　大人たちの感嘆のまなざしはわたしに不遜《ふそん》な自負を与えた。

わたしは軀の感覚を失った。しかし、最後まで倒れるようなぶざまなさまはさらさず、しっかりと歩いて、焚火のそばに行った。火にあたる前に、キミ子や越水の妻が乾いた布で軀をこすってくれたが、それでも火にあたためられると全身が痛んだ。

暁生がどのような気持でこの荒行に挑んだのか、わたしは気にとめるゆとりがなかった。わたしの心にあるのは、父とわたしの距離で、暁生はわたしの眼には映じていながら、心のなかには映じていなかった。

その後、わたしはひとり道場に籠《こも》り、自動書記を行なった。気持よく、言葉が溢《あふ》れ流れた。言葉は意識の上を流れ、紙に記されてゆくが、記されるはしから、わたしは、何を書いたか忘れた。読み返しもしなかった。それは、わたし自身の意識とはかかわりないものなのだ。わたしは媒《なかだち》をするものにすぎないのだ。

わたしが書きとばした文章を、あとから越水の妻が浄書《じょうしょ》した。目をとおす父の顔に、満足の表情をみた。

二日めの夕方、暁生は発熱した。暁生の枕頭《ちんとう》でわたしは父に自動書記を求められた。禊《みそぎ》であると手は記し、祈れと記した。祈りの形も指示された。父が仰臥《ぎょうが》した暁生の額《ひたい》に手を置き、他の者は父と暁生をかこむ形で輪を作って坐《すわ》り、片手を前の者の肩におき、もう一方の手で鈴を振りながら、祈りを唱和した。人には自然の治癒《ちゆ》力が備わっている、それは一種の電気の形で掌から発している、というのは、父の持論であった。同席するすべての人の持つ治癒力が、こうして暁生に注ぎかけられるという形になった。

翌朝、暁生の熱は少し下がった。わたしは父と二人で滝を浴びた。

熱が下がったら心身ともに清浄に強健になるぞと、父は暁生に言った。暁生は我々みんなの罪穢《けが》れを一身に負って浄化しているのだ、とも父は言った。

わたしは、ふと怖《おそ》ろしさをおぼえた。そんな酷《ひど》い理不尽なことがあるのだろうか。誰だって、自分の罪——とよべるものがあるなら——を、こんなか弱い男の子にしょわせて、浄化されたいとは思わないだろう。少くとも、わたしは望まない。父は、望んでいるのだろうか、そう考えると、また疑いや不安がゆらぎ出しそうになった。

熱の下がった暁生は、穴のような眼を空にむけて横になっていた。

その日の午後、外に出ていたわたしは、木の下枝や草の蔓《つる》につかまって軀をずり上げ、喘《あえ》ぎ喘ぎのぼってくる小野八汐を目にした。わたしは立ち寄って手をさし出した。小野八汐は、やあ、と手を額のあたりで振った。

「来なくてもいいのに。大変なんだから」

嬉《うれ》しい気持と裏腹なことをわたしは口にした。小野八汐は、何かうわの空のようにみえた。

小野八汐が道場に入ってゆくと、寝ていた暁生は、首を少しもたげて、

「帰ってよ」

と、嗄《しわが》れた低い声で言った。

「帰った方がいいよ、小野さん。小野さんまで、こんなとこに来ないでよ。レコードかけてよ、小野さん」

辻褄《つじつま》のあわないことを言うなと、わたしは思った。

「暁生は、禊なの」わたしは、父のために弁じるように言った。

しばらく皆と雑談をかわしてから、小野八汐は、

「少し、その辺を散歩しませんか」

と言った。

その誘いは、わたしにむけられたのではなかった。小野八汐は、父を誘ったのである。わたしは、同行したかったが、何となく拒まれているのを感じた。

「いいですな」

と、父はすがすがしく応じた。

父と小野八汐は、連れ立って出て行った。

「小野さん、早く帰れよ。帰っちまえよ」

暁生がその背に叫んだ。その後、上掛けを目の上までひきあげて、もぐった。泣いているように思えた。

「あらあら、どうしたの、暁生ちゃん」越水の妻が声をかけた。「心細くもなるわねえ、こんなところで病気になったら。でも心配はいらないのよ、じきに、すっかりよくなりますよ。ひとりで禊をさせられて、大変だけれど、それだけ神さまから大事にされているということなんだから、がんばりましょうね」

「暁生、梨《なし》をむいてあげようか」わたしは言ったが、暁生は答えなかった。

暁生の無言の敵意を感じたように思った。

わたしは外に出た。どこというあてもなく歩きまわった。

草を踏みしだいて自然にできた細い道を、道場の裏の崖《がけ》の上に、のぼっていった。

密生した樹々の下草に足をとられながら歩いて行くと、視界が開ける。このあたりの地勢は、だいたい頭に入っていた。といっても、そう広い範囲ではないし、目標になるものが少いから、気を許すと自分のいる位置がわからなくなる。父と小野八汐はみあたらなかった。

ゆっくり戻りかける途中、人の気配を感じた。斜面のかげに、倉田とキミ子がいた。二人は、かがみこんでいた。わたしの足音に気づいたのか、二人は顔をあげ、

「茸《きのこ》をみつけたのよ」

キミ子が言った。

「食べられるかしら。黎子さん、どう思う?」

わたしが近寄ると、キミ子は手のひらを開いて白っぽい茸をみせた。斜面に横たわった風倒木《ふうとうぼく》の下に、同じ種類の茸が耳たぶのように突き出ていた。

「毒茸は色が鮮《あざ》やかだっていうでしょう。これはき

れいじゃないから、もしかしたら食用になるんじゃないかしら」

「やめた方がいいわ」

「黎子さんがそういうのなら、捨てなくちゃね」キミ子は、ちょっと惜しそうに手のひらを返した。茸が地に落ちた。「霊能者の黎子さんがやめた方がいいって言うんだから」

「倉田さんだって、霊能者だわ」

「私は、茸の良し悪しまではわからなくてね」倉田は言い、手の中の茸を捨てた。

「小野さんは、何のために来たの？」立ち上がり、キミ子は腰を拳《こぶし》で軽くたたいた。

「会員なら、誰でも来ていいんでしょ、ここは」

「不自由なのに、よくひとりで来たわね」

「夏にも来たでしょ」

「あのときは、皆といっしょだったわ」

「小野さん、今日は何だか、怕《こわ》い顔にみえた」

「そんなこと、ないわ」わたしは言ったが、キミ子と同じふうに、わたしも感じたのだった。


「毎日、あんな冷たい滝を浴びて、黎子さんはよく風邪《かぜ》をひかないわね」

「霊泉会は日馬先生と黎子さんにまかせて、私はそろそろ、用がなくなりそうだな」倉田が言った。

「そんなことはありませんよ」とキミ子が、

「交霊会ができるのは、倉田さんだけですもの。御神霊の声がじかに聞けるというのは、ありがたいことだわ。倉田さんは、霊泉会の大切な人よ。ねえ、黎子さん」

「そうですね」わたしは、気のない声で言った。

「さあ、戻りましょうか。黎子さん、うちの人、機嫌よかった？」

「さあ……、知らないわ」

「あの人ね、嫉《や》くのよ、わたしがほかの人と二人でいると。わたし、倉田さんといっしょに出てきたわけじゃないのよ。何となくぶらぶら歩いていたら、先に散歩に出ていた倉田さんと出会ったのよ」

「そうですか。いいじゃないですか、そんなの、どうでも」

「そうもいかないのよ。あの人って、すぐ気をまわすから。茸をとっていただけなのよ。黎子さん、もしきかれたら、なるべく、わたしたちとずっと一緒にいたように言ってもらえないかしら。……べつに嘘《うそ》をついてくれっていうわけじゃないのよ。だって、わたしと倉田さんが出会ったら、すぐに黎子さんが来たんですもの。ねえ、倉田さん」

倉田は笑ってうなずいた。

「降りだすのかしら」キミ子は空を仰《あお》いだ。

わたしたちが戻りついたとき、宇田は部屋にいて、鼻翼に力をいれてわたしたちを見たが、何も問いただしはしなかった。

「暁生ちゃんが、また熱が出てきたようよ」越水の妻が言い、「これ、川の水で濡《ぬ》らしてきてくださいな。汲《く》みおきの水より冷たくて気持いいと思うわ」手拭《てぬぐい》をキミ子に渡した。

わたしは女たちと土間で夕食のための芋《いも》の皮を剝《む》いた。手首の内側が痒《かゆ》くなった。

竈《かまど》の火の暖かみが肌に快《こころよ》かった。

「馬鹿ア」

と、調子のはずれた声がした。

「暁生ちゃんがうわ言を言っている」越水の妻は眉《まゆ》をひそめた。

ばかア、と暁生の声は尾をひいた。

「おれ、死んじまうじゃねえかよオ。ばかア、親父《おやじ》のばかア、姉貴のばかア。おれ、ずっと前から、ほんとに病気なのによオ、何が禊だよ、ばかア。ごめんなさい、ごめんなさい、悪いこと言ってごめんなさい、もう言わないから許してください、これ以上ひどくさせないでください、病院に連れていってよ、もう悪いことはしませんから、禊はかんべんしてよ。なんでおれだけ病気にするんだよ。いやだよ、大人なんて、みんな暴力じゃねえかよ。親父なんか、くたばっちまえ。姉貴も」

あっ、と声をたてて、暁生は、額を濡れ手拭で押さえていたキミ子の手を払って起き上がり、きょとんとした目であたりを見まわし、又、くたっと倒れた。

—小野八汐—

断崖《だんがい》の上の、道ともいえぬけもの道を、日馬秀治は背をみせて俺《おれ》の前を行き、俺はこの男を突き落とすことを思った。

唐突《とうとつ》に湧いた殺意ではなかった。

俺は非力だ。体軀は矮小《わいしょう》で貧弱だ。観念ばかりが象皮症《ぞうひしょう》のように肥大している。

集団を自殺に導くという想念が、実現するには俺の手にあまることを、不承不承、認める。宇田の息子とその友人たちが、いとも軽薄に会の外形をととのえはじめたとき、俺はふいに、己《おの》れの戯画をみせつけられた。俺が何十年がかりで綿密にやりとげようとしている、そのほんのうわっつらを、彼らは指先でひょいと気軽に粘土をひねりあげるように造形しはじめた。

俺が耐えがたかったのは、彼らのくったくのなさだったのかもしれない。彼らを鏡としてうつし出される俺の観念のこっけいなこと、浅薄なこと、みじめなこと。

発現を阻《はば》まれた俺の内部は、別途の亀裂を模索した。

啓示のように、俺は『殺人』という言葉をつかみとった。もちろん、俺は、啓示などというものは、もしあちらがそれをくれても、返上する。

俺は、否！という対象に、日馬秀治をおいた。対する位置に、俺を置いた。日馬秀治は『正』であり、俺は『負』である。日馬秀治を殺すことによってのみ、俺は正と負を逆転させ得る。

日馬秀治を殺す。俺はその観念を愛撫《あいぶ》した。

殺人の後、自首するか。否、自首し刑罰を受けることは、殺人の意味を消失させる。赤の他人や国家によって制裁を受け犯罪の帳尻をあわせるくらいなら、自殺の方がましだ。

俺の前を行く日馬秀治の背をみつめながら、彼の足もとをすくうと同時に全体重を彼の上に押しかぶせ、ともに落ちるなら、できる、と思った。そのとき、日馬は助かり、命を失うのは非力な俺の方かもしれぬ。ふいをくらう日馬よりは、俺の方が幾分有利だから、相殺《そうさい》して勝率は五分《ぶ》だ。

一度失敗したら、二度とはくりかえせぬ。今日は下検分にとどめよう、俺は、そう自分に言った。

急斜面をおおう灌木《かんぼく》、露出した岩のぐあい、それらを俺は目におさめた。転落する日馬と俺。岩の鋭い角が胸骨を打つ痛み。すがりついた小枝が折れ、つかんだ草の根が抜け、墜《お》ちてゆく恐怖。俺は、つとかがみこんで、日馬の踵《かかと》に手をのばしさえした。

風が強まり、雨が降りはじめた。


―日馬黎子―


風の音が強くなった。暁生の荒い呼吸が混った。雨が降りはじめ、屋根の板を雨粒がたたいた、とみるまに本降りになった。そのとき、父と小野八汐が帰ってきた。

「先生、暁生さんが」

高熱は暁生の意識を失わせていた。父は医療カバンから注射器を出し、暁生の腕に針をたてた。しかし、薬効はまったくあらわれなかった。

自制の箍《たが》をとりはらわれた暁生の内心の声は、一《ひと》夜《よ》、荒れ狂い、吠《ほ》えたけった。淋《さび》しいとすすり泣いたかと思うと、ほとんど起き上がらんばかりになって父を罵《ののし》り、わたしを罵り、怖い男が立って手招いているから追い払ってくれと手をあわせて懇願した。豪人の名を呼び、自分を一緒に連れていってくれ、兄さん薄情だよ、ひとりだけ、行っちまうのか、小野さん、助けてよ、レコード、モーツァルトがいい、仔犬が鳴いている。捨て犬だ。ほら、誰か助けてやってくれよ、あそこで鳴いているじゃないか、おれは動けなくて、だめなんだよ、ほら、何とかしてやってよ、ああ、姉貴、裸になれよ、なってみせろっていうんだよ、さわらせろよ。おふくろ、薄情、来てるのか、帰れ、帰れ、あんたの顔みたくない、行かないで、姉貴、畜生《ちくしょう》、ぶっ殺してやる、ごめんなさい、ごめん……。

頭を激しく左右に振り、暁生は泣き叫んだ。怕い、怕い、と暁生は叫び、その恐怖を、わたしはまざまざと感じた。わたしがこれまでに幾度か体験した、えたいの知れぬ底の無い深淵に裸の魂が墜ちてゆくような恐怖。それの、何層倍の恐ろしさに、暁生はつかみとられている。

みなは、前夜と同様、輪を作り、前の者の肩に手をあて、ひとつながりになって、祈りを唱和した。わたしは、その輪からぬけ出し、部屋の隅で拳をにぎりしめていた。この苦悶《くもん》、この暁生の苦悶、それはわたしが作り出した。祈りの輪から、小野八汐もまた、はずれていた。

暁生の苦悶は波のように間歇《かんけつ》的な小休止を伴った。泣き叫び罵る譫言《うわごと》が、すうっと尾をひいてとぎれると、鈴の音は、暁生の叫びをねじ伏せ、二度と騒ぎ出さすまいというように、ほとんど狂暴なまでに高くなった。

虚弱なようでも、若いだけに、彼の軀はしぶとく抵抗した。長い夜が明け、風雨がやみ、部屋の中に陽《ひ》がさしこんでくるころ、彼の意識は、内心の声さえとだえるほどに死滅したが、軀はなおも荒ら荒らしくのたうっていた。絞めつけられる胸部が、長い悲鳴をあげさせた。そうして、顔の筋肉が、てんでんばらばらに痙攣《けいれん》し、口もとが笑っているようにゆがんだと思うと、おそろしくひきつれ、上唇がななめにつりあがってふるえた。軀の器官も、統制を失い、それぞれがかってに何とか自分の生を保とうと必死にあがいていた。

人々は疲れ、鈴を振る音は弱まり、祈りの声も何か投げやりになっていた。時々、ひとりが思い直したように声を大きくすると、つられて他の者も気をとり直した。夜が明けると、越水が病院の手配と母に連絡の電報を打つために山を下りた。

わたしは部屋の隅に突っ伏していたが、やがて顔を上げ、暁生を凝視した。それ以外に、わたしにできることはなかった。勝ちめのない孤独なたたかいを戦っている暁生の軀と共闘する手段は、何もない、わたしは、祈ることはできなかった。

暁生の軀の細胞は、しぶとく生きつづけた。その一つ一つが、理不尽な力に対して歯をむき、否と叫んだ。暁生の額にあてた父の手は、しばしば荒れもがく暁生の腕でなぎ払われた。人間としての意識はとうに無いのに、細胞はそれぞれ、動きをとめれば永遠の敗北と承知しているかのように、けなげに収縮したり痙攣したりしていた。

暁生を凝視するわたしの眼の隅に、同じように彼をみつめている小野八汐が、時折うつった。

狂暴な動きは次第に鎮《しず》まり、まったく静かになった。しかし女たちが泣き出したので、室内は静寂《せいじゃく》ではなかった。

わたしは、ひとりで外に出た。裏の崖を、視界のひらけるところまでのぼった。

雲塊が、とほうもない速さで走り、風が耳を打った。切りたった崖の底は樹海で埋まり、そのむこうの山肌は黒ずみ、颱風《たいふう》の痕《あと》か山火事でもあったのか白骨のように葉を落とした木立ちがあり、ところどころに露出した岩塊は深い裂けめをみせていた。

わたしは、暁生を殺したことを認めた。わたしの拠《よ》って立つ場所とひきかえに、わたしは暁生を殺した。そう認めたからには、その拠って立つ場所も、また失われた。

暁生は消滅し、わたしも消えた。

わたしは、かつて、悠人を殺した。そのために、悠人はわたしの一部となった。わたしが悠人の一部になったのだろうか。わたしと悠人は合体した。わたしは暁生を殺した。暁生は消え、わたしも消え、悠人も消えた。

ふと気づくと、わたしは熊笹《くまざさ》の茂みのなかに立ち、目にうつるのは、鋭いへりを持った笹の葉むらばかりであった。

消えてしまったわたしが、熊笹の中に立つわたしを意識している。奇妙だなと思いながら、歩きつづけた。葉むらはたえず風に騒ぎ、わたしの腕や脛《すね》を切った。無数の切り傷からにじみ出る血の粒を、不思議な思いでながめた。わたしは、もう消えてしまったのに、どうして軀があって血が流れているのだろう。

　上を向くと、どろりと黒い空が渦を巻いていた。

わたしの脚は、歩きつづける。

　再び、わたしはぞっとした。帰る道を失い、ただひとりでいる自分に気づいた。

　熊笹の葉に、小豆粒《あずき》ほどもない小さいテントウムシダマシがとまっていて、半月形の羽をひろげるととび立った。わたしは、虫より情ないものになっていた。こんなちっぽけな虫が、ここで何の不安もなくとびまわっているのに。

　背丈を越す茂みをぬけようとわたしは試みた。密生した強靭な茎はわたしを拒んだ。わたしが動くほど、笹叢《ささむら》は密度を増した。

　ようやく通り抜けたところは、急な斜面のふちで、そのころは、周囲のみわけがつかぬほど、闇《やみ》が濃くなっていた。

　斜面の底は見きわめられない。わたしは立ちすくんだ。

11

―倉田佐市郎―


　黎子がいないと、女たちが騒ぎだした。陽《ひ》は落ちた。小屋には電灯がひいてない。いつもなら、暗くなれば寝につくのだが、蠟燭《ろうそく》がともされた。越水の妻は、五基の燭台《しょくだい》を部屋の隅々と中央に置いた。

　男たちが懐中電灯をつけ、外に出て黎子を呼びまわった。

　みえません、と戻って来た男たちに、

「心配はない」

　と日馬秀治は言った。

「御神霊が見守っていてくださる。心配することはない」

　そうして、日馬秀治は、今、この場で、交霊会を開くと言ったのだ。

「暁生の霊は、まだ、あちらでめざめておらんかもしれん。しかし、様子をうかがうことはできる。また、黎子のおる場所もうかがえる。倉田さん、では」

日馬秀治は、気魄《きはく》のこもった声でうながした。

角ばった小柄な影が、懐中電灯を手に再び小屋を出て行くのを、私は認めた。好意のこもった微笑を、私はその骨のゆがんだ背におくった。私の霊能にたよる愚かさを知りぬいているこの男は、独力で黎子を探しに出て行った。私は、この男の正体を見たように思った。私と同様、非力な、そうして非情には徹しきれぬ、平凡な男なのだ。

「ここには蓄音器《ちくおんき》もレコードもないが、鈴の音でもトランスに入れるでしょう。いいですね、倉田さん」

日馬が言い、私は板壁を背にし、トランスに入る姿勢をとり、他の者はそれにむかいあって坐《すわ》った。

日馬の合図で蠟燭が消され、真の闇《やみ》となった。一定のリズムで鈴がふられた。

闇のなかに、私は、一点ぼうっと明るく、小野八汐が草を踏みしだいて歩く姿を視た。頭のなかに思い浮かんだのだ。私は幻視者ではない。

「暁生の霊が、今宵《こよい》、そちらにまいりました。もうめざめておりましょうか」

まだ、眠っておる。私は、野太い声で答えた。

「身近に姿がみえぬようになりますのは、親の情として何とも淋《さび》しくはありますが、そちらで、必ずや諸神霊の御導きを受け、霊《たま》が向上するものと案じております。いずれは声もきけるものと期待しております。次に、娘、黎子でございますが、ただいま、どこに」

「わかっておる」私は答えた。

日馬がひきつづき、「私どもは」と言いかけたとき、私は、手もとに置いておいた懐中電灯をつけた。光を、自分の顔にあて、ぼうっと黄色い光のなかで、薄く笑った。やさしい微笑であったにちがいない。

悲鳴があがった。

「倉田さん、これはどういう……」

日馬が叫び、男たちが燭台をともし、私めがけて殺到した。

拳《こぶし》の乱打が襲った。歯がみしながら私の首をしめるのは、宇田の指だ。だれかが、その指をひきはがした。

罵声《ばせい》。私は縛りあげられた。

「気でも狂ったのか、倉田さん」ようやく少し落ちついた越水が、「最初からいんちきだったわけではないだろう。今回はレコードもなし、うまくトランスに入れなかった、そうだな、え？」

「いや、最初から我れ我れを瞞着《まんちゃく》しとったのだ。金もうけのための詐欺《さぎ》だったのだ。許せん」宇田は言いつのる。キミ子の泣き声が、私の耳をうった。

「こいつの霊能がいんちきとなったら、大変だ、黎子さんを早く探さなくては」

うろたえる男たちを、沈着に日馬秀治はおさえた。

「黎子は必ず、無事だ。娘は霊能者だ。御神霊の守護を受けておる。深夜探しまわっても、かえって遭難者を出すおそれがある。夜が明けるのを待ち、この一帯を探そう。案外近くにおるのかもしれん。それでみつからなければ警察に通報し、人手を借りよう」

「えらいことになりましたな」高谷が、「この男の詐欺を公《おおやけ》にすることは、どうにもまずいですな。大勢の会員から、我れ我れまでがいんちきをやっていたと非難される。下手《へた》をすると、裁判沙汰《ざた》にもなりかねん」

「おい」と、宇田がキミ子の髪をつかんだ。

「貴様、この男と不義を働いとったろう。わしには、みなわかっとる。わしの目をぬすんで、この男と通じとったじゃろう」

宇田はキミ子をこづき、平手でなぐり、「このひとにわたしもだまされていたんです」と、キミ子は泣きくずれた。

「なるほど」と、高谷が手をうった。「不倫が明らかになったからには、霊媒《れいばい》といえど、会から放逐《ほうちく》せねばならんな。貴様、ありがたいと思え」と高谷は私にむかい、

「おまえの詐欺は不問に付してやる。本来なら、刑務所行きなのだぞ。口をつぐんどれよ。おまえが会から追われるのは、女に手を出したためだぞ」

「黎子に関しては」と日馬が言った。「このことは、きわめて有効な試練になる。このことを経て、黎子の霊能はいっそう磨《と》ぎすまされるにちがいない。それが神霊の御意志なのだ。災《わざわ》いとみえることも、我々の信念と努力で、必ず、福に転じることができる」

強がりではなかった。日馬の表情には、毫《ごう》も乱れがない。私は、自分の敗北を感じた。もっとも、暁生の死に逢《あ》った黎子が、日馬秀治の期待どおりになるとは私には思えないが、少くとも、日馬秀治はまるで傷ついていない。私は、私自身の破滅とひきかえに、日馬秀治に致命傷を与えようとしたが。

霊泉会の、もっと違った終末を、これまで、私は漠然と予想していた。大勢の会員の前で、自分のいんちきをあばき、会を崩壊させることを考えていた。

しかし、今だ、と、私は感じたのだ。黎子の居所をたずねられ、追いつめられたのではない。ごまかそうと思えば、いかようにも手段はあった。霊言とは、そもそもあいまいなものだ。

日馬秀治の、非の打ちどころのない強い信念が、暁生を殺した、と、私は我が身の破滅とひきかえに告発した。しかし、私は、もっとも弱い者の虐殺《ぎゃくさつ》に加担したにすぎなかった。かつて姉を殺した私は、再び人殺しとなった。

日馬秀治は、敗戦の無惨《むざん》のなかで無垢《むく》でありつづける国体のように、無傷だ。

私は縛られた両手首に目をむけた。とくことはたやすい。だが、それも徒労だ。

　　　　　　　　　　　　　　　　――日馬黎子――

闇のなかで、わたしは悠人の名を呼ぶ。

わたしは、悠人の名を呼んではいけない。わたしが殺したのだから。

背後からおおいかぶさって、悠人は礫《つぶて》を受けた。悠人の頭から流れる血が、わたしの全身に網目を作る。わたしは悠人を背負って、背丈を越す茂みをわけ、歩きつづける。何も見えない。おそろしさに、わたしは泣く。怕《こわ》くはないと、悠人が言う。おまえは、もう、いないのだから。

わたしは怕くはないけれど、怕がっているもうひとりのわたしがいるわ。怕がっているわたしは、助けを求めて泣く。

わたしは悠人の腕のなかにいる。悠人は幼いわたしをかるがると抱えて歩く。風がわたしたちを打つ。わたしの叫びが風に混って尾をひく。

妖《あや》かし蔵殺人事件

モノローグ

—はじめに—

百年あまりを、この蔵は、生きつづけてきた。地上三階、地下一階の、巨大な土蔵である。

入ってはいけない。入ると、からだが消えてしまう、と、わたしに言いきかせたのは、だれだったのだろう。

父や母ではない。父と母は、そんなおかしな話は、むしろわたしの耳には入れたくなかっただろうと思う。

蔵のなかにおさめてある大切な品々《しなじな》を、幼いわたしがいじって壊してはいけないので、おびえさせ、足を踏み入れさせないために、うちで働く職人さんやお手伝いなどのだれかれが、そう、わたしに語ったのだろう。

やがて、わたしは、そのタブーを疑いはじめた。父や母も職人さんたちも、時々蔵に出入りし、だれも皆、何事もないのである。わたしだけが消えるというのだろうか。中に、子供ばかりをさらう物の怪《もののけ》が棲《す》みついているとでもいうのか。

どうして、お蔵に入ると、ヤッちゃんは消えちゃうの。

父にそうたずねたのは、わたしがたぶん五歳くらいのときだ。

ヤッコが消える？　だれがそんなばかなことを言った。

わたしは答えられなかった。わたしの記憶がはじまる以前に、その言葉はわたしに植えつけられたらしいのだ。いつもはわたしにやさしい父の目が、このときは険《けわ》しくなり、わたしは身をすくめた。

おいで。

父は、わたしを抱きあげ、蔵の方に歩きだした。

わたしは父の肩に爪《つめ》をたてんばかりにしがみついた。しかし、父が大丈夫というのなら、大丈夫なのだ。父は、わたしを蔵に棲む人さらいの手に渡すようなことは、決してしない。

そのとき、わたしはそんなふうに自分に言いきかせたことと思う。いま二十六歳のわたしにとって、あまりに遠い幼時である。だから、わたしの記憶には、その後に得た知識とか想像も混りこんでいるとは思うけれど、蔵の重い鉄扉《てっぴ》が父の手で開けられたときの音とか、ついで中扉がひき開けられたとたんに、わたしの目の前にあらわれた洞窟のような闇《やみ》、怯《おび》え、そうして、泣き声をあげる寸前に、父が壁付きのスイッチを押し、電灯がともったときの安堵《あんど》感など、思い返すたびにまざまざとよみがえる。

このなかに、何がしまってあるか、知っているね。

父は、わたしに頰《ほお》ずりしながら言った。

おしばいの、こどうぐ。

そうだよ。

父の手が、わたしの髪をなでた。

古い、だいじな小道具が、たくさん入っているのだよ。

わたしを抱いたまま、父は蔵に入り、中を歩きまわった。積みかさねられた数多い長持《ながもち》の一つの蓋《ふた》を父は持ちあげ、中をのぞかせた。樟脳《しょうのう》のにおいが鼻を刺した。いま思うと、そのなかにあったのは、鎧の胸当てや錫鎧《するめよろい》だったようだ。

階段の下には、戸棚《とだな》や抽出《ひきだし》が積み重ねて造りつけてあり、父の手がその一つ一つを開けてみせるごとに、おびただしい小物——財布とか印籠《いんろう》とか巻紙とか、筆、硯箱《すずりばこ》、十手、捕縄《ほじょう》などがあらわれるのだった。

わたしにとって、珍しいものではなかった。この土蔵のほかにも、敷地内に倉庫が二棟あって、そこにも同様の物はおさめられてあるのだから。

壁に沿った棚には、大小の木箱が並び、そのなかにも、虎や熊の縫《ぬ》いぐるみが折りたたまれていたり、張子の鼠《ねずみ》や糸瓜《へちま》で作った魚が入っていたりした。何百本とも知れぬ刀。鎧櫃《よろいびつ》。葛籠《つづら》。すべて、わたしの見なれたものばかりだ。広い板敷きの間と幾つかの小部屋とにわかれた作業場で三十数人の職人さんが、小道具類の製作に一心になっている光景を、毎日、わたしは見て育っている。

何の変哲もない、小道具蔵であった。古く巨大なことをのぞけば。

父は、わたしを抱いて二階を通り過ぎ、三階にのぼった。そこにおさめてある金蒔絵《きんまきえ》の立派な道具類を、父は箱からとり出して見せてくれたりした。それから、二階に下りた。

「ここにあるのは、だいじなだいじな品ばかりなのだよ」

父は、幼いわたしに、噛《か》んで含めるという口調で語った。

そのときは十分に理解できはしなかったが、父の表情や声音《こわね》は、わたしの心にしみとおった。

いまでは、わたしもわきまえている。

初代乙桐伊兵衛《おとぎりいへえ》が芝居の小道具の製作を専門にはじめたのは、江戸の末期、安政《あんせい》の大地震の後だという。

初代伊兵衛は、猿若町《さるわかちょう》の市村《いちむら》座の中売りだった。幕間《まくあい》に、弁当《べと》よしか、おこし松風まんじゅうよしか、と売り歩く売り子である。たいそう目先《めさき》が利く人で、安政の大地震で江戸が焼け野原になったとき、郷里の川越《かわごえ》に戻り、草鞋《わらじ》を大量に仕入れ、売りまくってまとまったかねを手にした。そのかねを、興行の資金ぐりがつかない座方《ざかた》にまわし、金利を得た。地震と火災で小道具も焼け、小屋が難儀しているところから、小道具の貸出業を思いついた。これが、たいそう繁盛した。やがて、維新で世のなかがひっくりかえり、大名や武家屋敷の立派な道具が二束三文《にそくさんもん》で山と売りに出された。伊兵衛はその品々を買い集め、小道具として貸し出した。

猿若町に隣接した花川戸《はなかわど》に居を定め、『乙桐小道具』は芝居の小道具を一手に扱うようになった。土蔵は、この初代伊兵衛が建てたものである。

明治期の名優が用いた由緒《ゆいしょ》ある小道具の数々が、この土蔵の二階には収納されている。金銭にはかえられない〝だいじなだいじなもの〟と、父が幼いわたしに教えたのは、これらの品々であった。小道具といっても、本身の名刀もあれば、幕末から明治期にかけて活《いき》人形師安本亀八《やすもとかめはち》が作った、名優の顔に生き写しの切首《きりくび》もある。桐《きり》材を丸彫りにしたものだが、昔の劇場の暗い照明のもとでは、おそらく、本物と見まちがえただろうと思われるほど、真に迫っている。

二代目は、仕掛け物の工夫に秀《ひい》でていた。職人のなかに、やはり工夫に長《た》けた人がいて、二人が知恵をしぼったみごとな工夫の数々も、今につたわっている。

三代目、つまり、わたしの祖父は、大正十二年の大震災、そうして第二次世界大戦の東京大空襲と、一番大変な時期に、『乙桐小道具』を守りとおした。戦後まもなく亡くなったということで、わたしは写真でしか顔を知らなかった。わたしは父が三十八、母が三十五という遅いときに生まれた。わたしの上に兄がひとりいたのだが、敗戦直後の窮乏時に生まれ、一歳の誕生日もむかえぬうちに、死亡したのだそうだ。

土蔵に入ると消えてしまう。

その奇妙な言葉をわたしにまた教えたのは、これは、おぼえている。丈太郎《じょうたろう》である。

丈太郎は、わたしと同い年。うちの仕事場で小道具の縫製《ほうせい》を長年やっている小《お》野《の》好江《よしえ》の一人息子である。

年は同じだけれど、わたしは、彼の方が年上のような気がしていた。お嬢さん、お嬢さん、と、外の世界から目かくしされて育てられたようなわたしより、はるかに世間に揉《も》まれているからだろう。——後になって、わたしは、丈太郎の、単に世なれているという言葉では言い捨てられない、哀《かな》しみや痛みも知ったのだけれど……。

七つ——。そのくらいの年だったと思う。

「嘘《うそ》よ」と、わたしは言いかえした。

「だれも消えたりしないわよ」

「知らないの、ヤッちゃん。『乙桐小道具』のね、初代も三代目も、土蔵に入ってそれきり消えたって」

丈太郎は、濃い眉《まゆ》の下の切れの長い目をわたしにむけて言った。

丈太郎も、そのころは幼かった。だから、そんなことを平気でわたしに告げた。

「みんな言ってるよ。山さんも、浦さんも、お母ちゃんも」

丈太郎があげた名前は、古くからいる職人さんたちである。

「二代目さんだけは、海釣りに行っているとき、舟がひっくりかえって溺死《できし》したので、蔵で消えたんじゃないんだって」

わたしは、父と母が揃《そろ》っているところで、二人にたずねた。二人は顔を見合わせ、母が、

「ほんとだよ」

と言った。

「どうせ、綏子《やすこ》の耳にもいつか入るんだから、はっきり教えておきましょうよ、お父さん」

「まあ、そういうことは、あった」

父は、しぶしぶ、うなずいた。

「どうして消えたの。いま、どこにいるの」

「どうしてだか、だれにもわからないよ。初代はもちろん、生きてはいないよ。生きていたら、百何十歳かになる。三代目——ヤッコのお祖父《じい》さんは……どこかにまだ生きているかもしれないねえ。生きていてほしいねえ」

「お父さんも、消えるの?」

「消えるものかね。しじゅう、お父さんは土蔵に入っているが、ちゃんと、消えないで出てくるだろう」

その父が、消えた。消えるものかね、とわたしに断言してから、二十年近くたった今になって。

I　消えた役者

美しい悪性《あくしょう》の熱が、芝居小屋のなかをみたしていた。大小数百の蠟燭《ろうそく》の炎は、ゆらめきたち、濃密な闇《やみ》の触手と絡みあった。

舞台前に切られた水槽は、影像をうつさぬ鏡のようだ。火影《ほかげ》でさえ、薄墨《うすずみ》を流したような水に輝きを吸いとられ、炎の死霊が水の下を漂うかにみえる。

舞台中央、鯉魚《りぎょ》の精の正体を見破られた若衆に黒衣《くろご》がにじり寄り、衣裳《いしょう》の玉糸を抜きとる。紫の大振袖《ふりそで》はぶっかえって、金箔《ばく》銀箔の目もあやな鱗《うろこ》模様を煌《きら》めかせ、妖魚の精は水にとびこんだ。捕り手たちがわらわらとそれにつづき、水に腿《もも》まで浸っての立ち廻《まわ》りとなる。

平土間《ひらどま》、かぶりつきの枡《ます》を埋めた観客は、ビニールの布を膝《ひざ》にひろげ、水しぶきを避ける。

八月四日（金）、五日（土）、六日（日）と、わずかに三日を限っての興行である。

田浦洸《たうらこう》は、演劇誌の編集者という特権をこのときばかりは十分に利用して、とりにくい切符を手に入れ、通いつめ、今日が最後の三日めであった。初日の観劇は、雑誌の記事とりという公用だが、あとの二日は、土、日の休日を使ったプライヴェイトな行動である。彼の住まいは松戸なので、常磐線《じょうばん》の我孫子《あびこ》を最寄り駅とする瑞穂座《みずほざ》に日参するのは、楽な仕事であった。日曜の家庭サービスを要求する家族も持っていない。

二列目の枡で舞台に目をすえながら、田浦は、ときどきカメラのシャッターをきる。雑誌掲載用の写真は、初日に、カラーとモノクロと両方撮っている。蠟燭芝居の妖《あや》しい美しさはモノクロの方が効果的と気づき、昨日と今日は、カラーはやめにした。

演劇誌『劇』は、歴史も古く、いい仕事を残している雑誌なのだが、特殊な専門誌だから読者層はかぎられ、発行部数はごく少ない。したがって、スタッフは、編集長の川瀬と、田浦と、二人だけなのである。田浦は、カメラマンの役まで兼ねさせられることが多かった。腕前は、決してプロ級ではない。

瑞穂座の観客の大半は、地元と東京及びその近辺の芝居好きである。評論家とか演劇関係者、若い演劇青年といった人たちも一握りはいるが、無理にかき集められた団体客などは一組もいないことが、田浦には、彼自身が企画者の一員であるかのように嬉《うれ》しかった。

舞台正面、背景の遠見幕の前には、百本近い小蠟燭が吊《つ》り下げられ、手前には太い和蠟燭を立てた燭台が並ぶ。吊り蠟燭は『瑠璃燈《るりとう》』と呼ばれている。素朴な照明に、夜の綺羅《きら》の夢をかきたてるこの名称を与えたのは、江戸期の誰だったのだろうか。

厳重な消防法に規制され、現在ではほとんど上演不可能な、蠟燭の本火のみを灯りとした江戸期の小《こ》芝居の雰囲気が、この『瑞穂座』に再現されているのであった。

『瑞穂座』は、福島県の山村に打ち捨てられ、朽ちかけていた地芝居の小屋で、地元の記録によれば、創設は幕末、文久《ぶんきゅう》三年とある。物置の役にも立たないと取りこわされる寸前、北関東一帯で不動産業、チェーン組織のスーパーマーケット、ゴルフ場などを経営する玉木興業の社長が買いとり、千葉県手賀《てが》沼《ぬま》の近くに移築したのである。芝居好きの玉木社長の道楽であった。

定員四百人にみたぬ小体《こてい》な小屋だが、手動の盆(廻り舞台)、セリ、スッポン(花道の切穴)、本花道、仮花道と、舞台機構は定式どおりととのっており、しかも、夏芝居で本水を使うための水舟(水槽)までしつらえてある。

一年じゅう芝居を常打《じょうう》ちすることは、経費の点からも無理なので、ふだんは、地芝居の衣裳、鬘《かつら》、小道具など数千点を展示する、地方歌舞伎《かぶき》資料館として使われることになっている。

柿落《こけらお》としのこの三日間の舞台は、巴屋水木《ともえやみずき》璃若《りじゃく》が一門をひきいて、あいつとめていた。

もっとも、璃若自身は今回は演出に専念し、一門の者や弟子たちばかりを舞台に立たせている。

璃若は、江戸歌舞伎の趣向に富んだたのしさを現代によみがえらせることに常に意欲を燃やしており、瑞穂座の再生にも、積極的に力を添えてきた。

古風でこぢんまりした地芝居の小屋、人家のない場所であるゆえに特別に許された蠟燭照明の使用、そうして珍しい水舟付き、という瑞穂座の特質を存分に生かす演《だ》しものが検討された。現在では上演されることのない古い台本まで、璃若とそのブレーンは渉猟《しょうりょう》し、勝諺蔵《かつげんぞう》の作になる『湧昇水鯉滝《わきのぼるみずにこいたき》』を、改稿して出すことになった。

姫に懸想《けそう》した鯉魚の精が美しい若衆の姿となって言い寄り、正体を見破られて勇者に退治されるという筋立に、江戸歌舞伎につきものの御家騒動、宝刀の紛失などを絡ませたもので、水を使っての見せ場がたっぷりある。

化《ば》けもののような巨大な鯉と勇者が水中で格闘する、俗に〈鯉つかみ〉と呼ばれる豪快な立ち廻りは、近松門左衛門《ちかまつもんざえもん》が『雙生隅田川《ふたごすみだがわ》』で考案したのが最初で、江戸期の見物に喜ばれ、その後、数多い狂言のなかにとりいれられた。

水舟を使う芝居はほかにもあるが、華やかさ、たのしさは、やはり鯉つかみにまさるものはあるまいということになったのであった。

今回の上演にあたっては、鯉魚の精と、それを退治する勇者滝窓志賀之助《たきまどのしかのすけ》の二役を、二十七歳の水木璃紅《りこう》がつとめている。璃紅は、十五歳のとき璃若のもとに部屋子《へやご》として入り、美貌《びぼう》と芸質のよさで女性ファンが増えてきている。実子を持たぬ璃若が芸養子にする心づもりがあると、田浦も耳にしていた。若女形役も、ときにこなしているが、今度の役は、地方の小さい劇場《こや》、そうして三日間の短い興行ではあるけれど、璃紅にとっては、はじめての大役であった。

相手役の鯉魚に恋慕《れんぼ》される小桜姫《こざくらひめ》に扮する藤川かいしくは、幹部俳優の養子で、おっとりした芸風の若女形であった。

田浦が編集にたずさわっている演劇誌『劇』は、

元来は新劇の評論誌で、商業演劇、古典芸能はほとんど扱わなかった。歌舞伎などもとりあげるようになったのは、去年、編集長が川瀬にかわって以来である。日本の演劇について云々《うんぬん》しようというのなら、能、狂言、歌舞伎、更には大道芸能、放浪芸能まで把握しなくてはならない、というのが川瀬の主張であった。

「浅草六丁目とは殺風景《さっぷうけい》な名前じゃないか。昭和四十一年の住居表示変更が諸悪の根元だ。そりゃあ、今あそこに建ち並んでいるのは、商事会社のビルばかりだ。コンクリートやモルタルの、まっ四角で灰色の。だからといって、『猿若町』という由緒《ゆいしょ》ある町名をな、浅草六丁目とは、何事だっていうんだ。淋《さび》しい話じゃねえか」

川瀬が酔って慨嘆したとき、田浦は、べつに深い共感は持たなかった。川瀬が出版部からうつってきてまもないころ、川瀬のなじみの飲み屋に連れて行かれたときであった。

「なあ、ママ。猿若町という町名が、どれほど由緒あるものか、イモ役人にはわからねえのよな」

地方出身者をばかにしたような口をきくが、そういう川瀬は、生まれは秋田で、大学のときに東京に出てきた。高田馬場《たかだのばば》に下宿し、現在の住まいは東村山《ひがしむらやま》で、下町とは何のかかわりもないのだが、三社祭《さんじゃまつり》だの朝顔市だのというと、浅草に出かけてゆく。

川瀬が好んで使うべらんめえ口調には、東北の訛《なま》りがあった。

田浦は東京生まれの東京育ちだが、世田谷《せたがや》の西のはずれで、下町とはあまり縁がなかった。戦後も十年ほどたってから生まれたのだから、吉原《よしわら》はもとより、浅草六区のにぎわいも知らない。

猿若町は、天保《てんぽう》十四年以来、幕末明治のはじめまで芝居町として栄えたところだと川瀬に講釈されても、はあ、とあいづちをうつだけだった。しかし、川瀬に尻を叩かれるようにして、歌舞伎座や能楽堂に足をはこび、少しずつ、歌舞伎の鮮烈な色彩や独得のエロキューションになじんできた。

そうして、今、この蠟燭の焔《ほのお》が、視界のすべてをかげろうを透《す》かして視《み》るように危《あや》うげにゆらめかせる芝居小屋が、彼の現実感覚をたよりないものにしかけていた。

どよめきが起こった。

璃紅の鯉魚の精が、宙高く舞い上がったのである。天井から下ろしたピアノ線による宙吊りである。ぶっかえった衣裳は重く水を含み、巨大な葩《はな》のように下半身を包む。

空中で見得《みえ》をきると、捕り手はいっせいに水中で逆立ちし、倒立した脚がきれいに揃《そろ》った。くるりと一転して立ち直り、舞台にかけ戻る。

哄笑して見得をきった鯉魚の精に、とび来たった一閃《いっせん》の箭《や》。首筋に深々と突っ立った。鯉魚の精は、逆落《さかお》としに宙空より落下し、水しぶきが柱となって噴き上がった。

芝居の段どりとわかっていても、田浦は、見るたびに息を呑《の》む。

観客のなかには、璃紅が失敗して落ちたと思いこんだ者もいるらしく、そこここで悲鳴がきこえた。

先に水舟で立ち廻りをみせ、腿のあたりまでの深さと、客には思わせてある。数メートルの高みからダイビングしたら、底に激突する。

「大丈夫なんでしょうか」

「まだ浮かんでこないわ」

「こんなに息がつづくわけがない。溺《おぼ》れたんじゃないのかしら」

「誰か助け上げなくていいの」

田浦のまわりで、女客たちの不安そうなささやき声が、次第に大きくなる。

璃紅は、今はもう、水舟をぬけ出して奈落《ならく》を走っているのだと、田浦は女客たちに教えて安心させてやりたい気もするが、せっかくの芝居の趣向をばらすのは心ないことなので、黙っている。

水舟は十分に深く、立ち廻りのあいだは、底の簀子《すのこ》を上げておくのである。捕り手たちが舞台に上がるとすぐに、簀子は底まで下ろされた。そうして、客席から見ると水舟は舞台前面にのみ切られているようだけれど、実は、舞台裏まで切りこんであり、水中を潜って奈落に抜けられる。水槽の奈落側の壁には梯子《はしご》もとりつけてある。

しかし、昨日、一昨日にくらべると、時間がかかりすぎているな、と田浦も思う。

水中にとびこんだ鯉魚の精は、一瞬後には、「その矢の主はこれにあり」と、揚幕《あげまく》で大音声《おんじょう》をあげ、妖魚の精を射落とした勇者滝窓志賀之助のいでたちで、花道を走り出るのである。

ずぶ濡《ぬ》れになったはずの役者が、雫《しずく》のあとも残さず、扮装を変えて立ちあらわれる。しかも、射落とされた者と射落とした者、被害者と加害者を早替わりで演じわけるのである。志賀之助が花道に登場し、それがつい今しがた水に落ちた璃紅その人と気づいた瞬間の、客の驚き、そうして歓声には、けれん芝居の醍醐味《だいごみ》をあじわった者の満足さが溢《あふ》れるのだった。

だが、けれんの妙味を発揮するためには、早替わりに要する時間は短いほど効果がある。落ちた！　その衝撃のなかに客があるうちに、意表をつく出現をせねばならぬ。

水槽から這《は》い上がるや、役者は、濡れた衣裳を脱ぎ捨て、タオルで顔や手足を拭《ふ》きながら奈落を走る。油性の化粧が水をはじくので、タオルで押さえただけで、顔は水のあとをとどめなくなる。鬘もはずす。そうして、切穴から鳥屋《とや》に抜け、揚幕のかげで志賀之助の鬘と衣裳をつけ、呼吸の乱れもみせず、「その矢の主は……」と、名乗りをあげるのである。

いくつかの仕掛けに助けられてはいる。衣裳も手早く脱げるように工夫されている。黒衣たちが早替わりに手を貸しもする。

しかし、水を吸った衣裳の重さは、大変なものである。

三日連続で、この苛酷《かこく》なけれんをつとめ、璃紅は疲れきっているのではないだろうかと、田浦は気がかりになってきた。

鯉魚の精が正体を見破られたとき、大振袖の衣裳が引き抜きで鱗模様に一変する。引き抜きには、上にかぶせてある衣裳をとり去る〈かぶせ〉と、上半身を下に垂らして裏の模様をみせる〈ぶっかえり〉の、二つのやり方がある。〈かぶせ〉は衣裳が一枚減るのだから、水中の動きはこの方がはるかに楽なのだが、姿がほっそりとやさしくなる。

ぼくは軀《からだ》が華奢《きゃしゃ》なので、少しでも大きく威厳のある鯉魚の精にみせるため、〈ぶっかえり〉にしました。師匠からも、そうするように言われましたし。

初日がはねた後、田浦は、璃紅がテレビのインタビュアーにそう答えているのを耳にしている。

しかし、大変でしょう。あれだけの高さからダイビングとなると、裸でやったって辛いところじゃないですか。

ええ。ぼくは泳ぎはとくいですし、みかけよりは馬力があるので、何とかなりましたが、重いですねえ。欲を出さないで、みてくれは貧弱になっても、かぶせにしておけばよかったと思っちゃいました。

明日から、かぶせでやりますか。

そうはいかないんです。衣裳、ぶっかえりで作ってありますから。これが一カ月公演となったら、とても保《も》ちませんけど、三日だけ、しかも一日一回の公演ですから、がんばれると思います。

璃紅は、ひっそりした声で喋《しゃべ》っていた。役者としては、少しおとなしすぎる。そのためか、輪郭のきれいな卵形の顔に切れの長い眼、いささか古風だけれど申し分ない美貌なのに、舞台の上では華麗な輝きがいまひとつ足りない、と田浦には感じられる。強引に目立ちたがる手合より、人柄としては、田浦には好ましいのだけれど。衣裳を苦しいぶっかえりにしたのも、璃紅自身の意志というより、師匠水木璃若の命令によるものではないのかと、田浦は思ったりした。

あんな高いところからとび込むということを、昔も実際にやったんですか。

ええ、記録があるそうです。宙吊りからとび込む。そのために、背も立たないほど深い水槽を作っておく。立ち廻りのときは簀子を上げる。いまの劇場、歌舞伎座にしろ国立《こくりつ》にしろ、床をコンクリートで固めちゃってありますから、いまさら水槽を作ろうといっても、できないんですよね。この瑞穂座でしかできない本水の芝居。とても意義のある仕事をやらせていただいていると思います。

――時間がかかりすぎる……。

水中にとびこんだとき、心臓発作でもおこしたのではないか。

田浦は、不安がつのってきた。

楽屋に様子を見に行ってこようか。腰を浮かしかけたとき、

「その矢の主は、これにあり」

朗々と声がひびき、揚幕がかかげられ、黒衣の差し出す面灯《つらあか》りに照らされて、滝窓志賀之助が花道に登場した。

ほっとして坐《すわ》り直しかけたが、

――違う！

田浦は愕然《がくぜん》として立ち上がろうとし、後ろの客に「見えませんよ」と肩を押さえられ、再び腰を落とした。

目をこらすまでもない。志賀之助に扮しているのは堂々とした体軀の水木璃若であった。眼鼻もくっきりと大きく、荒事《あらごと》にふさわしい風貌である。璃紅には、若さの花とたおやかな美しさがあるが、璃若はさすがに、璃紅の及びもつかない風格と大きさを備えていた。

やはり、璃紅は倒れたのだ。とっさの急場を救うために、師匠が弟子の代役に立った……。ふつうなら、あり得ないことであった。だが、瑞穂座の蠟燭芝居は、璃若にとっても思い入れの深いものである。穴はあけられない。未熟な者にまかせ、ぶざまな舞台にするよりはと、璃若は敢《あ》えて代役に立ったのだろう。

璃若は、つかつかと花道を歩む。七三《しちさん》で見得をきり、本舞台に進む。捕り手たちは退場した。

と、巨大な鯉の尾が、水面を叩き、ついで、ぬっと頭を出した。矢で射られたために、本来の姿をあらわしたのである。人の背丈ほどもある縫《ぬ》いぐるみ

の鯉である。底の簀子は、すでに上げてある。璃若の勇者も水にとびこみ、鯉をとり押さえようとする。えらに矢を立てた鯉は、するりと逃がれる。鯉の中には子役が入り、腹の部分から脚を出し、水を蹴立《けた》てて動きまわっているのだが、客には、巨大な鯉が暴れ泳いでいるようにみえる。やがて、勇者は鯉を抱きかかえ、持ち上げた。縫いぐるみのなかの子供役者は、このとき抜け出して、舞台に這い上がり、す早く袖《そで》に入った。本舞台は、御殿の庭の景から、床に波布を敷き、波の切り出しを置いた水中の景にかわっている。

勇者と鯉は格闘する。璃若の巧みなあしらいで、作りものの縫いぐるみは、あたかも生ある妖魚が死力をつくして勇者に抗《あらが》うようにみえる。璃紅の演じた鯉つかみより、豪快であった。

この鯉は、小道具の製作と貸出しを一手にひきうけている『乙桐小道具』の職人たちが工夫をこらした逸品である。黒い胴のぬめり具合といい、くねくねと跳《は》ねる動きといい、迫真力がある。昔の芝居で用いられたお化け鯉は、もっと稚拙《ちせつ》なものであったろう。

昨日も一昨日も、そうして今もまた、鯉つかみを見ながら、田浦は、あることを思い出していた。

小道具の鯉からの連想である。この鯉を作った『乙桐小道具』の四代目当主、乙桐伊兵衛が、小道具をおさめてある古い土蔵に入ったきり姿を消し、半年近くたつが、いまだに消失したままなのである。

二月、田浦が乙桐家を訪れたそのときに起きた、なまなましい事件であった。

川瀬編集長のたてた企画で、小道具ひとすじにつとめてきた『乙桐小道具』の当主の談話を田浦が聞き書きし、毎月三十枚ぐらいの記事にまとめ、一年間連載すると決まり、まず一月に、そうして、二月、二度目の談話をとりに、訪れたのである。

『乙桐小道具』の蔵には、由緒ある品々や珍しい小道具がおさめられている。それらも、毎月、写真に撮ってのせるということで、第一回めは、九代目團《だん》十郎《じゅうろう》が使った太刀を撮影した。カメラを扱うのは、やはり田浦である。

二回目は、切首《きりくび》を撮る予定であった。幕末から明治期にかけて、活人《いき》形師とうたわれた安本亀八の作った貴重な切首が、多数、乙桐の古い土蔵にはおさめられている。

当時の名優の顔を、そっくり写実的にうつしとったものが多いときいて、編集長の影響でようやく古い芝居に興味を持つようになった田浦は、期待したのだった。川瀬は、乙桐の切首なら、おれも実物を見たい、と同行したがったのだが、他の仕事に忙殺《ぼうさつ》され、つごうがつかなかった。

——おまえな、行ったらな、田之助《たのすけ》の首はアップで撮《と》ってこいよ。

——田之助ですかァ?

——気のない声出しやがって。知ってるのか、田之助。

——いまのなら知ってますが。

——ばか、安本亀八が、いまの田之助の首を作れるわけがないだろ。三代目澤村《さわむら》田之助だ。おまえ、この田之助ってのはなァ、十六歳の若さで立女形《たておやま》となり、芳沢《よしざわ》あやめ以来の名女形とうたわれたんだ。そりゃあ、田之助の少し前にも、目千両の半四郎《はんしろう》とか、いたよ。だが、田之助は特別なんだ。こう、淋《さび》しい愁《うれ》い顔で、しかも妖艶《ようえん》で、何とも、ぞくっとするような凄《すご》いやつだった。それが、二十三歳、人気の絶頂にあるときに……おまえ、脱疽《だっそ》って知ってるか。

——エノケンが、それで足を切ったんじゃなかったかな。

——そう、その脱疽だ。田之助は、足の怪我《けが》がもとで、その脱疽という業病《ごうびょう》にとりつかれて、とうとう、足を切ったんだ。ヘボンというアメリカ人の医者を知っているだろう。

——名前ぐらいは。

——歴史のおさらいをしている暇はねえや。そのヘボンが、だ、切ったんだ。右足を切って、これですむかと思ったら、脱疽ってのは怕《こわ》い病気で、こんどは左足に出た。肉や骨が腐ってゆくので、ものすごく痛いんだそうだ。それで左足を切り、更に右手首を切り、左の指を切り、その不自由な軀で、なお、見物をうっとりさせる舞台をつとめたのだ。江戸の舞台は引退したが、大坂で一花も二花も、そのからだで咲かせたんだ。明治十一年、三十四で狂い死にしている。

——狂い死にですか。

——おまえ、役者が、それも人気絶頂の、美貌の女形が、手足を失《な》くさなくちゃならなかったんだぜ。狂わずにいられるか。その田之助の首だ。これがなぜ大変なものかというと、田之助と同じころ舞台をつとめながら、田之助の没落後も活躍をつづけた九代目團十郎、五代目菊五郎《きくごろう》、初代左團次《さだんじ》、いわゆる團菊左だな、これらの役者は、写真がいろいろ残っているが、田之助のは、ほとんどないんだ。いや、二つ三つあることはあるが、できの悪い写真で、田之助の真骨頂《しんこっちょう》がまるであらわれていない。乙桐にある安本亀八作るところの田之助の首は、必ず、生前の、そのぞっとするような妖しい淋しい美貌をうつしているにちがいないんだ。しっかり撮ってこいよ。

朝から重く曇り、底冷えのする日、田浦が『乙桐小道具』を訪れると、切首をおさめた十数個の箱が、すでに座敷に並べてあった。撮影する段になり、箱から出して並べたが、一つ、足りなかった。それが、田之助の首であった。

全部出しておけといったのに、と伊兵衛は眉《まゆ》をひそめ、自分で蔵にとりに行った。午後三時ごろだった。

三十分ほど待ったがあらわれない。そのあいだ、田浦の話し相手をしていた伊兵衛の妻の久子が、みつからなくて探しているのでしょう、ちょっとみてきます、と言うので、田浦もついていった。ついでに土蔵のなかをうつさせてもらおうという心づもりもあった。

土蔵に足を踏み入れると、その広さ、薄暗さ、古さが、彼にのしかかった。何列も並ぶ棚《たな》に、大小の木箱やら葛籠《つづら》やらがおさまり、床にもそれらは積み重ねられてある。

灯りはついていた。奥まった階段を、久子は先に立ってのぼった。階段の下に、その段の形なりに戸棚や抽出《ひきだし》などが作りつけられてあるのが、田浦には珍しかった。

二階の棚の一部がぽっかり空いており、切首の箱はここから持ち出されたのだとわかる。

桐の箱が一つ残っていた。

——これが、田之助の首ですか。

ええ、と、久子はちょっと眉をひそめた。

——座敷にはこびましょうか。

——そうですね。

見せていただいてもいいですかとことわって、けんどん式の蓋《ふた》をひきぬいて開けた。女とみまがう艶《なま》めかしい妖しい首が、田浦の方に目をむけていた。ほっそりとやさしく淋しく、しかも、女そのものではなく男が扮した女なのだから、芯《しん》に強靭《きょうじん》なものがうかがえる。田浦は、しばらく見惚れていた。

そっと抱きあげ、いとおしむ手つきで髪にふれた。髪にかくれているが、後頭部のやや右よりに、くぼみがあった。

——傷がありますね。

——ええ。

——昔からですか。

——さあ、いつからですか。誰か落としたんでしょ。柔かい桐《きり》材ですから、傷がつきやすいんですね。

——もったいない。

——さあ、もう、よござんしょ。主人を探さないと。

——そうでした。四代目さんは、血圧が高いというようなことは？

——いくぶん、高めでしたかね。

——脳溢血《のういっけつ》とか、突然の心臓発作なんかで、目につきにくい場所に倒れておられたら、大変ですね。

地上三階、地下一階の土蔵のなかを探しまわったが、伊兵衛の姿はなかった。

——ゆきちがって、先に座敷に戻られたのかもしれませんね。

田浦が言うと、久子はほっとしたように、

——そう、それですよ。

と、うなずいた。

しかし、それにしては、田之助の切首をおいたままなのがおかしい。

座敷には、やはりいなかった。作業場にいる職人や、事務所にいる経理営業関係の社員に、伊兵衛をみかけなかったかとたずねた。

昔は当主と職人だけでやっていたのだそうだが、今は、株式会社組織になっている。小道具作りの職人たちも、製作部所属の肩書を持つ。

切首だの、馬、虎、仏像、食べ物などの拵《こしら》えものを縫いぐるみや張りぼてで作る小道具師。鏡台、机などの木地物を作る指物《さしもの》師。鎧《よろい》の金具だの冠だの、金属製品を作る錺職《かざりしょく》。表具師《ひょうぐし》。刀剣加工職。鎧師《よろいし》。絵師。竹細工師。塗り師。金襴の懐剣袋《かいけんぶくろ》だの緋縮緬《ひぢりめん》の笠当てだの信玄《しんげん》袋だの兜《かぶと》の錣《しころ》や脛当《すねあ》ての仕上げだのといった布製品の縫製《ほうせい》にあたる縫製係。それらの専門職人は、初日が近づくと日も夜もない忙しさになるそうで、この日も、ずいぶん忙しそうだった。


三時以降、四代目伊兵衛をみかけたという者は、一人もいなかった。

皆でもう一度、土蔵の中を隅から隅まで探しまわった。長持《ながもち》の蓋まで開けてみるものもいた。かくれん坊じゃあるまいし、と田浦は苦笑した。

いよいよ、どこにもいないとなると、職人たちは、怯《おび》えたような顔を見あわせ、何か秘密めかしてささやきあった。

五時過ぎに、伊兵衛のひとり娘の綏子《やすこ》が、出先から帰宅した。綏子には、第一回目のインタビューに訪れたとき、紹介されている。勝気で怜悧《れいり》そうな綏子の顔立ちに、田浦は惹《ひ》かれるものがあった。どこかもろそうな感じもした。

綏子の上に、男の子がいたのだが、これは、敗戦直後の混乱期に、生後わずか八カ月で死亡したということを、そのとき、きいた。綏子とは、ずいぶん年がはなれていることになる。もう子供はあきらめているところに、ひょっこり綏子が生まれたということなのだろう。伊兵衛の溺愛《できあい》ぶりは、一目で見てとれるほどだった。

父が消失したときいて、綏子は、自分の目でたしかめずにはいられないらしく、土蔵に行った。田浦は同行した。たずねたいことがあった。

蔵に入ってから、教えてほしいんですが、と切り出した。

——何でしょう。

——職人さんたちが、この土蔵で、乙桐さんの御当主が代々消失する、というようなことを話しあっていたんですが、本当ですか。

——だれが、そんなことを言っていました？

——ええ、皆さん。

——たしかめてごらんにならなかったの、職人さんたちに。

——何だか悪いような気がして。

——わたしなら悪くありませんの？

綏子は切りかえした。

——どうも……。

——そういう話は、わたしもきいているんです。

と、綏子は声をやわらげた。

——でも、信じられないわ。そんな話って……。父は、きっと急用を思い出したんですね。だって、だれも父が土蔵に入るところを見たわけじゃないんでしょ。

——それは、そうです。土蔵の鍵は開いていたし、灯りがついていたから、一度中に入られたことはたしかだと思うんですが。それに、四代目さんは、二度お目にかかっただけですが、たいそう礼儀正しい几帳面《きちょうめん》な、誠実な方という印象を持ちました。さしせまった用事を思い出し、外出なさるのなら、一言、奥さんなりぼくなりに、そうことわって出られそうなものだと思うんです。

——ええ、その点は、わたしも納得がいかないの。

——たいへん失礼なことをうかがいますが、四代目さんは、何か姿をかくさなくてはならない事情があるのでしょうか。たとえば、『乙桐小道具』が経済的にゆきづまっているとか……。

田浦は遠慮がちにたずねた。

債権者の追及を逃がれるために、伊兵衛は、一時行方をくらますことにした、そのために、土蔵にまつわる伝説を利用した、というような事態を田浦は想像したのである。もし、そういうことなら、自分は決して他言はしない、だが、実情だけは打ち明けてもらえまいか、という意味のことを、いくぶん遠まわしに言ったが、綏子は、

——会社の経営のことは、わたしにはよくわかりませんわ。そう楽ではないようですけれど、でも、極端に経営難に陥っている様子はないわ。小道具製作の技術をひきつぐ若い職人さんが不足していることの方が、大問題なくらいです。

——失礼しました。もし、経営上のことなどで、一時姿をくらます必要が生じたのだとしたら、お母さんも承知の上で協力されたのではないかと……。

——母が？

——ええ。

——母は、子供みたいな人なんです。経営状態が悪くて父が姿をかくすなどということになったら、父に協力して平然と嘘《うそ》をつくどころじゃありませんわ。母の悪口めいてお聞き苦しいでしょうけれど、母は、子供が自分の目先のことしか考えないように……。とにかく、自分中心な人ですから、父が姿をかくして、あとを母がひきうけるなんて、とても考えられませんわ。困ったことになったら、まず、自分が逃げちゃいたい人……。わたしも少し気がたっているのね。こんな、母の悪口……。忘れてください、今言ったこと。

ええ、と田浦はうなずいた。

——御当主が、代々この土蔵で消失したというのは、どんなふうな状況だったんですか。

田浦は、また、その質問を持ち出した。

——代々といっても、初代と三代目の二人だけなんですよ。二代目は、海釣りに出て、舟がひっくりかえって溺死《できし》したんですって。

——その、初代と三代目さんのこと、話してくれませんか。

——わたしだって、自分で見たわけじゃないから、

何だかはっきりしない話よ。初代のことは、お蔵に入って、そのまま消えたとしか。三代目――祖父は、田之助の切首をとりに入って……あら、いやだ……、そうなの、この首をとりに入って……。入るところは、父も見たんですって。父だけじゃない、縫製の小野さんという女の人、いまもいますけれど、その人も、見ているのよ。それっきり、出てこなかったって……。

――それは、いつごろのこと？

――敗戦の翌年だったそうよ。でもね、消えるなんて、あり得ないでしょ。こんな広い土蔵ですもの。どこかにかくれたんだと思うわ。そうして、人目につかないようにしのび出る。できないことじゃないわ。

――すると、問題は、なぜ、そんな手段をとって姿をかくしたか、ということですね。

――そうね。

――なぜだと思います。

――わからないわ。

――その、縫製の……何ていいましたっけ。

――小野さん。小野好江さん。

――その人にきいたら、もう少しくわしいことがわかるかな。

――祖父が消えたときのこと？　たいしてわからないでしょ。土蔵の前、いまは車を駐《と》めてますけれど、そこで小野さんは伸子《しんし》張《ば》りをしていたんですって。

――シンシバリ？

――わたしも見たことないけれど、昔は、今のように着物をクリーニングに出したりしないで、一々縫目をほどいて布にして洗ったんですって。洗った布を、板に張りつけて乾かしたり、その伸子張り

――布を、こうハンモックみたいに横に両端を吊ってね、あいだあいだに細い竹をわたして刺しとめるの、布が縮《ちぢ》まないように。

――よくわからないな。

――いまでも、染色なんかのとき、やるんじゃないかしら。まあ、いいわ、とにかく、その伸子張り

っていうのをやっていたの、彼女。そして、祖父が土蔵に入って行くのを見た。父と祖父が連れ立って来てね、父は小野さんとちょっと立ち話をしていて、祖父だけ入っていった。なかなか出てこないので、二人で中に様子をみにいったら、どこにもいなかった。そうして、それっきり。あとで、皆で探したけれど、いなかった。

でもね、と、綏子はすぐに言い添えた。

——べつに、不思議な消え方をしたってことじゃないのよね。たとえば、祖父は地下室に入っていたとするでしょ。二人が上にあがって探している間に外に出たって考えれば、ちっともおかしくない。ただ、初代が消えたという話がつたわっているから、祖父も土蔵で消えちゃったっていうふうに……。

——三代目さんは、そのころ、いくつぐらい？

——五十……三か四か、そのくらい。

——奥さんはいたんでしょ。

——母のこと？

——いいえ、三代目さんの奥さん。

——祖母は、敗戦の二年前か、死んだってきいたわ。結核だったって。でも、どうして？

——女のひとがからんでいるのかなって思ったんです。ぜひいっしょになりたい女の人がいた。でも、うちにいれるわけにはいかない。三代目さんは、すべてを捨てて、そのひとのもとに行った。ただ出ていったのでは、いろいろ厄介《やっかい》でしょ。それで、初代のように土蔵で消えたというふうに。そうすると、みんな、何となく納得するじゃないですか。でも、奥さんがなくなっていたのなら、そんな小細工をする必要は……。いや、相手のひとが、どうしても乙桐家に迎えいれるにはぐあいの悪いような人……外聞が悪いとか。

——ずいぶん、ロマンティックな話……。

四代目さんに、女のひとがいるかというような、たちいったことは、さすがに田浦は口にできなかった。黙って、田之助の首の入った木箱に、手を触れていた。

——父は、きっと帰ってきますわ。

綏子は、自分自身に強引に信じこませようとするふうに、強い口調で言った。

――父が、わたしに黙って姿をかくすはずがありませんもの。


しかし、いまだに、伊兵衛は消失したままである。誘拐《ゆうかい》かという説も出たが、犯人からの連絡なども、いっこうになかった。田浦の雑誌の企画は中断されたが、『乙桐小道具』は、社員、職人が力をあわせて、仕事をつづけている様子であった。


巨大な鯉は、一つ大きく跳ね、本舞台にとび上がった。実際は璃若の滝窓志賀之助が放り上げたのだが、鯉自身の動きのようにみえる。志賀之助は、鯉を追って舞台にかけ上がる。五十を過ぎた年齢を感じさせない身軽さであった。

天井から舞台に本水の雨が降り注ぎはじめた。裏を知っている田浦には、梁《はり》の上で如露《じょうろ》の水を天井の簀子越しに注ぐ裏方の苦労まで見えてしまうのだが、観客は、火明りを反射して煌《きら》めく水滴に見惚れ、光と水が作り出す夢幻のなかに遊んでいる。ときどき、黒衣が身をかがめてあらわれ蠟燭の芯《しん》を切る。その動きも、邪魔にはならない。

鯉と志賀之助の格闘は、まだつづいている。田浦は、璃紅のことが気にかかった。鯉つかみに幕切れまでつきあうより、楽屋に行って璃紅の様子を知りたいと思うのだが、枡を埋めた観客をかきわけて外に出るのは、むずかしかった。璃若に対し礼を失することにもなる、と、思いとどまった。

三日間この小屋に通いつめたのは、古風な蠟燭芝居の珍しさに惹かれたからだと思っていたが、実は、璃紅という、若い、まだ少し頼りない役者の魅力も大きかったのだと、気づいた。魅力……と呼べるのだろうか。『明烏《あけがらす》』の浦里《うらざと》が似合いの役どころと思わせるような華奢な役者が、体力を限界まで使いつくしてつとめるけれん、現実の肉体の苦痛が、化粧顔のかげに察しられるいたいたしさ、死とすれすれの危うさ、しかも、その荒わざ放れわざをやりとおしてみせる気迫、それは、やはり、一種の魅力を感じさせるのだと、田浦はうなずく。

鯉魚の眷族《けんぞく》が、ざばっと水をわけて水槽からあらわれ、舞台に居並んだ。鯉のぼりのような派手な模様の四天《よてん》の衣裳である。志賀之助にからみ、筋斗《とんぼ》を切る。主役も絡みも、火影をちりばめて降りしきる水を浴び、大立ち廻りの末、志賀之助は舞台中央の岩の上で大鯉にまたがり、とどめを刺して幕となった。

盛んな拍手がひとしきりつづく。窓の板戸が上げられ、出口も広々と開け放たれた。夏の日は長い。夕方の五時半ごろだが、外はまだ明るく、陽光が斜めにさしこむ。蠟燭を消してまわる黒衣も、緊張感から解き放たれている。「おもしろかったわよ」「御苦労さま」と、客たちが汗にまみれた黒衣や裏方に声をかける。大劇場では見られない光景だった。

出口へといそぐ人の群れにもまれながら、田浦は花道の方へ行った。舞台の裏手にある楽屋へは、いったん外に出て裏にまわるか、西桟敷《さじき》の裏にのびる役者通路を行くようになる。その通路の非常口も開けられたので、花道を突っ切って抜けようとする客もいる。そのなかに、田浦は見知った顔をみかけた。女ばかりの三人連れである。一人は、乙桐伊兵衛の妻の久子であった。久子に手をかして、花道に押し上げようとしている二十五、六の若い女は、娘の綏子だ。もう一人、花道の上に立って久子に手をのばしている初老の女にも見おぼえがあった。小道具縫製の、小野好江である。

田浦は近寄り、声をかけた。

「田浦さん、まあ」

ちょうど花道をよじのぼった久子は会釈《えしゃく》した。田浦は、花道に立ってから、あらためて挨拶《あいさつ》し、

「お帰りですか」とたずねた。

「いえ、ちょいと楽屋へ、巴屋さんに御挨拶に」

久子は今年六十二ときいたが、小柄で姿がよく、愛らしい顔立ちなので、遠目には三十代ぐらいにみえる。しかし、間近にむきあうと、瞼《まぶた》は力なく垂れ、のどの薄い皮が骨の上にたるみ、年相応の老いがあ

らわれているのが、いやでも目に入る。声が澄み、仕草があどけなく、少女がそのまま瑞々《みずみず》しさを失い萎《しお》れたというふうだ。若いころはどんなに愛くるしかったことかと、田浦は想像する。

田浦は、綏子にも会釈した。綏子の父、四代目伊兵衛が消失したその日、綏子と二人きりで土蔵で時を過した、そのことを、田浦は思い出し、心が騒いだ。綏子は田浦を異性と感じる余裕などないようだったが、田浦はそのとき、綏子を抱き寄せたい衝動を感じたのだった。あの後、田浦は何度か乙桐家に電話して様子をたずねた。警察には一応届けた。外部には、社長は旅行中ということにしてあるので、しばらく、そっとしておいてほしい、社長が失踪《しっそう》したなどということになると、社の信用にかかわるので、と言われた。干渉《かんしょう》するなと遠まわしに言われたようで、田浦は口出しは控えるようにしたのである。

小野好江とも、あのとき会っている。三代目が土蔵で消えた話を好江の口からきいたのだが、綏子からきいたことと大差なかった。

好江は、骨太で背が高い。十八の年から四十二年、『乙桐小道具』で縫製ひとすじにつとめてきたときいている。ちょうど還暦という年だ。長年前かがみになって仕事をしてきたわりには、背すじがしゃっきりとのびている。田浦がそう言うと、芸事が好きで、日舞できたえたからでしょうと、小野好江は言ったのだった。肌は磨《みが》いた古木のような褐色《かっしょく》で、女にしては濃すぎる眉の下の瞼は、やはり皺《しわ》が深かった。

「その後、四代目さんは?」

連れ立って桟敷裏の通路を行きながら、田浦が訊《き》くと、

「まだ……」

と、久子は首を振った。

「ご心配ですね」

「ええ。でも、このひとがいますから」

久子は娘の肩に、すがるように手をかけて言う。綏子は唇をひきしめた固い表情だった。甘えかかってくる母親の手をよけたいのをこらえている、とい

うふうにもみえた。

伊兵衛失踪の話題をつづけるには、場所がふさわしくない。

「田浦さんも楽屋へ？」久子は、ちょっと首をかしげて訊く。

「ええ。璃紅が、鯉つかみに出なかったでしょう。気になって」

「璃紅も疲れたんでしょうね。大変なお役だもの」

「奥さんも璃紅さんのところへ？」

「いいえ、巴屋さんにご挨拶を」

楽屋前の狭い廊下はごった返し、「お疲れさん」の声がゆきかう。昔のままをうつした小屋といっても、現代の快適な冷暖房に慣れた観客や役者のために、クーラーを備えつけてはあるのだが、セントラル方式ではないので、廊下は冷風がかよわず蒸し暑い上に、汗と化粧のにおいがこもって息苦しいほどだ。

「好江さん、あんたは丈ちゃんといっしょに帰るの？」

「いいえ、もう親といっしょになんて」

「好江さんの息子は、上にいるんですよ」

久子は田浦に教えた。

「二階？　照明さんでも？」

「いいえ。鯉つかみの四天に出ていましたんです」好江が答えた。

二階には大部屋がある。幹部役者の使う部屋は一階に並んでいる。

「小野さんの息子さんも、役者さんなんですか」

「どうぞよろしくお引きたてください。水木辰弥の名で出ております。本名は丈太郎というんですが」

「ジョータローさん。城という字を書いた？」

「いえ、一丈二尺の丈です」

四天に出たというのでは、大部屋役者なのだろう。

「璃紅の部屋は、そこよ」

綏子がはじめて田浦に話しかけた。

知っています、と田浦はうなずいた。初日に一度顔を出している。璃紅は大劇場ならまだ数人の相部屋を使う身分だが、今回は特に一人部屋を与えられていた。

　久子たちは廊下の突き当たりにある璃若の部屋に入って行き、田浦は璃紅の楽屋ののれんをかかげて、「失礼します」と声をかけた。返事がないのでのぞきこんでみた。だれもいない。

　通りかかった座方《ざかた》の男に、

「璃紅さんは?」

　と訊くと、相手は、ちょっと……と口をにごして通りすぎようとする。

「急病ですか。鯉つかみの志賀之助を巴屋さんがかわられたようですが」

「ええ。まあ……」

「いま、どこに?　病院ですか」

「さあ、私は……」

　座方の男は、それ以上の質問を避けるように、足早に去った。

　何か外部に洩《も》らしたくない事情でも生じたのか。胸騒ぎをおぼえたとき、廊下突き当たりの璃若の楽屋から、久子たちがいそぎ足に出てくるのがみえた。

「奥さん、璃紅さんは部屋にいないんですが」

「巴屋もなのよ。何か事故があったらしいんだけど、だれも、はっきりしたことは言わないんですよ。ああ、丈ちゃん」

　通りかかった男に、久子は声をかけた。

「何かあったの?　巴屋さんに挨拶していこうと思ったら、楽屋にいた若いのが、旦那《だんな》は奈落に、と言いかけて口をつぐんじゃったんだけど」

「彼が、好江さんの息子」

　と、綏子が田浦にささやいた。

　肌の浅黒さと濃い眉が、好江によく似ている。素顔で、衣裳もシャツとズボンに着替えているから、教えられなければ役者とは気づかないところだった。

　言われてみると、そう、鯉の四天のなかに、たしかにこの顔があったと思いあたる。舞台化粧をした顔は素顔と結びつきにくいのだけれど、鯉の四天は、捕り手などと同様、主役をひきたてるため、素顔で出る。十数人のからみのなかで、鮮《あざ》やかな筋斗《とんぼ》が印象に残ったのが、この眉の濃い若い役者だった。一人、きわだった気迫を、彼はこの役者から感じたのである。

役者は舞台の上で、何か憑依《ひょうい》状態のような凄《すさ》まじい輝きをみせる瞬間があるものだが、からみの筋斗にそれを感じたのは、意外だった。主役を食うのは、からみとしてはほめられたことではないのだ。

「ええ、ちょっと……」と口ごもった丈太郎は、舞台でみせた精悍《せいかん》な耀《かがや》きが消え去っていた。

「璃紅さんに何かあったんですか」

田浦は横から声をかけた。

「ええ……」

「『劇』の編集者の田浦さん」

綏子がひきあわせた。

と丈太郎は芸名を名乗った。

「どうも。辰弥です」

「璃紅さん、部屋にいないようですが、とび込みのときに、怪我でも?」

「巴屋が奈落に下りているって?」

久子が言う。

「丈太、何があったんだい」

小野好江がうながした。

「ええ……。あまり騒ぎになると困るんだけど」

ここは通り道で人の邪魔になるからと、丈太郎は四人を隅にひっぱってゆき、

「璃紅さんが溶けちゃったんですよ」

と言った。

「何をふざけているんだよ」

叱《しか》りつけるように好江が言う。

「溶けた？　水槽でですか」

「ええ。といっても、ぼくはそのとき奈落にいなかったので、直接は見ていないんですが、ほかの者がそう言っているんですよ」

「ほかの人といいますと?」

「璃紅さんが水から上がって早替わりするのに手を貸さなくてはならないから、四天で出る者や黒衣なんかが、そう、七、八人は奈落にいましたかね。鯉魚の精が宙吊りからとびこみますでしょ。底をくぐって梯子をのぼってくる。待っている方は、それを

ひきずり上げてやるわけです。ところが、とびこんだ気配はわかったが、待てど暮らせど、璃紅さんの姿が浮かんでこない」

「溺れたんだよ。溶けたなんて。さっさと救い上げなかったのかい」

「ああ、兄さん」

　通りすぎようとする二人連れの男を、丈太郎は呼びとめた。兄さんと呼んだが、兄弟というわけではなく、同じ大部屋の役者たちらしい。

「おふくろたちに説明してやってくださいよ。璃紅さんが溶けちゃった状況。ぼくはあのとき、芯切りしていて、奈落にはいなかったので。先輩の笹三《ささぞう》兄さんと喜世松《きよまつ》兄さんです」

「『乙桐小道具』の奥さんでいらっしゃいますね」

と、笹三とひきあわされた役者が小腰をかがめた。

「それから、お嬢さんと、『劇』って雑誌あるでしょ、その編集者の……」丈太郎がつまったので、田浦は名刺を渡した。

「はじめまして。どうも、おかしな話なんですの。あなた方、客席でごらんになっていたんでしょ。璃紅さんの鯉魚の精、宙吊りからとびこみましたでしょ」

　すらりと背の高い笹三は、ものやわらかい声で問いかける。

「ええ」

「わたしたち、奈落で待ち受けていたんですが、上がって来ませんのね。そうそう息がつづきやしない。疲れていましたからね、璃紅さん。水の底で失神しちまったのではないかと、二、三人、水に入ろうとしたんです。そうしたら、すーっと浮いてくるのがみえた。梯子にすがる力もないのか、また沈んでゆく。それで、泳ぎの達者なのが、三、四人、助けにとびこんだんです」

　笹三の話には、身ぶり手ぶりが混る。

「あなたも?」

「いいえ、わたしは、溺れかけているのに抱きつかれたら、とても自信ありませんから、外で。水に入ったのは、この人」

「ええ。わたしね、とびこんで抱きかかえたんです。そうしたら……」

丸顔でころころと小ぶとりの喜世松は、泣き笑いのような顔になった。「そしたら、なかみが、あなた、ないんですよ」

二人は、その話はさんざん他人にきかせたとみえ、間のとり方も決まった語り口であった。

「抱いた衣裳が……からっぽ。脱いだんだな。すぐ、そう思いました。重くて苦しくて、着たままでは身動きがとれなくなるから、脱いだんだ。そう判断して、いったん浮き上がり、息をいっぱい吸いこんで、また、もぐりました。水の中を探したんです。溺れて沈んでいるにちがいないと」

「璃紅さん、身軽な裸になって、一人で水槽から上がったということではないんですか」

「いいえ、その点は、わたしたちがよく見ていました」

笹三が大きくうなずいて言う。

「何度も、もぐって探したんですけど」

「いなかった?」

「そうなんです」

「外ではわたしたちが、指の先でも見えたらひっぱり上げようと待ちかまえているのに、あらわれないんですよねえ」

「そうこうするうちに、時間がたちますでしょ。このままじゃ、舞台に穴があいちまう。しかたないから、このひとが師匠のところに御注進に行きましてね。師匠は、いつもは袖で舞台を見ているんですが、このときは、お客さんで楽屋にいたんです」

「ええ、御注進に及んだのは、わたしなんですけど」と、笹三が、「璃紅さんが溶けちまいました。ばかッ、てどなられましたよ。とにかく、よく探せ。溺れたのに違いない。志賀之助は、おれがやる! ってね。師匠、ぱっと裸になって、化粧の手早いこと。それから鳥屋《とや》に走る。早替わりの衣裳と鬘が鳥屋に用意してあります。さすがに堂々と、乱れはみせずに登場したから、たいがいのお客さんには、ぼろはみせずにすんだと思いますけれど」

「でも、昨日、一昨日も見ている方は、おかしいなと思ったでしょうね。鯉魚の精と志賀之助の二役を璃紅がやるって、プログラムにもしるしてあるし、あの早替わりが、見せ場なんだから」

「奈落じゃ、大騒ぎですよ。裏方だの、座方の泳ぎのうまいのだの、大勢でもぐって、隅から隅まで探したそうです。わたしたち、四天で舞台に出ていましたから、あれですけど。でも、いなかったんです」

「あの……客席から見て、どうでした。宙吊りになった鯉魚の精、たしかに、顔や軀はありました？衣裳だけなんてことは」

「顔も軀も、ありましたよ」

我ながらおかしな答えだ。田浦は思わず苦笑してしまった。

「溶けたのでなければ、テレポートだ」

丸顔の喜世松は、SF好きらしい。

「璃紅がエスパー？」

「まじめな話をしておくれよ」小野好江が声を荒らげた。

「裸になって、脱出した。それ以外に考えられませんね」

田浦は、冷静に言った。

「奈落って、暗いんでしょう。見落としたんじゃありませんか」

「暗いことは暗いですけどね。でも、大勢の人間が、水の中にも外にもいたわけです。これだけの人間の目をくらますなんて」

「裸で水槽を出てきたら、皆、わかりますよ。ぼんやり待っていたわけじゃない。待ちかまえていたんです」

「万一、璃紅さんが裸で水槽を出るのに誰も気づかなかったというようなことがあったとして、ですよ。いったい、何のために、その後姿をくらましたんです。どこへ行っちまったんです、水木璃紅は」

喜世松は、田浦にくってかかるように言った。

奈落にいた人々が、皆で口裏をあわせて偽証していたとしたら……。ふと、田浦はそう思った。

璃紅は、大部屋の役者たちに嫉《ねた》まれたり憎まれていたということはないのだろうか。

この世界は、門閥《もんばつ》の世襲制度によって、名跡も芸も伝承される。大名題《おおなだい》の御曹司《おんぞうし》ならば、幼いときから手とり足とり芸を叩きこまれる上に、黙っていてもよい役は天下《あまくだ》り的に与えられる。よほどの鈍物でなければ、いやでもひとかどの役者に育つし、天分のある者なら、開花の機会は十分にある。しかし、名門と縁のない大部屋は、近ごろは試験に合格すれば名題昇進の道は開かれているとはいっても、主要な役は大幹部とその御曹司たちで占められ、一生かかっても華々しい脚光を浴びることはない。

璃紅は、血筋からいえば歌舞伎の世界の外の者なのに、水木璃若の部屋子となり、芸養子の話も出ている。『部屋子』は、養子制度とともに、血族で固められた城砦《じょうさい》のなかに、外部の者が入りこめる小さい通路であった。江戸時代から設けられている制度で、門閥の役者が、これと思う者をひきとり、自分の楽屋にあずかって薫育《くんいく》する。役にも恵まれ、出世が早い。素質を認められれば芸養子の道もひらかれている。

地方の小舞台、短期の実験的な公演ではあるけれど、その実験性のゆえに、今回の舞台はマスコミの話題になり、璃紅もクローズアップされている。楽屋うちでの風当たりは強いのではあるまいか。

奈落の薄闇《うすやみ》で、水からひき上げられるどころか、梯子を上がってくるところを突き落とされ、頭を押さえつけられている璃紅の姿が浮かんだが、田浦は、この想像を捨てた。大部屋の役者たちを、彼は好きだった。恵まれない場所におかれながら、主役をひきたてるために、骨身を削《けず》り、ときには危険な荒わざにも挑む。芝居の花は、彼らによってささえられている。それに、内気でおとなしい璃紅が、人の恨《うら》みを買うとも思えないのだった。大抜擢《ばってき》されたといっても、彼が璃若の部屋子である以上、当然のことなのであって、大部屋の仲間の一人が突然脚光を浴びたというのとはちがうのだ。もっとも、璃紅の性格については、田浦は知悉《ちしつ》しているわけではなかった。初日に楽屋で会ったときの印象だけなのである。

彼には見せぬ顔を、璃紅は持っているのかもしれないけれど……。

もし、璃紅を溺死させたとしても、役者たちは、何も死体をかくす必要はないのだ。体力がつきて溺れた。救助したけれどまにあわなかった。それでとおるのだ。溶けたのテレポートしたのと、ばかばかしい作り話をすることはない。

「いま、水槽の水を抜いているはずです。わたしたちも見に行こうと思って」

「ああ、それで巴屋さんも心配して奈落に？」

「ええ。まさか、沈んでいるなんてことはないと思うんですけどねえ。水を技いたら璃紅さんの溺死体があらわれたなんてことになったら、わたしたちの責任問題だ」

「暗いから、見落としたかなあ。自信なくなってきた」

「いやなことを言わないで。そしたら、助かるところをみすみす溺れさせちゃったってことになるじゃないの」

話しているうちに不安がつのってきたようで、役者たちは、あわただしく舞台裏の切穴の方に足をむける。田浦たちも、それにつづいた。

「水槽には、抜け穴のようなものはないんですか」

歩きながら田浦は訊いた。

「排水口は、もちろんあります。でも、栓がしまっているのだし、このくらいの大きさですよ」丈太郎が両手の指で輪を作ってみせた。「児雷也《じらいや》だって、こんなのを抜ける妖術は使えない」

切穴から奈落に下りる。湿気のこもったにおいが鼻をつく。

柱や桁《けた》が並び、弱々しい豆電灯が、水槽のまわりに群がる人々を照らしている。土の床の上に敷かれた簀子板はびっしょり濡れている。田浦は、ちょっと失礼と人をかきわけ、水槽のへりまで進んだ。減ってゆく水を見下ろしている人々のなかに、璃若と頭取の笠井がいた。

璃若とは、この公演の企画の段階でインタビューし、初日にも楽屋に挨拶にいっている。田浦がそっと声をかけると、璃若は目顔で挨拶をかえした。

昏《くら》い水は音をたて渦を巻いて、排水口に吸いこまれている最中であった。すでに二メートルほど壁面があらわれている。

「いやだわねえ」

久子は大きく身ぶるいした。

「もし、璃紅の溺死体なんぞあらわれたら、わたし、気絶しちまうよ」

そう言って、うわずった笑い声をたてた。

大型の懐中電灯をさしのべて、座方や裏方の男たちが水槽のなかを照らしている。

他の者は、水べりにひしめき寄って身をのり出し、息をこらして、減ってゆく水を見守っている。

切穴から座方の者が首を突き出して下をのぞき、

「『乙桐小道具』の奥さん、こっちにおられますか。お宅から電話が入っています」

と、どなった。

「何だねえ、こんなときに」

捨てぜりふのように呟いて久子は切穴に通じる梯子をのぼっていった。

懐中電灯の光の輪は、浅くなった水を照らし、底がみえてきた。光はいそがしく動きまわり、つぶさに底を舐《な》める。いくつもの光が交錯《こうさく》する。

人の姿どころか、ただ一つの遺留品をのぞいては、塵《ちり》っぱすらないと見きわめても、なお、未練げに光は水槽の底でたゆたっていた。

ただ一つ遺《のこ》されたものは、鯉魚の精の首すじに突っ立った矢である。これは俗に『なべづる』と呼ばれる仕掛けのあるもので、中央の一部が、首にはまるように湾曲している。射られる者がかくし持っていて、きっかけをみはからってなべづるの部分を首にはめると、矢が貫いたように、客席からはみえる。

けたたましい声が、切穴の上からひびいた。

「乙桐さんのお連れの方、どなたかいませんか」

「はい」と綏子が切穴の方に行く。田浦も後を追った。小野好江が、「何でしょう」とついてきた。

「奥さんが、電話の途中で、脳貧血だと思うんですが、倒れられて」

電話のある事務室の方に案内しながら、座方の男はせきこんで告げた。

事務室のソファに久子はぐったりと横になり、座方の一人が途方にくれたように受話器を持っている。

「ああ、よかった。どなたか、電話に出てください。まだ、切れていないんです」

綏子は母のそばにしゃがみこんで介抱《かいほう》している。

小野好江がかわって出るものと田浦は思ったが、好江は、お願いしますという目を田浦にむけた。

「電話かわりました」

「失礼ですが、あなたは？」

電話のむこうの声は、男である。

「乙桐さんの連れの者ですが」

田浦は答えた。

「奥さん、大丈夫でしょうか」

男は、久子が倒れたことを座方に教えられたのだろう。

「ええ、ちょっとした脳貧血のようです」

「お嬢さんは、そこには」

「おられますよ。かわりましょうか」

「お願いします」

男の声は切迫している。

電話の途中で久子が倒れたというのは、何かよほどショックを受けるようなことをきかされたのだ。綏子もまた衝撃を受けるのではないか。綏子は久子より気丈そうにはみえるが。

「ぼくではいけませんか」

「どなたさまでしょう」

「田浦といいます」

「田浦さん。あの……『劇』の編集者の」

「そうです」

「失礼しました。私、『乙桐』の徳田《とくだ》です。こちらにみえたとき、一度、お目にかかっています」

「ああ、徳田さん。製作部長さんでしたね」

「はあ、その節は。いえ、ご挨拶は抜きにして、お嬢さんをお願いします」

田浦はふりかえって、綏子に受話器をわたした。

「もしもし、綏子です。ああ、徳田さん。どうしたの」

「えッ」と綏子は息をのみ、しゃがみこみそうになった。田浦はうしろから肩を抱いてささえた。

「どうしたんですか。何ですか」

と小野好江が横でさわぎたてる。

「嘘でしょう。嘘……。わかったわ。すぐ帰ります。え！　警察？」

久子が起き直り、わたしが出るよ、と、よろめきながら電話口に出た。

「ああ、これから帰るからね、とにかく座敷に蒲団《ふとん》を敷いて。ばかだね。わたしのじゃないよ。床にころがしたままというわけにはいかないじゃないか。とにかく、帰ってね、それからのことだよ。いいかい、騒ぎたてるんじゃないよ。どんな事情があったのかわからないんだから」

電話を切ると、ああ、いやだ、いやだ、と久子は顔を両手でおさえてしゃがみこんだ。

「どうしたんです」

茫然《ぼうぜん》と立ちすくんでいる綏子に、田浦は、はげますように声をかけた。

「芳っちゃんが……うちの土蔵に……」

「ヨッちゃん？」

「璃紅です。水木璃紅」

「璃紅さんが、土蔵にいるんですか」

「死んで」と、綏子は、つけ加えた。

「首を吊って……。自殺しているって……」

＊

「すぐに璃紅さんの家のほうに連絡しろ」

異変を知らされた頭取の笠井は、座方の者に命じた。

皆は奈落をひきあげ、一部の者は事務室に集まっていた。田浦もそのなかにいた。

「いや、わたしの口から言おう」と、璃若が、「璃紅の家族といったら、母親が一人いるだけだ」

かたわらにいる丈太郎に、

「璃紅のところに電話をいれてくれ。お香《きょう》さんが出たら、わたしがかわるから」

「今日は、こちらにみえなかったんですかね」と、頭取が、「初日、二日と、店を休んで、こちらに来ていたでしょう。昨日、帰りしなに、明日も来ますからよろしくと、わたしに声をかけていったんですが」

「来ていたら、わたしが璃紅のかわりに鯉つかみに出た時に、璃紅の身に何かあったと気づいて、楽屋にとんできそうなものじゃないか。まさか、こんなこととは思うまいが、少なくとも、急病とか怪我とか、思うはずだ。顔をみせないということは、今日は何か都合で来られなかったのだろうよ」

「何てことだろうねえ」

久子は、長椅子《ながいす》にぐったり軀を投げ出したまま、つぶやいた。

「乙桐さん、車で帰ったらいい。電車で坐れなかったらつらいだろう」

と水木璃若が言った。

「タクシーですか。ここから東京までとなったら、車代が……」

小野好江が首をふった。

「奥さんだけなら、わたしの車に乗ってもらうんだが、綏子さんとあんた、三人となると、ちょっと無理だな。笠井さん、劇場《こや》の車を、乙桐さんに出してあげてくれよ。座方の誰かに運転させてさ。かまわないだろう。奥さん、わたしも、お宅の方に行くよ。璃紅が妙な死にかたをしたとあっては、放ってはおけない」

「すみませんねえ。わたし、怕《こわ》くて」

久子は、蒼《あお》ざめて慄《ふる》えていた。

「何も怕がることはないが。だが、お宅の土蔵でねえ」

丈太郎が受話器を耳にあてたまま、

「璃紅さんのお母さん、外出中のようです。ベルは鳴っているんですが、だれも出ません」

「それじゃ、『ふみ香』の方に電話してみろ。店に出ているのかも」

「今日は日曜日でしょ。『ふみ香』は休みじゃありませんか」

わきから笹三が言った。

「ああ、日曜は休みだったな、あの店は。念のために、店にもかけてみろ。『ふみ香』が休みだったら、ほかの心あたりを、かたっぱしからあたってみてくれ」

「乙桐さんにおいでになるのでしたら、私もごいっしょさせていただけませんでしょうか」

田浦は、丁寧に、熱をこめて璃若に頼みこんだ。

「あんたが？　雑誌の記事などにしてほしくないいんだが」

「いえ。そんなつもりではありません」

まるで考えてもいないことだった。

水木璃若は田浦をみつめ、

「いいだろう」と、うなずいた。

「徳田さんは、日曜なのに出勤しておられたんですか」

田浦は、小野好江にたずねた。久子はぐったりしていて、答えられそうもない。

小野好江の方は、異常なできごとに昂奮《こうふん》しているようで、饒舌《じょうぜつ》だった。

「踊りの方のものを頼まれていましてね。若月紫津江さんの新作発表会で。小道具、うちにあるものも使いますけれど、新しく作らなくてはならないものもいろいろあって、日にちに余裕がないものですから、今日も三、四人、職人が出てきているはずです。サラリーマン根性じゃありませんからね、うちは。徳田さんも、その関係で日曜出勤です」

劇場《こや》の車に久子たち三人が乗りこみ発進すると、璃若の車がつづいた。六人乗りの高級車で、笹三が運転し、丈太郎、喜世松の二人が助手席に少し窮屈《きゅうくつ》そうに坐り、璃若は、自分の隣りに田浦をゆったり腰かけさせた。

「璃紅さんのお母さんは、何かお店で働いておられるのですか」

車が走り出してから、田浦はたずねた。

喜世松がふりむき、

「銀座でスナックをやっているんです。四丁目ですけど、裏手の露地の小さい店で、女の子を一人使ってやっているんですって」

「みっちゃん、あれ、女の子か」

笹三が口を出す。

「いいかげん、ばばあだぜ」

「わたし、知らないもの。『ふみ香』へは行ったことがない。兄さん、行ったことがあるの」

「一度か二度」

「璃紅さんのお父さんは、なくなられたんですか」

田浦がそう訊くと、答えがかえるのに、少し間があいた。悪いことを訊いたかと、田浦は思った。

「璃紅の母親の香子《きょうこ》というのは、もと、深川《ふかがわ》から芸妓で出ていたのだ」

と璃若は言い、それ以上の説明はつけ加えなかった。

「ほんまに、けったいなこっちゃなあ」

喜世松が、空気をやわらげるつもりか、大阪弁を使った。

「手賀沼の芝居小屋の水槽で溶け消えた役者が、浅草花川戸の小道具蔵で自殺した。鶴屋《つるや》南北《なんぼく》だって考えつかないけれんやな」

たしかに、とんでもなく奇妙なことではあるけれど、何か合理的な説明がつくはずだと、田浦は思う。

まず考えられるのは、璃紅が水槽を出るのを奈落にいた誰もが見逃がした、という場合である。

璃紅は疲れきっていた。

水底で溺れそうになり、夢中で重い衣裳を脱ぐ。早替わりの便利のため、脱ぎやすいようにあの衣裳は工夫されているということだった。必死で浮かび上がり、水槽を出る。見逃がすはずはないと皆は口をあわせていたが、あの暗い奈落である。皆は璃紅が裸になるなどとは予想もしていないから、華麗な鱗模様の衣裳ばかりを追い求めていたはずである。衣裳のなかみがもぬけのからと知って慌《あわ》てて水槽のなかを探しはじめたときは、璃紅はすでに、外に出ていた。

梯子を上がれば、当然、皆の目につくが、梯子を使わず隅の方から這い上がれば、誰も気がつかないということはあり得るのではないだろうか。……いや、いくら暗いといっても……。

意図的に脱出しようというのなら、きわめて発覚率の高いやり方である。しかし、璃紅は極度の疲労から、ほとんど意識喪失状態になっていた。たまたま、だれにも見咎《みとが》められず脱《ぬ》け出るという状況ができあがってしまった。

それから、璃紅は、どうしたのか。なぜ、だれにも声もかけず、姿をくらましたのか。

夢遊病のような状態で、ふらふらと、楽屋にでも入りこみ……はっと気がついたとき、舞台に穴をあけた、と、愕然とした。志賀之助への早替わりは、もう、まにあわない。小心そうな璃紅である。師匠の怒りも恐ろしい。大役をしくじった恥ずかしさに、いたたまれない。小屋を逃げ出し、……車に乗ったか、電車か、逃げ戻り、土蔵に閉じこもって自殺した……。

鯉魚の精が水槽にとびこんだのは、あとで時間をたしかめなくてはならないが、志賀之助と大鯉との立ち廻りに要した時間から逆算して、五時ぐらいではなかったろうか。打ち出しが五時半である。そのあと、大部屋に話をききにいったり、奈落に下りたりして、電話がかかるまでに、三十分ぐらいはたっている。璃紅は、水槽で姿を消し、瞬間的に土蔵に出現したわけではない。手賀沼から花川戸まで移動する時間は、十分にあったのだ。

疑問は、むしろ、逆上して自殺を思いつめた璃紅が、なぜ、あの土蔵を死場所に選んだのかということだ。

人目につきにくいという点では、たしかに、自殺にふさわしい場所ではあるけれど、乙桐家にしたら、迷惑な話だ。

璃若にしても、辛いことだろう。愛弟子の自殺というだけでも、ショックなところへ、もし、いまおれが考えたような事情であれば、苛酷なけれんをやらせた、自殺にまで追いつめるような精神的な圧迫を日頃与えていたと、世間は璃若を非難するのではあるまいか。

なぜ、乙桐さんの土蔵で……という疑問を、田浦は、璃若の前で口にするのを控えた。

璃若は腕を組み、目を閉じていた。さっきは気が立っていたのだろう、てきぱきと弟子たちに指図していたが、車に乗ると同時に、心身の疲労があらわれたようであった。

田浦たちの車は、久子たちの車と前後しながら、水戸《みと》街道を南下し、途中、璃紅の家に寄るために、久子たちの車とわかれ、東向島《ひがしむこうじま》で右折した。

入り組んだ露地に、璃若の大型車は入れず、露地の入口で喜世松と丈太郎は下りた。

二人は露地奥に入って行き、車はそのまま待っていると、ほどなく喜世松が駆け戻ってきて、留守のようだと告げた。

「困ったものだな。おまえたち、家の前で待っていて、お香が帰ってきたら、すぐ、タクシーで乙桐にいっしょに来い」

車は再び走り出した。瑞穂座からは一時間近い道のりだが、ここから花川戸までは、つい目と鼻の先である。

『乙桐小道具』は、道路に面した四階建てのビルの一、二階が事務所になっている。

製作部長の徳田が、皆を出迎え、

「どうも、御苦労さまでございます」

璃若に深々と頭をさげた。ずんぐりと背が低く、頭のてっぺんが薄くなりかかっている。いかにも実直そうな五十がらみの男であった。

「こちらも、御迷惑なことだったな。奥さんたちは、もう着いたかい」

「はい、それが、奥さんは、あの、璃紅さんの何を見ると、気分が悪くなって、座敷の次《つぎ》の間《ま》でおやすみです」

「そうかい。そりゃあいけないな。まあ、とりあえず、璃紅に会わせてもらおうか」

「はい、一応、座敷に。こちらです」

「徳田さん、しばらくです」と、田浦は声をかけた。

「ああ、田浦さん、どうも。うちの奥さんたちと、劇場《こや》でお会いになったそうで」

「ええ。璃紅さんの今度の舞台は三日間通しでみせてもらっていたし、なくなった場所があの土蔵ということで、何だか、ひとごとのような気がしなくて、お伴《とも》してきてしまいました。で、警察へは?」

「いえ、それが、奥さんがそんなわけで寝込んでしまいましたんで、もう少し気分がよくなってからの方がいいかと。巴屋さんにも御相談してと思いまして」

「警察沙汰《ざた》にするのかね」

璃若は咎めるように、

「殺されたんじゃあない、自殺だろう。警察を呼ぶすじゃあない」

「いえ、変死の場合は、自殺でも事故でも、警察に届けなくてはいけないんです」

田浦は言った。

「厄介なことだな。できれば、そっと葬《ほうむ》ってやりたいのに」

事務所のあるビルの裏に、和風の建物がつづく。来客用の落ちついた座敷もここにある。田浦が伊兵衛にインタビューした際にもとおされた部屋である。

十畳と八畳の和室が二間《ふたま》並び、磨きこまれた広縁がその前にある。座敷の裏にも、水屋や納戸《なんど》、小部屋などがあり、仕事場の棟が廊下の先にのびている。

座敷の前は手入れのゆきとどいた庭園で、ごく狭いのだが、植え込みや築山の配置で、実際より広く感じられる。植え込みのむこうに二棟の倉庫があり、そのむこうに建つ土蔵は座敷からはみえない。

十畳の和室に蒲団を敷いて、璃紅の遺体は横たえられ、上掛けがかかっていた。顔は白布でおおわれていた。枕元に線香の煙が細々と立ちのぼり、裾の方に綏子と職人が三人控えていた。

伊兵衛にインタビューに来た最初のときに、作業場もみせてもらい、職人たちにもひきあわされた。全部の名と顔はおぼえきれなかったが、ここにいる三人の顔は見おぼえがあった。

白髪の頭を五分《ごぶ》刈《が》りにした小柄な痩《や》せた男は葛原。赫《あか》ら顔の血圧の高そうな男、年は五十二、三なのが、池田。もう一人、二十代の終わりか三十そこそこにみえる若い男は、矢沢とか矢島とかいったと思う。

次の間との境の襖《ふすま》越しに、

「まあ、巴屋さん、ごめんなさいましよ。いま、大変なかっこうで。ちょっと着替えて御挨拶に出ますから」久子の声であった。

「いいよ、いいよ、お久さん。どんなかっこうか知らないが、寝ていなさい。わたしは、璃紅に線香を」

そう言いながら白布をとった璃若は、うっと声をつまらせた。

璃紅は、舞台化粧のままで、のどに、無惨な索溝が深く残っていた。浴衣《ゆかた》の楽屋着の衿《えり》が上掛けのはしからのぞいていた。

「何てことを……」

「土蔵の階段の手摺《てすり》に紐《ひも》をかけて……」と、徳田が、

「その紐が切れて……。ずいぶん高いところから、落ちて」

「あなたが、みつけなさった？」

「いえ、この池田です」

「へい」と赫ら顔の職人は身をかがめ、「もう、驚きやした。こっちが卒中《そっちゅう》でもおこすところでやしたよ。床に人が倒れてましたんで……。しかも、頭から血が流れている。悲鳴をあげて蔵からとび出しまして。だらしのねえ話ですが、突然だったもんで。それから、徳田部長さんだの、この葛原だの、矢沢だのといっしょに、蔵に引き返したんでさ」

「首に紐がかかっているのに、わたしが気がつきまして」と、徳田が、「その紐が、このくらいでちょん切れている。おかしいなってんで、よくよく見廻しましたら、階段の手摺に残りの紐が……。あれをみつけたのは、市郎《いちろう》だったな」

「おれです」と、若い職人がうなずいた。

「縊死《いし》をはかったところ、紐が切れて落ちたというわけですか」田浦は口をはさんだ。

「紐は、どうしました？」

「とりましたよ。いつまでも、首に紐をくいこませとくなんて、むごいじゃありませんか」

田浦に咎められたと思ったのか、池田が少しつっかかるふうに言った。

「こいつが」と、徳田が若い矢沢市郎を指し、「テ

レビの刑事物なんかよく見るせいですか、紐はほどかないで、結び目をそのままにして、ほかのところを鋏《はさみ》で断ち切るようにした方がいいなどと」

「それは賢明でしたね」

「手摺に結んである方は、そのままにしてあります」

矢沢市郎は、言った。

「警察が調べに来たとき、その方がいいと思って」

「よく気がつきましたね」

「でも、田浦さん、自殺なのに警察がそんなことまでしらべるのかね」

璃若がいくらか不愉快そうに言った。

「それは、一通り調べると思いますよ」

「まさか、解剖などはせんのだろう」

「いえ、やると思います」

「自殺でもか」

「ええ。変死の場合は、規則として」

「こりゃあ、めったに自殺もできねえわえ」

と、笹三が声色《こわいろ》めいた口調になった。

縊死と絞殺では索溝の状態がちがうという知識ぐらいは、田浦も持っていたが、素人《しろうと》の眼で、もちろん、みわけはつかなかった。だが、紐が切れて墜落《ついらく》していたということに、田浦は、ちょっとひっかかった。頭を殴打《おうだ》して失神させ、それから縊死をよそおわせ、紐が自然に切れたふうに細工して切る。頭の傷は墜落したときのそれにまぎれる。

そんな偽装もできないことはないなと、思ったのである。

襖が開いて、久子が顔をのぞかせた。縮《ちぢみ》の単衣《ひとえ》に半幅帯をしめたかっこうに着替えていた。

「ごめんなさいましよ、巴屋さん。何しろ、襦袢《じゅばん》に伊達巻《だてまき》で横になってましたんですから御前《ごぜん》に出られやしません」

「姫御前《ひめごぜ》のあられもない」

「いやですよ。何が姫御前ですか」

と、久子は唇のはしにそらせた指をあてた。年に似合わないあどけない仕草が、不自然ではなかった。

久子のうしろには小野好江がひかえていた。

「警察に連絡しなくちゃいけないそうだよ」

「ええ、徳田もそんなことを言ったんですけど、お香さんが来ないうちに、かってなことをしていいものかどうか」

「そうだねえ。丈太と喜世のやつ、何をしているんだか。うんともすんとも言ってこねえじゃないか。笹三、お香のところにもう一度電話してみろ」

「電話はそこにありますよ。ええ、違い棚んとこ。ほかの部屋と、切り換えになってるんですが。はい、これで、ここで使えます。わたしがかけましょうか」

と徳田が手をのばしたとき、けたたましく鳴り出した。

「はい。『乙桐小道具』です。どちらさま？　ちょっとお待ちんなって」

辰弥さんです、と徳田は受話器を璃若にさし出した。

辰弥とはだれだろう、と田浦は思い、丈太郎の芸名だったと思い出した。

「わたしだ。まだ帰ってこない？　ばか。何をしているんだ。ほとけさんを、いつまでも乙桐さんのところにおいとくわけにもいくまいじゃないか。おふくろが来ないと、この先の段どりがつかないのだ」

どなりつけて電話を切り、

「お久さん、災難だねえ、あんたのところも」

「いいえ、いいんですけどね。わたし、横にならせてもらっていいかしら。頭がくらくらして」

「ああ、寝ておいで」

横になる久子に小野好江がタオルケットをかけ、襖をしめた。

「璃紅さんは、瑞穂座からここまで、どうやって来たんでしょうね。舞台化粧のままで、浴衣の楽屋着でしょう。電車に乗れるかっこうじゃない。タクシーを拾ったのかな」

「ああ、そのことなら」と徳田が、「蔵の前に見なれない車が駐《と》まっていました。そのままにしてありますが、うちのじゃありません。璃紅さんのマイカーじゃないでしょうか」

「どんな車でした」笹三がきいた。

「クリーム色のセリカです」

「それなら、璃紅さんのです、きっと」

「璃紅が水槽を出るのを、おまえたちだれひとり、まるで気がつかなかったのか」

線香が短くなったので、璃若は新しい線香に火をつけて立てた。

「はい」と笹三は頭をさげた。

「どうして、璃紅さんは、こちらの土蔵を死場所に選んだのでしょうね」

田浦は疑問を口にした。

「わたしどもも、それが不思議で。璃紅さんに恨みを持たれるわけもなし」

徳田が答えたとき、末座にひかえている若い職人、矢沢市郎が、膝《ひざ》をすすめて、

「田之助の首があるからですよ、きっと」

と言った。皆の視線が矢沢市郎に集まった。綏子も、うなだれていた頭をあげた。

「璃紅さんと田之助。縁が深いじゃありませんか」

「おめえ、出すぎた口をきくんじゃねえぞ」

白髪五分刈りの職人葛原がたしなめた。

「いや、市《いち》にきこうじゃないか」と璃若が、「『田之助紅』のことかい、市が言うのは」

ほかの者は、それで話が通じたようなのだが、田浦だけはわけがわからず、

「何です？」

と徳田にたずねた。

「芝居の外題《げだい》ですか」

「ええ。でも、大きなところでやったのではなくて、あれはいつだっけね、笹三さん」

「去年ですよ」と、笹三が話をひきとった。

「小さい劇団が、新しい台本《ほん》でやったんですの。歌舞伎ではなくて、新劇……というのか。アングラって、このごろ言いませんわね。あら、田浦さん、ご存じゃありません。おたく、そちらの専門でしょ」

田浦は記憶していなかった。群小劇団の短期間の公演は数多い。一度公演しただけで消えてゆくものもある。専門誌といってもフォローしきれない。

「璃紅さんの友達がやっているとかで、たのまれて、

ゲスト出演したんです。その劇団の主催者が書いた台本《ほん》で、璃紅さんが田之助。素人さんにはできない役ですよ」

「素人の劇団なんですか」

「毛のはえたようなもんでしょ。名古屋の方でやったので、わたしたちは見ていないんですけどね。璃紅さん、ちょうど軀のあいているときでしたから」

「何という劇団です」

「何ていったっけ。おぼえていないな。丈太ならおぼえていると思うんですけどね。あのひと、いっしょに助っ人に行ったんだから」

「小野さん」と、田浦は襖越しに呼んだ。

「何ですか」

「丈太郎さんは、璃紅さんといっしょに『田之助紅』とかいう芝居の」名古屋で
「きこえてますよ、さっきからの話。何ていう劇団だっけね。度忘れしちまった。このごろ、とっさに出てこないんですよね。人の名前とか、物の名前とか。ここまで出てきているのに」

のど元をさしているのだろう。

「芸能座というのよ」それまでずっと押し黙っていた綏子が、言った。

「そうそう、芸能座。それですよ。ほんとに、どうしてこう忘れるんだか」

「もう、つぶれたはずよ」

「つぶれたんですか。小さいところ?」

「『田之助紅』で仕込みにおかねをかけすぎたらしいわ」

「小さいところは、一度大赤字を出したら、それきりだからねえ」

「それでね、役づくりのために、田之助の切首を見せてほしいって。そうでしたよね、お嬢さん。丈さんといっしょに、璃紅さん、見に来たじゃないですか」矢沢市郎は、話を自分のもとにひきもどした。

「その後も、一人で何度か来てるでしょ。借り出して、自分のうちに持ち帰ったり。あの首に魅入られちゃったんですよね」

「変態だよ、人形の首にいかれるなんて」

尖《とが》った声を、好江が投げてよこした。

「田之助の首か。そうだ。どうだね、どうせお香さんが来るまで、皆ここでお通夜みたいなもんだ。璃紅が田之助に逢《あ》いたくてここまで来たというのなら、あの首を枕頭《ちんとう》に飾ってやろうじゃないか」そう、璃若は言った。

「お通夜。そういえば、わたしとしたことが気がきかない。皆さんにお茶もさしあげないで」と徳田が、

「小野さん、手を貸しておくれ。奥さん、ビールありましたっけね」

徳田は立って行き、小野好江が廊下に出る気配だ。

「とってきましょうか、田之助の首」

綏子が立ち上がった。

「ぼくも」と田浦はだれにともなくことわり、綏子のあとを追った。

事務所と座敷のある棟をつなぐ通路の途中のガラス戸を開け、庭下駄《にわげた》をつっかけて外に出る。すっかり陽《ひ》は落ちつくしていた。

土蔵に入ると、綏子は灯りをつけた。

伊兵衛が消えたときのことを、田浦は思い出さずにはいられなかった。

階段の下まで行き、綏子は手摺に沿って目を上にあげていった。

四メートル近い高いところに、結ばれた紐のはしが垂れていた。下を見ると、床に黒ずんだしみが少し残っていた。

綏子は先に立って階段をのぼり、手摺に結ばれた紐をしばらくみつめ、それから下を見下ろした。田浦もそれにならった。宙吊りの状態から水槽にとびこんだ璃紅の鯉魚の精が、眼前に浮かんだ。大失策に錯乱《さくらん》した璃紅は、死の瞬間、瑞穂座のけれんと錯覚《さっかく》しただろうか。そんなことを、田浦は思った。

田之助の切首がおさめられた桐箱を綏子が抱え、二人が座敷に戻ると、座敷にはビールやつまみものがはこびこまれていた。

「困ったものだ。まだお香に連絡がつかないとみえる。田浦さん、まあ、一つ」

と、璃若はグラスを田浦にわたした。笹三がビールを注いだ。

璃若は桐箱の蓋を開け、切首をとり出した。

矢沢市郎が軀をのり出した。この青年も、田之助の切首に魅入られているのだろうかと、田浦は思った。

「お嬢さん、どうでした」と、赫ら顔の職人池田が、「璃紅さんは、死ぬ前にこの首と御対面した様子がありやしたか」

「さあ、わからないわ。箱は蓋を閉めたまま、棚においてあったわ」

「お嬢さんに、よけいな御足労をかけちまって」

池田に叱言《こごと》をいわれても、市郎はいっこうこたえたふうではなく、

「みごとなものですよねえ。ぞっとするでしょ」と、田浦に、自慢げに話しかけた。

璃若は、首を包んであった鬱金《うこん》の布を桐箱の上に敷き、その上に首をおいて、璃紅の枕元に並べた。

田之助の首は目を閉じているのだが、半眼に、璃紅を見下ろしているようにもみえた。

「これで、璃紅も淋しくないか」

璃若は、かっぷくのいい体軀ににあわず酒は弱いのか、早くも目もとが染まっていた。

「璃紅さんのお母さん、外泊しておられるんでしょうかね」田浦はビールを口にはこんだ。「ほかに、親戚の方とか、おられないんですか」

璃紅は璃若のかくし子ではないかと、このとき、田浦はふと思った。もしそうであれば、父親が、名乗れなかった息子の通夜を、ひそかにしてやっていることになる。芝居の場面のようだ。

「母ひとり子ひとりでね」璃若は言った。

「葛原さん、池田さん、田之助の首って、凄いですね」市郎が、二人の先輩に言う。

二人は言葉少なにうなずいただけであった。

「丈太郎さんと喜世松さんは大変ですね。璃紅さんのお母さんがもし外泊だったら、一晩中、張り込みの刑事みたいに外で立ちん坊ですか」

「なに、若いんだから」

「璃紅さんは、身のまわりのものは楽屋におきっ放しでここにきたのかしら」

そう、綏子が言った。

「身一つで倒れていましたっけよ。着ているものが、楽屋着の浴衣一枚だ。何も持っちゃあいねえようでしたよ」池田が答えた。

「それじゃ、璃紅さんの服とか化粧道具とか、お財布とかは」

「うちの弟子どもが始末してあずかっているでしょう」

「鍵は、そのなかかしらね」

「鍵?」田浦がききかえした。

「うちの鍵」

「さあねえ」と、笹三も璃若も首をかしげる。

「鍵、どうしてですか」田浦は訊き、綏子の意図に察しがついた。

綏子と目があうと、綏子はうなずいてみせ、

「お母さんが、急用で外出、外泊となったら、璃紅さんに置手紙ぐらいしてあるんじゃないかと思うの」

「なるほど」璃若は膝を叩いた。

「ヤッちゃん、さすがだ。いや、このお嬢さんは、小さいときから賢くてね」と、後の方は田浦に説明した。

「車のなかは見ましたか」田浦は言った。「鍵は、よくいっしょにキーホルダーにつけておくでしょ。車の鍵といっしょに、車のなかにおいてあるということは。死ぬつもりなら、車のドアにロックもしないで、鍵を中におきっ放しかもしれない」

「みてこい」と、璃若は笹三に命じた。

出ていった笹三は、すぐに、「ありました、ありました」と、キーホルダーを握って走り帰って来た。

「行ってみましょうか、璃紅さんちへ。でも、家宅侵入罪かなんかになるかな」

「非常の場合だ。しかたあるまい。おまえ、行ってこい。それから、田浦さん、御苦労だが、同道してやってくださらんか。むこうに丈太と喜世松がいるはずだが、行きちがいにでもなると、こいつ一人で

押し入るわけにはいかんし、立ちあってやってください」

「いいですよ。行ってきましょう」

「もし、近所の人に見咎められたら、こっちに電話してください。わたしが出向いて釈明する」

田浦は腕時計を見た。九時四十分。他人の家を無断で開けたら、怪しまれてもしかたのない状況だ。

「車は、璃紅のを使ったらいい。おれのは大きすぎて、あの道に入れない」


「あの土蔵の話、知ってます?」

車を発進させてすぐ、笹三は話しかけた。璃若の目がとどかないので、くつろいだ表情になっている。

「乙桐の御主人が、代々消えるという話ですか」

「知ってました?」

「四代目さんが消えたのは、ぼくの目の前だから」

田浦は、つい、少し大袈裟《おおげさ》な言い方をした。

「そうそ。ききましたよ。あなただったのよね、あのとき訪問中だった編集者って。いったい、どんなふうにして消えたんです」

「事実をきいたら、がっかりしますよ。べつに不思議でも何でもないんです。四代目さんは、田之助の首をとりに土蔵に行った。ぼくたちは——ぼくと奥さんですが——座敷で待っていた。なかなか戻ってこないので、奥さんと見に行った。土蔵の中は電灯がついていたが、四代目さんはいなかった。そして、それっきり消えてしまった。それだけのことです。四代目さんは、土蔵の中で消えたのではなく、どこかよそに出かけられたんですよ」

「そして、蒸発しちゃった。いえ、やはり、土蔵が消したのよ。前例があるんですから」

「それだって、真相は、あっけないことだと思いますよ。出て行くのに、だれも気がつかなかっただけですよ。むしろ、なぜ、そんなやり方で蒸発したのか、蒸発した理由は何か、そっちの方がぼくは知りたいですね。四代目さんは、もしかして、女のひとはいないのかしら」

「これ?」と、笹三はハンドルにかけた片手の小指を立てた。

「そりゃあ、いるかもわかりませんよ。でもね、『乙桐小道具』を放り出して文無《もんな》しの身一つで女のところへ行ったたって、どうしようもないでしょ。やはり、消えたんです。消されたのよ、土蔵に。おお、怕《こわ》。璃紅さんのことにしたってね、うちの旦那《だんな》はわたしたちが見すごしたのだなんて叱言《かす》くわせたけれど、水の中にも外にも、三、四人ずつ、いたんですよ。出て来たら見逃がしゃしませんたら。土蔵が吸い寄せたんだね、あれは」

「なぜ、土蔵が璃紅さんを？」

「それは……それ、ほら、あれですよ。田之助。そうだ！　今、わかった。土蔵の魔力の根元は、あの、女形の切首なんだ。大発見だ。たぶんね、初代も三代目も四代目も、あの首に惚《ほ》れていたのよ。首とね、遊んでいたんじゃないかしら、こっそり。ある日、突然、首に、あの世かどこかへ連れていかれてしまうんです」

「生身の軀ごとですか」

「そう。あなた、三代目澤村田之助ってね、凄かったんですってよ。男も女も、田之助に惚れこむと、もう、めろめろめためたになってしまって、素《す》っ寒貧《かんぴん》になるまで貢《みつ》いでね、あげくのはてに、ぽい。金《これ》がないとなったら、田之助は、もう見向きもしないのね。それでも捨てられた方は田之助が忘れられなくて。上野の偉い坊さんが田之助恋しさに身をもちくずして、乞食《こじき》みたいになって身投げしたとかね。その恨みで、田之助は手足の腐る病気になって、最後は狂い死に」

「その切首が、現代の人間を無明《むみょう》の闇にひきずりこむなんて、まさか、本気で信じているわけじゃないんでしょ」

「あなた、どうして信じないの」

安本亀八が、精魂こめた、生き写しの切首ですよ、と笹三は言った。

「何であれ、古いものは、魔性のいのちが宿るんです。まして、本人そっくりにうつしとった切首だもの。ただの桐細工じゃありゃあしない。あの首に惚れたんじゃない。首に、惚れられたんだ。そう、田之助がさ、好いた男を呼び寄せるんです」

田浦は、苦笑した。笹三も、笑いだした。

「こんな話、今の世に通用しませんよね。わたしが南北だったらな、けれん芝居に仕上げるんだがな」

でもね、と笹三は、少し声を翳《かげ》らせ、

「わたし、本当に薄気味悪いんですよ。璃紅さんが、なぜ……。あなたは見ていないからあれだけど、水のなかに衣裳だけしかないとわかったときの、あの気味悪さ。そして、土蔵でしょ。田之助の首のせいってことにしてくださいよ。それなら、何となく納得できるじゃありませんか」

「ぼくは、こう思ったんです。璃紅さんは、三日間大役をつとめて、心身ともに疲れきっていた。水槽にとびこんだものの溺れそうになり、重い衣裳を脱ぎ……」と、田浦は自分の考えを口にした。

「それじゃ、やはり、璃紅さんが水槽を出るのに、わたしたちが気がつかなかったと?」

「ええ。たまたま、そういうことが起きてしまった。あの水槽、隅の方は光がとどきませんものね」

「でもねえ……」

笹三は、釈然としない顔つきだった。

「そうだとすると、うちの旦那も、少し寝ざめの悪いことになりますねえ。むりなけれんをやらせたとか何とか、マスコミに叩かれないかしら。璃紅さんのお母さんからも怨《うら》まれるだろうな。大役がついたと喜んでいたんだが」

隅田川沿いにのぼり、白鬚橋《しらひげばし》を渡って、東向島の入り組んだ裏道に入り、しもた家の前で車をとめた。木の表札の『東谷』という文字を、外灯の弱い光が照らしていた。

「丈太も喜世もいやがらねえ。しょうがねえな。どこで油を売っているんだか」

笹三はインターフォンのボタンを押した。

応答はなかった。

「さて、家宅侵入といきますか。うしろぐらいところはないんだが、やはり、いい気分のものじゃないな。田浦さんに来てもらって助かりました。あいつら、どこかで飲んでいるにちがいない」

小さい音をたてて、鍵はまわった。玄関の土間に立ち、うしろ手に扉をしめる。

中に入ったとたん、空気が冷やりとした。クーラーがまわっている。つけっ放しで外出したらしい。

「お邪魔しますよ」とあがりこみ、とっつきの部屋に入って、

「置手紙がおいてあるとしたら、どこでしょうね。台所か。茶の間か」

喋りながら、笹三は手さぐりで電灯をつけ、次の間との襖をあけた。

「あれ、人が寝てるようだ。蒲団が盛りあがっている。奥さん、璃紅さんのお母さん、お休みのところをすみません。起きてくれませんか。大変なんです。だめか。火事だ!」

起きませんね、と笹三は田浦をふりかえり、声が少しふるえた。

「この部屋も、電気つけましょうね。きっと、寝酒でも飲んで、ぐっすり寝込んでいるんですよ。これじゃ、寝首をかかれてもわからねえや。奥さん、電灯つけますよ。痴漢《ちかん》とまちがえてぎゃっと騒いだりしないでくださいね」

灯りがついたとたんに、ぎゃっとわめいたのは、笹三であった。

蒲団に女が仰《あおむ》向けに横たわり、胸元まで上掛けがかかっていた。女は静かに寝ていたが、その顔に白布がかかっていた。白布は、左の方が妙な形に盛りあがっていた。田浦はひざまずいて布をとった。彼も、叫んだ。女の左の眼に矢が突き刺さっていた。

*

矢は一部分が半月形に湾曲した小道具の『なべづる』であった。むりに引き抜こうとでもしたのか、途中で折れたまま刺さっていた。

触ってみなくても、女が死んでいるのは明らかだった。鼻孔にわずかばかりの乾いた血がついていた。

「璃紅さんのお母さん?」

ふるえながら笹三はうなずいた。

そのとき、電話が鳴り、笹三は田浦にしがみついた。

電話は隣室で鳴っていた。田浦が受話器をとると、

「あ、璃紅さんのお母さん、帰って来ていたんですか。よかった。喜世松です」

「ちがいます」

「あ、失礼」

と喜世松が切りかけたので、田浦は慌てて、

「いえ、喜世松さんでしょ。ぼくは田浦です」

「あれ、『乙桐小道具』にかけちゃったのか」

喜世松の声は少し酔っていた。

「いえ、ぼくと笹三さんが、璃紅さんの家に来ているんです」

「なんだ。いえね、外で立ってるわけにもいかないから、おれと丈太と、すぐ近くのスナックにいるんですよ。でもね、十分おきに二人でかわりばんに電話をしていたんです。それで、璃紅さんのお母さん、帰ってきたんですか」

「いえ、それが……。とにかく、来てください」

「どこへ」

「ここ。璃紅さんの家。鍵は開いていますから」

次いで、田浦がしたのは、乙桐家に電話をいれることである。電話口には徳田が出た。

「巴屋さんをお願いします」

「お香さんは、帰ってきましたか」

「いえ、とにかく、巴屋さんを」

璃若がかわって電話口に出たので、田浦は、璃紅の母の無惨な死を告げた。

「なんと……」

璃若は絶句した。

「こちらは他殺だと思いますから、警察に連絡した方が」

「もちろん、そうだ。よろしく頼みます。さて、こちらはどうしたものか。そっちに警察の人が行ったら、こちらのことも話してもらおう。関係がありそうだ」

電話を切ってほどなく、丈太郎と喜世松がやってきた。丈太郎の浅黒い顔はほとんど色づいていない

が、喜世松は一目でわかるほど酔っていた。

遺体を一目見るなり、喜世松は畳に坐りこんだ。丈太郎は、気丈なのか、立ったまま見下ろしている。

田浦は、一一〇番を呼び出した。

II　女形の首

「羽根枕《はねまくら》だったんです」

「何が羽根枕だ」

「東谷香子の死因です」

浅草田原町《たわらまち》のお好み焼き屋。編集長川瀬のお好みの店の一つである。ごく安直な店だけれど、雑布《ぞうきん》がけで磨《みが》きこんだ板の床は、近ごろ珍しい。たいがい、ニスやラッカーで艶《つや》を出してある。

事件の二日後、田浦は、捜査本部に立ち寄って、事情聴取で顔見知りになった刑事から、逆に聴き取ってきた。それから社に顔を出し、川瀬に事情聴取されているところである。『劇』編集部は川瀬と二人だけだから、場所は好みのところに簡単に移動できる。

「羽根枕を顔に押しあてて、窒息させたんだそうです」

「それじゃ、目に突き立てた」と言いかけて、川瀬は顔をしかめた。

「おれは、そういう、現実の残酷シーンは嫌いだ。殺しには美学がなくてはならん。血糊《ちのり》はいいが、本物の血はだめだ」

「目に突き立てた矢は何のためだったのだ。そう言いたいんでしょ」

「よく、そう残酷なことをすらすら口に出せるな」

「事態は、とても簡単みたいです。川瀬さんだって、犯人、動機、犯行方法、みな、推察できます」

「川瀬さんだってとは何だ」

「東谷香子——水木璃紅《りこう》本名東谷芳樹のおふくろさん——は、目に矢を突き立てられ、更に、羽根枕を顔に押し当てて窒息死させられていた。羽根枕は押入に投げ込んであったのを、刑事があっさり発見しました。ちなみに、東谷香子は五十二歳。生前は、三十七、八でもとおる愛くるしい美人だったそうです。もう一つちなみに、矢はですね、目に突き立てただけじゃない、脳まで達していて、ひっかきまわしたから、脳は、ぐ」

「やめてくれ」

ソース焼きそばをひっかきまわしていた手を、川瀬は止めた。

「どうして、おまえはそう、残虐《ざんぎゃく》が好きなんだ」

「ぼくはヤコペッティは興味ないです。しかし、絵《え》金《きん》は好きです」

「絵金はおれが教えてやったんじゃないか。絵金の芝居絵は、美そのものだ。歌舞伎《かぶき》の真骨頂《しんこっちょう》は、国芳《くによし》じゃあない、絵金だ」

「矢は、言いましたように、芝居の小道具のなべつるです」

「なるほど」

川瀬は語尾をあげた。先をうながしている。

「窒息させなくても、脳の傷で死亡しただろうということです。なにしろ、脳は、ぐ」

「おまえ、この焼きそば、全部食え」

「いただきます。かなりデリケートなんですね」

「あたりまえだ」

「死亡推定時刻は、午前八時から午後一時のあいだぐらい」

「ずいぶん幅があるんだな」

「発見までに時間がたっているから、しかたないんです。遺体は蒲団《ふとん》に寝かせ、顔には白布をかけてありました」

「矢をたてたまま？」

「そうです。室内を荒らされた模様なし。それから、水木璃紅、本名東谷芳樹の自殺事件があります」

「乙桐《おとぎり》の土蔵で首をくくっていた」

「ええ」

「絞め殺して自殺にみせかけたというのではないんだな」

「縊死《いし》と絞殺は、いろんな点で、違いがはっきりしているんだそうです。縊死だと、紐《ひも》がこう、斜めにくいこむし、絞殺だと、だいたい真横に索溝がつくでしょ。それから、絞殺のときは、もがいてはずそうとするから、のどに爪《つめ》のひっかき傷がついたりするが、縊死にはそれがないとか。とにかく、縊死はまちがいないそうです。こっちの死亡時刻は、だいたい、はっきりしています。遺体が発見されたのが、午後六時半ごろ。璃紅が宙吊《ちゅうづ》りからとびこんだのが午後五時ぐらいです。瑞穂座から花川戸まで、車でおよそ一時間。だから、六時から六時半のあいだぐらいということになります」

「で？」

「だから、わかるでしょ」

「わからん。おまえさんは、璃紅がおふくろさんを殺して自殺した、と、こう言いたいのか」

「べつに、言いたかないです。ただ、客観的にみると、まあ、そういうふうでしょ」

「蒲団を敷いて寝かせて、顔に白布をかぶせて、というのは、たしかに、強盗なんかじゃないわな。だが、璃紅とおふくろさんは、そんなに仲が悪かったのか。目を矢で」

「突き刺し、脳が、ぐ」

「やめろ」

「矢は、なべづるです」

「きいた」

「ぼくに捜査の状況を話してくれた刑事が、こんなことを言っていました。はずみというのは怖《おそ》ろしいって。その刑事の知人の家で、実際に起きたことだそうです。四つになる上の子が、ひょいと鉛筆を投げたら、芯《しん》の先が、二つになる弟のちょうど黒眸《くろめ》のまんなかに突き刺さって、弟は片目失明してしまった。ふつうなら、狙って投げたって当たるものじゃない。偶然だから、そういうとんでもないことも起きる」

「殺しじゃない、事故だというわけか。璃紅が、ひょいと矢を投げたら、はずみで、おふくろさんの目に刺さったというのか。しかし、三つ四つの子供じゃないんだぜ。冗談にせよ、人にむかって矢を投げるようなことを、大人がするか。ことに、母親にむかって。しかも、脳を……。その後、枕で窒息させている。それでも、事故か？」

「鯉《こい》つかみで、璃紅の鯉魚《りぎょ》の精は、宙吊りでのどに矢が立ちます。そうして、水舟へ」

「知っている」

「なべづるの矢は、射られる本人が、かくし持っていたやつを、ほら、こうやって湾曲部をのどに嵌《は》めて、客の目には矢が突っ立ったようにみせるわけでしょ」

「そうだ」

「手早く巧みにやらないと、仕掛けがばれて、こっけいなことになる。だから、璃紅は、舞台で使うのと同じやつを家にもおいて、工夫していた。一昨日、事件の当日。家を出る前に、稽古《けいこ》していた。仁王立ちになって、なべづるを逆手に持っているところに、背後を通りかかった母親が、つまずくか何かして、そのはずみで、目に刺さる」

「なるほど。それなら、あり得るかもしれんな。だが、おまえ、深く刺さって、しかも、ひっかきまわして、脳が、ぐ」

言いかけて、川瀬は、その状態が思い浮かんだらしい。

「それが、はずみの怖ろしさですよね。目に突き刺さったとき、母親は激痛のあまり、七転八倒《しちてんばっとう》、のたうちまわって苦しむでしょう。息子は、動顛《どうてん》しきって、引き抜こうとする。矢の先は刺さりやすいが抜けにくい形になっているでしょう。むりに抜こうとしたら眼球まで」

「やめろ」

「それで、何とか抜こうとした結果が、脳までひっかきまわすようなひどいことになってしまった。息子としては、もう、見ていられない光景だった。早く楽にさせなくては。それだけしか頭になくなった。錯乱《さくらん》狂気の状態になってしまった」

「早く救急車を呼べばいいんだ。ばか」

「ええ。でも、逆上していたから、それを思いつかなかった。ことに、息子としては、自分に責任のあることだから。……で、母親を、楽にしてやった。彼は母親のために蒲団を敷き――劇場に行く時間が迫っていた。穴をあけてはいけないという強迫観念にせきたてられ、あとのことは舞台が終わってから、と、とにかく車を出した」

「よく、舞台がつとまったな。途中までにせよ」

「殺人犯が、犯行のあと、けっこうけろりとしているの、あるじゃないですか」

「殺して川に沈めたあとで、知らん顔で心配そうに捜索に加わったりな」

「璃紅の場合は、図太いのとは逆に、ぼうっとなったままだったと考えられます。逆上のあまり、一見、度胸が坐《すわ》ったような状態になってしまった。ところが、終幕近く、宙吊りになってなべづるを首に嵌めた、そのときに、強い衝撃がよみがえった。自殺、と思いつめ、今度は、それ以外の思考が働かなくなった」

「しかし、自殺するつもりなら、水槽から出なければいいだろう」

「溺《おぼ》れるのは苦しいですよ。水の中では、自殺を考えるより、苦しいことが先に立ち、しゃにむに、脱出してしまった。そのあとです。舞台に穴はあけてしまったし、もう、死ぬほかはないと思いつめ」

「思いつめて、なぜ、わざわざ、乙桐の土蔵まで行ったんだ。楽屋で首をくくるとか、手首を切るとか、手段はあるじゃないか」

「田之助の首のせいだという説があるんですけれどね」

「切首《きりくび》か」

「ええ。璃紅は、『田之助紅』という芝居で田之助を演じたとき、役づくりのためにあの首をみせてもらい、魅せられたようだったそうです」

「『田之助紅』？　そんな芝居があったかな。いつ、どこでやったんだ。璃紅が主役か？」

「名もない、ほとんどアマチュアに近い劇団が、名古屋で短期公演したんだそうです。台本も、その劇団のリーダーのオリジナルで。そのリーダーが璃紅の友人だったところから、璃紅はたのまれてゲストで出たんだそうです」

「だいぶ以前、『女形の歯』というのを、東横《とうよこ》劇場でやったことがあったが、これが、田之助を扱ったものだったな。杉本苑子《すぎもとそのこ》の原作で、田之助を演じたのは、当時、精四郎《せいしろう》といっていた、いまの澤村藤十郎《とうじゅうろう》だ。あれはいい役者だ」

「それが、今度の事件と何か……？」

「いや、単純に追憶にふけっただけだ。田之助の切首に惹《ひ》かれて、死ぬ前に一目見てから、というのは、おれの好みにあっているが」

「川瀬さんの好みは、この際、問題外です」

「冷たいな。せっかくの殺しだ。草双紙《くさぞうし》趣味でやってくれ。残酷はいいが、美しくな。いっそのこと、首を抱きしめて死んでもらいたかった」

「悪趣味ですよ」

「絵金だって、悪趣味と紙一重だ」

「絵金はいいです。川瀬さんが言うと、悪趣味になるんだ」

「で、一件落着か」

「まだ、警察としても、他の可能性もさぐっているようですよ。たとえば、これは、ぼくもちょっとひっかかっているんですけどね、璃紅の自殺は、偽装もできなくはない」

「完全な縊死だと言ったじゃないか」

「でも、紐が切れて墜《お》ちて、頭に挫傷《ざしょう》があるんですよね」

「待て。その先は言うな。おれが言う。ぶんなぐって気絶させてからなら、縊死をよそおわせることもできる。首に輪をかけて、吊《つる》し上げればいい。階段の手摺《てすり》に紐をひっかけて、車井戸の釣瓶《つるべ》の要領でひっぱり上げれば、梃子《てこ》の原理で、相当重いものでもひき上げられる。で、紐を一部、切れやすい状態にしておくんだな。ぶんなぐった傷は、床に墜ちたときのものとみせかけることができる。そういえば、おれの息子、小学生だが、理科で鮒《ふな》の解剖をやらされてな。ひどい教師で、クロロフォルムが切れているからと、とんかちで、鮒の頭をぶんなぐって気絶させ、それからひらかせたそうだ。おかげで、息子は、テストのとき、解剖に必要な器具は何々かという設問に、とんかちと書いてペケをもらってきた。やはり、クロロフォルムと書かなくてはいけないのだ。実際に使ったのはとんかちであってもな」

「それが、今度の事件と何か」

「いや、単純な連想だ。璃紅が他殺という線も、警察は考えているわけか」

「大勢《たいせい》は、璃紅が母親を殺して自殺、の線のようです。ぼくにいろいろ話してくれた刑事も、そう考えているようで、犯人が死んでしまったのだから、捜査本部はじきに解散だろうと言っていました」

「その刑事は、ずいぶん、ぺらぺらと喋《しゃべ》ったな。ふつうは、外部の者に、話さないものだぞ。警察とか役所とかいうのは、必要以上に秘密主義だ。権威は秘密で保たれると思っている」

「ぼくは両方の現場に居合わせた当事者ですし、わたくしは、わりあい、他人《ひと》に好かれるんですね。刑事のなかに、川瀬さんみたいに田舎《いなか》生まれの田舎育ちのくせに、江戸下町文化に憧憬《しょうけい》の念を持つのがいまして、山田というんですが、それが、ぼくの職業に親近感を持ってくれまして」

「おれなら、もっと」

「いえ、川瀬さんじゃだめでしょう。互いに、近親憎悪を持ちます。似すぎているから、お互いのいやなところが見えすぎてしまう。で、川瀬さんは、どう思います」

「その山田って奴をか」

「ちがいます。璃紅が他殺か自殺かということですよ」

「他殺だとしたら、どうなるんだ」

「犯人を探さなくちゃならない」

「警察は自殺でけりをつけた。それを、おれたちがひっくりかえして真犯人を摘発した。こうなると、おもしろいな」

「警察はおもしろくないでしょうね」

「璃紅が他殺であれば、母親を殺したのも、璃紅ではない、ということになるだろうな」

「いえ、璃紅が母親を殺した。璃紅は他の者に殺された、という状況も、成り立ちますよ」

「二つの殺人は、まったく無関係か」

「璃紅を殺したいと思っている者がいた。そいつにとっては、璃紅の母親殺しは、いいチャンスだ。それを利用して、璃紅の自殺をでっちあげた」

「『そいつ』は、どうして、璃紅が母親を殺したことを知ったんだ」

「璃紅が、心の呵責《かしゃく》に耐えきれなくて、『そいつ』に告白したか、あるいは、璃紅が母親を殺す現場に居合わせたか……。もちろん、二つの殺人が同一犯人によって行なわれたという可能性の方が大きいかもしれません。そいつは、〝璃紅が母親を殺し、自殺した〟と思わせる状況を作りあげた」

「その場合、本当に殺したい対象はどっちだったのか、だな。璃紅を殺すために、母親を巻き添えにしたのか。母親——東谷香子——を殺すために、璃紅を親殺しにみせかけたのか」

「仮説を、整理してみましょう」

田浦は手帖《てちょう》を出し、書きしるした。

1、璃紅が、母親を殺し（もとは過失）、自殺した。
2、璃紅が、母親を殺した。その状況を利用して、犯人Aが、璃紅を自殺にみせかけ、殺害した。

3、犯人Aが、1のような状況を作り、東谷香子、水木璃紅を、殺害した。

この場合、犯人が真に殺したかったのは、

a、東谷香子

b、水木璃紅（東谷芳樹）

c、両方

「一目瞭然だな」

と、川瀬はリストを眺めた。

「犯人Aに該当する人物の心あたりはあるかい」

「まだ、データが皆無にひとしいですよ。璃紅を殺すことができた人物というと、ぼくが知っている範囲では、あのとき『乙桐小道具』にいた人たち」

と言いながら、田浦は、手帖に名を書き並べた。

徳田製作部長

葛原

池田

矢沢市郎

「どれも、人殺しとは縁がなさそうだな。ことに、目に矢を突き刺すなんて」

そう言いながら、田浦の脳裏に、矢沢市郎の顔がふいに浮かんだ。あの若い男には、何かひとすじ縄ではいかないものを感じさせられた……と思った。ふてぶてしいというか、ものおじしないというか……。

「徳田さんは事務所の方に一人でいたんでしょうが、三人の職人は、いっしょに仕事場にいたわけだから、アリバイの有無《うむ》は、わかりますね。だれか、席をはずした者がいなかったかどうか。そうして、そいつが犯人であるためには、璃紅が母親を殺したことを知ることができる立場にいた、あるいは、東谷香子を殺すことができた、という条件も兼ね備えなくてはならない。この四人以外の、ぼくの全く知らない者であったら、いまのところ、データ不足でお手あげだな。動機の点から考えて探していかなくちゃならないな」

「役者が大役のついた璃紅をねたんで、という動機は、どうだ」

「役者は、無理ですよ。瑞穂座《みずほざ》から花川戸まで、車で一時間。往復で二時間。快速電車を使っても、地下鉄ののりかえや何やかやで、やはり片道一時間はかかる。往復の時間と殺す時間もいれて、最低二時間半以上、劇場《こや》をあけなくちゃならない。二十分、三十分の空白なら、ごまかせるかもしれないけれど」

「瑞穂座に出ていない役者なら、できるわけだ」

「そうですね」

「璃紅のライヴァルといったら、だれだろうな」

「さあ。しらべてみます」

「言っとくが、取材費は出ないぞ。これは、おれとおまえの道楽なんだからな」

「道楽……ですか。ぼくは、もうちょっと切実な気持なんだけど。東谷香子の男関係はどうでしょうね。つきあっていた男に彼女が結婚を迫る。家族持ちの男は、やむを得ず、彼女を殺さねばならなくなる」

「おまえ、よく、恥ずかしくもなくそんな陳腐な線を持ち出すな」

「川瀬さんの好みじゃないでしょうけど、しかたないです」

「がまんしよう。東谷香子に男がいたかどうか、その辺から、捜査をはじめようか」

「璃紅が、水木璃若《りじゃく》と東谷香子のあいだの子供だったとしたら、どういうことになるでしょうね」

「璃紅は璃若の実子なのか？」

「いえ、べつに証拠も何もないんです。ただ、璃紅は、私生児らしいんですね。璃若に璃紅の父親のことをたずねたら、東谷香子はかつて芸妓だったと、それだけしか言わなかった。それで、ひょっとしたら、璃紅は璃若のかくし子かな、と思ったんです。公《おおやけ》にできない子だから、部屋子《へやご》にし、更に芸養子にともくろんだのかもしれないと」

「璃若の奥方は、なくなった先代藤川釻右衛門《かんえもん》の娘だ。いまの釻右衛門の妹にあたる。瑞穂座で小桜姫をつとめた藤川かしくは、釻右衛門の次男、つまり奥方の甥《おい》だ」

「ややこしいですね」

「東谷香子に結婚を迫られた璃若が、香子を殺害した。まさかね。単に結婚を迫られたというのなら、金で解決がつく。よほど重大なことでゆすられていたというのでもないかぎり」

「ぼくも、璃若が殺人者だなんて思えませんよ。璃若丈《じょう》は、なかなか立派な人です」

「人柄はこの際、横にどけておこう」

「東谷香子殺しは、時間の点だけを問題にすれば、できなくはないと思います。死亡推定時刻が午前八時から午後一時。瑞穂座の開幕は、午後一時です。璃紅は、開演の一時間前には楽屋入りしていたそうです。車でざっと一時間だから、家を十時半から十一時のあいだぐらいには出ていることになりますね。璃若は、舞台には立たないのだから、そんなに早く楽屋入りする必要はない。璃紅が家を出て、香子が一人になったときに入りこんで兇行《きょうこう》に及ぶ」

「すると、璃紅の死はどうなる」

「璃紅は、どういうふうにしてか、とにかく、璃若が母親を殺したことを知った。気の弱いやさしい璃紅としては、父親を告発できない。辛さのあまり、自殺した」

「璃紅って、そんなに気が弱くてやさしいのか」

「知りません。見た感じはおとなしかった」

「そういう意味での自殺なら、乙桐の土蔵まで行って死ぬことはないだろう」

「あの土蔵が、何か、璃若とかかわりがあるとか……。あそこで死ぬことによって、璃若に何らかのメッセージを……。四代目の消失は、何か関係ないのかな」

「初代、三代目、四代目と、あの土蔵で消えているという、あれか」

「消えたといってもね、四代目の場合……」

「土蔵に入ってゆくところを、だれも見たわけではないと言っていたな」

「ええ。三代目の場合は、目撃者がいるわけだけれど、今回はね。伝説を利用して、消えたふうにみせかけただけですね」

「消えた、消えたというが、今の日本で、蒸発しきれるものなのかな。三代目のときは、敗戦の後の混乱期だったというから、蒸発もあり得るだろうが」

「でも、現に、夫が家出したり妻が家出したり、蒸発事件はたくさんあるじゃありませんか」

「誘拐《ゆうかい》されてひそかに殺されている、ということも考えられるな」

「だれが、何のために四代目さんを」

「おれにわかるか」

「捜査方針をきちんとたてましょう」

田浦は、手帖の白いページをひろげた。

「仮説1　璃紅が母親を殺し、自殺した。

この場合は、もう、事件は解決しているわけで、問題はない。

仮説2　璃紅が母親を殺した。その状況を利用して、犯人Aが璃紅を自殺にみせかけて殺した。

この場合、犯人Aの条件は、
a、璃紅が母を殺した事を知ることができた。

b、午後六時～六時半に、花川戸の土蔵に入ることができた。

仮説3　犯人Aが1のような状況を作り、東谷香子、水木璃紅を殺害した。

この場合、犯人Aの条件は、
a、午前八時～午後一時のあいだに、東谷香子の家に入ることができた。

b、午後六時～六時半に、花川戸の土蔵に入ることができた。

もう一つ、仮説4が、さっき立てられたな。

仮説4　犯人Aが東谷香子を殺した。それを知って、璃紅が自殺した。

この場合、犯人Aは、璃紅が告発できない人間。

――璃若になってしまうな。

それから、動機の点ですね。

東谷香子殺害の動機。

〈男〉というのがさっき出ましたね。

東谷香子の男性関係を洗うこと……か。

どうやって洗ったらいいんだろうな。だれに訊《き》いたらいいかな。

男に関連して、〈ゆすり〉ってのもありますね。

香子が男をゆすった。

憎悪。復讐《ふくしゅう》。目に矢を突き立てるなんて残酷さは、憎悪、復讐の線かなあ。それを蒲団に寝かせたりすることで、璃紅の過失のようにみせかけた。

〈利益〉のため。

東谷香子や璃紅が死ぬことで、経済的に利益を得る人間て、いるのかな。遺産はどうなるんでしょうね。

ほかに、何かありますか」

「おまえ、一人でよく喋るな。本誌の企画会議のときも、そのくらい喋ってくれ」

「企画はいろいろ出しても、川瀬さんにつぶされることが多いので意欲減退するんです。

水木璃紅——東谷芳樹——殺害の動機。

役者のねたみ。これは、ライヴァルがだれか、しらべるんでしたね。瑞穂座に出演していない役者で、璃紅をライヴァル視していたのは、だれか。

女はからんでいないのかな。三角関係。芸じゃなくて、恋の方のライヴァル」

田浦は、ボールペンを放り出し、頬杖《ほおづえ》をついた。

「警察なら、人海戦術で、刑事を大勢動員して歩きまわらせるわけです。おれ一人で、ノーギャラで、これだけしらべるの、しんどい話ですな」

「いやなら、おやめ」

と、川瀬は変にやさしい声を出してみせた。

「やめませんよ、今さら」

＊

その後しばらく、田浦は仕事がつまっていて、身動きがとれなかった。

校了明けを待って、藤川かしくに、お目にかからせていただきたいと申し込んだ。

八月の四日、五日、六日と三日間、瑞穂座で璃紅の相手役小桜姫をつとめた藤川かしくは、八月十五日から月末まで、築地『明石座《あかしざ》』で、夏休みの学生を観客対象にした『若手花形歌舞伎』に出演している。つとめる役は、昼の部の一番目、『太十《たいじゅう》』と呼ばれる『絵本太閤記《えほんたいこうき》』十段目尼《あま》ヶ崎閑居《さきかんきょ》の場の初菊《はつぎく》一役なので、それが終わってから楽屋に来てくれれば、ゆっくりお相手ができます、という返事であった。璃若は瑞穂座の公演のあと夏休みをとり、軽井《かるい》沢《ざわ》の別荘に避暑に行っている。

田浦が楽屋をのぞくと、かしくはすでに化粧を落とし、楽屋着に着替えていた。

お茶を飲みに出ましょうかと田浦が誘うと、かしくは、まだこの後、ここで人と会う約束があるから、とことわった。

一別以来の挨拶《あいさつ》から、雑談のうちに、話題はおのずと、璃紅の事件のことになる。

母親を、あんな過失で死なせちゃうなんて、たまりませんねえ、と、かしくは胸の痛む表情をした。母親を死なせ、自殺、という警察の見解を、鵜《う》呑《の》みにしているようだった。もっとも、警察は、まだ捜査を打ち切ってはいない。昨日、田浦は、捜査本部をおとずれ、その後の進展の様子をたずねてみたのである。あいにく、例の下町好きの刑事山田は不在だったので、ろくに話はきけなかったが。

「璃紅さんは、お父さんはもうなくなられたのですか。お母さんと二人暮らしだったときましたが」

さりげなく言ってみた。

笹三や喜世松などでは、璃若にはばかって、内輪《うちわ》の事は口にしづらいかもしれないが、かしくなら、あっさり喋ってくれるのではないかという期待があった。大幹部藤川鈥右衛門の御曹司《おんぞうし》であるかしくは、いかにも育ちのよさそうな、気品のあるおっとりした微笑で、

「どうなんでしょうね。わたしは、その辺のことは何も知らなくて」

本当に知らないのか、ゴシップめいたことは口にしないというたしなみのよさからくるものか、田浦にはわからなかった。

「璃紅さんのお母さんは、昔、芸妓さんだったそうですね」

「よくご存じですね。わたしも、そんなふうにきいています」

愛想のいい笑顔でそつのない返事をするが、人気

商売だから、うかつなことは言うまいと気を配っているのだろうか、あまり打ちとけてはこない。

「璃紅さんのライヴァルといったら、だれだったんでしょうね」

「芳《よ》っちゃんのライヴァルですか」

かしくの口もとの微笑が、わずかに変化した。優越感が、彼のつつしみ深さを裏切って、滲《にじ》み出たのかもしれなかった。

「まだ……ライヴァルなんて、いなかったんじゃありませんか」

独走しているからライヴァルがいない、というのではない。ライヴァルを持つほどの力量に達していない、という意味にとれる言葉であった。

ごめんください、お邪魔します、と、のれんをわけて入ってきた者がいた。

「おや、早かったじゃないの。いま、お客さんなんだ。ちょっと待っていてくれ」

「早すぎましたか」

田浦はふりむき、入ってきたのが、『乙桐小道具』の矢沢市郎と知った。

「田浦さん」市郎は、ちょっと驚いたように会釈《えしゃく》した。

「何か小道具の打ち合わせですか」

「いえ。小道具は小道具なんですが」

「ぼくの方は、もういいですから、どうぞ」

かしくからは何も話をひきだせないと田浦は思い、無理押しはしないことにした。『劇』誌の編集者が、ゴシップ雑誌のタネ集めのようなことばかり訊いたなどと噂《うわさ》をたてられると、本業の方に傷がつく。

「それじゃ、ちょっと失礼して、顔をつくってしまおうか。それから、こちらとお話をしているから、その間にやっておくれ、それでいいだろ、市さん」

「けっこうでございますよ」

「夜の部には出られないと、うかがったように思いましたが、まだ、舞台があるんですか」

田浦が訊くと、

「いえ、この人に、首を作ってもらうんです」

かしくは言った。

「再来月――十月に、名古屋で、『盟《かみかけて》三五大切《さんごたいせつ》』を出すんです。わたしは小万《こまん》をつとめさせていただきます。それで、小万の切首がいるので、この人にたのんであるんです。わたしの顔にそっくりなのを作ってくれるように」

「矢沢さんは、切首が専門なんですか」

「切首と限らず、小道具なら、何でも作りますよ」

矢沢市郎は、ほとんど傲慢《ごうまん》にきこえる口調で言った。

「鎧《よろい》とか太刀《たち》とかは、もちろん、それぞれの専門職がいますがね」

「この人、年は乙桐さんで一番若いんですけれど、腕はたしかなんですよ」

かしくは褒《ほ》めた。お世辞とはきこえなかった。

「筑紫屋《ちくしや》さんから、名ざしで御注文をいただきました」

筑紫屋は、藤川かしくの屋号である。

「市さんが売りこみに来たんですよ」

と言ってから、かしくは、あ、と口を押さえるような仕草をしかけた。

「ぼくが前に作った切首をお目にかけたんです」

「切首をこれまでに幾つも?」

「『天守物語』で、切首を使いますでしょ。あれは、いつも、ぼくが作るんです」

このやりとりのあいだ、かしくの表情の微妙な変化が、田浦の目についた。

〝市さんが売りこみに来た〟

と言って、何か、口をすべらせてしまった、という顔をし、
市郎が、

〝ぼくが前に作った切首をお目にかけた〟

と言うと、え? と、少し意外そうにし、

〝『天守物語』で切首を使うでしょ。あれはぼくが作る〟

という市郎の言葉に、〝納得〟という顔になった。

それは、ひどく目に立つような変化ではなかった。

彼の気のせい、思いちがい、といわれれば、それまでのものであった。

「『天守物語』の工夫を借りて、『三五大切』でも、切首に笑わせてみようと、演出の菅野先生や源五兵衛《げんごべえ》をやる秀次郎兄さんと話しあったんです」

と、かしくはつづけた。

「源五兵衛が、惚《ほ》れた小万を、裏切られた怒りから斬《き》り殺しますでしょ。その首を、目の前に据えて、酒を呑《の》む。凄《すさ》まじく淋《さび》しい場面ですよね。源五兵衛が、酔って、小万の首にかきくどく。そのとき、ほんのわずか、あるかないかの淋しい微笑を、小万の首が口もとに浮かべる。すぐまた、無表情な死首になります。お客さんが、目の錯覚《さっかく》だったかと思うような、それだけに、ぞっとするような効果を出したいんです。もちろん、源五兵衛が、かかえてきた切首を台の上におくとき、生身の役者、つまり、わたしが切穴から首を出し、切首といれかわるわけで、そのあと、また、源五兵衛が切首を抱きあげるときにも、いれかわる。長いこと、突っ立って首だけ出しているのはしんどいですから、なるべく早いところ、作り物といれかわらせてもらいますけど。うまくいったら、いい場面になると思いますよ」

「あとになれば、客だってからくりに気がつくだろうけれど、その瞬間は、それこそ、冷水を浴びせられた思いがするでしょうね。作り物と思いこんでいる首が笑うんだから。そういえば、ぼくも、『天守物語』、見たことがありますよ。床においた切首がにやりと笑ったので驚いたのをおぼえています。いた付きでおいてあるのなら、本物の役者が首だけ出しているのだと、すぐに気がつくけれど、その前に、切首は首桶《くびおけ》からとり出され、作り物ということを印象づけられているから」

「たねを割れば、たあいないからくりなんですけどね」

「『天守物語』の切首は、ぼく、いくつか作りました」と、市郎が、「あの首の役は、ただ床から首を出しているだけで、スポットがあたったら、にやりと笑うのが唯一の仕どころなんで、つとめるのはいつも、大部屋《いなりまち》の役者さんです。ぼく、大部屋にかよって、役者さんの顔をスケッチしました。一度も、お客さんに、前もってからくりを見抜かれたことはありませんでした。本物の役者さんとぼくの切首と、二つ並べても、どっちがどうか判断に迷うというくらいの出来のものばかりです。でも、何しろ若造ですから、大物の役者さんの首はこれまで作らせてもらえなかったんですけど。葛原さん——おぼえてるでしょ、うちの、白髪を五分刈《ごぶが》りにした——あの人なんか、職人のなかでは一番古手のひとりなんですけど、切首をあまりなまなましく本物そっくりに作るのは、よくないっていうんですね。作り物は作り物でいいんだと、色も胡粉《ごふん》を塗ったりするの嫌いで、縮緬貼《ちりめんば》りで作りたがるんです」

「そのお考えも、一理あると思うんですよ」

かしくは、鏡の前に坐り直し、顔をつくりはじめながら言った。ゴシップめいた、璃紅の父親の詮索《せんさく》などには口が重かったが、芝居の話題になると、素直に意見をのべる。田浦はその態度に好感を持った。しかし、事件の解明には、金棒引《かなぼうび》きのような相手が好ましいのだった。

「歌舞伎のおもしろさは、写実一点ばりじゃない。誇張や象徴で成り立っている。考えてみると、ずいぶん前衛的なものを持っていると思うんですよね」

「でも、今度の場合は、瓜《うり》二つに作らないといけませんでしょ」

「そう。たのむよ」

「切首を、生身の役者と生きうつしに作るということは、後の世に役者の俤《おもかげ》をつたえるという意味でも、とても大切な仕事だと思うんです」

市郎は、相手を説得しようという気負いをみせた。

「そりゃあ、いまは、写真というものがありますけど、職人が精魂こめて作った切首には、写真ではうつしとれない、……何ていうんだろ、役者の……魂、いのち、そういうものが、こめられるんじゃないかと。活人《いき》人形師安本亀八の切首にしても、葛原さんなんか、歴史的な意味は別として、あまり気味のいいものじゃないとけなすけれど、亀八の作った切首のおかげで、田之助のおもざしをしのぶことができるんだし」

そう、市郎が言ったとき、鏡にむかっていたかしくが、ちょっと首をかしげるふうにしたのが、田浦の目にとまった。

昼の部が終了して、役者たちが楽屋にひきあげてくるところらしく、廊下がさわがしくなった。市郎は、スケッチブックをひろげた。

かしくが顔をつくり終わり、がったりの鬘《かつら》をつけると、市郎はスケッチに専念しはじめた。傍でお喋りをするのがはばかられるような雰囲気になり、田浦は、

「お邪魔しました」

と腰をあげた。

その足で、田浦は三階の大部屋をのぞいた。

喜世松と笹三が、顔を落としながら、にぎやかに田浦を迎えた。これから、食事でしょう。どうです、外で蕎麦《そば》でも、と誘うと、二人とも、即座に承知した。

「丈太郎さんは?」

「あの人は、今日はこっちには出ていないんです」

「いいアルバイトにありついてね」

「素人《しろうと》さんの踊りのおさらい会なんです。青山ホールっていってたよね、たしか」

二人は、口々に言う。

「おさらい会に丈太郎さんが出演するんですか」

「いいえ、顔をつくってあげたり、着付けを手伝ったり。素人のお嬢さんたちでしょ、踊りの手順はどうにかたどれても、顔までは、なかなかつくれないんですよね。それで、わたしたち、ときどき頼まれるんですけど、これ、いいアルバイトになるんですよ。きまった礼金のほかに、お嬢さんがたのお母さんたちが、自分の子は特別念入りにかわいく仕上げてほしいということで、お祝儀《しゅうぎ》をはずんでくれますしね」

「丈太は、ほら、おふくろさんが『乙桐小道具』で働いてるでしょ。だから、そっちのつてが多いんですよね。おさらい会をやるところで、ちょっと大きいのは、乙桐さんから小道具を借りるでしょ。その

とき、だれか助っ人をしてくれる三階《いなりまち》さんはいないかしら、という話になる。それじゃ、丈太を、ってことになるのね」

「あいつ、若くて、ちょっと男前だから、もててね、一度手伝うと、次のときも名指しで、となるようで、けっこうお座敷がかかるんです。顔をつくってあげるのがとても上手だという定評もあって。ブスでもけっこう見られる顔に仕上げちゃうんですって。ときどき、こっちにもお座敷まわしてくれますけどね」

喋りながら、手早く化粧を落とし、単衣《ひとえ》の和服に着替え、献上《けんじょう》の帯をしめて、

「お待ちどおさま、行きましょうか」

と笹三が先に立った。

「せっかくご馳走《ちそう》してくださるというの、どこにしよ」

「うお清は」

「平松の方がいいよ」

料亭などに連れていかれたら、えらいことになる。取材費は出ないと、川瀬に釘《くぎ》をさされているのだ。


もっとも、二人ともその辺は心得ているとみえて、あそこ、ここ、と言いあったあげくに案内したのは、露地裏の小さい蕎麦屋だった。高そうな料亭の名を並べたてて、田浦が内心はらはらするのをおもしろがっていたらしい。

それでも少しはりこんで、天ざる三枚三千六百円は、田浦にはあまり気安い出費ではないが、物を食べながらの会話は、何となくくつろぐ。大盛にしてよね、と、喜世松は注文をとりに来た小女《こおんな》に言った。

「今日は、舞台をみてくださったんですか。いかがでした」

「いえ、観劇の方は、今日は失礼して、筑紫屋さんの楽屋をおたずねしてきました。乙桐の矢沢さんが、再来月のだしものの切首を作るとかで、スケッチにみえていましたよ」

「かしくさんに、雑誌の方のインタビューか何か?」

「璃紅さんのことをうかがいたくて」

「あの事件ねえ。ああ、思い出してもぞっとする。ずいぶん、警察の人にいろいろきかれて、いやでし

たねえ。璃紅さんも、死にたくなるわけだわねえ。親をあんな姿にしちまったんでは」

「璃紅さんのお父さんて、どういう方だったんでしょうね。芝居の関係の方だったんですか」

「さあ」

二人は顔を見合わせた。

「何か、正式の結婚じゃない、子供だったようですね」

「日かげの花ね」

「ここだけの話なんですけどね」

と、喜世松は口がかるかった。

「うちの旦那《だんな》のかくし子なんて噂《うわさ》もあるんです」

「やっぱり」

「ほんとかどうか、知りませんよ」

「実の子にしては、似ていないけどね」

「血をわけた親子でも、まるで似ていないというのもあるよ」

「どうなんだろ。親って、自分に似ている方がかわいいものなのかしら」

「そんなことはないよ。タア公は、わたしに似ていないけれど、かわいい」

「この人、子持ちなんですよ。御婦人がたのまえでは、ひとり者みたいな顔をしていますけど」

「おまえさんだって、いるじゃないか」

「あれは、女の連れ子なの」

「かわいいかい」

放っておくと、話はどんどん横道にそれる。

「璃紅さんが巴屋さんのかくし子というのは、信憑《しんぴょう》性のある話なんですか」

「いえ。噂ですよ」

「あの人も、これからってときにねえ」

「璃紅さんの女性関係って、どうだったんでしょうね」

「そりゃあ、こういう商売だから、女の方で放っておかないわね。ことに、璃紅さんなんか、若くてきれいで、あれでもてなかったら、どうかしてる」

「特定の人、いたんでしょ」

「あなた、刑事さんみたいね。きかれたんですよ、同じようなこと。根ほり葉ほり。璃紅さんを恨《うら》んでいる人はいなかったか、とか」

「殺して得をする人は、とかね」

「そんなことをきかれても、困っちゃうんですよ。警察に告げ口するみたいなこと、ねえ」

「わたしたち、何も知りませんもの」

「でも、田浦さん、どうして今ごろ、そんなことを気にしなさるの」

「どうしてってことはないんですが」

「璃紅さんが殺されたってふうに疑っているんですか」

笹三が、ちらりと鋭いところをみせた。

喜世松も笹三も、ちゃらんぽらんなことばかり言っているが、かなり怜悧《れいり》なところがあると、田浦は感じる。口軽なようで、しっぽはつかませない喋りかただ。

「あなたがた、どう思います？」

「わたしたちがどう思ったって、世のなか、変わりゃしない」

「そう。雲の上のことは、わたしたちには関係ないんです」

「打ち明けて言いますとね、ぼくは、たしかに、少し疑っているんです。水木璃紅は殺されたんじゃないか、って。だれかが、ああいうふうにお膳立《ぜんだ》てしたと考えられなくもない状況で」

「殺人演出ですか」

喜世松が言い、
笹三が、

「そういうふうに、そちらの気持を話してくださった方が、わたしたちも気分がいいの。遠まわしにさぐりをいれられるのは、あんまり、ね」

「失礼しました。そうですね」

「でも、どうして田浦さんが？　警察にまかせておけばいいことを」

「警察は、ほぼ、自殺説でしょ。ぼくも、なぜ、この事件に身銭《みぜに》切ってむきになるのか……とは思うんですけど。たぶん、三つの事件の現場に居合わせたからかもしれませんね。璃紅の水中での消失。土蔵での自殺。そうして、璃紅のお母さんの遺体発見」

「それなら、わたしも同じだけどね」

と、笹三が、

「でもねえ、あなたみたいに、刑事のまねをしようって気にはならないわね」

「わたしは、璃紅さんの首吊りの方は見ていない」

喜世松が言った。喜世松は、丈太郎といっしょに、璃紅の母が帰宅したら息子の変事を告げようと、張り込みまがいのことをしていたのだった。実際は、香子が家の中で死んでいるのを知らず、飲み屋に入りこんで、ときどき電話をかけてみるという、手抜きをしていたわけだったが。

「璃紅さんが水槽をぬけ出したのに気がつかなかったって、わたしたち、旦那からずいぶん叱言《かす》をくらいましたよ」

「で、どうでしょうね、何か心あたりはありませんか。璃紅さんが殺されたと仮定して、彼を殺す動機を持つような人」

「全然、わかりません」

笹三は、いやにきっぱり言った。

田浦は、このとき、頭のすみにかすかに残っていた記憶がよみがえり、言った。

「『田之助紅』とかいう芝居に、璃紅さんがゲスト出演したとき、丈太郎さんも助っ人に出たと話してくださったの、笹三さんでしたよね」

「ええ、わたし、言いましたけど」

「丈太郎さんは、璃紅さんと親しいんですか」

「親しいといったって、大部屋と部屋子さんじゃね。まあ、年は同じぐらいだし、わたしたちよりは話があったんじゃありませんか」

「丈太郎さんなら、少しはくわしいことをきけるでしょうか」

「さあ、どうでしょうね」

「おさらい会というのは、どこで?」

「青山ホール」

「ああ、表参道《おもてさんどう》の」

「ええ」

「行ってごらんになるの。ずいぶん熱心だな」

「社の仕事に縛られているので、自由に動ける時間が少ないんですよ。動けるときに、目いっぱい動かないと」

「御苦労さまです」

「まるでお役にたてなかったのに、ごちそうにばかりなっちゃって」

かるい皮肉やからかいが混っているともとれる語調であった。

＊

手早く結びあげた帯をぽんと叩いて、

「はい、しっかりやってらっしゃい」

と、藤鼠地の裾《すそ》に竜田川《たつたがわ》を縫《ぬ》いとった衣裳《いしょう》を重たげにつけた女の子をはげまし、それから丈太郎は、田浦に会釈した。

十五畳ほどの畳敷きの楽屋は、プロの役者の楽屋より華やぎたっている。友人知人などから出演者に贈られた花束が幾つもおかれているせいだろう。白《おし》粉《ろい》のにおいと花のにおいが濃厚に混りあい、そのなかで、出演者の母親たちが、舞台に立つ当人たちより昂奮《こうふん》して、きりきりと動きまわっている。

「おいそがしそうですね」

「ええ、ちょっと。何か御用ですか」

「こちらは、何時ごろ終わります」

「五時終演の予定なんです。わたしはその少し前に御用ずみになりますけど」

「あと一時間足らずですね。五時ごろ、どこかこの近所でお待ちしていいですか」

「ええ。そうですね……」

丈太郎は少し思案し、喫茶店の名をあげた。

書店をのぞいたりして時間をつぶし、約束の時刻より十分ほど早く、指定された喫茶店に行った。

丈太郎があらわれたのは、田浦が生ビールのジョッキを一杯あけ、二杯めをオーダーしようかと思っていたときだった。チェックのシャツにサングラスをかけた丈太郎に、

「お待たせしました」

と声をかけられて、田浦は、一瞬、とまどった。

「おみそれするところだったな。そういうかっこうだと、役者さんにみえませんね。どうも、お疲れのところを」

「いいえ」

丈太郎は、腰は低いが、すぐに心をひらいてくるふうではない。生ビールをオーダーしながら、いまごろ、何の用だろうと、いぶかしく思っているような目を田浦にむけた。喜世松や笹三の例もあるので、今度は、田浦は、最初から素直に、璃紅の死に他殺の疑いを持っていると打ち明けることにした。

「丈太さんは、璃紅さんとは親しかったのでしょう」

「だれがそんなことを言いました?」

「『田之助紅』に、いっしょに出演されたとか」

「ぼくは出演したわけじゃありません。手つだいに行っただけです。劇中劇で歌舞伎の狂言をやるところがあるんですが、そっちの素養のない人たちがやるんだから、一夜漬けでね、せりふまわしから仕草から、教えこまなくちゃならなくて」

「その指導をしたわけですか」

「ええ」

指導なんて、おこがましい、というような謙遜《けんそん》のせりふは、丈太郎は吐かなかった。

「指導をあなたがたのまれたのは、璃紅さんと親しかったからですか」

「ぼくは年が若いので、たのみやすかったんでしょう。大部屋でも、古い人は、芝居の生き字引みたいなもので、若い御曹司なんかには煙《けむ》ったいんですよね。璃紅さんは御曹司ではないけれど、似たような立場でした。素人さんから部屋子になったのだから、古い人とあまりしっくりいかないということはありましたね」

「そねまれたり、憎まれたりということは」

「それは、なかったんじゃないですか」

「あなたは、どうでした。同じ年頃で、一方は将来大名題《おおなだい》を約束され……」

傷つけるようなことを言ってしまった、と、田浦は思った。

「それを気にしていたら、この世界で生きていけませんよ。出だしがちがうと、割りきっています」

丈太郎の表情はかわらなかった。

「田浦さんは、どうして、璃紅さんの死を他殺にしてしまいたいのかな。その方がドラマチックで外野席の人にはおもしろいだろうけれど、ぼくらとしては、いささか不愉快だな」

「無責任な野次馬《やじうま》気分でいるわけじゃないんです。あの現場に居合わせたぼくとしては、すっきりと納得したいんです」

「どこが納得できないのかな」

丈太郎は濃い眉《まゆ》をちょっとひそめ、ひとりごとのように言う。

「一つは、あれが偽装もできるということなんですけど」

「偶然、紐が切れちゃったんだから、しかたないでしょ」

「もう一つは、なぜ、乙桐さんの土蔵で、ということなんです」

「それは、市《い》っちゃんが、いみじくも言ったそうじゃないですか。田之助の首を死ぬ前に見たかったからだろうって」

「璃紅さんは、そんなに、あの作りものの首に惹かれていたんですか」

「ええ」

「『田之助紅』をやるときに、役作りのために、あれを見て、それ以来ですって?」

「ええ」

「璃紅さんの女性関係って、どうでした」

と、田浦は、笹三たちにきいたのと同じ質問をくりかえした。

ファンはいたけれど、特別な関係の女性がいたかどうか、知らないと、丈太郎は言った。

「璃紅さんがお母さんを死なせてしまったことですけれどね。心の奥底に、自分でも気づかない憎しみが、璃紅さんには、あったかもしれませんね」

丈太郎は、田浦の思いもよらないことを言いだした。

「仲が悪かったんですか」

「いいえ、よすぎるくらい、よかったんです。母一人、息子一人でしょ。うっとうしい関係ですよ、これは」

「まさか……」

「もちろん、やましい気持が二人のあいだにあったなんて、これっぽっちも、ぼくは思いませんよ。ただ……困るんですよね。たえず心にからみついているってふうで」

「そういえば、丈太郎さんもお母さんと二人きり?」

丈太郎は、苦笑して、

「ええ、まあ、そうですね」

「失礼ですが、お父さんは」

「ぼくが物心つかぬうちに死んだそうです」

「やはり、小道具の方の」

「さあ。どうだったんでしょうね。いいじゃないですか、ぼくのことなんて」

「璃紅さんのお父さんは、芝居の関係の方ですか」

「あなた、きいたんじゃないですか、噂」

切りつけるように、丈太郎は言った。

「巴屋《ともえや》さんかもという……?」

「やっかみ半分の噂ですよ。全然、似てないじゃありませんか」

丈太郎は言った。

「じゃ、だれなんでしょう」

「知りませんね」

「璃紅さんがお母さんの目に矢を刺してしまったのは、もののはずみの過失だけれど、その後の行為には、潜在的な殺意があった、こう、丈太郎さんは思っているわけ?」

「そういう解釈も成り立つなというだけのことです。でも、うがっていると思いません? 一方で、母親をこの上なく愛してもいるわけですから、もう、自殺する以外にないですよ、璃紅さんとしては」

「丈太郎さんが、もし璃紅さんの立場だったら、お母さんに殺意が生じますか」

「すごいことを訊きますね、あなた」

丈太郎は笑った。快《こころよ》い笑いではなかった。

「幸か不幸か、ぼくは、なべづるを使うような派手な役にはありつけっこないのでね」

もう一杯いいですか、と丈太郎は言って、ウェイトレスに追加を注文した。

「田浦さんは、御兄弟は?」

「兄一人、妹一人。ぼくは、家を出て一人でアパート暮らしですが、母親に、潜在的にせよ、殺意などないですね。いるかいないかわからない、おとなしい人で。むしろ、兄だったな、子供のころ目ざわりだったのは。近ごろは、そんなことはありませんがね」

「羨《うらや》ましいですね」

「何が」

「いえ」

もういいでしょう、と、丈太郎は席を立った。

幸か不幸か、なべづるを使うような役にはありつけっこない、といった丈太郎のひとことには、決して大役をもらうことのない大部屋役者の感情がこもっていたな、と、田浦は別れてから、思った。

御曹司に準ずる待遇を受けている璃紅に、友好的な感情は持っていないのかもしれない。それは、笹三や喜世松にしても同様だろうが、年が同じくらいなだけに、丈太郎の感情はいっそう強いということもあり得る。だからといって、丈太郎に璃紅を殺せたわけがないのは、明らかだった。丈太郎の鯉の四《よ》天《てん》は、田浦の目にはっきり残っていた。

璃紅は自殺だという丈太郎の言葉には、説得力があった。母親に対する内心のありようを、丈太郎が簡潔な言葉で剔出《てきしゅつ》してみせたせいである。ただ単に、苦しみもがくのを見ていられなくて殺してしまった、というのより、真実を感じさせられる。

丈太郎はやはり、璃紅とはかなり親しくつきあっていたのかもしれない。通り一ぺんのつきあいでは、こんな推察はできないだろうから。

つきあいが深ければ、深いだけ、丈太郎の璃紅に対するひそかな反感は強まるのではあるまいか。そんなことを考えながら、田浦は地下鉄に乗った。明日からまた、編集の仕事がいそがしくなる。自由に動けるのは、今日一日ぐらいなものだ。今日だって、休日ではない。川瀬は出勤しているはずだ。田浦が強引に、校了明けの一日、休みをとってしまったのである。

だが、反感が強いくらいでは、殺しまではやらないだろうな……と、いつか、田浦は丈太郎を璃紅殺害の犯人に擬して考えていた。璃紅が死んだからといって、その代役がすぐに丈太郎にまわってくるというような立場ではないのだ。二人のあいだには、身分のへだたりがありすぎた。いまではほとんど死語にひとしい〝身分〟が、この世界では厳然と幅をきかせている。

たとえば、母親を殺したことを、丈太郎が璃紅から打ち明けられたとする……と、地下鉄の車内で、田浦は、考えるともなく考えている。璃紅を殺して自殺にみせかけることのできるチャンスである。しかし、四天に出ていた丈太郎には、花川戸まで往復する時間などありはしない。死体移動というやつがある。瑞穂座で殺しておいて……それだって、不可能だ。

璃紅の母親、ということから、丈太郎の母親に連想がとんだ。母親の小野好江から、田浦は、したたかな女という印象を受けている。母親が、息子にかわって、璃紅を。これも時間の点で不可能だ。璃紅が水舟にとびこんでから打ち出しまで三十分ほど。打ち出しのとき、田浦は、久子や綏子《やすこ》といっしょにいる小野好江に会ったのだ。三十分で瑞穂座と花川戸の土蔵を往復するなど、話にもならない。

年ごろが同じくらいで、身分に差がありすぎる、という、それだけのことで丈太郎を殺人犯になぞらえてしまったのは、璃紅の内心を抉《えぐ》ってみせた丈太郎の手ぎわがあざやかすぎたためだろう。

終点の浅草で地下鉄を下りた。

事務所は閉まっていた。田浦は、裏の家人の出入口にまわった。

ブザーを押すと、応対に出たのは、小野好江であった。ほんの一瞬ではあるが、好江が息子のために殺人を、などと考えもした相手なので、田浦は少しうろたえた。

「こんな時間に、突然、すみません。小野さんは、まだお仕事なんですか。よほどたてこんでいるんですか」

「いえ、奥さんがちょっと軀《からだ》のぐあいが悪いので、お世話していたんです」

「御病気ですか」

「気疲れも出たんでしょ。あの事件からこっち、警察の人にあれこれ訊かれたり、新聞やテレビの人が来たりで、丈夫な者だって疲れますよ。奥さんは、もう若くないんだから、そっとしといてほしいですよ」

「小野さんは、お元気そうですね。奥さんと同じ年ごろでしょ」

「わたしの方が少し下です。わたしは、乳母日傘《おんばひがさ》の育ちじゃありませんから。奥さんに何か御用ですか」

「あつかましいんですが、田之助の切首を、もう一度見せていただけないでしょうか」

小野好江は、露骨に迷惑そうな顔をした。

「何だって、また……」

「璃紅さんがここで死んだのは、あの首を見たかったからなのだというでしょう。それほど魅力のある首だったろうか。ぼくも、もう一度見直してみたくなったんです」

「市郎がねえ、あんな馬鹿なことを言い出して」

「ちがうんですか。切首のせいじゃないんですか。それじゃ、何のために」

「わたしは知りませんよ、何のためか。たぶん、首を見るためだったんでしょうよ、市郎の言うとおり。でも、もう、そっとしといてくださいよ。何ですねえ、田浦さんまで物見高く」

「首をみせていただくの、ご迷惑ですか」

「べつに迷惑とかそういうんじゃありませんけどね、ここのおうちとしては、もう、やりきれないんですよ。自殺の現場に使われたというだけでも、いいかげん縁起が悪くて、まいっちゃいますよ。放っといてもらえないものですかね」

「いいじゃないの、お見せしたら」

と、奥から出てきて声をかけたのは、綏子であった。

「お邪魔してます」

「田之助の首をもう一度ごらんになりたいの？」

「きこえましたか」

「ええ。わたしが御案内するわ。鍵をとってきますから、ちょっとお待ちになって」

いったん奥に入った綏子は、再びあらわれると、「どうぞ」と、サンダルをつっかけて先に立った。

「どうして、切首にそんなに御執心《しゅうしん》なの。田浦さんも、あの首に魅入られちゃったんですか」

「いつも、錠をおろしておくんですか、この土蔵の扉は」

閂《かんぬき》にとりつけられた頑丈な南京《ナンキン》錠の鍵穴に綏子が鍵をさしこむのを見て、田浦は訊いた。

「璃紅さんがここで死んだときは……」

「前は、昼間は錠前ははずしてあったんです。あの事件の後よ、マスコミの人なんかが、かってに入りこもうとしたりするので、錠をかけっ放しにしておくことにしたんです」

重い鉄扉《てっぴ》を開き、引き戸を開けて、中に入る。

「綏子さんとこの蔵に入るのは、三度めですね」

「そうでしたっけ」

「四代目さんの消えたあのとき。璃紅さんの死んだとき。そして、今日。田之助とも、三度めの御対面だ。綏子さんは、恋人いるんですか」

驚いたように、綏子は田浦を見た。田浦も、驚いていた。細いすきまから、すいと小鳥がとび立つように、言葉が、彼の意識の制御のすき間から、かってにとび出していた。

「そんなこと、答えなくてはいけないの」

「いいえ、答えなくていいです。いやだったら」

「わたし、さっき田浦さんに、田之助の首に魅入られたのですか、とお聞きしたのだけれど、答えていただけなかったわ」

「そうでしたっけ。ぼくが魅入られたというより、璃紅さんのことですよ、彼は、死ぬ前に首を見たくてここに来た。それほどまでに魅力的なのかなあって」

「対象が切首だから、ちょっと、あれなんじゃない。これが、好きだった場所っていうのなら、ごく自然でしょ。山が好きだった、だから、山に入って死んだ。海が好きだった、だから、海の見える場所で死んだ。薔薇《ばら》が好きだった、だから、薔薇に埋もれて死んだ。花の香りで窒息させる殺し方って、あるんですってね。田之助の切首が好きだった、だから、一目見てから死んだ。山や海はロマネスク。切首はグロテスク。ひとは、ロマネスクは肯定《こうてい》しても、グロテスクは受けつけたがらないのよ」

「綏子さんだったら、死ぬ前に何を見たい」

「わたし、まだ、死ぬ気は全然ないわ」

「ぼくは変なことばかり口走っているな。あがっているんだ」

「何を今さら、あがるの。初対面じゃないのに」

「回を重ねるごとに、あなたがきれいに見えてくる」

「わたしは少しも変わっていないのに、ちがって見えるということは、あなたの錯覚によるものだわね」

「あなたの話し方って、ぼくにある人を連想させるな」

「そう。だれ?」

「丈太郎さん。芸名は水木辰弥だっけ」

「どうして」

思いがけないことを言われた、というふうに、綏子は高い声をあげた。

「丈太郎さんも、頭のよさそうな、シャープな話し方をする人だった。あなたも」

「そう」

と、綏子は、はぐらかすように言って、それ以上相手にならず、階段をのぼった。

切首を見たいというのは口実で、実は、綏子にもう一度会いたかったのではなかったか、と、田浦は思いあたった。

口実――。自分自身に対する……。

首をもう一度見たからといって、何がわかるわけでもない。

棚《たな》から桐《きり》箱をとると、綏子は蓋《ふた》を開け、切首を出した。

指先の感覚が、かすかな違和感をつたえた。田浦は目を閉じ、切首の後頭部を、もう一度指でさぐった。頭髪にかくれ、見ただけではわからないが、たしか、ここに、くぼみがあった……と、指が記憶していた。

ついで、これをはじめて見たときのことが思い出された。四代目伊兵衛が、この首を持ってくると土蔵に入ったきり戻ってこないので、久子といっしょに様子を見にきた、そのときに、久子がこれを出して見せてくれた。淋しく妖《あや》しく美しい表情にみとれ、田浦は思わず、いとおしむように髪を撫《な》でた。後頭部のやや右よりに、くぼみを感じたのだ。

――傷がありますね。

――ええ。

――昔からですか。

――さあ、いつからですか。誰か落としたんでしょ。柔かい桐材ですから、傷がつきやすいんですね。

――もったいない。

久子とかわしたそんな会話も、思い出された。

傷をさがしてまさぐっている田浦に、何をしているの？　という目を綏子がむけた。

「修理したんですか？」

「修理？」

「傷があったでしょう」

「知らないわ」

「ここ、このあたりに、くぼみがあったと思うんだけど。見てもわからないんです。髪でかくれているから。さわると、少しへこんでいた。ところが……これ、へこんでいませんね」

「知らなかったわ。そんなふうに撫でまわしてみたこと、なかったから。本当に、傷があったんですか」

「お母さんもご存じでしたよ。だれか落としたのだろうって。桐材だから傷つきやすいのだと言われたのをおぼえている」

綏子は、田浦の言葉につられたように、切首の髪のあいだをさぐった。

「人形の髪の毛って、きみ悪いわね」

「傷、ないでしょ」

「ええ。……」

綏子は、泣き笑いのような表情をみせた。

「いろいろなものが消えるわね、ここは。人が消える。人形の傷も消える」

Ⅲ　破邪の鏡

「乙桐《おとぎり》の職人が死んだな」

出社すると、川瀬が言った。

校了明けの日から、十日ほどたっていた。

田浦は、前夜、取材に行った小劇団のメンバーと飲んで、今朝は新聞も読まずテレビも見ず、頭痛をこらえて出社してきたところであった。

「ほんとですか」

社にそなえつけの新聞に、あわてて目をとおした。

矢沢市郎の死を、新聞記事は伝えていた。

目を走らせて、新聞を投げ捨てたくなった。

毛布をかぶせた上から、全身をめった打ちに鈍器で叩いてあったと、記事は伝えていたのである。後頭部にも、挫傷《ざしょう》がある。後頭部を一撃して昏倒《こんとう》させてから、毛布をかぶせて、

「ご丁寧にも、叩きにしちゃったんですね。ひでえな」

言いようのない不快感を、冗談にまぎらせた。

「その結果、顔も指紋も不鮮明になった。顔のない死体というやつだな」

死体の発見者は、『乙桐小道具』の職人、小林という男である。矢沢市郎は、アパートに一人住まいなのだが、ここ三日ほど無断で欠勤していた。製作部長徳田の命令で、小林が様子をみに寄ってみた。新聞がたまっている。腐敗臭がかすかに感じられる。管理人にドアを開けてもらったところ、毛布をかぶって倒れているものがあり、蛆《うじ》が這《は》っていた。

室内がひどく荒らされているので、居直り強盗のしわざかとも考えられるが、それなら死体の顔をつぶしたのはなぜか。

このアパートの住人は、市郎のほかは水商売の者などがほとんどで、夜はどの部屋もからになる。そのためだろう、兇行《きょうこう》の物音をきいた者も、怪しい人影を目撃したというような警察に都合のいい者も、あらわれなかった。

田浦は受話器をとり、『乙桐小道具』に電話をいれた。電話は、事務所と自宅と、二本ある。田浦がかけたのは、自宅の方である。

綏子《やすこ》が出た。

「新聞、読みました」

「そうですか」

吐息のような声で、綏子は応じた。

「あのことと、関係あるんでしょうか」

「あのことって……」

「あれです」

田之助の切首《きりくび》の傷が消えていることを、田浦はあのとき、綏子に口止めされた。

——だれにも、黙っていてください。わたし、しらべてみるわ。

綏子は、そう言ったのだった。それで田浦は、この数日、田之助の首に関しては、川瀬にも黙りとおしてきたのだが……。

「矢沢くんのやったことじゃなかったんですか、あれは」

「あれって……」

「言っちゃってかまいませんか。そばに人がいるんですが」

何だ、おい、と川瀬が肩をこづいた。

「田之助の切首の傷がなかったということ？」

「ええ」

「わたし、母にたしかめてみました。たしかに、小さい傷はあったんですって。あれは、偽首だったのね。よくできていたわ。見ただけでは、わからないくらい」

「そのこと、警察に言いました？」

「何を？」

「偽首のこと」

「どうして。関係ないでしょ」

「関係あるかもしれませんよ。矢沢くんが、あれを作ったのかもしれないでしょう」

短い沈黙の後に、綏子は、

「そうだとしても、なぜ、そのことであの人が殺されなくちゃならないの」

と、問い返した。

「彼が、だれかと共謀して偽首を作り、本物を売りとばして金もうけしたとします。共犯者と、わけまえのことなんかで争いになり、殺されてしまった。こういうことも考えられますね」

「そうね……」

「第一、首が偽物とすりかえられていたというのは、重大な窃盗事件ですよ。警察に届けなくてはいけないことだったんです」

「ええ、でもね……首を、あれだけ巧みに作れるのは、うちの職人以外にいないでしょ。だから……公《おおやけ》にしたくなかったの。公にしないで、何とか犯人を探そうと思ったのだけれど……」

「こうなった以上、警察に話した方がいいですよ」

「ええ、ありがとう」

電話を切った後も、綏子の沈んだ声が耳に残った。

「何の事だ、偽首がどうとかこうとかって」

「口止めされたんで、川瀬さんには話してなかったんですけどね、例の田之助の首が、偽物にすりかわっていたんです。実にうまくできていて、頭のうしろの小さな傷が消えているのにぼくが気づかなければ、綏子さんだって偽物とはわからなかったくらいです」

「そのことと、矢沢市郎が殺されたこととと、関係があるわけか」

「まだ、わかりませんけどね」

「矢沢というのは、たしか……藤川かしくの切首を製作中と、おまえからきいたっけな」

「ええ。かしくさんの楽屋で会いました。矢沢市郎は、安本亀八のような、実物そっくりの切首を作ることに執念を燃やしていました」

「田之助の首を偽造したのは、矢沢市郎という可能性は大きいな。それが、なぜ殺されたか」

「共犯者がいた。市郎は、名人気質というか、本物と見まちがえられるようなみごとな偽首を作ること しか念頭になかったが、共犯者の方は、そいつを利用して、本物を売りとばし、大金を手にする計画だった。市郎とのあいだに仲間割れが生じ、市郎は殺された……」

「顔のない死体にしたのは、なぜだ」

「死体は、共犯者の方なのかな。争った結果、市郎は共犯者を殺してしまった。それで、自分が殺されたふうにして、逃亡した」

「と、警察には思わせて、実は、やはり、市郎が殺されていた」

「殺されたのが共犯者の方なら、矢沢市郎と年かっこうも軀《からだ》つきも似た男ということになりますね」

「殺されたのが矢沢市郎なら、共犯者は限定できなくなるな。女ということもあり得る。毛布をかぶせて叩くなんて、女っぽいやり方だ」

「返り血を浴びないためでしょう、毛布は」

「『乙桐小道具』の経営状態はどうなのかな」

「さあ、なぜです」

「経済的に逼迫《ひっぱく》していたら、田之助の首をひそかに売っ払えば、ずいぶん助かる」

「それで、矢沢に命じて作らせた。ところが、その矢沢に、脅迫《きょうはく》されて……殺した？　その場合、少なくとも、乙桐の奥さんは、違うな」

「そりゃあ、なぐり殺すような荒仕事は、できそうもないが」

「決定的に、彼女じゃない証拠があります。久子奥さんは、田之助の切首に傷があることを知っているんです。だから、あの人が命令して作らせたのなら、忘れず、傷も作らせるはずだ」

綏子は、傷があることを知らなかったな……と、田浦は思った。警察に告げろと綏子にすすめたことが、重苦しく胸につかえた。まさか……綏子が撲殺《ぼくさつ》などするわけがないじゃないか……。

「首は、いつごろすりかえられたのかな。璃紅《りこう》が死んだとき、たしか、首を土蔵から出してきて飾ったと言ったよな」

「ええ。市郎が、璃紅は田之助の首を一目見るために、土蔵に来たのだと主張して」

「そのときは、どうだった。首はまだ本物だったのか」

「当然本物だと思っていましたけど、今考えると、わからないんですよね。傷をたしかめたりしなかったから」

「本物は、百年以上たった古いもの、偽物は新しいわけだろう。塗料の古びぐあいなどで、見わけがつかないのか」

「二つ並べて見くらべたら、違いがわかるかもしれませんが、一つ見ただけでは、全然」

「璃紅の死んだときは、乙桐の職人だの、何人もが見ているわけだろう。本物だったんだろうな、そのときは」

「いや、ひょっとして、そのとき、すでに……。市郎が作ったのだとしたら、先輩の職人たち――あのとき、二人いましたが――彼らに挑戦するような気持で……。田之助の首ということをあの席で持ち出したのは、市郎だったんですから」

「四代目の消失は、この、首のすりかえと関係あったんだろうか。どう思う？」

「四代目が消えたとき、首は、まだ本物だったんです。そのときに、ぼくははじめてあの首を見て、傷のあることも知ったんです」

「そうだったな」

本物の首はどこにあるのかな、と、川瀬は心残りなようにつぶやいた。


偽首の製作者が市郎であったことは、ほどなく、明らかになった。

綏子は、田浦のすすめに従い、切首がすりかえられていたことを、警察に話した。

そのことは、早速、新聞記事になった。二、三の新聞は、『乙桐小道具』の家の者――つまり、久子や綏子だが――が、本物を売って金にするために、偽物を作らせたのではないかという見解を、それとなくにおわせていた。

それを読んだ藤川かしくが、警察に事情を話したのである。

かしくが『盟三五大切』の小万の切首を作る予定と聞きこんだ矢沢市郎が、かしくを自宅にたずねてきて、二人だけで話したいと人払いをたのんだ。市郎は、切首を二つたずさえていた。かしくの前に、その二つを並べてみせた。

田之助の首です。一つは、幕末、明治の活《いき》人形師、安本亀八が、田之助をうつして作ったもの。一つは、わたしが、まねて作ったものです。どちらが本物か、おわかりになるでしょうか。いいえ、お腹立ちにならないでください。筑紫屋さんの眼力を試そうなんて、そんな失礼なことをするつもりじゃないんです。わたしは、切首作りには自信があるが、先輩たちがいるので、なかなか仕事がまわってきません。腕が未熟だとこき下ろされもします。何くそと思い、ひそかに修業にはげみました。田之助の首は、『乙桐小道具』に数ある切首のなかで、わたしが、どれよりも好きな首なんです。こっそり自宅に持ち帰り、寸分たがわぬよう、模作してみました。桐《きり》材の丸彫りです。完成してから、模作品の方を、蔵にもどしておきました。本物を猫ばばしようなんて、そんな不心得な考えからではありません。わたしの腕を未熟呼ばわりした兄貴分のだれかがひっかかって本物とまちがえたら、それは自分が作ったのだとあかし、本物と並べてみせる。そういうつもりだったんです。ところが、なかなか、切首が人目につく折がない。いつも、土蔵にしまわれたきりです。――だからこそ、わたしがかってに持ち出しても、見咎《みとが》められることがなかったのでもあるんですが――。

璃紅さんがなくなった夜、ようやく、わたしの作った切首が、皆の目にさらされました。だれ一人、偽物とは見抜きませんでした。先輩の職人がその席に二人いたんですが、その二人さえ。胸のすく思いがしました。しかし、偽物だとばらすには、時が悪かった。璃紅さんが変死した席です。ぶんなぐられちまいます。そのときは、内心ひそかに、ざまみろと嬉《うれ》しがるにとどめました。

そんなことを、市郎は、かしくに語った。

そうして、邪念がない証拠として、実物に小さい傷があるのに気づいたが、自分はその傷まではまねなかった。偽物と本物がはっきり区別つくようにしておいた、とつけ加えた。

わたしに、この二つの首、本物と偽物の見わけがつかなかったら、小万の切首、おまえに作らせろというのかい。

そんな、お試しするようなつもりじゃございません。ただ、わたしの腕を気にいっていただけたら。

じっとみつめられて、いささか、偏執的なものを感じたが、

よくまあ、この古びた色あいまで出せたものだねえ。

感嘆せざるを得なかった。

小道具は、まっさらじゃあぐあいが悪く、わざわざ汚して時代を出してから使う場合もございます。

なるほどねえ。だが、十のうちから一つを選べというのじゃあない。二つに一つだ。わたしがあてずっぽうに指したって、二つに一つは当たるんだよ。

筑紫屋さんは、そんな汚いことをなさる方じゃございません。

かしくは、苦笑いした。市郎のねばっこい視線を

感じながら、よし、小万の首は、あんたに頼もう、と言った。たしかに、文句のつけようのないみごとな腕であった。

市郎は、本物の方の傷を示した。

そうして、偽首を作ったことを、内証にしておいてくれと、たのんだ。

はじめは、折を見て皆にばらし、腕を自慢するつもりだったが、首をかってに持ち出して偽首を作ったことは、やはり、相当な叱責《しっせき》をくらうおそれがある。下手《へた》をすれば、乙桐を追い出されかねない。筑紫屋さんに腕を認めてもらい、切首の注文を受けたのだから、これで面目をほどこし、意地も立った。自分の腕は、小万の首を完成させることによって、先輩たちにも認めさせることができる。『天守物語』でわたしが作った切首で技倆《ぎりょう》を認め小万を作らせる気になったとでもいうことに、表向きはしておいていただけませんか。

市郎にそう言われたので、いままで黙っていた。しかし、かかわりあいになるのもわずらわしかった。乙桐の奥さんたちに妙な疑いがかかっているようなので、警察に話すことにした。偽首作りは、乙桐家の人の、いっさいあずかり知らぬことなのです。

週刊誌などに、藤川かしくの談話は詳しくのった。

「本物の首は、どうなったのだろう」

「藤川かしくに腕を認められ、もう、田之助の首は用済みになったのに、土蔵に戻してなかった。どういうことなんでしょうね。市郎は、手放すのが惜しくなったのかな」

「おまえ、かしくにもう一度会って、話をきいてこい。マスコミの記事は、あてにならないことがあるからな」

警察に話したために、やはり、わずらわしいことになってしまった、こうやって、しじゅう、この問題で人に会わなくてはならない、と、かしくは美しい眉《まゆ》をひそめながら、報道されたとおりだと言った。

すると、本物の首は、どこにあるのでしょうね。

わたしも知りたいよ。かしくは言った。

「かしくの言葉のとおりなら、首が二つあったことを知っていたのは、矢沢市郎本人と藤川かしくの二人だけということになるな」

川瀬は考えこむ顔になった。

「かしくが、本物の首が欲しくて、市郎を……。ちょっと、考えられないことだな。だれかほかの者に、かしくが口をすべらせたことはないのかね」

「その点は念を押しました。かしくが犯人なら、市郎とのことなんか、黙っていればいいんですからね。自分から話したのは、シロだからでしょう」

まるで刑事みたいな口調で喋《しゃべ》っていると、田浦は、我ながらおかしくなった。

「むしろ、洩《も》らしたとしたら、市郎自身じゃないですか。市郎は、安本亀八にひけをとらぬ首を作ったことが、得意でならなかった。すりかえて本物を盗もうというような欲得ずくじゃないから、罪悪感は全然ない」

「市郎から話をきいた者が悪心を出し、市郎のもとにあった本物を盗み出そうとした。好事家《こうずか》に売れば、とほうもない高価な値がつく代物《しろもの》だろうからな。そのために、市郎を殺した。市郎が、他人を身がわりにして逃亡したという状況を作るため、顔のない死体を作りあげた」

「あるいは、実際、市郎が逃亡したか……」

「何のために」

「本物を手放せなくなってしまった。あるいは、すごい大金を出そうという買手がついて、欲が出た」

「いくら大金といったって、何億、何十億ということはあるまい。せいぜい、何百万というところだろう。小道具師、切首作りの名人という将来を犠牲にして、自分自身の存在を世間から抹殺《まっさつ》するに価する金額ではないよ」

「顔のない死体は、やはり市郎本人ですか。市郎が、他人を身がわりにして逃げたと警察に思わせるため……。だとすると、この事件は、璃紅の事件と共通点がありますね」

「どういう？」

「璃紅が他殺だった場合、母親を殺して自殺した、と思わせる状況が作られている。今度も、市郎が他人を身がわりにして逃げたと思わせる状況が作られている」

「演出好きの殺人者というわけか」

「同じ犯人によるものでしょうか」

「東谷香子。水木璃紅。矢沢市郎。三つの殺人を貫く動機は、何だ」

「田之助の首……。いや、田之助の首は、めくらましなのかもしれませんね。田之助の首をめぐる殺人と思わせ、真の動機をかくす」

「東谷香子と璃紅の事件はいまだに、二人とも他殺なのか、璃紅の犯行なのか不明だが、矢沢市郎は完全に殺人事件だ。犯人をあげよう」

「警察が、がんばるでしょう、今度は。アマチュアに出来ることって、たかが知れてますよ」

「手をつかねて警察にまかせるのか」

「はっぱかけないでください。どうせ取材費の伝票切ってくれないんでしょ」


そう言ったが、田浦も、このまま事件を忘れることなど、とうていできそうになかった。好奇心という沼に、首まで浸りこんだ気分だ。


九月に入り、東銀座の猿若座に出演している水木璃若《りじゃく》を、田浦は楽屋にたずねた。昼の部の『伽羅先代萩《めいぼくせんだいはぎ》』で、璃若は仁木弾正《にっきだんじょう》、かしくは渡辺主水《もんど》の妻松島をつとめている。

昼の部を終えた璃若は、浴衣《ゆかた》でくつろいでいた。

璃若から芸談をきくという企画は、川瀬編集長と狎《な》れあいでたてたものである。取材費の名目で、必要経費を少し落とせる。狙いは刑事ばりのききこみであった。璃若にも、もっと早くにいろいろたずねてみたかったのだが、軽井沢の避暑から帰京するのを待たねばならなかったのである。『劇』誌は赤字雑誌なので、不必要な出張旅費など、出ない。

仁木弾正を演じるにあたっての工夫などをきき出し、楽屋着の素顔をカメラにおさめた後、

「乙桐さんも、事件がつづきますねえ」

と、田浦は雑談に入った。

「まったくなあ。お久さんも、難儀なことだ」

「巴屋さんは、どうごらんになりますか。璃紅さん、そのお母さん、二人がなくなった事件と、今度の事件、無関係でしょうか」

「璃紅の件は、かたがついているだろう。あいつも、ふびんな……。死なずとも、何とかならなかったものか」

「警察は、まだ、偽装という線も捨て切ってはいないようですよ」

「偽装かねえ。ずいぶんと手のこんだことをしたものだ。だれがいったい、何のために……。偽装としたら、どっちを殺そうとしたのか。璃紅か、お香か、それとも両方か」

「お心あたりはありませんか、巴屋さん。たとえば、東谷香子さんに、異性関係のトラブルはなかったか、とか」

璃若は、田浦に強い目をむけ、少しのあいだ黙った。そうして、そんな心あたりがあれば、とっくに警察に話している、と言った。

「璃紅さんのお父さんは、だれだったんでしょう。巴屋さんは、ご存じありませんか」

璃若は、再び沈黙した。言うべき言葉を探しているようにみえた。

「田浦さん、わたしは嘘《うそ》をつくのは苦手だし、嫌いだ。しかし、口にできない、あるいは口にしたくない事もある。この問題は、わたしにたずねないでほしい」

知っていると肯定《こうてい》したのと同じことだ、と田浦は思った。璃若の部屋には、弟子がひかえているので、あなたが璃紅の父親か、という質問を、田浦は口にできなかった。

「璃紅さんに怨《うら》みを持つ人、あるいは、璃紅さんが死ぬことによって利益を得る人は、いないでしょうか」

「他人の恨《うら》みを買うような男じゃあなかった。あれが死んだことで得をするような人間も……」

「璃紅さんを芸養子になさるおつもりだったときい

ていますが、そのことで、璃紅さんがそねまれたというようなことは」

三《み》たび、沈黙。

璃若は、首を振った。

「璃紅さんを養子になさることは、もう、決まっていたのですか」

いや……と、煮えきらない返事を、璃若は、した。


璃紅の芸養子の件に関して、更にたちいった情報を入手したのは、川瀬であった。この世界の内幕にくわしい人々から、話をあつめてきたのである。

「璃紅を部屋子に入れるとき、ゆくゆくは芸養子にという話は、母親の東谷香子とのあいだで、ついていたらしい。璃若の腹づもりでは、芸養子を迎えたら、七代目璃若を襲名させ、自分は絶えていた名跡三代目璃玉をつぐということだったようだ。璃紅の養子の話が、とんとんと進まないでいたのは、一つには、璃紅が、璃若のめがね違いというか、もう一つもの足りない。容姿はいいし、人気も出てきてはいるんだが、迫力が足りないんだな。影が薄いというか、存在感が稀薄というか……。スターというのは、舞台にあらわれただけで、何もしなくとも、あたりが華やぎたつ、生得の素質が必要なんだが、璃紅には、それが欠けていた。それでも、璃若は、いろいろ肩入れして、瑞穂座で話題になる役につけたりしたのだが。

もう一つ、養子、襲名披露となると、莫大《ばくだい》な費用がかかる。その調達の問題もあった。で、のびのびになっているところへ、璃若の死んだかみさんの実家の方から、かみさんの姪《めい》の息子で十二になるのを、養子にどうかという話がもちあがったのだそうだ。そっちは、大きな料亭で、財政面のバックアップも十分にしてくれる。その場合は、襲名は少し先の話になるのだろうが」

襲名には莫大な費用がかかる。

その一言が、田浦の心にひっかかった。

「璃紅が璃若のかくし子という、ぼくの推察はどうですか。裏づけになるようなことは、ありませんか」

「そういう臆測《おくそく》をする者も、なきにしもあらずらしい。東谷香子は、若いころ芸妓に出ていた。そのとき、璃若の座敷に出たこともあるようだ。しかし、璃紅が生まれたのは、香子が芸妓をやめ、スナックをやるようになってからだ」

「襲名には大金がいるんですね」

「ああ。たいへんなものだろうな」

「東谷香子は、息子に襲名させたかったでしょうね」

「そりゃあな。役者でやっていくからには」

「田之助の首……。筋がつながりそうで……つながらない」

「どういうことだ」

「東谷香子が、あの首を好事家に売って、費用を捻《ねん》出《しゅつ》しようと……。でも、それだと、順序が逆なんですよね。殺人の順序が。市郎殺しが、香子と璃紅の死の前に起きていれば、筋道がすっきりするんですが。

つまり、香子は、まとまった金を手に入れる必要があった。田之助の切首を、市郎を通じて、手に入れた。どういうふうにしてか、具体的には、ちょっと想像がつきませんが……そうして売却した。そのために、市郎に脅迫され、市郎を殺害した。璃紅は、母が彼のために殺人をおかしたことを知り、悲嘆、絶望し、母を殺し、自殺する。という、筋道が成り立ちませんか」

「だが、その場合、璃紅は、田之助の首を見るために乙桐の土蔵に行く必然性はなくなるな。土蔵におさまっている首が偽物であることを、璃紅は知っていたことになるわけだから」

「そうして、何より、事実として、事件は、香子、璃紅の死の方が、市郎殺しより先立っているんですから……」

「二つの事件は、やはり、無関係か」

「巴屋のなくなったおかみさんの親類。養子の話が出ている。そっちは、どうなんでしょうね。そっちが璃紅の襲名を妨害しようとして……」

「まさか、殺しまではなあ」

「璃若が、東谷香子に何か弱みを握られていた、っては、どうかな。そのために、香子の希望にしたがって、璃紅を部屋子《へやご》にし、ゆくゆくは養子にしなくてはならない羽目になっていた。しかし、璃若は璃紅が気にいらない。大切な名前をつがせたくない。むしろ、おかみさんの親類の、――何て名前ですか」

「料亭の名前は、『石和《いさわ》』。養子にという話の出ている子供は、小西幹彦だ」

「その幹彦を後継者にしたい」

「璃若は、璃紅が邪魔になった？」

「もちろん、璃紅が璃若のかくし子ではないとしてですよ。璃紅の父親は、別の男だった場合」

「それで、璃若が？　璃若には、璃紅は殺せなかっただろう。代役で舞台に出ている」

「そうですね」

　これだけの事件が『乙桐小道具』に起きているのに、と、田浦はふと思いついて口にした。

「四代目がまったく姿をあらわさないというのは……国外にいるか、死亡しているか、どちらかなんでしょうね。警察は、四代目伊兵衛の失踪《しっそう》に関して、どの程度捜査をしているのでしょうね」

「おまえにいろいろ話してくれた下町びいきの刑事がいたじゃないか。彼にきいてみろ」

「そうします。彼は東向島署なので、花川戸の失踪事件は直接タッチしていないでしょうが」

　東谷香子と璃紅の事件に関しては、捜査本部は解散していた。璃紅が過失から母を殺し自殺したという線に落ちついたのであった。市郎の死は、彼のアパートのある今戸《いまど》の所轄署に捜査本部が設けられている。田浦に好意的に情報を洩らしてくれた東向島署の山田刑事は、地元で起きた他の事件に忙殺《ぼうさつ》され、田浦も仕事に追われて、そう度々は足をはこぶことができず、かけちがって会えないままに日が過ぎた。

＊

　田浦は、目を疑った。

　編集室のデスクの上に、数十枚のモノクロームの写真をひろげ、眺めている最中であった。そのうちの数枚が、彼を唖然《あぜん》とさせたのである。

楽屋で璃若をうつしたフィルムを現像、引き伸ばし、焼き付けに出し、その仕上がったものが、彼の目の前にあるのだった。

フィルムは二本分ある。そのうち一本の大部分は、瑞穂座の舞台をうつしたものであった。初日にうつしたフィルムは、雑誌のグラビアに使うのでその日のうちに巻きとって現像に出している。二日目に撮《と》った分も引き伸ばし、焼き付けがすみ、これは私用なので、彼の手もと、デスクの抽出《ひきだし》の中にしまってある。三日めに撮ったフィルムは、まだ残っているので、そのまま装塡《そうてん》しておいた。その残りフィルムと、更に一本を、璃若をうつすのに使ったのである。二本めの方は、半分以上空白である。もったいないが、雑誌の〆切にまにあわせるために、やむを得なかった。

璃若の写真は、何の異常もない。

田浦の目を奪ったのは、三日めに撮った瑞穂座の舞台写真であった。

水木璃紅の扮する美しい前髪の若衆。これは、一幕では滝窓志賀之助その人であり、清水詣の釣為兼の息女小桜姫と知りあい、想《おも》いあうようになりながら、その場は別れる。

二幕目で、釣家の先祖に遺恨《いこん》を抱く鯉魚《りぎょ》の精が、志賀之助に化《ば》けて姫にちかづき、たぶらかす。そうして、本物の志賀之助に矢で射止められ、鯉《こい》の正体あらわしての鯉つかみの場面となる。

その写真にうつる役者が、どれも化粧がとんで、姫も若衆も男の地顔があらわれているのである。そのことに田浦はまず驚いたが、それ以上に仰天《ぎょうてん》したのは、そのなかの数枚の若衆が、丈太郎の顔を持っていたことである。

田浦は、慌《あわ》てて、二日目に撮った舞台写真を抽出から出して見くらべた。

こちらは、白塗りの化粧顔がうつっている。彼の肉眼が舞台の上に視《み》たものと、違いはなかった。

三日めに、彼の肉眼が視たもの。それは、やはり、白塗りの若衆であった。この写真のような、男のくちびる、皮膚の下のいかつい男の骨格、などがむきだしになった素顔ではなかった。

「どうしたんだ」

と、川瀬が声をかけた。

『劇』誌の編集部は、個室を持っているわけではない。二階の出版部の一コーナーに陣どっているだけで、他の文芸雑誌の編集者や、文芸図書出版の編集者も机を並べている。

田浦が写真をひろげたデスクのまわりに、川瀬ばかりでなく、他の編集者も集まってきた。

「こっちは、ストロボを使わなかったんだろう」

一人が指摘した。

「うん。そういえば……そうだ」

三日め、ストロボの電池が切れていた。フィルムの感度がいいから、何とかなるだろうと、ストロボなしでシャッターを押したのが、三日めの写真だった。二日めとの条件のちがいは、それだけだ。

二日めの写真は、対象の人物だけがくっきり浮き出し、背景は暗い闇《やみ》の一色であるのに、三日めのものは、人物も背景も区別なく、均等な条件にある。

ストロボの光を浴びた顔は、ほとんど影がなく、まっ白なのである。舞台化粧の仮面性が力を発揮している。それなのに、もう一方は……、

「レンズの力が破邪顕正《はじゃけんせい》の鏡となって、仮面の下の素顔を浮き出させてしまったのだな」

「化粧がとぶと、何だか、無惨というか、ぶざまというか……」

「カラーなら、こうまで素顔が出てはこないだろう。モノクロだから、紅《べに》や青黛《せいたい》のごまかしがきかなくなるんだな」

「唇が、ことにひどいな。塗りつぶして、小さく紅で描いているのに、もとの唇の形が、もろ、見えてしまっている」

「電気の照明のある舞台なら、強いライトがあたるから、こんなふうにはうつらないのだろうが」

口々に、感想をのべる。

田浦は、三日めの写真を、舞台の進行の順に並べてみた。すると、歴然とわかることがあった。

一幕の志賀之助は、あきらかに、璃紅が演じている。しかし、二幕めの、志賀之助に化けた鯉魚は、丈太郎――芸名水木辰弥――なのである。宙吊《ちゅうづ》りになって水槽にとび込み、衣裳《いしょう》だけを残して消失したのは、璃紅ではなく、丈太郎だったということになる。その丈太郎は、鯉の四天《よてん》として、璃若の志賀之助にからんでいたのだ。

「どういうことなんでしょう」

田浦は、あっけにとられた目を川瀬にむけた。

「おまえ、舞台を見ていて、気がつかなかったのか。二幕の鯉魚の精は、丈太郎がやっていたことに」

「わかりませんでしたよ。まるっきり。この二人、こうやって素顔を見くらべると、顔の輪郭とか、鼻の形、それから、目もとなんか、わりあい似ているんですね。二人とも、切れ長でね。二人の素顔はそれぞれ見ているわけですけれど、璃紅は色白でいかにも華奢《きゃしゃ》な感じでしょう。丈太郎は、色が浅黒くて眉が濃くて、精悍《せいかん》な印象なんです。白塗りにして、眉は地毛をつぶして、同じように描く。そうすると、ずいぶん似てしまうんだなあ」

「客席から見ているおまえにはわからなくても、いっしょに芝居をしていた藤川かしくや、師匠の水木璃若は、わかっていただろうな。皆でぐるになって……。何のためだ」

「笹三だの喜世松だの、大部屋の連中も、皆、ぐるだったんですかねえ。水槽から彼らに気づかれず脱《ぬ》け出すのは、ずいぶん、むずかしいはずだもの。見咎《みとが》められる可能性の方が大きいですよ。でも、皆がぐるだったのなら……」

「何のために？」

「ちょっと待ってください。頭が混乱しちゃって。落ちついて考えなくちゃ。まさか、あの鯉魚の精が丈太郎だったなんて……。あいつ、しれっとしていやがった」

「こりゃあ、えらい発見だな」

川瀬は、つくづくと写真を見くらべた。

「機械はこわいな。こうもはっきり、露骨に、正体があらわれてしまうとはな」

「声は、どうだったんだ」

野次馬で集まっていた編集者の一人が、

「せりふの声が、おかしいと感じなかったか」

「気がつきませんでしたねえ。こっちは、頭っから同一人物だと思いこんでいたんだから」

「軀つきが似ていると、声もわりあい似るものだ」

と、ほかの一人が、

「のどや、声帯のつくりが似るからじゃないか。ことに、歌舞伎《かぶき》のせりふの場合は、ふつうに喋るときより、似せやすいだろう」

「そういえば、おれ、こういう話をきいたことがあるよ」

と言った男がいる。

「ある女が、身分ちがいの金持ちの御曹司《おんぞうし》と結婚した。ところが、姑《しゅうとめ》だの小姑だのが、その女をいびって、とうとう追い出してしまった。赤ん坊がいたんだが、それは婚家の方でとりあげちまった。女は、残してきた子供が気がかりでならない。十年あまりたってから、女は、肌を顔料で漁村の女のような茶《ちゃ》褐色《かっしょく》にし、ぶこつな眼鏡をかけ、不細工な顔にみせかけて、別人のふりをして、家庭教師として、その家に入りこむ。皆、だまされていたんだが、家の者たちといっしょに写真をとったために、正体を見破られてしまった。化粧で醜《みにく》くごまかしていたのが、モノクロの写真のおかげで、化粧の効力が消えちまったんだ」

「二幕めから、丈太郎が役をかわっていた。そのことと、璃紅の死と、どういうふうに関わってくる?」

「璃紅の死亡推定時刻の幅がひろがるな」

田浦は言った。

「水槽にとびこんでから、脱け出して、花川戸の乙桐の土蔵に行き、そうして死んだ。こういう前提があるから、璃紅の死は、六時から六時半のあいだ、と推定された。とびこんだのが五時ぐらい。花川戸まで車で一時間ぐらいだから、着いたのが六時ごろ。そうして発見されたのが六時半ぐらい、というところから、そういう結論になった。実際には、もっと早く死んでいたのかもしれない、ということだ。一幕が終わったのは、三時ぐらいだった。だから、璃紅の死亡時刻は、三時から六時半のあいだ、ということになる」

「しかし、警察が検視をして、それから解剖もしているんだろう。六時に死んだのと三時に死んだのとでは、違うんじゃないのか」と、一人が口を出した。

「検視が行なわれたのは、ずいぶん時間がたってからなんです。自殺の状況だったから、とにかく、おふくろさんに連絡しようとした。ところが、なかなか連絡がつかなくて、とうとう、うちのなかに入ってみたら、彼女が殺されていた。大変だっていうんで警察に知らせ、それからだから。時間がたつほど、死後経過時間の幅がひろくなるらしいですね。璃紅のおふくろさんの方なんか、午前八時から午後一時のあいだ、なんていうんだった」

「璃紅は瑞穂座で殺され、花川戸まではこばれたということも考えられるわけだがな」

「でもねえ……。巴屋だの筑紫屋だの、大部屋の連中だの、皆が結束して嘘をついているとは……考えにくいなあ」

「警察に知らせるか」

川瀬が言った。その語調にためらいがあるのに力を得て、

「その前に、ぼくは、一人一人に訊《き》いてみたいんですが」と、田浦は主張した。「悪質な犯罪か、それとも、何か深い事情があるのか。その辺をたしかめてからにしたいんです、警察に話すのは」

少し考え、いいだろう、と川瀬はうなずいた。

「おい、大丈夫なのか、そんなことをして」

ほかの者が心配げに、

「あとで、警察に……」

「べつに捜査の邪魔をしようってわけじゃない。この写真は、田浦の、いわば怪我《けが》の功名だ。こいつの好きなようにさせよう」

「社の名前に傷がつくようなことになるなよ」

はい、と田浦はうなずき、少し無責任な返事だなと思った。

＊

写真を目にした璃若の顔に、驚愕《きょうがく》がひろがった。

自分も写真を見た瞬間、こんな顔になったのだろうかと、田浦は思った。

「璃紅さんと丈太郎さんのいれかわりを、璃若さんが気づかれなかったはずはないと思うんです。どうして、黙っておられたのですか」

膝《ひざ》を詰め寄せんばかりに、田浦は迫った。

「ぼくは、巴屋さんが何か悪事に加担されたとは、どうしても思えないんです。何か、事情があったのだと思います。納得できることであったら、この写真は、警察には提出しません」

「いや」

璃若は、がっしりした手をあげた。

璃若の自宅であった。重大なことなので、他人の耳のないところで話したいと、申し込み、楽屋入りする前に自宅で会うことになった。住み込みの弟子が、茶をはこんできてひっこむと、希望どおり二人きりになった。女手はないはずだが、住み込みのお手伝いだの、弟子たちだの、人手に不足はない暮らしらしい。

「わたしが舞台を見ておれば、必ず気づいただろうが……。二幕のあいだ、わたしは楽屋にいた。来客があってね。赤毛の芝居に出ないかという話がもちこまれておって、その件で、人と会っていた。まったく思いもかけないことだ。この写真という歴然とした証拠がなかったら、話をきいただけでは、とても信じられないことだ。わたしの方が知りたいよ。なぜ、こんな……」

「その来客は、突然ですか、前からの予定だったんですか」

「前から決まっていたことだが。……丈太を問いつめてみる。璃紅と、どうして」

「そのことなんですが、ぼくから丈太郎さんに質問させてくださいませんか」

「なぜ。わたしが弟子をかばって、あんたに嘘をつくとでも?」

「いえ。そんなことは。ただ、乗りかかった舟といいますか……、ぼく自身の手で、しらべあげてみたいのです。不意をついた方が、こういうことは効果があると思います。ですから、恐縮ですが、この写真のこと、しばらく伏せておいていただけないでしょうか」

「……わかった」と、璃若は重くうなずいた。

「おまかせしよう」

「璃紅さんと丈太郎さんは、親しかったんでしょうか。それとも、逆に、特に仲が悪かったとか」

「さあ、わたしの知るかぎりでは、特に……」

「巴屋さんは楽屋におられたので、入れかわりに気づかなかったのは当然としても、舞台に立っていた役者さんたちは、どうでしょう。ことに、筑紫屋さんは、相手役で身近に接していたわけですから、当然気づかれたと思うんですが」

「さあ、それはどうかな。璃紅がかしくの相手をつとめたのは、今度がはじめてだ。しかも、長期の公演ではない。わずか三日だ。それに、二幕で小桜姫と鯉魚の精がからむ場面は、あんたも見たから知っているだろうが、ごく少ないのだよ。近松の心中物の男女なんぞのように、長々と濃密にからむわけではない。時間にしたら、ほんとうに、何分というくらいのものだ」

気づかないこともあり得るだろうと、璃若は言ったが、それと同じことを、藤川かしくも言った。

かしくとは、人払いをしてもらって、楽屋で会った。

写真を見て、かしくもあっけにとられた顔になったが、二人のいれかわりに気がつかなかったかという田浦の問いには、少し気を悪くしたようであった。妙な疑いをかけられたと思った様子で、気づかなくて当然なのだということを力説した。理由は、璃若が言ったとおりであった。

「それにね、大部屋《さんがい》は、主役を食うような目立ちかたをしてはいけないということ、知っておいででしょ。化粧も、ひかえめにするんです。ですもの、めいっぱいきれいに、璃紅に似せた化粧をした、その下の素顔と水木辰弥――丈太とを結びつけるなんて、むりな話ですよ」

「丈太郎さんとは思わないまでも、何かおかしいというふうにはお感じになりませんでしたか」

「そうねえ。言われてみれば……手の感じね。小桜姫につき従う、家老の妻の呉竹《くれたけ》が、〝エエもう、何もあなた様もお姫さまも、恥ずかしいことはござりませぬ。サアサア、お二人とも、こう手をとって〟と、二人の手を握らせますでしょ。そのとき、ちょっと、こう……何ていうんでしょ、違和感……。そう、あることはありました。何だが、いつもと手の感じが違うな、って。璃紅の手は指が華奢でね、指先が冷たいんです。その感じがなくて、汗ばんでいた……。でもね、指先が冷え症だって、汗ばむことはあるでしょ。気にもとめなかった」

さあ、もう、出《で》の仕度ですから、と、追い出されるように、楽屋を出た。

その足で、田浦は三階に行った。開幕二十分前。序幕に出る役者たちは、すでに化粧を終えているが、丈太郎は、まだ顔もつくっていなかった。丈太郎の出が、大詰《おおづめ》の詰所刃傷《つめしょにんじょう》の場に三十人ほど出る諸士の一人一役だけであることを、田浦はたしかめてあった。

人のいないところで話したいのだが、と田浦が言うと、丈太郎は、何かぎくっとしたふうにみえた。それじゃ、と、小部屋に案内した。物置のような埃《ほこり》くさい部屋であった。

田浦は、黙って写真をみせた。

丈太郎の表情がかたくなった。沈黙がつづいた。

「説明してください。どういうことなんですか」

田浦は言った。

「べつに。たのまれただけです」と、丈太郎は答えた。

「だれに」

「璃紅さんにですよ」

「璃紅さんは、なぜ」

「知りません」

「理由も訊かずに、身代わりを引き受けたんですか」

「訊かないでくれと、彼が言ったんです」

「璃紅さんが？」

「ええ」

「それで、あなたは承知した？」

「何か、よほど思いつめていたようなので」

「いつ、たのまれたんです」

「一幕目が終わり、休憩のときです。三十分、休憩があるでしょ、あのときです」

「身代わりになることを、だれにも言わなかったんですか」

「秘密にしてくれと、たのまれたんです」

「で、どうして、あんな人騒がせな脱出をしたんです」

「しかたないでしょう」

「何がしかたないんですか」

「順序だてて言いますとね、こういうことなんです。一幕目が終わったとき、璃紅さんの楽屋に呼びこまれたんです。だれもほかにいませんでした。二人きり。璃紅さんが、切羽《せっぱ》つまったように二幕の途中まで、自分の代わりをやってくれというんです。〝急な事情で、ちょっとの間、出かけなくてはならない。だれにも秘密に。二幕の出に、まにあいそうもない〟


第二幕は、ご存じのように、三場にわかれています。

第一場、市女ヶ原蛍狩《ほたるがり》の場は、小桜姫と志賀之助に化けた鯉魚の精が会うところ。第一幕の清水詣の見染め以来の再会に、姫は大喜びする。

第二場は、釣家の下館の場。

市女ヶ原で恋しい男と会ったと思ったのは、姫の夢だった。もう一度会いたいと念じているところへ、鯉魚の精が化けた志賀之助があらわれ、呉竹のすすめで、上手屋台の障子のかげに入る。

それから舞台では、釣家の家老と関白《かんぱく》家の使者のやりとりがある。

そのころまでには帰ってくるつもりだ、と璃紅さんは、たのみこむんです。ただならない様子でした。

あの役で大変なのは、鯉つかみの場面だけです。

あとは、どうということもない役です。濡《ぬ》れ場といっても、近松の心中物の男女みたいに、長丁場《ながちょうば》からむわけじゃない。せりふも、短いやりとりが五つ六つあるだけ。ぼくは、主役のせりふもだいたい入っていましたから、ひきうけました。実のところ、たとえ身代わりは内証のことにせよ、堂々と主役をやれるというのは……どんなに嬉しいことか、あなたの想像以上です。

芝居はそのあと、宝刀の威力で鯉の影が障子にうつり、釣家の家老に正体を見破られる。小桜姫と志賀之助が舞台に出てくると、家老が志賀之助が偽者であることをあばき、捕り手との立ち廻《まわ》り、宙吊り、とび込み、とつづき、第三場の鯉つかみになるわけです。

第二場途中の、障子のかげへのひっこみから次の出までのあいだに、ひょっとして戻るのがまにあわないと、宙吊りまでやってもらうことになる。そう、璃紅さんは言ったんです。ぼくが身代わりを承知したあとで。

いいですよ、と、ぼくは言いました。水泳も、とび込みも、自信がある。ぶっかえって見得《みえ》をきって、いい場面ですからねえ、やらせてくれるのなら、願ってもない。

ただ、鯉つかみは無理だって、ぼくは言ったんです。あれは、動きがむずかしい。縫《ぬい》ぐるみの巨大な鯉をあやつって、まるで鯉が生きていて、あばれまわっているようにみせなくちゃならないんですから。

早替わりのとき、鳥屋《とや》で手伝ってもらって着替えるでしょ。舞台ならごまかせるが、早替わりのとき手伝いの目をごまかすのは無理です。どうしたって、ばれちゃいます。それに、鯉つかみでは四天に出ることになっていますし。

そう言うと、鯉つかみには、必ず、まにあわせる。水槽を、こんなぐあいにして、人目につかずぬけ出してくれ、と、衣裳を残して消えたみたいにして出るやり方を教えてくれました。そうすれば、皆が不思議がって水槽に気をとられているうちに、うまく入れかわりができる、というわけです」

「よく、みつからないで脱《ぬ》け出せましたね」

「ええ、それなんです。水中で衣裳を脱いで、裸で行動したら、どうしたって人目につきます。下に、黒衣《くろご》の衣裳を重ねていたんです」

「ああ、黒衣か！」

「水のなかできらびやかな衣裳をぬぎ、黒衣の姿になって、水槽の上、舞台の裏側が天井のようになっている、その梁《はり》、隅の方のやつにのぼって、外に出たんです。皆の目は、水に集中している。隅の上の方は盲点です。しかも、黒いのを着ていたら、暗闇《くらやみ》にまぎれ、ほとんど見えません。

その前に水の中で立ち廻りをやってびしょ濡れになった捕り手が楽屋を出入りしていますし、何しろ本水を使うから、そこらは濡れています。濡れた黒衣が楽屋の前を歩いているのを、たとえだれかに見られても、べつに不審は持たれない。蠟燭《ろうそく》の芯《しん》切りやら何やら、黒衣が四六時中動きまわっているのです。それでなくても、黒衣は目につかない存在なんですが、瑞穂座の場合、黒衣はふだんより大勢動きまわり、それだけにかえって、存在が消えてしまうというふうだったんです。

璃紅さんの楽屋は、舞台のすぐ裏ですから、そこへ入って、化粧を落とし、用意しておいた鯉の四天に着かえる。四天は素顔で出るのだから、楽です。

そのあいだに、璃紅さんは戻ってきていて、鳥屋に行き、勇者志賀之助に早替わりする。

あとで、皆にはこんなふうに説明する。苦しくなったので衣裳を水中で脱ぎ、水槽を出て鳥屋に行ったのだが、だれも、それに気がつかなかった、というふうに。

途中の入れかわりは、絶対に秘密にしてくれ、この後、どんなことがあっても、と、くどいほど念を押されました。

それで、ぼくは、言われたとおりのことをした。宙吊りから脱出。そうして、鯉の四天に着替えた。璃紅さんが戻ってこないと騒ぎになったのを知り、困ったと思ったけれど、いまさら、志賀之助に早替わりはできません。旦那《だんな》が代役に立ったので、穴をあけずにすみ、ほっとして、四天のからみに出ました」

「その後、璃紅さんがあんな死にかたをしたこと、璃紅さんのお母さんが殺されたことを、知ったんでしょう。それなのに、身代わりを警察にも話さなかったんですか」

田浦の声は強くなった。

「この後、どんなことがあっても、絶対秘密にしてくれと、彼は言った。どんなことがあっても、というのは、このことだったのかと、ぼくは思いました。だから、彼の遺志を守ることにした。

それに……」

と、丈太郎は、このとき、はじめて目を伏せた。

「正直に言うと、警察に変な目で見られたらいやだ、という気持も、なかったわけじゃない。田浦さんだって、そうでしょ。この写真でぼくがひそかに代役をしたことを知って、ぼくを怪しんでいるでしょ」

「あなたが黙っているから、変に思ったんですよ。事件の後、すぐに警察に話していれば、だれもあなたに疑いを持ったりはしない」

「そうでしょうか。やはり、痛くもない腹をさぐられることになったと思うな」

「巴屋さんにも話さなかったんですか」

「話せば、警察に行けと言われますもの。璃紅さんが、だれにも言うなと言った、その、だれにも、には、旦那も含まれていたわけだし」

丈太郎は、写真をつくづくと眺めた。その表情から、田浦は彼の内心を読みとろうとつとめた。丈太郎は顔をそむけた。

「璃紅さんが、なぜそんなことをあなたに頼んだのか、心あたりはないですか」

「ありませんね、全然」

「あなたと璃紅さん、よほど仲が好《よ》かったんですか。こんな重大なことを頼まれるほど」

「いいえ、べつに。ただ、ぼくなら、顔立ちや軀つきが、まあ似ている方だから、化粧と衣裳でごまかせると思ったんでしょう。幸い、第二幕では鯉の四天のほか役がなく、あいている時間は黒衣で、ほかの黒衣たちと蠟燭の芯切りをやっていたので、代役に立っても不在が目立たない、ということもあったんでしょう」

「それにしても、大胆なことをやったものだな。よく、突然の代役がつとまりましたね」

「そりゃあ、必死でしたもの。実は、欲もありました。やがて璃紅さんが襲名して、発言力も持つようになったら、ぼくをひきあげてくれるんじゃないか、この役をりっぱにつとめあげたら、ぼくの実力を、少なくとも彼は認めてくれるわけだ。そして、いつの日か、このことを公にしてもかまわない時機がきたら、巴屋の旦那も驚くだろうな、そして、ぼくの実力を感嘆してくれるだろうな、などと甘い夢も持ったんでした」

「あなたのように、第二幕は鯉つかみの四天だけで、あとは軀があいているという役者さんは、ほかにもいたんでしょう」

「ええ」

「だれだれです」

「何のために、そんなことを？」

「いままでは、璃紅さんが宙吊りのあとで死んだと思われていたから、瑞穂座にいた人は、全員、アリバイがあることになっていた。しかし、第一幕の終了後、となると、開演中に、軀のあいている人は、花川戸まで往復できるでしょう」

「何のために、往復するんです。璃紅さんは自殺したんでしょう」

「他殺も考えられます。瑞穂座で殺してはこんだか、むこうで殺したか」

「むりですよ。第一幕が終わったのが三時。三十分の休憩があって、第二幕が三時半にはじまる。鯉四天の出が、五時ぐらい。二時間では、車で往復するだけでぎりぎりでしょ。衣裳をつける暇もありゃしない。まして、殺したり、自殺にみせかける細工をしたり、そんな時間の余裕はないですよ」

「何にしても、この写真は警察に見せなくてはなりませんが、いいですね」

「困るといったって、みせるんでしょ」

「ぼくは刑事じゃないから、あなたのとった行動、璃紅さんの行動に納得がいき、秘密にしておいた方がいいのだと思えば、黙っています。……いや、巴屋さんと筑紫屋さんには、もう、写真をみせてしまったから……。しかし、お二人も、事情が納得できれば、黙っていてくださると思います。璃紅さんの死が、他殺でなかった場合ですよ」

「ぼくとしては、いまお話したこと以外に、何も言うことはありません。璃紅さんに必死にたのまれた。そのたのみに応じた。それだけのことです」

　丈太郎は濃い眉の下の目を閉じて、そう言った。

　田浦が写真を紙袋におさめようとすると、もう一度見せてください、と丈太郎は手を出した。破り捨てられたところで、ネガはあるのだ、いくらでも焼き増しできる。そう思って渡すと、丈太郎は、自分の姿にしげしげと見いった。

「大名題《おおなだい》にひけをとらないじゃありませんか。ねえ」

　丈太郎は薄い微笑を浮かべた。

＊

「どんなことがあっても、身代わりを秘密にしてくれと、璃紅は丈太郎にたのんだ。その〝どんなことがあっても〟に、丈太郎は、〝璃紅が死んでも〟ということも含めたわけです。彼の沈黙を責めることはできないんですよね」

　田浦が言うと、川瀬は、

「しかし、ほかのこととは違うぜ」

　と言いかえした。

「璃紅の死は殺人かもしれない。殺人であれば、結果として、丈太郎は犯人をかばったことになってしまうかもしれないんだ」

「まさか璃紅が、自分を殺すであろう犯人にアリバイを作ってやるために、丈太郎に沈黙を強《し》いた……なんてことは考えられませんね」

「すると、もう一つ考えられるのは、丈太郎が犯人を知っていて、かばおうとしたのか」

「何にしても、警察にこれをみせなくてはならなくなりましたね」

吐息といっしょに、田浦は言った。


下町びいきの山田刑事を、田浦はたずねた。

取調べに使う部屋なのだろうか、殺風景《さっぷうけい》な小部屋で、しばらく待たされた。

握り拳《こぶし》のような顔に、髪を短く刈りこんだ山田刑事は、せかせかと入ってきた。

山田の前に写真を並べながら、田浦は、胸の底に痛みを感じた。丈太郎を司直の手に売りわたす。そんな思いがあった。他人の生に、よけいな干渉《かんしょう》をしている……。

「ほう」と山田刑事は嘆声をあげた。田浦に事情をくわしく話させ、上司を連れてきて、もう一度、くりかえさせた。

写真を警察に届ける前に丈太郎にみせたことを、上司は咎《とが》めた。田浦は黙って頭をさげていた。

上司が去り、二人だけになると山田刑事は、

「しかし、何といっても、お手柄だよ」

と、肩を叩かんばかりにし、みかえりに、素人探《しろうと》偵の田浦には得られなかった情報を一つ、提供してくれた。

一幕めが終わって休憩になるとすぐ、璃紅に電話がかかってきたというのである。それを警察に告げたのは、事務室にいた座方《ざかた》の男であった。

「電話を最初に受けたのも、その男なんだ。女の声が、璃紅を電話に出してください、と言ったそうだ。細いきれいな声だが、ひどく緊張しているような、興奮しているような、そんな感じを受けたそうだよ」

「璃紅、と呼び捨てにしたんですか。璃紅さん、ではなく」

「そうだ。それで、璃紅を呼んできた。璃紅は受話器を耳にあてたまま、ほとんど喋らなかったそうだ。最初に、〝えっ、あなた、だれですか〟そう言ったあとは、ただ、言葉少なくうなずいているだけだったというんだ」

「その後、璃紅は第二幕に出演したと思われていた

し」

と、田浦は川瀬に報告する。

「自殺説が優勢だったので、電話の件は、それほど重要視されなかったんだそうです。しかし、こういう事実があらわれてくると」

「脅迫電話か」

「山田刑事も、そう言っていました」

「璃紅の母親殺しを知った者が、璃紅を脅迫した」

「すると、璃紅は、やはり自殺ですかね。脅迫者は、璃紅を殺す必要はないんだから。だが、脅迫されて、自殺の決意が強まった。……いや、璃紅は、おそくとも鯉つかみまでには帰ってくるから、そのあいだ、つないでいてくれと丈太郎に言ったんですよ。自殺するつもりではなかったんだ。電話の主は、璃紅の母殺しをたねに、璃紅を呼び出し、殺して自殺にみせかけた、ということか……」

「母親を殺したのも、その女かもしれないぞ。璃紅を呼び出したのは、何かほかの口実……」

「どんな口実でしょうね。交通事故、なんていうのなら、あんなに秘密めかすことはない。璃若に事情を話せば」

「いや、璃若は許さないと思ったのかも」

「でも、少なくとも、丈太郎には打ち明けると思いますよ。母親が交通事故で危篤《きとく》だ、かけつけたいが、璃若は舞台を放り出すことを許さないだろう、黙って抜け出すから、そのあいだ、かわってくれ、というように」

「それもそうだな。璃紅が舞台を放り出して、しかも、絶対に、どんなことがあっても、抜け出したことを秘密にと口止めする。母親殺しをたねに脅迫されたとしか、考えられないな。脅迫者の目的は、丈太郎を舞台に立たせ主役をつとめさせることにあった、というのは、どうだ。大部屋役者の丈太郎に、一世一代《いっせいちだい》の舞台をつとめさせる」

「そのためだけに、璃紅をおびき出して殺すんですか。そりゃ無茶だ。丈太郎は、せっかく舞台をつとめても、晴れて名乗りをあげるわけにはいかないんですよ。代役をつとめた、りっぱだ、と認められてこそ、将来への道もひらける」

「ずっと後になって、ほとぼりのさめたころ、あれは自分だった、と。師匠の璃若の目にもとまっているだろうし」

「あ、それはだめです。璃若は、二幕のあいだ、来客で楽屋にいた。丈太郎の舞台を見ていないんです。しかも、その来客は突然ではなく、前からの予定だった。璃若が二幕を見られないことは、わかっていたんです」

「しかし、脅迫者は知らなかったかもしれないぞ、来客のあることを。脅迫者は、璃若が見れば、璃紅の役を丈太郎がかわってつとめていることがその場でわかる、と思った。そうして、丈太郎が認められることを期待した。あいにく、璃若に来客があったため、目的を果たせなかった」

「しかし、そのために璃紅を殺すのは、乱暴すぎますよ。何も殺さなくたって、腹が痛いとか何とかで、下りさせればいいんだ」

「他の者に璃若が代役を命じるだろう」

「璃若を通じないで、璃紅が丈太郎に直接たのむようにすればすむことです。あとで璃若に叱《しか》られるにしても、丈太郎の腕を認めさせてしまえばいいんだから。それに、丈太郎を璃若に認めさせるためなら、鯉つかみまでやらなくちゃ、意味がないな。あそこが、何よりの見せ場なんですから。宙吊り、とび込み、早替わりもあるけれど、あれは、芸というほどのものじゃない。スポーツみたいなものだ。その前の濡れ場だって他愛ないし。ぼくは、むしろ、脅迫者は璃若が第二幕の舞台を見られないことを知っていたから、安心して代役をつとめさせたのだと思う。丈太郎なら化粧をすれば璃紅に似せられると思ったから、脅迫電話で、代役を丈太郎と指定した」

「璃紅を殺すだけのためなら、そんな手のこんだことをする必要はないわけだ。代役をたてたのは、即《すなわ》ち璃紅殺しの犯人のアリバイ作りだな。脅迫者は、殺人犯は同一人物か、共犯者か」

「ぼくも、第二幕では鯉四天だけに出る役者が、アリバイを作るために細工したかなと思ったんです。

しかし、時間的に無理なようですね。璃紅が三時に第一幕が終わって電話を受け、それから丈太郎に代役をたのんで、車で出発したわけでしょう。一時間はたっぷりかかるから、花川戸に着くのが、四時十分か十五分ごろ。殺人者は待ち受けていて、殺害し、自殺にみせかける細工をする。ぎりぎり少なくみつもって、五分としましょうか。四時十五分から二十分ごろ、殺人完了。車にしろ電車にしろ、五時の鯉つかみにはまにあわない」

「役者とかぎらず、座方、裏方といった連中なら、鯉つかみとは関係ない。打ち出しにまにあえば」

「でも、そういう人たちが、二幕のあいだじゅう姿をみせなかったら、どこへいったのかと怪しまれるでしょ。大部屋の役者は、あの芝居では、軀のあいているときは黒衣で動きまわっていたんです。蠟燭のとりかえ、芯切りという仕事があるので。いてもいなくても、目に立たない。顔に垂れをかけていたら、だれだかもはっきりしない。犯人は、瑞穂座にいた者以外かもしれませんね。六時から六時半のアリバイがしっかりしていて、その前の時間、あいまいな者。たとえば、璃若のなくなったかみさんの親類にあたる料亭の子を芸養子にどうとかって話が、この前、出ましたっけね」

田浦が言うと、川瀬も手帖《てちょう》をひらき、

「料亭『石和』。養子の話の出ている子供の名は、小西幹彦だ」

「そっちの線はどうでしょう」

「小西幹彦に跡目をつがせるために、璃紅が邪魔になった？　殺すこたあないやな。璃紅に因果《いんが》をふくめて、下ろしゃあいいんだ。めがねに叶《かな》わなかったと、璃紅もあきらめるほかはあるまい」

「下ろせない事情があったとしたら。璃若が、璃紅か東谷香子に弱みを握られていたというような」

「それで璃若が殺した？　しかし、璃若は、二幕のあいだ、来客があった。そのあと鯉つかみに出ている。アリバイは完璧《かんぺき》だ」

「子供の両親の方はどうですか。璃紅に電話をかけてきたのは、細いきれいな女の声だったという。その小西幹彦の母親が璃紅をおびきだし、父親が殺した」

「息子を役者にするために、そこまでやるか」

「ふつう、やらないでしょうねえ」

「しかし、そっちもしらべてみよう」

「警察が、しらべているでしょうね」

「何とかいう刑事にきいてみろ」

「山田刑事ですか」

「あまり気の進まない顔だな」

「他人の秘密に首をつっこむのって、あまり気分のいいものではありませんね」

「何を今ごろ言いだすんだ。急に逃げ腰になってきたじゃないか」

「小西幹彦の両親に、警察がすでに聞き込みなどやっているのなら別ですが、まだ目をつけていなかったのに、ぼくのおせっかいから、呼び出されたり訊《じん》問《もん》されたりしたら、気の毒だ」

「そっちの線を言いだしたのは、おまえさんだよ。やましいところがなければ、たいして迷惑でもないだろう」

「いやなものだと思いますよ、疑いをかけられるのは」

「客はどうかな」

と、川瀬は、田浦のためらいは無視して、話をすすめた。

田浦は、どきっとした。そちらの方に話がゆくのを、おれは避けたがっていたのだ、と心の中で認めた。

「観客ですか」

「そうだ。犯人は、観客のなかにいた、というのは、どうだ。劇場《こや》に入場したことを印象づけておく。それから、こっそり抜け出す。打ち出しまでに帰ってきて、またこっそり入りこみ、帰りぎわに印象づけて、ずっと劇場内にいたようにみせかける。あの劇場は、開演中に、人目につかずに出入りできるか」

「できないことはないでしょうけれど……。観客となると、四百人近くいたからな」

「しかし、璃紅に殺意を持つ者となったら、かぎられてくるだろう」

「たいへんですよ、みつけ出すのは。動機がわからないんだから。たとえば、璃紅がひき逃げでもやっていたとする。ひき殺された者の身内とか恋人とかが復讐《ふくしゅう》をした、なんてことだったら、ぼくたちには歯がたちませんよ」

「だが、その犯人は、乙桐の土蔵が、自殺を偽装するのにきわめて都合のいい場所だということを知っていた。となれば、犯人は限定されてくるじゃないか」

「……」

「乙桐の奥さんと娘が、客席にいたのだったな。もう一人、丈太郎の母親」

田浦も、とうに、そのことを考えていた。

璃紅に電話をかけてきた、細いきれいな女の声……。

「まさか、あの人たちが璃紅を殺したなんて思っているわけじゃないでしょ。一人は若い女。あとの二人は婆《ばあ》さんですよ。それに、動機がない」

「ないかどうか、まだわからん」

「彼女たちだったら、乙桐の土蔵を犯行場所にしませんよ。みすみす、疑いがかかる」

「しかし、あれほど好都合な場所は他にないだろう」

「もっと、ほかの場所でやるでしょう」

「アリバイに、絶対の自信を、犯人は持っていたと思う。おまえのモノクロ写真が暴露しさえしなければ、璃紅は、五時ごろ小屋を抜け出したことになっていたのだ。五時半の打ち出しの時小屋にいた人物は、アリバイが成立する」

「乙桐さんたちは、舞台がはねて、巴屋の楽屋に行こうとしているところでした。巴屋をたずねれば、それでアリバイは成立します。しかし……」

「彼女たちなら、『乙桐小道具』の蔵を犯行に使うはずはないとおまえは言った。だれしもそう思う。だから、逆手にとった、とも考えられる。おまけに屈強なアリバイがあった」

「でもね、小野好江という他人が一人混っているんですよ。乙桐久子、綏子のどちらかに、璃紅を殺さねばならぬ動機があったとして」

と言いかけて、田浦は、口が重くなった。

綏子を殺人犯に擬することは、彼にとって、無残であった。

小西幹彦の両親に疑いをかけるのを、いやな気分だと言った田浦は、そのとき、すでに、綏子を思い描いていた。いやな気分なのは、綏子が被疑者として必然的に浮かびあがってきたためであった。丈太郎の写真によってアリバイが砕かれたことから、犯人は観客のなかにいたのかもしれないとは、すぐに思いついたし、〝細いきれいな声〟は、綏子のイメージと結びついていた。他人の生に、よけいな干渉をしたことになるのか……。

「どちらかに、璃紅を殺さねばならぬ動機があったとして、小野好江を同行するのは、危険じゃありませんか。久子と綏子だけなら、一方が他方のアリバイを偽証することができるけれど、他人の小野好江まで共犯にするのは。あるいは、小野好江が犯人だった場合、久子と綏子に偽証を頼むのは、やはり、危険でしょう」

「それはそうだ。しかし、璃紅の身代わりをつとめた丈太郎は、小野好江の息子だ」

「丈太郎も共犯ですか。四人がかりで璃紅を？　何のために」

「何のためかわからないが、とにかく、丈太郎は、アリバイ作りのために自分が身代わりに立つことを承知していたんじゃないだろうか。そうであれば、事件後も彼が沈黙していた理由が、納得がゆく」

「しかし、四人も共犯で璃紅を殺して、何の得があるんですかねえ。それに、璃紅の死を自殺にみせかけるためには、母親の東谷香子の死という前提があるわけでしょ。璃紅が過失から母親を殺した、という。そのことを、犯人は、どうして知ったのか」

「東谷香子も、同一犯人によって殺されたんじゃないのか」

「だとすると、璃紅を脅迫して舞台を抜け出させる口実がなくなります」

「ああ、そうか」

まあ、乙桐家の人たちが犯人という証拠は何もない、と、川瀬は言った。

「何もないが、疑惑は感じるな」

＊

綏子に、これほど強く惹《ひ》かれていたのか、と、田浦は自分の心の奥をあらためてのぞいた気がした。

土蔵で、田之助の首をなかだちに、二人だけですごした短い時間。そのとき、二人のあいだに、何も起こりはしなかった。綏子は、田浦に心をとざしていた……。

乙桐久子、綏子、小野好江の三人連れが、事件に関係があるのか、無関係なのか。

どちらにしても、割りきれぬ点がある。

川瀬とかわした会話は、その矛盾《むじゅん》点をたがいに指摘しあっていた。田浦は、頭のなかで、もう一度整理しなおした。

丈太郎の身代わりなどということが暴露されなければ、三人は事件と無関係ですんだのだ。

乙桐家の土蔵が現場に用いられたことも、〝田之助の首を見たくて〟ということで説明がついた。

しかし、アリバイがくずれたとなると、身代わりをつとめたのが小野好江の息子の丈太郎。場所は乙桐家の土蔵。無関係とは考えにくくなる。

もし、三人の女のなかのだれが実行者かということになれば、田浦は認めたくないが、若く行動力のある綏子が最適である。久子は弱々しすぎる。小野好江は骨太な軀つきで、力など綏子よりありそうにみえるくらいだが、好江の犯行に久子と綏子が協力するというのが、わからない。

綏子が犯人とした場合、なぜ、小野好江まで、アリバイの証言者として加わらせるのか。絶対に口を割らないという保証があるのか。

「三人とも、無関係かもしれないのだ。たまたま、あの日、見に来ていただけだ。そうであれば、おれはくだらないことに心をなやませているわけだ」

田浦は、自分に言った。

その綏子から、田浦に電話がかかってきたのは、二日ほど後、彼が社で原稿に朱をいれているときだった。

「いま、おいそがしいでしょうか」

うるおいのない、切りつけてくるような声であった。

「え、いえ」

何も負いめはないのに、田浦は、うしろめたいような声になった。

「写真をみせていただきたいんです」

「写真、ですか」

「ええ。警察に提出なさった、あれです。お手もとに、焼き増しした分はないでしょうか。もし、なければ……ネガは貸していただけないでしょ、焼き増ししてくださいませんか」

「警察にわたしたほかに、伸ばしたやつをぼくは持っていますが」

「いま、そこに？」

「抽出に入っています」

「見せてください。お願いします」

哀願する調子ではなかった。のっぴきならぬ響きを持っていた。威厳をさえ、田浦は感じた。

「わたし、お宅の社のそばの喫茶店から、かけています。『ノア』という店です」

「『ノア』なら、知っています」

「そちらに、見せていただきにあがっていいでしょうか」

「ぼくが届けましょう。十五、六分、そこで待っていてもらえますか」

「ええ。十五分でも三十分でも」

「それじゃ、仕事のきりのいいところで、出ますから。『ノア』は一階と二階とあるけれど」

「二階の隅の席にいます」

やりかけの仕事をすませてしまうつもりでそう言ったが、電話を切ると、落ちついていられなくなった。川瀬は外出中である。連絡メモに『ノア』にいる旨を書き残し、抽出から写真の入った大型封筒を出した。

写真に目を落とす綏子の表情は、静かだった。しかし、目をあげると、

「驚きましたわ」

と、口では言った。

「どっちに驚いたんですか。丈太郎さんが身代わりになっていたことですか。それがモノクロ写真で暴露されたことですか」

「両方よ」

「丈太郎さんと璃紅さんの顔立ちが似かよっていることに、気づいていました?」

「いいえ。……こんなにはっきり素顔があらわれるなんて……」

「カラーなら、こうはなりませんね。モノクロなのと、ライトのかげんですね」

ぼくは、綏子さんの力になりますから、と、田浦は早口に言った。幸い、店内はすいている。

「え?」

「いいえ……」

「力になる、っておっしゃったでしょ」

「ええ」

「どうして、あなたの力が必要なのかしら」

「いえ。いいんです。聞き流してください。ただ、もし……」

「もし?」

偽証でも何でもしますよ、と、田浦は言いたいのだった。

観劇中に、田浦が綏子を何度かみかけている、と言えば、彼女のアリバイは立証されるのである。ただ、真実を語ってほしい。それが、田浦の本音であった。しかし、それは、綏子が犯行に関係があることを前提にした言葉である。彼女がまったく無関係なら、この上なく非礼な言葉になる。

「素直に言います。ぼくは、あなたが璃紅殺害の犯人、あるいはその共犯者である場合を考えているんです」

「わたしが、芳《よ》っちゃんを?」

「前にも、璃紅さんを芳っちゃんと呼びましたね。

よほど親しかったんですか、彼と」

――親しい仲であるなら、璃紅に電話をかけたのは綏子ではない！　と、田浦はこのとき、気づいた。

電話の声は、〝細いきれいな女の声〟だったという。それはたしかに、綏子を連想させるけれど、電話口に出た璃紅は、〝えっ、あなた、だれですか〟と問いかけたというのである。親しい仲なら、そんな質問は出ない。

きわめて親しい間柄だったと綏子が答えてくれることを、田浦は望んだ。少なくとも、電話をかけてきたのは綏子ではないと立証されるからだ。

「特別親しいというほどではなかったわ」

綏子は言った。

「直接話をかわしたことのない相手でも、役者を愛称で呼ぶのは、よくあることよ。璃紅さんは、うちに何度か来たから――ほら、田之助の首を見に――知らないわけではないけれど。それより、田浦さん、本当にわたしを疑っていらっしゃるの？　どういう根拠から」

「何も根拠なんてありません。ただ、おたくの土蔵で璃紅さんが死んでいた、というだけのことです。第二幕の開幕中に、だれか知っている人に会いましたか」

「どうして」

「その人が、あなたのアリバイを立証することができるから」

「わたしに、どうしてアリバイの立証者が必要なの」

「お母さんや小野好江さんの証言より、赤の他人の証言の方が、効力があります」

「まるで、わたしが容疑者みたいな言いかたをなさるのね」

「璃紅さんが、五時ごろに瑞穂座を抜け出したと思われているあいだは、よかったんです。土蔵で璃紅さんが死んでいたって、あなたたちには関係ない。でも、三時ちょっと過ぎにあそこを出ているとなったら、事情がちがってくる。まだ、警察が、あらためて事情聴取に来ませんか」

「わたしのところに警察がくるのかしら」

「おそらくね。

　綏子さん、もう一度うかがいます。第二幕の開演中、あなたがずっと瑞穂座にいたことを、お母さんや小野さん以外に、立証してくれる人、いますか」

「わたし、事件には無関係ですもの。証人なんて必要ないわ」

　綏子は、はじめて断言した。

「そうですか。関係ないんですか。それなら、よかった。でも、もし警察がうるさいことを言うようなら、ぼくが証人になってもいいです」

「偽証なさるの」

「まあね」

「あなたの方が、アリバイの証人が必要みたいにきこえるわ。だって、そうでしょ。わたしのアリバイの証人になるということは、逆に、あなた自身のアリバイを保証することになるでしょ」

　田浦は、思いがけない虚をつかれた。

「あなたは、うちの土蔵をご存じだわ。あそこを利用しようと思いついても不思議じゃないわ。二幕の開演中に、あなた、だれか知っている人にお会いになった?」

「ぼくは、この写真をとっていますよ。これで、アリバイを立証できるでしょ」

「カメラのシャッターは、だれにでも押せるわ」

「共犯者?」

「そう」

「矛盾してるよ。この写真がなかったら、アリバイがどうのなんて、必要ないんですよ」

「ああ、そうだわね」

　綏子はちょっと黙りこみ、

「ややこしく考えれば、あなたがわたしを窮地におとしいれるために……。わたしにアリバイのたてようがないのを知っていて、わざと自分の仕組んだからくりを暴露する。そうして、あなたはわたしに恩を売る顔をして接近し」

「何だかひどい話になってきたな」

「あなただって、ずいぶんひどい言いがかりをわたしにつけているのよ。臆測を混ぜないで、事実だけを並べてごらんなさい」

「東谷香子が殺された。眼に芝居の小道具の矢を突き立て、それが致命傷になっていたが、更に、羽根《はね》枕《まくら》で窒息させられていた。

瑞穂座で、第一幕が終わった直後、女の声で璃紅に電話がかかってきた。

璃紅は丈太郎に代役をたのみ、こっそり外出した。

丈太郎は秘密に代役をつとめた。

そのあいだに、璃紅は死んでいた。状況は自殺。他殺の可能性もある」

「ね、どこに、わたしが容疑者になる因子があるの。うちの土蔵で璃紅さんが死んでいた。その日、たまたま、わたしが舞台をみていた。それだけのひっかかりじゃないの」

「しかし、かなり重大なひっかかりですよ。おまけに、秘密の代役をつとめた丈太郎さんのお母さんも、見に来ていた」

「なぜ、そんな程度のことで、わたしが疑われなくちゃならないのか、全然わからないわ」

「さっき、綏子さん、ちょっと気になることを言ったな」

「わたしが、何を言って?」

「〝わたしにアリバイのたてようがないのを知っていて〟と言いましたね」

「……そうだったかしら」

「言いましたよ。綏子さんは、お母さん、小野さん、連れが二人いたわけでしょ」

綏子を追いつめているなと、胸に重石《おもし》がのるのを感じながら、

「そりゃあ、二人ともいわば身内だから、証人としては弱いけれど、でも、〝アリバイのたてようがない〟というわけじゃないでしょ。二人と、いっしょにいなかったんですか。綏子さんは、一人で観《み》ていたんですか」

「あなたは、何が何でも、わたしを犯人にしてしまいたいみたいね」

短い沈黙の後に、綏子はそう言った。

「そんなことは、決して、ありません。ぼくは、ど

んな場合でも、あなたの味方だ」

「ほら、それが、わたしを疑っている言い方だわ」

「二人も証人がいるのに、どうして、アリバイのたてようがない、と言ったんです」

「田浦さんて、性格悪いのね。ねちっこく、ねちっこく、揚足《あげあし》とって攻めてくる」

「訊《き》いているのが、警官だと思ってください。どう答えます」

「どうって」

「あなた、いま、刑事にワンポイント取られているんですよ。アリバイのたてようがない、と失言した。失言というのは、かくしておきたい本音を、つい、ぽろりと喋ってしまうことです」

「広辞苑《こうじえん》みたいに、注釈してくださるのね」

「お母さん、小野さんと、いっしょじゃなかったんですか」

「二人に訊いてみたら。わたしが何を言ったって、信じないんでしょ。さっき、わたしは、事件には関係ないと言ったわ。それなのに、あなたは、しつっこいんだから」

「わかりました」

成り行きが、田浦の意図に反して、険悪に険悪にとかたむいてゆく。

一階のレジの脇《わき》にピンク電話があるが、田浦は表のボックスを利用した。誰にも聞かれる心配がない。

どうでした？　と、綏子は、目で訊いた。

「小野さんが電話口に出ました」

「それで？」

「ずっと、いっしょだったと、小野さんは言いました。お母さんと、三人、いっしょにいたと。何でこんなことを訊かれるのかと、不思議そうでした」

「でも、身内だから、嘘をついてわたしをかばっているかもしれないと、あなたは思っているのね」

「正直なところを言うと、七《しち》・三《さん》です。小野さんの証言を、七〇パーセントは、信用している。お母さんとちがって、小野さんは他人だからです。偽証させたら、後々までめんどうだ。三〇パーセントの不信は、小野さんの息子の丈太郎さんがからんでいることからきています。ところで、田之助の本物の首は、どうなったんでしょうね」

「わたしも知りたいわ」

「四代目さんは——お父さんは、その後、全然？」

「全然」

「不吉な言いかたですが、なくなられていると思ったことは」

「思いたくないわ」

「誘拐《ゆうかい》されて脅迫されているということは、ないんですか。もし、そうであれば、そうして警察に話せないことであれば、ぼくが力になります」

「力になると言いながら、わたしをいじめぬいていらっしゃるじゃないの」

「いじめているんじゃない。真実を知らなくては、力になれません」

「誘拐されているのなら、犯人のどんな要求にだって応じるわ。何の連絡もないんですもの。父は、自分の意志で、わたしたちを捨てた……」

としか思えない、と、綏子の語尾は小さくなった。

「矢沢市郎さんを殺して田之助の首を盗《と》ったのは、だれなんだろう」

ひとりごとのような田浦の問いに、綏子はもう、答えようともしない。

「このことに関しては、あなた方を疑ってはいませんよ。だって、田之助の本物の首は、もともと乙桐家のものなんだから、何も、矢沢さんを殺して盗る必要はない。矢沢さんにしたって、横領するつもりはなかったんだから」

「疑いをかけないでくださって、ありがとう、と言いましょうか」

綏子の瞼《まぶた》が薄く濡れているのに、田浦は気づき、うろたえた。何を言っても、泣くような相手ではないと思っていた。

「何か、悪いことを言いましたか」

「悪いことなら、言いっぱなしじゃありませんか。はじめから終わりまで、わたしを容疑者扱いなさって」

と言いながら、綏子の声から険《けわ》しさが薄れていた。

「わたしが、どうして、璃紅さんを殺すの。何のために」

「動機って、まるで、わからないんですよね、だれが犯人であるにせよ」

「あなたが力になるって言ってくださったこと、おぼえておきますわ」

　そう言って、綏子は席を立った。

Ⅳ　別離の宴

「つながりませんね」

「つながらんか」

　川瀬は応じたが、原稿に目をとおしているので、返事は上《うわ》の空だ。田浦は、グラビア用の写真をレイアウトしている最中だった。

　綏子《やすこ》がたずねてきてから、十日ほどたっていた。

「何がつながらないんだ」

と、川瀬は目をあげた。

「乙桐《おとぎり》四代目伊兵衛の失踪《しっそう》。東谷香子の死と璃紅《りこう》の死。小道具師矢沢市郎の死と田之助の首の紛失」

「矢沢市郎が顔のない死体だったということも、考慮しよう」

　川瀬は話にのってきた。

「すると、市郎の身代わりに殺されていたのは、だれです」

「わからん。だが、いまもってあらわれない乙桐伊兵衛が、すべての事件の黒幕である、という説は、どうだ」

「伊兵衛が、姿をかくしたまま、東谷香子、璃紅、市郎――あるいは市郎に似た男――を殺した、ってわけですか。伊兵衛が、何のために」

「いっこうにわからんな。伊兵衛が、東谷香子と璃紅の親子に何か脅迫《きょうはく》されていたとか……」

「でも、脅迫者を殺しても、その後、ずっと姿をかくしていなくてはならないのでは、何もならないでしょ」

「乙桐家の当主というのは、何か別の生活の場所を、代々持っていたのかな」

川瀬は言い、羨《うらや》ましそうな眼になった。

「初代が、消失している。どこかに、本当に好きな女がいてさ、そっちでも暮らしが成り立つようにしてあった。晩年は、その女と添いとげたくなってさ、表立って女房を捨てるわけにはいかんから、蒸発した。二代目は、それをやる前に事故で死んでしまった。三代目は、初代にならって」

「いえ、それは、ぼくも考えたんです」と、田浦はさえぎった。

「三代目の失踪は、好きな女性のところに行くためじゃなかったか、って。しかし、三代目は、当時、奥さんをなくしてやもめだったんです。好きな相手がいたら、何も身をかくさなくたって、再婚できた。もっとも、相手が、家柄が不釣合とか何とかで、どうしても結婚できないということもあるけれど」

「戦後まもなくだったな、三代目の消失は」

「ええ」

「相手がパンパンだったりしたら」

「パンパン？」

「アメちゃん相手の街娼《がいしょう》だ」

「で、問題は、四代目です。四代目伊兵衛にも愛人がいるとする。蒸発し、別人として、愛人とともに暮らしている……。でも、何も、おれがインタビューしている最中に蒸発しなくてもな。ほかの女と暮らしているのなら、殺人なんかする必要はない。脅迫されて殺したのなら、その後かくれているのはおかしい」

「何を脅迫されたか、だ。その、かげの女の存在をばらすと脅迫されたのであれば、殺して、その後も消えている。おかしくないだろ」

「でも、丈太郎を使ったアリバイ工作が無意味になっちゃいますよ」

「ああ、そうだな」

「ただ、かげの女がいるということは……。細いきれいな声の女がいるんですよね、璃紅を電話で呼び出した。知っている。綏子さんじゃない。璃紅は綏子さんの声は知っている。あんた、だれ？　と璃紅は相手に問い返しているんだから……。アリバイ工作ということがなければ、せっかく女と別人生を送ろうとしている四代目伊兵衛を東谷香子が脅迫したというのは、なかなかいい説だと思うんですけどね。東谷香子は、璃紅を襲名させるために、かねが入用だったらしいから」

「四代目が蒸発してほかの女と暮らしている。それに気づいた四代目のかみさんが、亭主を殺し……」

「無茶ですよ。乙桐の奥さんて、華奢《きゃしゃ》でかわいいおばあさんですよ。大の男を殺すなんて、とても。殺したとして、その死体をどうするんです。かげの女の方は、どうなるんです」

「かげの女というのが東谷香子であった、というのは、どうだ。香子は殺人事件を公《おおやけ》にせず、乙桐久子を脅迫する。久子は、娘に命じて、香子と璃紅を殺させる」

「だめです！」

田浦は大声を出した。

「まず第一に、東谷香子の住まいは東向島です。花川戸と目と鼻じゃないですか。そんなところに、四代目がかくれられますか」

「別宅をかまえ、そこに香子が通って行けば」

「それなら、何も蒸発しなくたって、どこかでときどきデートすればいいでしょう。蒸発するというのは、女といっしょに、別人生を送るためでしょう。

もう一つ、綏子さんが母親のために殺人をおかす……。あり得ないと思うけれど、まあ、やったとします。小野好江が邪魔じゃないですか。今度は、小野好江に脅迫されるおそれがある」

「しかし、好江の息子の丈太郎がアリバイ作りに一役買っている」

「それじゃ、璃紅を呼び出した電話は、どうなるんです。だれがかけたんです、あれは」

「そう、いきりたつな」

会話は堂々めぐりする。どのように仮説をたてても、矛盾《むじゅん》点があって、ぴたりと嵌《は》まらないのである。

「できの悪い入れ歯のようだ」

じじむさい感想を川瀬がのべたとき、

「川瀬さん、総入れ歯なんですか。お気の毒に」

庶務《しょむ》の若い女子社員が、午後配達の郵便物を田浦のデスクの上において、言った。

「訂正しておかないと、あっという間にひろがりますよ、川瀬さん総入れ歯って話が」

女子社員の背を見送って田浦は言い、郵便物に目をとおした。

「劇団カオス、笑々座、公演案内だな。パスだな。小磯先生からのコラムの原稿」

白い角封筒の差出人の名に、田浦の目がとまった。

カッターでいそいで封を切る。

〝力になろう、偽証もしよう、そう言ってくださったことを、思い出しています。好意を持っていてくださるのだと思っても、私のうぬぼれにはなりませんでしょう〟

綏子からの手紙は、そういう言葉ではじまっていた。

〝私は、父のところに行こうと思います。つきましては、九月三十日、ささやかなお別れの集《つど》いをいたしたく、社が退《ひ》けた後、川瀬編集長さんとお二人で、私宅においでいただけないでしょうか〟

「父のところに行くって、どういうことなんでしょう」

胸さわぎをおぼえながら、田浦は手紙を川瀬にまわした。
「四代目の居場所を、綏子さんは知っているという
ことになるな」
「ささやかな別れの集い。……別れの……。まさか
……」
「どうして、おれまで招《よ》ばれるのか……」
答えを求めあうように、顔を見あわせた。
「おまえ、綏子さんに、偽証すると言ったのか。何
の偽証だ」
「ええ、まあ……」
「やばいことはするなよ」
綏子が指定してきた九月三十日は、明後日。まだ
二日ある。
「気になるな」
つぶやいて、田浦は電話の受話器をとった。乙桐
家にかけたのである。電話口に、綏子自身が出た。
「綏子さん！」
叱《しか》りつけるような口調になった。
「あの手紙、何ですか」
「御招待よ」
「四代目さんの居場所を、知っているんですか」
「いいえ、知らないわ」
「知らない？　だって、お父さんのところに行くと
……。あれは、何です。からかっているんですか」
「まじめよ。場所は知らないけれど、行けそうな気
がするのよ」
「綏子さん、まさか……。まさか。……ぼくは、あ
なたを追いつめてしまったんだろうか」
「来てくださるんでしょ、明後日」
「ええ、行きます。だけど、その前に、今日これか
らでも、明日でも、会ってください」
「いいえ、明後日。川瀬編集長さんも来てください
ますわね」
「ええ。でも……。どこへ行くつもりなんですか。
遠いんですか」
「じゃ、明後日、お待ちしています。ほかの方には
お話しにならないで。わたしが御招待したこと。警
察なんて、いやよ」

綏子が受話器を下ろす音がした。田浦も受話器をおいた。

「どうしましょう」

「警察に言う、というわけにもいかんな」

「ええ、それは、だめです。彼女の意図がまだわからない。……あの、彼女が……たとえば……」

「たとえば、何だ」

「いえ……」

「はっきり、口に出してしまおう。父親のところへ行くというのは、自殺を意味すると、思うのか」

「思いたくありませんね」

「四代目は、死んでいる。綏子は、その父親のところへ」

「やめてください」

「口にするのをやめても、事態はかわらん」

「失踪してかくれている場所に行く。そういう意味ですよね。……ちょっと彼女のところに行ってきます」

田浦は、社を出た。九月も終わりに近いといっても、日中は、いそいで歩くと汗が滲《にじ》む。

『乙桐小道具』の、家人の出入口の方のブザーを押したが、だれも出ない。事務所にまわった。

「田浦さん、どうも御無沙汰《ぶさた》しています」

製作部長の徳田は、腰が低かった。

どうぞ、と椅子《いす》をすすめられたが、田浦は立ったままで、

「奥は、今日はお留守なんでしょうか」

「綏子嬢さんは、おられるはずですよ。作業場の方でしょう。小道具の屏風絵《びょうぶえ》を製作中のはずですから。奥さんは昨日から、修善寺《しゅぜんじ》の温泉に保養にいっています。いろいろあって、疲れられたので」

「綏子さんに、お目にかかりたいんですが」

「ちょっとお待ち下さい。どうぞ、おかけになって」

徳田は、取り次ぎに入っていったが、すぐ戻ってきて、すまなそうに、

「仕事がつまっているので、今日はお目にかかれないということなんですよ。明後日ですか、お会いする約束になっているそうですね」

「ええ」

「そのときに、という伝言なんですが。何かおいそぎの御用ですか」

「いえ、けっこうです。綏子さん、お元気ですか」

「ええ」

と、うなずきながら、徳田はちょっとひやかすような目になった。

「奥さんは、いつお帰りに?」

「明後日……いや、その次の日だったな、たしか」

手帖《てちょう》をしらべてたしかめ、三日後です、と徳田はうなずいた。

その足で、田浦は、東銀座の猿若座にまわった。

ちょうど、昼の部が終わるころだ。

田浦は、楽屋で待った。弟子が熱い焙《ほう》じ茶《ちゃ》を出してくれた。

ほどなく、璃若《りじゃく》が舞台からひきあげてきた。田浦を見ると、また何かあったのかというように、濃く描かれた眉《まゆ》をひそめた。

化粧を落とし楽屋着に着替えると、茶をすすりながら、弟子たちに席をはずすように命じた。

「何かまた、厄介事《やっかいごと》かね」

「どうも、お疲れのところを申しわけございません。巴屋さんは、明後日、乙桐さんのお宅に行かれますか」

「わたしが? なぜ」

「綏子さんから、何も?」

「いや。明後日といえば、千秋楽だ。わたしは軀《からだ》がふさがっている。乙桐で、何かあるのかね」

「ちょっと気になるのです。警察に話す気にもなれず……。巴屋さんなら相談にのっていただけるかと」

「わたしにできることなら」

「綏子さんから、四代目さんのところに行く、と、手紙をいただいたのです。それで、別れの会をするからと、私と、うちの編集長の川瀬が招待されたのです。それで、もしかしたら、巴屋さんもおいでになるのではと思ったのですが、舞台があることを、うっかりしていました」

「四代目のところへ？　あの娘《こ》は、父親の居場所を知っているのだろうか」

「それならよろしいんですが……」

「というと？」

「四代目さんが、いまもってまったく消息がわからない。すでになくなっておられるとお考えになったことはありませんか」

「それは、思わないでもないが……。すると、綏子は……」

「気がかりなので、いま、『乙桐小道具』に行ってみました。綏子さんに会おうと思ったのですが、仕事がいそがしいからと、顔も出してもらえませんでした。明後日会おうと」

「まさか、あんたたちの目の前で……自殺もすまい」

璃若は声を低めた。

「しかし、綏子さんが自分の飲物にだけ毒をいれておいたりしたら、防ぎきれません」

「服毒は、即効性の毒であっても、ずいぶん苦しいようだよ。覚悟の自殺であれば、人前で、ぶざまにもがき苦しむさまを見せるような死に方は、綏子はしないと、わたしは確信するね」

「綏子さんを、よくご存じなのですか」

璃若は、うなずいた。

「あれは、しっかりした、いい娘だよ」

「四代目さんがなくなっておられることを綏子さんが知り、後を追おうとしている、ということはあり得るわけですね」

「あれが、何を考えているのか、わたしにはわからない。少なくとも、あんたの目の前で服毒などはすまい。よく、様子をみていてほしい。あなたたちと別れた後で、自殺、などということのないように。四代目は、海外にでも行っているのではないかな」

「それで綏子さんも海外に？　しかし、四代目さんが出国されていたら、警察のしらべでわかるはずですが。いや、他人の名義でパスポートをとって、自分の写真を貼付するという方法もあるか。しかし、何のために、そんなにまでして姿をかくすんでしょう。失礼な臆測《おくそく》かもしれませんが、四代目さんには、家庭も仕事もなげうつほど愛している女性がおられるというようなことは」

璃若は吐息をつき、それから、ゆっくり首を振った。

「わたしには、よくわからん。だが……綏子に話をきいてみよう。今日、舞台がはねた後にでも、会ってみる。わたしがたずねて行ったら、門前払いをくわせることもあるまい」

「お願いします」

田浦は深く頭をさげた。

綏子に、招待のことをほかの人に話すなと口止めされていたことを、このとき、思い出した。

自分や川瀬などが招《よ》ばれるのなら、璃若も当然招ばれていることと思っていたのである。田浦はともかく、川瀬は、綏子が別れを惜しむほど親しい間柄ではないのだ。

その夜、璃若は田浦に電話をかけてきて、自殺の心配などはないようだ、と告げた。璃若が訪れると、綏子は璃若を座敷にあげ、心配するようなことは何もない、いずれ、巴屋の小父《おじ》さまには全部話す、しばらくそっとしておいてくれと語ったという。綏子の好きなようにさせるほかはないだろう、と璃若は言った。

しかし、その声が何か重く沈んでいるように、田浦には感じられた。

指定された日、田浦と川瀬は連れだって、乙桐家を訪れた。『乙桐小道具』の事務所はすでに閉まり、職人たちも帰った様子だ。

綏子は二人を迎え入れ、座敷に通した。

茶道具をはこんできたのが、丈太郎だったので、田浦は驚いた。

「母が保養に出ていて、明日にならないと帰らないので、丈太さんに手伝いをたのんだんです。この人、男のくせに料理がうまいんですよ。今夜は、丈太さんとわたしの手料理を召しあがっていただくわ」

「丈太郎さん、舞台は？」

「夜の部は休ませてもらいました」

「そんなかってが、できるんですか」

「たいした役でもないので」

「綏子さん、どういう冗談なんですか、これは」

「手紙に書きましたでしょ。お別れのパーティー」

「客は、川瀬とぼくだけ？」

「お客というより、立会人になっていただくの。まあ、食事を先になさって。お酒は、あまりお出ししません。酔わないでいていただきたいから」

口取り、刺身、酢の物、煮物と、手ぎわのよい料理の皿を、丈太郎は黙々とはこび、綏子は、田浦たちにすすめながら自分も箸《はし》をうごかし、服毒などと案じたのがおかしいような落ちついた態度であった。

「丈太郎さん、お母さんは？」

田浦が訊《き》くと、奥さんのお伴《とも》をして修善寺に行っています、と丈太郎は答えた。

酒はあまり出さないといったが、ほどよく燗《かん》をした銚子《ちょうし》が一本ずつついた。

皿はあらかた空《から》になり、茶を飲み終え、くつろいだ気分になっていると、綏子が、いずまいを正した。

「それじゃ、父のところにまいりますので、見送っていただきますわ」

田浦は、どきっとして思わず腰を浮かした。

「丈太さん、あとをよろしくね」

綏子は先に立って外に出た。ひき寄せられるように、田浦と川瀬もつづいた。丈太郎も来るのだと田浦は思ったが、丈太郎は座敷に残った。

土蔵の前に、綏子は二人を導いた。

「お父さんが、まだ、この中におられるとでも？」

川瀬が怪しむように言うと、

「いいえ。父がいまどこにいるのか、わたしは知りません。でも、父は、この土蔵に入って、それから消えたんです。わたしも、父の通った道をたどります。そうすれば、父のいるところに行けますもの」

「抜け道があったんですか、やはり」

「いいえ、そんな、目に見える通路なんて、ありません」

そう言って、綏子は、折りたたんだ紙片を川瀬にわたした。

「ここで見送ってくださいね。そうして、これをお読みになってください」

閂《かんぬき》にかけられた南京《ナンキン》錠を鍵ではずし、中扉をひき開け、綏子は土蔵の中に踏み入った。後を追おうとする田浦を、

「いいえ、いま入って来てはだめ。わたしが父のところに行ってから」

と制し、棚《たな》のかげに入っていった。

田浦は、川瀬と顔を見あわせた。

土蔵で死んでいた璃紅の姿が、田浦の眼裏に浮かんだ。綏子は、璃紅のところへ行くとは一言も言っていなかった、と、田浦は思いなおした。

四代目伊兵衛は、この土蔵の中で死んだのではない。死体など、どこにもなかったではないか。戸棚や長持《ながもち》の中も、あのとき探したのだ……。

川瀬は紙をひろげたが、暗くて文字が読めない。田浦はライターをつけ、紙を照らし、横からのぞいた。

〝璃紅——東谷芳樹——と、その母東谷香子を殺したのは、私です。綏子〟

紙にしたためてあるのは、それだけだった。

田浦は土蔵に走りこみ、電灯の壁付きスイッチを押した。川瀬がつづいて駆けこんできた。

「二人で探しまわるより、川瀬さんは、ここ、この、地下への出入りと二階への階段の出入りを見わたせるところにいてください。ぼくがしらみつぶしに探します。二人で動きまわっていると、その隙《すき》に、外に出るということがある」

悲惨なかくれんぼだ、と思いながら、田浦は、戸棚をのぞき、積み重ねられた長持の蓋《ふた》を開け、二階にかけ上がり、同様のことをくりかえし、三階にまでのぼった。窓の鉄格子もしらべた。もう一度念入りに探しながら下りてきて、地下にまで下りた。

「乙桐一家は消えてゆく」

川瀬のつぶやきを背に聴いた。

「川瀬さん、綏子さんにたのまれていたんですか」

田浦はつめよった。

「こっそり抜け出すから、ぼくに黙っていろと」

「綏子さんの脱出の、おれが共犯者だというのか」

「ほかに考えられないじゃないですか。綏子さんは地下にかくれている。ぼくが二階を探しているあいだに、外に出た。川瀬さんを買収して」

「買収？　言葉に気をつけろ」

「失言でした。たのみこんで、と言うつもりだった」

「おまえが、二階を先に探すと、どうしてあのひとにわかる。地下を先に探すかもしれないじゃないか。そうすれば、すぐにみつかってしまう。おれに言わせれば、おまえが共犯者だ」

「ほんとに、出て行きませんでしたか」

「おれが催眠術《さいみんじゅつ》にかけられてでもいなければな」

「それじゃ、まだ、蔵の中だ。もう一度探そう」

「今度は、おまえが見張っていろ。おれが探す」

と言ってから川瀬は田浦をみつめ、

「やはり、おまえが共犯だな。おれが探しているあいだに逃がしてやる。そうして、殺人犯は土蔵に消えた、と……」

「やすこさァん」

土蔵の中にむかって、田浦は思いきりどなった。

「出てきてくださァい」

「おそらく、地下に、おまえの気づかない抜け穴があるのだ。戸棚を動かすとその裏に出入口があるというような」

「警察が、その辺はしらべましたよ、四代目が消え、その後で璃紅が死ぬという事件が起きてから。いま、もう一度、ぼくも戸棚を動かしたりしてみたけれど、びくとも動くものじゃない」

「かくしボタンだ。ボタンを押すと、電気で戸棚が動く」

「少年冒険小説じゃあるまいし。小道具屋の土蔵に、何でそんな大がかりな仕掛けが必要なんです」

「とにかく、探してくる」

川瀬がかわって地下室に下り、田浦は階段のそばに立った。

——何のために、こんなかくれんぼをするのだ。あなたが璃紅とその母親を殺した……。それを黙っているのに耐えきれなくなったのなら、なぜ、ぼくにだけ打ち明けてくれなかったのだ。力になると言ったじゃないですか。しかし、信じられない。あれほど酷《ひど》い殺し方を……。

眼に突き立てた矢。

よほどの憎しみが形をとったとしか思えない。復《ふく》讐《しゅう》?

川瀬が階段を上がってきた。田浦を見て首を振り、そのまま、二階に上がってゆく。

田浦は床にしゃがみこんだ。矢沢市郎を殺したと綏子が書いていないのは、唯一、救われる思いであった。あの殺しは、あまりに無惨すぎる。

足音がして、川瀬が下りてきた。

「まだ、どこか、この中にいるんだな。おまえさんが共犯でないかぎり」

「下積みになっている長持まで、全部、しらべてみましょうか」

「上の長持を下ろして、下の長持に入って、それから、どうやって、上にまた積み上げるんだ。おまえが共犯なら、できるがな」

「綏子さんのために、彼女がひそんだ長持の上にぼくが長持を積み上げてあげるんですか。一人じゃ動かせませんよ。どれも、なかみがつまっていて、重いんだ。それを、五つも六つも積み上げるんですよ」

「棚にのせた長持もあるな」

「あれは、棚からひき出さなくては、蓋が上の棚板につかえて開きませんよ」

田浦は、手近な長持の蓋をためしに開けようとしてみせた。

「ひき出して入って、それから一人で棚に戻れたら、土蔵で消える以上のエスパーだ。ぼくが共犯だとしたって、人間が入った長持を、ひとりで棚に戻せませんよ」

「天井裏にかくれ部屋はないか。床と天井のあいだだ」

「それも警察がしらべたと思うけどな」

川瀬はあきらめず、二階と三階の床をしらべに、再びのぼって行った。

丈太郎が様子を見に来たのは、川瀬が息を切らせて階段を下りてきたときであった。

「丈太さん、あんたなら、この土蔵の様子、よく知りぬいているんだろ。綏子さんは、このなかにまだ、かくれているにちがいないんだ。かくれ場所、見当がつかないか」

丈太郎は土蔵のなかをひとわたり見まわした。

「四代目さんのところに行ったんですね」

丈太郎は、そう言い、田浦たちに背をむけた。くぐもった声であった。

綏子の告白を、丈太郎に明かしたものかどうか、田浦は迷った。

綏子のアリバイ作りに丈太郎は協力し、璃紅の身代わりをつとめているのである。おそらく、何もかも心得ているのだろう。殺人の動機も。綏子の消失にも一役買っているにちがいないのだ。そうは思うのだが、消失に関しては、どのように手を貸したのか見当がつかない。綏子は、どの程度丈太郎に打ち明けているのか。

「四代目のところに行ったというのは、どういう意味なんだ。丈太さんは知っているんだね。四代目の居場所を綏子さんが知っていて、そこに行ったという意味か。だとしたら、どうやって、ここを抜け出したんだ。それとも、四代目はなくなっていて、綏子さんも自殺したのか」

田浦が責め立てるあいだ、丈太郎は顔をそむけたままであった。田浦が肩をつかみ、むりやり、彼の方に顔をむけさせると、丈太郎は涙を溢《あふ》れさせていた。

「言え。言ってくれ」

田浦は肩をゆさぶったが、丈太郎は押し黙ったままであった。

「綏子さん、まだ、この中にいるんでしょう。聞いてください。あなたの告白を読みました。しかし、あなたが、黙っていてほしいというのなら、ぼくらは、警察に告げたりはしない。出てきてください」

ふだんなら、田浦は、だれもいない空間にむかって呼びかけるといった芝居じみたことなど、てれくさくて、できはしない。しかし、このときは、てれている余裕などなかった。

「綏子さん。あなたが出てきてくれるまで、ぼくはここにいます。ぼくを信頼してほしい」

「綏《や》っちゃんが、何を告白したんですか」

丈太郎が、弱々しい声で言った。田浦が口を開く前に、川瀬が、

「璃紅さんとそのおふくろさんを殺したと、綏子さんは」

そう言いながら、書置きをみせた。

土蔵の弱い光では、丈太郎の顔色まではわからなかった。青ざめたように、田浦には思えた。

綏子さんが出てくるまで、ぼくは、とにかく、ここを動きませんよ、と田浦は土蔵の戸口に腰を下ろし、壁に背をもたせかけた。

「おれもつきあおう」

川瀬も並んだ。

「ただし、おれは朝までだ。出社しなくちゃならんからな」

「ぼくは、場合によっては休みをとります。急病です」

「おまえがここにがんばっているかぎり、綏子さんは、土蔵の中のどこかで、籠城《ろうじょう》だな」

「意地です、こうなったら」

「とっくに抜け出しているとしたら、とんだ無駄骨折りだが」

「出られるわけないでしょ。丈太さん、どこかに抜け穴あるの」

「毛布をとってきましょう」

丈太郎は言い、母屋《おもや》にひっかえし、毛布をかかえこんで戻ってきた。そうして、並んでうずくまった。

「綏子さんが、そう言ったんですか。璃紅さんと彼のおふくろさんを自分が殺したと……」

丈太郎はつぶやいた。ひとりごとのようだった。

「あんた、知っていて手を貸したんじゃないの。アリバイ作りをたのまれたとき、理由はきかなかったんですか。きかなくても、察してはいたんじゃないの」

川瀬がたたみかける。

「綏子さんは、どうして、璃紅さん親子を殺さなくちゃならなかったんです。その理由、丈太さんなら、思いあたることがあるんじゃないの。知っていることがあったら、何でも、教えてほしい。ぼくたちは刑事じゃないからね、その点、安心してください」

川瀬が言うのに、丈太郎はうなだれて、わずかに首を振っているばかりだ。それから、ふいに立ちあがり、

「ちょっと、二人とも外に出てください」

うむを言わさぬ強い声で言った。

「綏子さんと、何か話しあうつもりかい」

「彼女は、四代目さんのところへ行ったんですよ」

「この中には、もういないということかい」

「ええ。二、三分でいいです。ぼくを一人にしてください」

二人を押し出すと、灯りを消した。闇《やみ》があたりを包んだ。灯りは、すぐについた。二、三分どころか、三十秒とかからなかった。

丈太郎はもとの場所にうずくまった。田浦と川瀬が彼をはさんで腰を下ろしても、顔をあげなかった。

「何をしたんだ、いま」

「黙っていてくれ!」

丈太郎は叫び、再び、立てた膝《ひざ》に顔を伏せた。

田浦は、重い鉄の中扉を閉ざし、それにもたれて足を投げ出した。眠ってしまっても、綏子が扉を開けようとすれば、目がさめる。毛布で肩をくるみこんだ。

やっちゃん、おれに……。

耳もとで、わめかれ、田浦は眠りからひきもどされた。

土蔵の電灯はつけたままである。

丈太郎が、きょとんと目を開けていた。

「自分の寝言で目がさめてしまった」

丈太郎は言い、毛布を頭にかぶった。

〝やっちゃん、おれに〟

大声のあとに、〝死ねというのか〟、そう、つづいたように、田浦にはきこえた。

夢のなかで、丈太郎は綏子と話しあっていたのだ。丈太郎は、夢のなかの綏子に、〝やっちゃん、おれに死ねというのか〟と、叫んだのだ。

さめているとき、丈太郎は寡黙《かもく》だ。夢のなかの饒《じょう》舌《ぜつ》を、田浦はききたかった。

綏子は寒くないのだろうか。そう思ったとき、丈太郎が二人を強引に外に押し出し、ほんの三十秒ほど、土蔵のなかを闇にしたことが思い出された。あのとき、綏子にも毛布を放ってやったのだろうか。しかし、時間が短かすぎる。あのわずかな時間に、毛布を受けとってかくれることができるような身近なところに、綏子はいるのか。そう思うと、気になって、寝つけなくなった。

戸口に近いところには棚が、奥をかくす衝立《ついたて》のように立っている。棚の前と後にも、長持などが積み重ねられている。棚には唐草《からくさ》模様の葛籠《つづら》やら白木の箱やらが乗っているが、どれも、床にひき出さなくては上蓋が開かないし、前後に積まれた長持にさえぎられて、床には箱をひき出す余地がない。ほんの三、四十センチしか隙間《すきま》がないのである。その隙間に、人ひとり、辛うじて立つことはできるかもしれないが、もちろん、最初しらべたとき、綏子はそんな子供のかくれんぼじみたところに身をひそめたりしてはいなかった。それでも、田浦は立って、もう一度のぞいてみた。無駄なことをと思いながら。視線を感じてふりかえると、丈太郎が彼をみつめていた。

せめて、蔵のなかが汚れていたら、と彼は思った。床に埃《ほこり》でもつもっていたら、綏子の足跡をたどれるものを。あいにく、掃除がゆきとどきすぎていた。

いつか、彼は眠っていた。

揺り起こしたのは、川瀬である。田浦は、中扉の前に横になり、毛布をかぶって丸まっている自分に気づいた。

「おれは、社に出るよ。母屋で顔だけ洗わせてもらう」

寝乱れた髪を、川瀬は指でかきあげた。

丈太郎はあの後眠らなかったのか、白眼が充血し、黒眸《くろめ》まで赤くなっていた。

「ぼくは……」

言いかける田浦に、

「今日は病欠だろ」

「ええ」

「どうする」

と川瀬が言ったのは、綏子の書置きのことだ。

「警察にとどけるかってことですか」

「そうだ。こうなったら、頰《ほお》かぶりってわけにはいかないぜ」

「奥さんと、うちの母親が帰ってくるまで、待ってもらえませんか、警察にとどけるのは」

そう、丈太郎が言った。

「綏子さん」

と、田浦は大声で呼んだ。

「どうしてほしいんですか。警察にとどけていいんですか」

返事はなかった。

「おれたちが、こうやってがんばっていたら、彼女も出るに出られないんじゃないか。とっくに消えているのかもしれないが」

おれはとにかく出社するよ、と川瀬は丈太郎に案内をたのんで母屋に行った。ほどなく、丈太郎は戻ってきた。

「川瀬さんは出かけられました。田浦さんは、ずっとここにいるんですか」

「綏子さんに会って、どういうつもりか話をきかなくちゃな」

「パンでも食べますか」

「彼女だって、飲まず食わずなんだ、ここにひそんでいるのなら」

生理的な欲求はやみがたく、田浦は、土蔵の外で小用をすませた。そのあいだも、目は出入口からはなさなかった。

この中の、田浦にはついに見出すことのできなかったかくれ場所で、綏子は服毒しているのではないか。その不安が、大きくなってきていた。

「丈太さん、本当に知らないのか、抜け穴とか、かくれ場所とか」

丈太郎は、あいまいに首を振った。

「奥さんたちは、今日、何時ごろ帰ってくるんだ」

「知りません。夕方までには戻るでしょう」

「それまで、あほみたいに、こうやって待っているのか」

待たなくてすむことになったのは、十時ごろ、製作部長の徳田が車で出社してきたからである。徳田は車を土蔵の前の駐車スペースにとめ、二人を見て、けげんそうに、どうしたのだと訊いた。

「あまり大騒ぎにしたくないんだが、綏子さんが、ゆうべ、土蔵に入ったきり、出てこないんです」

書置きのことは、伏せた。なぜ、璃紅と東谷香子を綏子が殺さねばならなかったのか、その点を納得した上でなくては、公にできない、という気持を田浦は捨てられないのだった。

「四代目さんのところへ行くといって、土蔵に入って、それっきりなんですよ。この出入口から出ていったのではない。それだけは、断言できます。ほかに、この蔵には、秘密の通路がありますか」

「乙桐の当主が代々蔵で消えるということは……まあ、あるんですが……」

徳田は、信じられないように小さい目をしばたたいた。

「当代の社長が消失したのも、田浦さんが来られたときでしたね」

田浦に対して、いくぶんの疑いを持っているような徳田の口調だった。

「初代と三代目は、まあ、昔の話ですから……、出ていくのを見落としただけのことでしょう。人間が煙のように消えるなんて、あり得ることじゃない」

と、徳田は、声に少し棘《とげ》をふくませた。実直な男だから、綏子と田浦がぐるになってからかっていると思ったのかもしれない。

「当代の社長は、べつに、土蔵に入って消えたわけじゃありませんでしょう。田之助の首をとりに行くといって座敷を出て、それきり戻ってこなかった、というだけのことで、土蔵に入るところを、だれも見たわけじゃない。それを、世間では、四代目も、初代、三代目と同様、土蔵で消えた、などとおもしろがって取り沙汰《ざた》しましたがね。また妙な噂《うわさ》のたつようなことは……。綏子嬢さんは、本当にここに入ったんですか」

「ぼくと、うちの川瀬と二人、はっきり見ているんですよ。出てこないんで、探したんです。それも、一人が探しまわっているあいだ、一人は出入りを見はるというふうにして、それから、丈太さんも来て、三人でこの戸口のところで朝まですごしたんです。そりゃ、眠りましたよ。でも、ぼくはこの中扉のところにいたんです。この重い鉄扉《てっぴ》があけられたら、いやでも目をさましますよ」

「川瀬さんは」

「編集長は出社しましたが、きいてごらんなさい、ぼくと同じことを言いますよ。絶対に、この戸口からは出て行っていない」

「それじゃ、まだ中におられるんですね。御苦労なことだ」

綏子嬢さん、と、徳田は土蔵の奥にむかって声をはりあげた。

「からかうのはやめて、いいかげんに出ておいでなさい」

声は土壁にひびいた。

「ちょっと待ってください」

徳田は母屋の方に行き、戻ってきたときは、小道具職人の葛原を伴なっていた。

「葛さん、お嬢さんがこの中でかくれんぼで、出てきなさらない。あまり騒ぎたてるのも何だから、ちょっと、探すのをてつだってくれないか。まあ、田浦さんとお嬢さんにかつがれて、お嬢さんは土蔵になんか入っていないというのなら、とんだ無駄骨なんだが」

「かつぐわけがないでしょう」

と、田浦はもう一度、葛原に同じことを説明した。殺人を告白した書置きのことは伏せて。

「この中は、くまなく探したと言われるんで」

白髪を五分刈《ごぶが》りにした小柄な職人は、きびしい目を田浦にむけた。

「探しましたよ。戸棚の中や長持の中まで」

「この長持、木箱、葛籠、全部ですかい」

「いや、正確に言えば……、そりゃ、下積みになっている箱まで全部は見ませんよ。だって、そうでしょう。綏子さんは一人だったんですよ。上の箱をどけて下の箱に入って、どうやって上の箱をまたのせるんです」

——丈太郎が共犯なら、できる、と、このとき田浦は思った。

しかし、綏子と田浦、川瀬が座敷を出て土蔵にむかうとき、丈太郎は母屋に残っていた。先まわりして、土蔵にしのんでいたとしよう。綏子が長持にかくれるのに手を貸す。上の箱をとりのぞき、綏子が下の箱に入ってから、また積みのせてやる。そこまでは、できる。だが、その後、どうやって、田浦たちに気づかれず、土蔵を出ることができたのか。丈太郎にその脱出ができるのなら、綏子だって、苦労してかくれることはない。同じルートで外に出ればいいのだ。

——そりゃあ、おれたちは、綏子ばかりを念頭においていた。しかし、この戸口から丈太郎が出てきたら、いやでも目に入る。窓は鉄格子がはまっている。丈太郎が身がかるいのは知っているけれど、鉄格子のはまった窓から抜け出せるような奇術師じゃない。フーディニだって、あの窓からはむりだ。

丈太郎共犯説を、田浦は捨てた。

「一人が探しまわるあいだ、もう一人は、この戸口で見はっていたんですかい」

「いえ、階段のところです。上から下りてくるのも、地下から上がってくるのも、一目で見わたせる」

「そうですかい。そこのところにいなさったんですかい」

葛原は、階段の下に立ち、入口の方に目をむけた。棚と木箱の山で、戸口の見とおしはきかない。葛原は、棚の方に行き、また戻ってきた。

「田浦さん」

と呼びかけた。

「芝居の雑誌でも、おたくは、歌舞伎《かぶき》とは縁遠い方だったそうで」

「ええ。いまの編集長になってから、少し啓発されて、見るようになりましたけれど」

「編集長さんは歌舞伎はよくご存じで」

「ぼくよりは、はるかに」

「それでも、見落としなさったかね。丈太さん、おまえさん、何で気がつかなかった。石川五右衛門《いしかわごえもん》の葛籠が、その棚にあるじゃねえか」

こっちへ、と、葛原は皆を入口に近い棚の方に導き、棚の一番下の段におかれた唐草模様の葛籠を示した。

「この中に、綏子さんはかくれているっていうんですか。だって、このままじゃ、蓋が上の棚につかえて開きませんよ。ひっぱり出さなくちゃ。ところが、ほら、せまくて外に出せないじゃありませんか」

田浦は、それでも、念のために葛籠の胴をこつこつ叩いたりした。

徳田は、さすがに、葛原の一言でぴんときたらしい。

「あ、石川五右衛門の！」

と声をあげた。

「田浦さん、『石川五右衛門』の葛籠抜け、ご存じじゃないですか」

まるで、自分が発見したように、徳田は昂奮《こうふん》して田浦に説明する。

「おもしろいけれん芝居です。葛籠が一つ、宙をとぶんです。もちろん、ワイヤで吊《つ》ってあるんだが。この葛籠が空中でぱっと二つに割れ、中に入っていた五右衛門が葛籠を背負った形の宙吊りになるんです。蓋のついた葛籠があれば、だれだって、蓋が上に開くと思いますよね。この葛籠は、まん中から、縦にまっ二つに割れるんです」

お嬢さん、開けますよ、と、徳田は葛籠の片側を押した。

ぱっくりと、葛籠は二つに開いた。うしろ側は中から蝶番《ちょうつがい》でとめつけてあるので、折れた形になる。空《から》だった。

葛原は葛籠をしらべ、背側の板が更に蝶番でひらくようになっているのを発見した。

「かご抜けだな、こりゃあ。お嬢さんの細工か。一本やられたな」

葛原は笑った。書置きを知らぬ葛原は、綏子がいたずらをしかけ皆をからかったと思っているようだった。

土蔵に入った綏子は、すぐにこの葛籠にしのびこみ、田浦と川瀬が土蔵の中にふみ入ったとき、裏側――つまり、入口に近い側から抜け出して、外に出た、というわけだ。

「五右衛門の葛籠は、二つに割れるだけです。裏板までは開かない。だから、お嬢さんが、わざわざ裏の仕掛けまで作ったんだ」

徳田が言った。

「あきれたお嬢さんだ。人騒がせな」

からくりは、わかってみれば、何とも他愛のないものだ。田浦が気になったのは、どうして、綏子がこんな仕掛けを使って、田浦たちの前から消えたのかということだ。いまのところ、綏子の告白は、田浦と川瀬、丈太郎の三人しか知らない。

「四代目さんも、この葛籠を使って、かご抜けして消えたんでしょうか」

そのことを伝えたかったのか、と田浦は思ったが、徳田が、

「社長は、こんな手のかかることをする必要はなかったわけでしょう。土蔵に入って消えたんじゃないのだから。社長が田之助の首をとってくると言って座敷を出たから、田浦さんも奥さんも土蔵に行ったと思っただけで、実際は、足もむけなかったのかもしれない」

「それじゃ、三代目が消えたときは、どうなんです」

「この葛籠は、何度も芝居で使っていましてね、去年の二月にも、貸し出している。こんなふうに背板によけいな細工をしたのは、その後ということになります」

「三代目が消えたのは、戦後まもなくというから、四十年近く昔の話ですよね。別の葛籠が使われていたのでは？」

「そうですね……。しかし、三代目が消えたときは、今度のように厳重にみはっていたわけではないから、もっと簡単に、人目をごまかして抜け出せたんじゃありませんかね」

「丈太さん、きみは、気がついていたんでしょ、この五右衛門の葛籠に」

田浦は小声で言った。

「この葛籠にかくれたのだ、と思いつく。そうして、裏板に細工してかご抜けしたのではと察し、それを、ぼくに知られぬようたしかめてみるために、灯りを消した。あの、三十秒足らずの間に、背板の細工をたしかめたんだね。なぜ、教えてくれなかったんです。教えてくれれば、一晩、気をもんで見はっていることはなかった」

丈太郎は返事をしなかった。

やっちゃん、おれに死ねというのか。

丈太郎が深夜叫んだ言葉を、田浦は思い起こしていた。徳田たちのいるところでは口にできない。たずねたところで、丈太郎がたやすく悪夢の内容を洩らすとも思えなかった。だれだって、夢のなかみにまで責任は持てない。しかし、夢が、現《うつつ》のとき以上に内奥の真実を暴露することは往々あるのだ。

「奥さんに連絡して、すぐに帰っていただいた方がいいと思いますね。宿泊先の電話番号はわかりますか」

田浦は徳田に訊いた。

「そりゃあ、わかりますが。しかし、わざわざ電話して心配させるほどのことはないんじゃありませんか」

書置きを知らない徳田は、のんきなことを言った。

「でも、一応」

「それじゃ、わたし、電話しましょう」

そう言って、徳田は事務所に行った。葛原も作業場に戻り、田浦は座敷に行った。丈太郎は田浦についてきた。二人は互いに牽制《けんせい》しあっているような具合だった。

田浦は母屋の電話を借り、川瀬にかけた。丈太郎は田浦の電話の声がきこえるところから離れなかった。

「かご抜けされたんです」

と、田浦は事情を説明した。

「そうかァ。あの葛籠、おれも見たんだったがな。石川五右衛門のあれとは気がつかなかった。葛籠といやあ、だれだって、上蓋が開くと思う。それを、まっ二つに割ることを考えたのは、さすがだよな」

一晩、からの土蔵をおれたちは番していたわけだ、と川瀬は苦笑した。

――綏子さんも、お手並《てなみ》みごとというところだ。

「問題は、彼女が、なぜ、こんなやり方で消失したかということなんです。彼女は、あの告白を残している。そうして、四代目のところに行くと言っている。しかし、四代目は、かご抜けで消える必要はなかった。土蔵に入る必要すらなかった」

――田之助の首をとりに、四代目は土蔵に行ったんだったよな。

「ええ、そうです」

――首はそのとき、すでにすりかえられていた。すりかえたのは、小道具師の矢沢市郎。だが、矢沢はすりかえを秘密にするつもりはなかったのだから……これは、関係なさそうだな。

「ちょっと気になることがあるんです」

丈太郎の耳があることを承知で、田浦は言った。

「丈太郎くんが、夜、ねごとで声をたてたのを聞きませんでしたか。彼は、やっちゃん、おれに死ねというのか、と言ったんです」

丈太郎の小さい叫びを、田浦は耳にとめた。

――ほう、どういう意味だろうな。彼は、おそらく、何かいろいろ知っているな。問いつめてみろ。

電話を切ると、田浦は、丈太郎の方にむきなおった。

「どういうことなんですか。なぜ、綏子さんは、あなたに死ねと言うんですか」

「ぼくが、そんなねごとを？」

「ええ、はっきりと」

「ああ、鯉魚《りぎょ》の精のとび込みの夢をみていたんです。璃紅に代役をやらされて。怖かった。目のくらむ高さでした。芳っちゃん！　ぼくはそう叫んだんでした。思い出しました。芳っちゃん、おれに死ねというのか。自分の声で目がさめちゃった」

「芳っちゃん。璃紅さんのことですか。璃紅さんを芳っちゃんと呼ぶほど、親しかったんですか」

「特別親しくなくても、愛称というか、彼を芳っちゃんと呼んでいた人は、多いですよ。テレビのタレントや歌手だって、そうでしょ」

「でも、歌舞伎の世界は序列や家柄の格がきびしくて、失礼だが、大部屋の役者さんが……」

「若い者は、そうでもないんですよ」

言いくるめられたような気もした。しかし、反駁《はんばく》する根拠も、田浦は持たないのだった。芳っちゃん、と丈太郎は夢のなかで璃紅に呼びかけたのかもしれなかった。そうであれば、丈太郎は否定しているけれど、二人のあいだの何か親密な関係を示すものであり、事件の秘密にかかわっているとも思える。

「丈太郎さん、教えてくれませんか。ぼくは、決して、綏子さんを警察に売るようなことはしない。ただ、このままではとても……。彼女がどこへ行ったのか、知っているんですか。このまま放っといて、大丈夫なんですか。自殺ということは……」

「ぼくにわかるとでもいうんですか。わかっていたら、とんで行く」

叩きつけるように、丈太郎は言った。

「綏子さんと……愛しあっているんですか」

田浦は、苦い思いを嚙《か》みしめながら、その言葉を口にした。

思いがけないことに、

「いいえ」

と、丈太郎は否定した。しかし、すぐにつけ加えた。

「ぼくは、綏子を……愛している。綏子も、ぼくを……。だが、愛しあってはいない。決して」

「まるで、謎々《なぞなぞ》じゃないですか。思わせぶりな謎々ごっこは、もうたくさんだ」

丈太郎は沈黙のなかに閉じこもった。

「綏子さんの部屋は、どこでしょう」

田浦が言うと、丈太郎は濃い眉をひそめた。

「彼女の行先がわかるような、何か手がかりがないか、探してみたい」

丈太郎は首を振った。田浦も、綏子の私物をかってにいじるのは、気がひけた。まだ、綏子が死んだわけでもないのだ。持物をしらべれば、遠くに行ったのか、それともすぐに自殺するつもりか、そのていどのことは察しがつきそうに思えるのだが。

「奥さんが帰ってからにしてください」

と丈太郎は言った。

久子があたふたと帰ってきたのは、昼ごろだった。

徳田から電話を受けてすぐに旅館を出、こだまに乗り、東京駅からはタクシーをとばしてきたと、息を切らせていた。付き添っている小野好江も動顚《どうてん》しているようにみえた。

「徳さんの電話では、さっぱりわからない。綏子が、何かいたずらをして、かご抜けして消えたって?」

「丈太、おまえもいたんだね」

好江が息子に目をむけた。丈太郎は目をそらせかけ、それから、母親をにらむように見た。

「ただ、いなくなっただけではないんです。このことは、徳田さんにもだれにも話してない。ぼくのほかには、丈太郎さんと、うちの川瀬が知っているだけなんですが、綏子さんは、土蔵に入るとき、この書置きを残していったんです」

紙片に目をとおす久子の唇がまっ白になった。呻《うめ》き声をあげて、久子は仰向《あおむ》けにどんと倒れた。半ば失神した顔は、めんどうなことを放り投げたように、気楽にさえみえた。

「奥さん、奥さん」

呼びたてる田浦に、

「脳貧血ですよ。そっと寝かせといてください」

と小野好江は言った。好江も、脇《わき》から紙片の文字を読み、青ざめているのだった。久子を見下ろす好江の眼に、やさしさはみてとれなかった。

「何かのまちがいです。お嬢さんにこんなことできるわけがありません」と、小野好江は、言いきった。

「だって、芝居のあいだ、お嬢さんは、ずっと、わたしたちといっしょにいたんですよ。丈太が璃紅さんの身代わりをつとめていたと知って、びっくりしたんですけどね。田浦さんの写真のことで警察から問いあわせがあるまで、わたしたちも、何もきいていなかったんですから。この子ときたら、義理固くて、璃紅さんに口止めされたからと、親にまで黙っているんですからね。でも、とにかく、お嬢さんは、芝居のあいだ、外出なんてされていないんです。人殺しなんておそろしいことを、あのお嬢さんがするわけがないじゃありませんか」

久子が弱々しく呻いた。好江は久子の手を握り、

「大丈夫ですよ」と、はげました。

「田浦さんは、警察に告げ口なんかなさいませんよ。お嬢さんがみつかるまで、黙っていてくださいます。どうして、こんなおかしなことを書かれたのか、まるでわかりませんものね。瑞穂座に、わたしたちといっしょにいたお嬢さんが、花川戸で人を殺せたりしたら、化《ば》けものですよ。何か事情があるんです。ええ、そうですとも。それがはっきりするまで、田浦さんは黙っていてくださいますよ。ねえ、そうでしょう、田浦さん。わたしたちも、いっしょうけんめいお嬢さんを探します。そのうち、お嬢さんからも、きっと連絡がありますよ。それまで待っていてくださいますね」

そういいながら小野好江はバッグからライターを出すと、紙片のはしに火をつけた。あ、と、田浦はとめようとしたが、好江は、

「ほら、奥さん、安心してください。この紙は燃してしまいました。いろいろいやなことがあったので、お嬢さんは、一時的に、ちょっと気がおかしくなっ

たんです。そうですよ。でなければ、こんなでたらめを書くはずがありませんもの」

　好江の声は、低くてしゃがれている。璃紅を呼び出した細くてきれいな声の女は、好江じゃない。久子の声は愛らしいけれど、細くてきれいというのとは違う。やはり、綏子が一番、呼び出し電話の声の主にふさわしい……。

　好江の耳ざわりな声をききながら、田浦はそう思った。

「綏子さんの居場所、見当がつきますか。心あたりがあったら、教えてください。ぼくが必ず連れ戻してきます」

「ええ、ありがとうございます。とっさには思い浮かばないんですが、奥さんが正気づかれたら、きいてみます。そして、田浦さんにお知らせしますから、よろしくお願いしますよ。こういう事情では、警察に捜索願もだせませんし」

「なぜです。綏子さんが潔白なら、捜索願を出したらいいじゃありませんか」

「でもね、アリバイっていうんですか、お嬢さんがずっと瑞穂座にいたと証言できるのは、わたしと奥さんだけですもの。こういうの、弱いんじゃありませんか。テレビのドラマなんかでも、よく見ますよ。お嬢さんは、どうおかしくなっちまったんだか、自分が人殺しをしたなんて言ってるんでしょ。警察は本気にとりますよ。犯人をあげたくてしかたないんだから、警察は。わたしたちの言うことは、嘘《うそ》だって、とりあげてもらえません。そんなことになったら、どうするんです。あとで、お嬢さんが正気になって、自分は潔白だと主張したって、もう、だめなんです。うかつに警察になんて話せません」

「わかりました」

　と言いながら、田浦自身も、久子と小野好江の偽証ということは考えざるを得ないのだった。

「第一ね、うちのお嬢さんが、何だって、お香さんと璃紅さんを殺さなくちゃならないんですよ。動機がないじゃありませんか。そうでしょ。何かあります？　え？」

「ぼくの方がききたいことですよ、そんな」

「つまり、何もないってことでしょ、思いあたるふしが」

「それはそうなんですが」

「ほんとに、いまさらくりごとになるけれど、あの写真ねえ、あんな……。あれがなければ」小野好江は吐息をついた。

「綏子さんがどうやって土蔵から消えたのか、徳田さんからききましたか」

「ええ、石川五右衛門の葛籠を使ったって。さすが、小道具乙桐伊兵衛のお嬢さんだわねえ」

小野好江は、ふいに笑い声をあげた。

「みごとじゃありませんか」

「なぜ、そんな消えかたをしたのか、ぼくは、それが不思議でならないんですよ」

「静かにしておくれよッ」

久子が横になったまま、ヒステリックな声をあげた。

「娘がいなくなって、気が気じゃないというのに。黙っていてくださいよ。頭が痛い。胸が苦しいよ、好江。心臓が苦しい。絞めつけられるようだ。ああ、息苦しいよ」

「医者を呼びましょうか」

田浦が少しうろたえて言うと、好江は、

「いえ、大丈夫ですよ。お医者を呼んだってしょうがない。お医者さんがお嬢さんを探し出してくれるわけじゃなし。お嬢さんが帰ってくれれば、けろりと元気になりますよ。お嬢さんは、きっと帰ってきますよ、奥さん。せっかく温泉でのんびり疲れをとっていたのにね。お冷《ひや》のみますか。お茶の方がいいかしら。丈太、お茶淹《い》れておくれ。焙じ茶がいいよ。台所の戸棚にある青い缶だよ」

てきぱきと命じ、田浦にむかって、

「奥さんが、何しろ、いまこんなふうなんで、少し休んでもらいますから、今日のところは、これで」

「これで、って、綏子さんのことは、いいんですか、放っといて。自殺するおそれだって、ないとはいえないんですよ」

「いいえ、お嬢さんは、そんな自殺なんて。しっかりした方ですよ」

「だって、気がおかしくなっていると」

「まあね、いっときのことでしょうよ。奥さんが落ちついてから、あらためて相談にのってくださいな。ぜひ、力になってくださいましよね。何しろ、旦那《だんな》さんがあんなことで、奥さん、心細くてね、わたしみたいなお婆さんを頼りにしなさって。いえ、わたしの方が年はちっと下ですけれど、まあ、苦労していますから、わたしは二枚腰ですわ。でも、やはり、殿方に頼りとうござんすよ。力になってやってくださいましよ。警察沙汰《ざた》にだけは、くれぐれもね。お願いします。それじゃ、また、のちほど御相談に」

出て行ってくれと遠まわしに言われているようだ。

ききたいことは、まだ、山とある。しかし、ひとまず辞去することにした。昨夜熟睡していないので、頭の芯《しん》が痛い。土蔵の床にごろ寝したせいだろう、躯《からだ》のふしぶしも痛かった。


『乙桐小道具』を出た田浦が足をむけたのは、璃若の住まいである。昨日が猿若座の千秋楽だ。今日は自宅で休養しているはずである。

途中蕎麦《そば》屋で腹ごしらえした。

「案じていたのだ」

と、田浦の顔を見るなり、璃若は言った。

「消えました」

田浦は言った。

「乙桐家の当主が代々消えたという土蔵で、綏子さんも、みごとに消えてしまいました」

そう言ってから、田浦は、昨日からのことをくわしく語ったあとに、葛籠のからくりを、ばらした。

「手品のたねなんて、知ってしまえば、あっけないものですね。重要なのは、なぜ、そんなからくりを使って綏子さんが消えたか。そのことだと思うんです。何か、意味があるはずです。璃紅さんが瑞穂座の水舟にとびこんで消え、花川戸の『乙桐小道具』の土蔵で死んでいたというけれんも、それなりの必要があった。つまり、犯人のアリバイを成立させるため、という重大な理由が。綏子さんの消失は何のためでしょう。なぜ、ぼくと川瀬を証人にして、消えてみせなくてはならなかったのか。しかも……」

田浦は、次の言葉をつづけるのをためらった。しかし、ここに来るまでに、璃若には語ろうと、心を決めていたのだ。綏子が残した紙片の文言を、田浦は璃若に告げた。

「璃紅――東谷芳樹――と、その母東谷香子を殺したのは、私です。綏子」璃若は、田浦の言葉をくり返した。

「そう書いてあったのか……」

「はい」

「その紙は」

「小野さんが燃してしまいました。綏子さんがこんなことを書いたのは、錯乱《さくらん》していたのにちがいない、綏子さんは、芝居のあいだ、ずっといっしょにいたのだから、殺人などできるわけがないのだと言って。警察には言わないでくれと、くれぐれもたのまれました。久子奥さんは修善寺の温泉に保養に行っていて、小野さんも付き添いでいっしょでした。今日、電話して綏子さんの失踪を知らせたので、いそいで帰京したんですが。奥さんは、綏子さんの書置きを読んで、倒れてしまいました」

「……で、田浦さん、あんたはどう思う。綏子が殺人などすると思うかね」

「わかりません。ただ、彼女が殺人をおかしたのであれば、それだけの理由があったのだと思う。そして、ぼくは、徹頭徹尾、彼女の味方です」

「ずいぶんと、惚《ほ》れこんだものだな」

「何か、いたいいたしいのです」

「一つだけ、田浦さん、わたしはあんたに黙っていたことがある」

「ええ。璃紅さんの父親はだれかとたずねたとき、答えていただけませんでした」

「もう、察しがついていると思うが、璃紅は、四代目乙桐伊兵衛のかくし子だ」

「ああ、やはり……」

「気がついていたか」

「いえ、最初は、巴屋さんの……かと思いました。しかし、最近、ひょっとしたら、と」

「璃紅を部屋子《へやご》にひきとったのは、四代目にたのまれたからなのだよ」

「そうでしたか」

「四代目は、わたしのいい兄貴分でね、子供のころ、わたしは、土蔵で四代目と遊んだものだったよ。遊んでもらった、といった方がいいか。わたしより八つも年上だったのだから」

実に、誠実な、暖かみのある男でねえ、と、璃若の声は少し湿った。

「四代目といい、その親父の三代目伊兵衛といい、小道具の仕事に、誇りと熱意を持っていた。戦争中、あの蔵のなかの小道具を守りぬいたのも、三代目と四代目の力だったそうだよ。わたしは後に人づてにきいたのだが、男は戦争にとられ、人手不足ななかで、三代目は、自分で土をこね、土蔵の扉に目張りをして、空襲の火が中に入るのを防いだのだそうだ。四代目はそれから応召したのだが。はて、何の話をしていたのだったかな。横道にそれたようだ」

「四代目にたのまれて、かくし子の璃紅さんを部屋子にひきとったという話です」

「そうだった。あの男がよそに子供をつくるとは、わたしには思いがけないことだった。お久さんは、四代目の恋女房だったのだから。お久さんは、粋すじとも芝居とも縁のない、履物《はきもの》屋のお嬢さんでね、それを四代目が見染めて、頭をさげて、もらいうけたのだった。そりゃあ四代目も男だから遊びはしたが、子をつくってお久さんを泣かせるようなことはしないと思っていた。しかし、やはり、四代目はお久さんを大切にしていたのだろうね、お香に生ませた子供を、とうとう認知しなかった。わたしに部屋子にしてやってくれ、見込みがあるようなら、ゆくゆくは芸養子にとたのんだのは、お香と認知してやらなかった息子への、四代目の心づくしだろうな。このことは、四代目とお香、璃紅、そうしてわたしの四人しか知らないことなのだよ。四代目は、お久さんにも世間にも、このことはかくしとおした。お久さんを泣かせたくなかったのだろう。だから、わたしも、口をつぐんできた。璃紅がわたしのかくし子などというあらぬ噂が耳に入らぬでもなかったが、わたしもお久さんに、このことはきかせたくなかったのだ。亭主が消えただけでも、どんなにか辛いだろうと思いやったのだが……」

「それを、いま、ぼくに教えてくださったというのは……」

「綏子のとった行動が気にかかるのだよ」

「四代目さんは、いよいよ、家を捨て奥さんを捨て、香子さんといっしょに暮らそうと決心して姿を消したのでしょうか」

「わたしには、そうは思えんね。四代目は、いっときお香をかわいがったが、その後は切れた。お香も、ほかの男と深い仲になったりもしたようだ。その男とも、切れたのだが。璃紅の大成をいちずに願っているこのごろだった」

「綏子さんには、東谷香子さんや璃紅さんを殺す動機がないと、ぼくは思っていました。しかし、香子さんが四代目さんの想《おも》い人だった時期があり、璃紅さんが綏子さんの異母きょうだいだったとなると、ずいぶん、事情はちがってきます。その辺のことを、巴屋さんも案じられ、ぼくに打ち明ける気になられたのですね」

「うむ、まあ……」

「お父さんの秘密を、綏子さんは知ったのでしょうね。四代目さんと巴屋さんは沈黙していても、香子さんか、あるいは璃紅さんが、綏子さんに洩《も》らしたか……。綏子さんは、お父さん子だったのではありませんか」

「四代目は、綏子を、それこそ掌中の珠《たま》といつくしんでいた。綏子も、そう、父親っ子だったねえ。勝ち気で頭のいい、他人に媚《こ》びることを知らない娘だが、父親には素直だった」

「香子さんと四代目さんの間は切れていたといわれましたが、俗にいう焼けぼっくいに火ということもある。四代目さんがすべてを捨て、香子さんとの暮らしを持つために蒸発したと知ったら、綏子さんは、香子さんと璃紅さんをゆるしてはおけなくなる」

「しかし、四代目は、お香のもとになど、いはしない。まるで姿をみせないのだよ」

「海外じゃないでしょうか。海外に、新しい生活の場を作り、そこに香子さんを呼び寄せる計画だった。四代目さんのパスポートは、他人名義でごまかせますからね。写真さえ、自分のを貼付すれば。綏子さんの、あの奇妙な失踪は、お父さんへの呼びかけだったのではないでしょうか。綏子さんは、お父さんの居場所を知らない。ぼくの写真によって、綏子さんのアリバイ工作はこわれた。ええ、久子奥さんと小野好江さんは、綏子さんの殺人に、アリバイ偽証で協力した。久子奥さんも、共犯者となるだけの理由は、十分にありますよね。綏子さん以上に、香子さんと璃紅さんが憎いでしょう。小野好江さんは他人だけれど、『乙桐小道具』には、ずいぶん長くいるんでしょう。久子奥さんもたよりにしているようだし。昔の人だから、主家への忠誠という気持も持っているかも……」


そう言ったが、失神した久子を見下ろしている小野好江の冷やかな眼が、このとき浮かんだ。しかし、田浦は、推論をすすめた。

「警察の追及の手がのびることを、綏子さんは覚悟した。殺人の告白書を残すと同時に、センセイショナルな消え方をした。小道具専門の職人さんに、あもたやすくからくりを見抜かれるとは思わず。代々当主が消える土蔵で綏子さんも消えたとなったら、マスコミが大々的にとりあげる。お父さんの耳にも入る。お父さんは姿をあらわすだろう。そうしたら、ひそかに連絡をとって、お父さんに会い、それから警察に出頭するなり、あるいは……」

自殺、と口にするのは辛くて、田浦は口をつぐんだ。

「なるほど、だが、田浦さん、四代目は、お香が死んだ時点で、なぜ姿をあらわさないのだろう。あんたの説のとおりなら、お香の死によって、四代目が姿をかくしているのは無駄になってしまったと思うのだが。また、蒸発してまで、お香と後半生を共にしようというくらいお香に惚れていたら、四代目としても、犯人を追及すべく活動をはじめるのではあるまいか」

「二つの場合が考えられます。一つは、四代目が、まだ香子さんと璃紅さんの死を知らない場合です。海外で生活の基盤を作り、香子さんを呼び寄せるのは半年とか一年とか先と決めてあれば」

「四代目は、六十五になるのだよ。田浦さん、あんたは若いから、海外で新しい生活の基盤をつくるとか、別人生をはじめるとか気安く言うが、四代目には、もう、残された人生の時間は、たんとはないのだよ」

「だからこそ、本当に愛している相手と暮らしたくなるんじゃないでしょうか」

「そうであれば、すぐにもいっしょに暮らす。半年先、一年先などと悠長なことはいっていられない。その半年、一年、寿命が保《も》つという保証はないのだ」

「でも、このごろは平均寿命がのびて、六十五なんてまだ働き盛りですよ。八十、九十も珍しくなくなってきている。もう一つ考えられるのは、四代目が、何らかの理由で、殺人者が綏子さんであることを確信した。そのために、犯人の追及ができないでいる。その推論はどうでしょう」

璃若は考えこむ顔つきになった。

わたしには、手に負えん、と、しばらくして璃若は言った。

「田之助の切首《きりくび》の盗難は、どういうことになるんでしょうね。綏子さんは、矢沢市郎の殺害については、一言も触れていない。あれは綏子さんのしたことではない。だれが、矢沢市郎を殺し、田之助の首を盗んだんでしょう。田之助の首はどこにあるんでしょうね」

「わたしにはわからん」

「とにかく、綏子さんの居場所をつきとめないと……」

田浦は言い、璃若はとほうにくれたようにうなずいた。

＊

「乙桐久子と小野好江は、第二幕のあいだ、綏子は自分たちといっしょにいた、と言っているんだな」

川瀬は言った。

「ええ、そうです」

「綏子が犯人であれば、二人は、綏子のために偽証していることになるな」

「ええ」

「それは、自分たちは第二幕のあいだ、ずっと劇場《こや》にいたという主張にもなっているな」

「ええ」

と言って、田浦は、はっとした。

「あの二人も、劇場を離れていたかもしれない、という意味ですか、川瀬さん」

「久子、好江と、綏子は、別の桟敷《さじき》にいたとしたら」

「よくわかりません、言われる意味が」

「簡単なことじゃないか」

「ええ。二人と一人、別々の桟敷にいた。あり得ると思います。三枚いっしょにとらず、まず、二枚、それから一枚、あるいはその逆の順序でも、とにかく別々に買ったら、桟敷ははなればなれになります。だけど、それが何か？」

「綏子は、第二幕のあいだ、母親と小野好江がどのようにしていたか、席がはなれていたら、わからないのだ。しかし、二人に璃紅を殺すことはできないと、綏子は思っていた。ところが、おまえさんの写真のおかげで、二人のアリバイが消えちまったんだ」

「待ってくださいよ。綏子はずっと、劇場にいた。犯人は、久子と好江だというんですか」

「確証はない。だが、璃若の話から、久子には動機があることがわかったな」

「でも、あの華奢なおばあさんに殺人なんて。ちょっと何かあると、すぐに脳貧血をおこしてぶっ倒れちゃうんですよ」

「小野好江は、倒れないだろう」

「あっちは、頑丈だ。でも、小野好江は、動機がありませんよ。彼女はそりゃあ、十七、八のときから『乙桐小道具』にいて、いわば子飼いです。久子の世話もよくしているようです。でも、他人のために殺人なんて。それに、璃紅を呼びだしたのは、細いきれいな声の女なんです。それも、璃紅の知らない女。璃紅は、あなた、だれ？　と聞きかえしているんですから」

「丈太郎は、化粧をすると、璃紅そっくりに顔をつくることができたんだよな。眼もとや鼻の形、顔の輪郭が共通していた」

「ええ」

「おれは、璃若の話したことをおまえさんから聞いた後、戸籍をしらべてみたんだよ。乙桐久子、綏子。璃紅こと東谷芳樹。それから小野好江と丈太郎。丈太郎は、父親がいなかった。好江は、未婚の母のはしりだな」

「それじゃ、丈太郎の父親は……」

「推察だ。しかし、まちがいないと、おれは思う。その仮説が正しければ、いろいろな謎がとけてくる」

「四代目乙桐伊兵衛が、小野丈太郎の父親？　でもね、璃若の話では、四代目は、女にだらしないタイプじゃなかったようですよ。誠実で、恋女房の久子さんをたいせつにしていた。小野好江って、俎《まないた》みたいな顔じゃないですか。若いときだって、美人だったとは、とても思えないな。東谷香子ならね、年だって久子奥さんより若いし、きれいだったろうし、芸妓をしていたというから、色気も十分だったろうし。でも、久子奥さんと小野好江じゃ……」

「璃紅と乙桐綏子と小野丈太郎は、年がほとんど同じなんだ。璃紅は綏子より五カ月上、丈太郎は綏子より四カ月下だ。璃紅は十月生まれ。綏子は翌年の三月。丈太郎が七月に生まれている」

「ずいぶん精力的に集中して作ったんですね、四代目も」

「その、精力的に生産能力のある四代目が、本妻に、綏子一人しか生ませていない。あとつぎの男の子が欲しいところだろうに」

「脇腹に男が二人もいる」

「しかし、どちらも認知していないんだ。久子とのあいだに、男の子が一人、いたことはいた。敗戦の翌年の七月に生まれ、八カ月で死亡している」

「綏子さんに、赤ん坊のときに死んだ兄さんがいるという話は、きいています」

「四代目の父親、三代目伊兵衛が土蔵で消失したのは、その赤ん坊が生まれた年の、九月だ」

「今度の事件に、何か関係があるんですか」

「三代目が土蔵に入って行くのを見た、それきり消えたと証言しているのは、息子である四代目伊兵衛と、当時二十ぐらいだった小野好江だ」

「そのころから、四代目は小野好江と?」

「そうは言っていない。四代目は、敗戦の二年前、久子と結婚し、まもなく応召、敗戦ですぐに帰郷し、恋女房とあらためて蜜月《みつげつ》の最中だった。かわいい赤ん坊は生まれるしな。三代目伊兵衛が消失したとき、若い久子は、どこで何をしていたのか、久子と小野好江に訊いてみることを、おれは提案するね。おれの推察にあやまりがなければ、何か反応があるはずだ」

「若い久子……。久子と三代目伊兵衛……」

「変な邪推はするなよ。おれは三代目についても、芝居の関係者に訊いてみたが、四代目以上に、きまじめな、仕事熱心な人だったということだ。息子のかみさんに手を出すような男じゃなかったそうだよ。おまえはいま、その線を考えたんだろ。品性のほどがわかるな」

＊

問いつめる相手に、田浦は、丈太郎を選んだ。還暦を過ぎた老女たちを詰問《きつもん》するのはどうにも気が進まなかったのである。相手が残忍な殺人者であったにせよ。

丈太郎の住まいを、田浦は訪れた。古びたしもた屋である。その家に、丈太郎は母親と二人で暮らしている。母の好江は『乙桐小道具』に仕事に出ていて留守だった。丈太郎は、明日名古屋公演に出立《しゅったつ》するということで、旅仕度をととのえている最中だった。

磨《みが》きこまれた長火鉢《ながひばち》に鉄瓶《てつびん》が湯気をたて、茶簞笥《ちゃだんす》のわきに、ギターがたてかけてある。

「長い話になると思いますが、聞いてもらえますか」

「どうぞ」と言って、丈太郎はトランクの蓋を閉じ、あぐらをかいた。

「敗戦直後の食糧難で、ぼくたちには想像もつかない悲惨なものだったらしいですね」

田浦は言った。

「そうだったんでしょうね」

丈太郎はあいづちを打った。

「そんなときに、赤ん坊が生まれたんですよね。若い夫と妻には、嬉《うれ》しいことだったでしょうね。いくら生活が苦しくたってね」

「そりゃあね、たぶん」

「でも、乳が出ないんですよね、母親がろくなもの食えないんだから」

「気の毒にね」

「かねさえあれば、闇《やみ》で、米でも肉でも手に入るんです。でも、小道具の仕事、かねになる時代じゃなかったですよね」

「そうですね」

すなおに、丈太郎はうなずくのだった。

田浦はつづけた。

「かねにかえられるものは、土蔵にいっぱいあるんです。アメリカの将校なんて、売るといえば、喜んで大金を払ったと思いますよ、由緒《ゆいしょ》ある日本の芝居の古い道具に。本物の刀やりっぱな鎧《よろい》だってあったんですから」

「ええ」

「でも、売ることは許されなかった。三代目伊兵衛――久子さんの舅《しゅうと》――も、後の四代目、久子さんの夫、も、小道具を、そりゃあ大切にしていた。そうですよね、かけがえのないものばかりなんだ。今みたいに、何でも豊富に作れる時代じゃない。大震災のときも、今度の戦争の空襲も、守りぬいた。三代目が自分の手で土蔵に土で目張りまでして」

「乙桐の小道具が焼け残ったから、また芝居ができると、当時の大名題《おおなだい》が泣いて喜んだという話、ぼくもききましたよ、母からも巴屋の旦那からも」丈太郎は言った。

「幕末、明治の名優が使った小道具なんか、金銭にはかえられませんよね」

「ええ」

「切首もね」

「……ええ」

「田之助の切首だったと思うのです、久子さんが持ち出して売ろうとしたのは。その後のいろいろな事からみて。相手は、アメリカ人の好事家《こうずか》か何かでしょう。久子さんは、よそから来た人です。芝居には無関係に育った。小道具より、赤ん坊のいのちの方がどんなにか大切だった。ぼくは、どっちも責める気持にはなれないんですよね。何も言う資格はない。ただ、事実はね、久子さんが持ち出そうとするのを、三代目伊兵衛さんが見咎《みとが》めた。争いになった。田之助の切首の後頭部に小さい傷があるのを、ぼくは見ています。その争いのときに、落としたかぶつけたかしてついた傷じゃなかったのでしょうか。

久子さんは……はずみだったろうと思います。それとも、相手の頑固さに、かっとなったんでしょうか。とにかく、三代目伊兵衛さんを……。

過失で伊兵衛さんが階段から足を踏みすべらせたとか、そんなふうに警察に説明できる死に方じゃなかったんですね。どうしても、検視では他殺とわかってしまう。

その争いを、小野好江さんが、目撃した」

「ええ」と、丈太郎はうなずいた。「あなたは、まるで、その場に居合わせたように正確に話すんですね。ぼくが今になっておふくろからきいた話も、そうでした」

「久子さんの夫——後の四代目伊兵衛——は、若いかわいい妻を殺人者として警察にわたすことが、どうしてもできなかった。たとえ、裁判の結果、情状酌量される可能性があるにせよ、いたいたしすぎた。それで、初代伊兵衛が土蔵で消えたという言いつたえを、復活させることにした。小野好江さんの協力を得てね」

「母のために弁護させてもらいますが、そのころ、母に邪《よこしま》な気持はなかったんです」丈太郎は浅黒い頬《ほお》に、ほんの少し、血の色を浮かせた。

「母だって、そのころは、若い、純な気持の娘だった。久子奥さんに心から同情したし、それから、母は……四代目の旦那を……好きだったんですね。好きといっても、そのころは、独占したいとか、そういうんじゃなくて、いっしょうけんめい、役に立とうと……」

「ええ、そうだと、ぼくも思います。四代目と好江さんが口裏をあわせ、三代目は、不思議な消え方をしたことになってしまった。三代目の遺体は、乙桐家の墓窖《はかあな》に、ひそかにかくされたのではありませんか」

丈太郎は、うなずき、「そう、ききました」と、低い声でいった。

「四代目は、誠実な人柄だったときいています。妻を護《まも》るためとはいえ、お父さんを、葬式もせず、死んだ無念をはらすこともせず、消失という形にしてしまったことを、深く苦しんでいた。なくなったお父さんへの贖罪《しょくざい》の気持から、奥さん——久子さんと、軀の交わりを持つことを、断った。四代目は、子供をつくる能力がないわけじゃないことは、明らかです。それなのに、綏子さんが生まれるまで、十数年、二人のあいだに子供がないのは、そういう事情からだと思います」

「ええ」

「でも、久子さんは……。赤ちゃんは、その後、生後八カ月で死んだんですよね。栄養が不足だった。赤ちゃんが死んだことで、久子さんは、自分の罪は帳消しになったと思った。自分だって、こんな辛い目にあったのだ、もう、負いめはない、ってね。夫が軀で愛してくれないことを……悲しかったでしょうね」

「悲しいというより、不満でたまらなかったようです。あの人、子供みたいで。自分中心なところも」

「四代目さんは、東谷香子さんに心を惹《ひ》かれた」

「似ていたんです。顔立ちが。久子奥さんの若いときに」

「自制していたのに、子供をつくってしまった」

「それを、久子奥さんは知ったんです。ずるい、って、奥さんは責めたそうです」

「責められて、四代目は、自分でさだめたタブーを破らざるを得なくなり、久子さんを抱いた」

田浦が言うと、丈太郎は、急に笑いだした。

「ねえ、こっけいじゃありませんか。四代目。ぼくのおふくろからも、責められたんですよ。おふくろは、チャンスを利用して、自分もね。あは、四代目、まるで種馬《たねうま》だ。それっきり、また死んだ三代目のために、妻断ちしたそうですけどね。律義《りちぎ》な人だったんだ、四代目って」

「ああ、やはり、四代目は死んでいるんですね、そうして、丈太さんは、それを知っているんだね。律義な人なんだとは言わず、律義な人だったんだ、と過去形で言ったもの」

「ええ。田浦さん、もう全部わかっているんでしょ。察しがついているんでしょ。喋《しゃべ》ってください。ぼくは殺人の共犯者として、神妙にきいていますよ。でもさあ、禁を破ったとたんに、しっかり女を懐妊《かいにん》させちゃうんだから。三人、たてつづけにね。あは。笑っちゃうよ、まったく」

そんなことで生まれちゃったおれはね、と、丈太郎は、また笑った。

「丈太さんは、いつ知ったの、四代目の子だということを」

「綏《や》っちゃんとおれがとても仲が好《よ》くて、大人たちは、やばいと思ったんですね。十三か四か、そのへんだったな。色気づく寸前、教えられた。きょうだいなんだって」

「だから、愛しているけれど、愛しあってはいない、って、丈太さんは……」

「まあね」

「四代目さんは、璃紅さんは巴屋の部屋子に推選したけれど、丈太さんのためには何も」

「それを言うと、みじめになるから、やめましょう。璃紅のおふくろは、四代目が、一時にせよ惚れたひと。おれのおふくろは、どさくさまぎれに、半ば脅迫みたいにして、お抱き願ったんだから。むこうはいやでたまらないのに」

露悪的に、丈太郎は言った。

「でもね、まあ、何とか平和にいっていたんですよ。久子奥さんだって、三代目を死なせた古傷はちっとも心の痛みになっていないみたいだった。あの人は、世間から殺人者と爪《つま》はじきされることだけが、がまんできないんで、三代目に対して罪悪感はなかったんです。おたくの企画ですよ、破綻《はたん》のきっかけは」

「うちの……。ええ、そうだろうと思いました。四代目は、この際、過去を洗いざらい話す気持になっていたんですね」

「久子奥さんの殺人は、もう時効ですしね。当時の状況を思ったら、だれももう、奥さんを非難はしないだろう。あらためて、三代目のために、天下晴れて法養もしたい。そのためには真相を話そう。土蔵で人が消えるなどといった言いつたえも、後の子孫のために、事情を明白にしよう。四代目は、それでいいですよね。気持がさっぱりする。ところが、久子奥さんにしたら、たまりませんよね。せっかく忘れてさばさばしていたのに、今ごろになって……。このあとのことは、田浦さんの口からきくのも、ぼくが口にするのも、辛いんだけど……おふくろは、いつのまにか、ゆがんじゃっていたんですねえ。あのことが秘密になっているかぎり、おふくろは、四代目にも奥さんにも、貸しをつくって、隠然と力をふるっていられるんです。公にされちゃったら……何の力もない、ばあさんです。それまで、おふくろは、ことさら脅迫がましいことはしなかった。おふくろが何も言わなくても、久子奥さんはおふくろに頼りきって甘えて、そしてまあ、何かと、不自由ないように心づかいもしてくれた。おふくろは、ぼくと璃紅の扱いに差をつけられても——四代目にですよ——まあ、腹の虫をおさえていたんです、縫い子《ぬこ》の息子をいきなり部屋子に、芸養子にといっても、むりなことだと承知していたから。

でも、四代目があのことを公にするっていうんで、おふくろも、頭にきちゃったんです。いままで、胸一つにおさめてきたのに、まるで悪事の片棒かついだみたいな言われかたをすることになる。四代目と久子奥さんの上にひそかに持っていた力も消え失せる。

久子奥さんが狼狽《ろうばい》しているのをみて、おふくろは、とんでもないことを考えた。奥さんのために、四代目の口をふさいであげる。そのかわり、丈太郎は四代目の息子なのだから、将来、奥さんがなくなったとき、遺産を綏子さんと丈太郎で折半《せっぱん》するよう遺言を作ってくれって。とんだ親心でしたよ」

酔ったように一気に喋ってしまい、丈太郎は、皮肉っぽい笑いさえ消し、黙りこんだ。彼の周りに、薄闇《うすやみ》がただようように、田浦には感じられた。

「その、四代目を消すときに使われたのが、石川五右衛門の葛籠だったんですね」

わずかに、丈太郎はうなずいた。

写真にとるために、切首は座敷に並べてあった。田之助の首だけを、久子か好江か、どちらかが、こっそり土蔵に戻しておいた。四代目伊兵衛は、切首をとりに土蔵に入る。待ちかまえていた好江が、伊兵衛を襲った。おそらく、ひそんでいて背後から鈍器でなぐりつけ、攻撃力を奪ってから絞殺、というような手段をとったのだろう。

そうして、死骸《しがい》をひとまず、石川五右衛門の仕掛けのある葛籠にかくした。重い死体をかつぎあげるのはむりだが、あの葛籠なら、押しこむことができる。葛籠の前後に他の長持や木箱をぴったり押しつけて積みかさねておけば、伊兵衛が殺されたとは、その時点ではだれも思っていないから、安全なかくし場所になる。土蔵に入るところを見たものはいないので、伊兵衛が消失伝説を利用して、自分の意志で、土蔵に入りもせずに姿をくらました、というふうに、皆、思いこんだ。土蔵のなかをずいぶん探しまわりはしたけれど、目につきにくいところにある葛籠の中までは見なかった。伊兵衛がひとりでそんな中にしのびこむことは不可能だからだ。仕掛けを利用してしのびこんでも、積み上げられた長持を棚の前後にぴったりと押しつけることはできない。だから、職人たちも、あのときは思いつかなかったのだ。綏子のときは、葛籠の前後に、人が立てるほどのすき間があった。

後になって、ゆっくり、死体を処分した。また墓窖におさめたか、それとも、どこか遠くにはこんで土中に埋めたか。

それを丈太郎にきくのを、田浦はやめた。母の所業で、丈太郎はずたずたになっている。

「それだけで、終わりにはならなかった」

丈太郎は、目を宙にさまよわせてつぶやいた。

「田之助の首ですね」

「そう」

「四代目は、三代目の消失の真相を、はじめは、秘密にしとおすつもりだった。しかし、いつか、子孫の代にでも、明らかになるように、真相を書きのこし、それを田之助の首に秘めておいた。首をくりぬいて、空洞に、書きしるした紙をおさめたというようなことではないと思うんですよね。首をくりぬき、その内側の木肌に、じかに墨《すみ》で書きしるし、内蓋をはめて塗料をぬるなどして、くりぬきが一見わからないようにしておいた」

「それを、璃紅が気がついてね。田之助の役づくりにと、あの首を借り出したときに、知ったんです。でも、璃紅は、黙っていた。母親の香子にだけ話して。秘密を守っていたんです。ところが、香子がね、璃紅の襲名のかねがいるんで」

「久子さんを脅迫した」

「そうなんです。香子さんは、四代目の消失の真相も見当をつけていました。これ、おふくろと久子奥さんには、えらいことなんですよね」

「それで、瑞穂座の、あの消失劇になったんですね」

田浦は、つとめて明るい声を出した。

「ええ。でも、あなたが信じようと信じまいと、どうでもいいけど……、事実だから言いますけれど、おれはあのとき、何も知らされていなかったんです。三代目消失の真相も、四代目の消失が実は……ってことも。ぼくが知っていたのは、ぼくもヤッちゃんも璃紅も、父親が同じ一人の男だ、ということだけだった……」

「綏子さんも璃紅さんも、そのことは知っていた?」

「綏子は知っていました。璃紅は、ぼくのことまでは知らなかったでしょうね。何かぼくと気があうみたいで、親しみをみせてはいたけれど」

「電話の呼び出しのことを、考えたんですよ。細いきれいな女の人の声だったという。いろいろ考えてね、ようやく見当がつきました」

小野好江は、璃紅が家を出たあとをみはからって、東谷香子をたずね、兇器《きょうき》をつきつけて脅迫し、香子に、用意してある紙に書きしるした文言を、テープに吹きこませる。それは、まず、〝璃紅を電話に出してください〟ではじまる。更に、花川戸の乙桐の土蔵に来ること、そのために丈太郎に代役を命じ、丈太郎には、とびこみのあと脱出するようにやり方をこうこうと教えること、これらのことは、絶対、他人に気づかれないように行動すること、言われたとおりにしないと、わたしの命がない、というような言葉である。

そのあと、クロロフォルムなどで失神させ、なべづるを目に突き立て、羽根枕《はねまくら》で窒息させ、などの一連の兇行にかかる。璃紅の犯行とみせかけるのが目的だが、四代目伊兵衛に愛された香子への、男に愛されることなく年老いた女の激しい嫉妬《しっと》、憎悪もこもっていたことだろう。

テープを持って、好江は、久子と共に瑞穂座に行った。第一幕が終わると、休憩時間、建物の側面の非常口もすべて開放される。好江は外に出て、近くの公衆電話を使って、瑞穂座の事務室に電話した。

〝璃紅を電話に出してください〟

座方の者がきいた、〝細いきれいな女の声〟は、この、テープに吹きこまれた東谷香子の声であったのだ。

璃紅が電話口に出る。

〝おまえの母親の命をあずかっている〟

そんなふうに、いきなり、好江がどすをきかせた声でいう。璃紅は、好江の声をきいたことはあるだろうが、この言葉と好江がとっさに結びつきはしない。

〝えっ、あなた、だれですか〟

璃紅がききかえしたのも、むりはない。

〝これから、母親の言うことを、黙ってよくきくんだ。言われたとおりにしないと、母親の命はない。よけいなことを喋るな。黙ってきけ、そうして、まちがわずに実行しろ〟

その後に、テープの香子の声がつづく。本人はすでにこの世にいないのだが。

「身代わりは、璃紅さんに言われたとおりにしただけだって、ぼくは、あなたに訊かれたとき、言ったでしょ。あの言葉に嘘はなかった。あのとおりだったんです。ぼくは、とにかく、命じられたとおりに身代わりをつとめ、脱出も成功した。ところが、その後で、璃紅の死、東谷香子の死とつづいた。璃紅が化粧をしていたことにぼくは不審を持ちました。化粧は落として、彼は車に乗ったんです。白塗りで運転していたら、人目につく。それが、舞台化粧で死んでいた。だれかが塗ったんです。瑞穂座の水舟にとびこんで、すぐに土蔵に出現したとみせるために。ぼくは、母親と久子奥さんを疑った。母親は、ぼくが問いつめる前に、自分のしたことをぼくに話しました。そもそもは、おまえのためにしたことなんだから、アリバイ作りにおまえが一役買うのは当然だなんて、むちゃくちゃ言いやがった。久子奥さんに遺言状を書かせたことを言っているんでしょうけどね、ぼくのためというのは。もう、ひどい事後承諾です。いやおうなしに巻きこみやがって。でもさ、親を告発するって、できますか」

「矢沢市郎も、田之助の首の内側に書かれた秘録に気づいたんですね」

「おれがね、やってやればよかった。でも、おふくろは、自分でやっちゃって、その後で、おれに話した。田之助の首は、おふくろが、こっぱみじんに砕いて燃しちまったそうです。もう、やるほかなかったんですね。三代目のあのことだけならね、ばれたって、そんなひどいことはないんだけど、四代目、東谷香子、璃紅、と殺《や》ったことが、もう、こうなったら、芋《いも》づる式にばれちゃうでしょ、三代目のことが明らかになると。

おれ、綏子に、のど元に短刀をつきつけられたようだった。綏子の告白状と消失は。

綏子は、おれに、土蔵で消えてみせる、としか言わなかったんです。あんな告白状を残すなんて、知らなかった。

綏子も気づいたんだ。自分の母親のしたことに。だからって、告発できますか。

でもね、綏子は、父親を――おれの父親でもあるんだけど、おれは、親父《おやじ》って気持なかったな。親らしいことも、ほとんどしてくれなかった、おれは、嫌われた女の……まあ、いいや、そんな話じゃない、綏子だ、彼女は父親をそりゃあ好きだった。知らん顔で生きていけなかったんですよ。ひどいジレンマですよ。母親が……。実際に手を下したのは、ほとんどおれのおふくろだけど、久子奥さんは、もっと汚ねえや。

綏《や》っちゃんは、たまらなかったんだ。でも、何も言えない。おれたち三人へのメッセージだった、あれは。石川五右衛門の葛籠を使って……何もかも、わかっている、と。どうやって四代目を消したかも、わかった、と」

「なぜ、自分が東谷香子、璃紅を殺したなんて……」

「久子奥さんに対して、どうしていいか、綏っちゃんはわからなかったんだ。あのひと――奥さん――まるで苦しんでいないみたいだったでしょう。自分のしたことがばれるのが怕《こわ》いだけみたいだった。苦しんでください、と綏子は言いたかったんじゃないのか。娘が身代わりに殺人者と告白した。それで、あなたは平然としていられるのか、と」

「綏子さんは、自殺のおそれは」

「そんな、やわじゃないと、おれは思うけれど。しかし、久子奥さんが自首したって、綏っちゃんの辛さは減るどころか、増すばかりだな。おれだって、おふくろを自首させられない。どうします、田浦さん。あんたなら、どうする。おれ、もう少しやわだったらよかったと思うよ。やわなら、自殺しちゃって、それでおしまいさ。ところが、親のしたことを苦にやんで自殺なんてあほらしい、と、おれ、居直っちゃってるからね、死ねるもんじゃない」

おれも、刑事だったらな、と田浦は思った。殺人者を告発すれば、それで役は終わりだ。事件にかかわる者ひとりひとりの、心の傷の深さなんか、おしはかることはなくてすむ。

「おれね、正直なところを言うと、おふくろを責めきれないんですよ。自分の母親だからっていうだけじゃなく……。たぶん、おれが、報《むく》われない下積みだからでしょうね。おふくろにも辛いことがいろいろあったんだって……わかってしまう」

困ったことです、と、丈太郎は言った。むりにおどけていた。

モノローグ

—おわりに—

偽証してもいいと言った田浦の言葉を、わたしは、ときどき思い出す。そんなとき、うすく微笑している自分に気づく。愛されていると思うと、心の奥に、ほうっと灯がともったような気分になる。わたしは彼に同じ暖かみをかえすことはできないのだけれど。

田浦にあの告白書を渡したのは、効果がなかったようだ。田浦は、わたしを気づかうあまり、母にみせなかったのではないかと思う。母の暮らしに何の変化もない様子だからだ。わたしは、母が自責の念に苦しみつくすことを願っている。あさましいことだと思う。母に苦しめと願うぶん、それだけ、わたしは卑小になる。丈太郎に抱かれたいという欲望を身内におさえこんでいるわたしは、だれを咎《とが》める資格もないのかもしれない。わたしが姿を消したのは、丈太郎を恋うる辛さに耐えかねたのが真相なのかもしれない。認めたくはないことだけれど。

ああ、母ではない、わたしが苦しんでくれと願うのは、丈太郎らしい。丈太郎に、わたしのことで苦しんでほしい。愛しあうことが許されないのなら、せめて。

そう思いながら、わたしは、喫茶店のレジスターの前に腰かけ、伝票をチェックしている。いつか、また、絵筆をとる日がくるだろうか。丈太郎の舞台を飾る絵を描ける日が。みずから選びとった生ではあるけれど、このまま朽ちることはできない。これまでのわたしの生に、まったく関わりのない大阪という都市《まち》を、わたしは隠《かく》れ棲《す》む場所に選んだ。この街の喧噪《けんそう》のなかで、わたしは、乙桐の土蔵を思い浮かべる。あの闇《やみ》を、いつ、忘れ去ることができるだろう。苦しんでほしいと願うかわりに、倖《しあわ》せを、と、心の底から言えるようになるのは、いつだろう。

付録①　文庫版解説

解説　（中公文庫『巫女《みこ》の棲《す》む家』）

司修《つかさおさむ》

象徴派の幻想的な絵を見るような表現が各所にちりばめられていて、そういう所が僕は好きだ。そういう美しさに見え隠れして浮き上がる焙《あぶ》りだしの絵を僕は書いてみよう。

——ちなみに、この物語　70%　わたしの実話!!です。何がホントで何がウソか。

『巫女の棲む家』の表紙を開けると、小さな紙袋がはさんであり、中に同じ紙の手紙が入っていた。作者、皆川さんからのメッセージが書かれてあった。

何がホントで何がウソか。この、冗談のような謎《なぞ》なぞのような短い言葉は、『巫女の棲む家』を読んでいるうちじゅう僕に影響を与え続けた。それは楽しみを加え、僕自身のホントのこととは何かを探るきっかけもつくり、物語と交差しながら常に過去に起こった僕にとってのホントが、ウソが、回り燈籠《どうろう》のように巡《めぐ》りきた。それは本を読み終わってからも続いた。

戦争に負ける十日前、僕の町は空襲にあって焼けた。僕は町が焼けるのを、避難した郊外の山の上で見ていた。炎の怖さと美しさは相絡まって僕を刺激したが、ただ呆然としているだけで、炎の下は地獄であることなど忘れていた。そのうち避難した山にも爆弾が落ち始め、桑畑を這《は》うようにして逃げた。

一夜明けて町へ戻ると、家のあったところへは熱くて行けなかった。まだくすぶって燃えている家もあって煙がたちこめ、焦げた臭《にお》いが鼻をついた。

その日一日どうしていたか記憶にないが、夜は避難した近くの農家の、屋根だけの壁のない干し草の上で寝かせてもらい、二日めになってようやく炭と灰の我家の前に立った。僕は母と二人で裏の畑に掘って作った防空壕《ぼうくうごう》の蓋《ふた》を開けて、焼け残ったと思える家具や衣類を確かめに中へ入った。蒸し暑く土の臭いがむんむんとしていた。箪笥《たんす》の引出しを開けると、取手《とって》がずぼっと取れて、板が蒸れてすかすかなのが分った。母の着物類が少しと写真が入った箱、鍋釜《なべかま》茶碗が無事だった。布団は綿だけが残って、布は古い紙のようにぼろぼろだった。

焼け跡を整理するのに幾日かかったろうか。黒焦げの柱とトタン板を、まだ黒い地面に突き立てて、雨露を凌《しの》ぐバラックを建てるのにも、母と僕の二人では一週間もかかった。その間にも、畑の土掘り、便所作りをしていた。畑では、物資不足のため作っていたジャガイモやカボチャ、サツマイモ、トウモロコシ、トマトやナスがみな焦げていた。蒸し焼きにされたカボチャはご馳走《ちそう》として、バラックが建つ間、腹を空《す》かせることはなかった。

隣りの家も、隣りの町も、全てが焼けてなくなって、どの家の人も僕らのしていることと同じことをしていた。僕は黒焦げの柱が全部立ち、やはり黒焦げのトタン板を焼け釘《くぎ》で打ちつけているとき、自分が違った世界にきて昨日と違うことをしているというガリバー的な空想世界にいる思いを持った。思い返すとそれは僕の理想の国にいた瞬間であった。恐らく、誰もそのことには気づかずに通過してしまい、新しい塀《へい》と新しい壁で元の環境を作った時に忘れてしまったものだと思う。僕も、それは何年もしてからやってきた思いだった。

町が焼けた十日後に日本は戦争に敗れ、早くヘイタイサンになる夢も大将になる夢も消えた。が、焼け跡の生活は厳しく、そんなことはどうでもいいことに変わっていた。日ごとに食べものがなくなり、飢えとどう闘うかの方が大変だった。戦争中も、いつも腹を空かせていたが、がらくたの黒い地面の上にいると、それはもっと切実だった。それなのに、僕にはそこにホントがあったと思えるのだ。昨日までのホントは、学校が始まると、大部分がウソであったことを先生から教えられたが、小学三年とはいえ「えー?」という声がみんなから出た。教科書の墨塗り、男女なかよくすることなど、恥ずかしい出来事から新しい教えは始まった。あれほど戦争は日本の正義の戦いであると、頭から信じていたのに、良くなかったことになってしまった。

すっかり裏返ってしまった世界。僕は着たきりすずめの犬ころのような姿をして大人と同じに生きるための作業をしていた、あの何もなくなった世界にホントがあったといつも思う。人間の理想は、あらゆるものが満たされることではなく、何もなくなった原始の世界に置かれることとの方がユートピアに近づけるのだと。ユートピアもまた、どこかへ行けばあるものではなく、一人一人の心の中に作られる国だということも僕は教えられたように思う。そしてまた、そこにいる時、人間にはいいると感じられないのだということも。


『巫女の棲む家』の黎子《れいこ》が霊を信じ始める時にいう言葉。

「敗戦まで、わたしたちは、あまりに不合理を無条件に信じることを強《し》いられてはこなかったか。精神主義とか信念とかいう言葉がかるがると持ち出されるとき、わたしはアレルギー性の嫌悪をおぼえる」

霊を信じることによって彼女は、自分が殺してしまったとさえ思っている、狂人であった兄悠人《ゆうじん》の魂に近づく。

昭和二十年の三月、彼女は東京西郊にある癲狂院《てんきょういん》へ面会にいく。幼い頃からその兄と一緒にいると「せつないような、もどかしいような感覚」に囚《とら》われ「あぐらをかいた悠人の膝《ひざ》のあいだにすっぽりと腰を落としているときだけ、いくらか苛立《いらだ》たしさが鎮《しず》まり、甘やかな倖《しあわ》せめいた気持になるのだが、じきに、それでもなお物足りず、悠人の腕を前にまわし羽交締《はがいじ》めの形にさせ、兄の力のなかに溶けいってゆく感覚に浸《ひた》りこんだ」「悠人の膝に抱きこまれていると、至福と呼びたいような感情の昂《たか》まりに泪《なみだ》が滲《にじ》んでくることもあった」という具合に、彼等は愛の交感を持つ。病院から彼らが外に出ようとするとき、空襲警報のサイレンが鳴る。「警報が鳴ったら防空壕にとびこむことは、条件反射のようにしつけこまれていた」のに、兄悠人は「くだらんよ」と受付けない。

先の黎子の言葉の中の「不合理」な戦争の時代を思えば、悠人が狂人であることは、それに背を向けて生きて来たと受け取れる。警報に対する「くだらんよ」も、抵抗の言葉になっていると思うのだ。悠人は、看守たちに脱走したと思われて追われ、石つぶてを受け黎子に覆《おお》い被《かぶ》さって死ぬ。そのことによって悠人と黎子は切ることのできないきずなで結ばれる。その兄と交霊するようになるのである。彼女はそのことによって再び至福の感情を呼び覚ませるようになるが、同時に現実の生を放棄しなければならない。また、彼女は初めからそう願っていたのかもしれない。

「暗闇《くらやみ》は、戦争のあいだ、わたしたちに身近なものであった。わたしたちは比喩《ひゆ》ではなく、文字どおり暗い夜を過した。光を殺し、日本列島が暗い死魚となり、わたしたちは息をひそめていた」

黎子は、暗い死魚に飲まれたまま、生きてきた。その夜彼女は「何か深い淵を一気にとび越えたのだ」。

こうした変身を遂げたときの黎子の態度や意識は、ユングが観察したヒステリー症のある若い女性S・Wの半夢遊症から発作へと移り、やがて霊と交わる瞬間に似ている。
「彼女は心霊を見聞きし、心霊が部屋のなかで参加者にまじって歩きまわり、あるときはこの人、あるときはあの人のかたわらに立っているのを見るのである。彼女は、体験した幻影、旅行、自分の受け入れた教訓をはっきりと想起できる。彼女は、おちついてきっぱりとした調子で話し、いつも深刻でおごそかなまでの教訓をはっきりと想起できる」「彼女の荘重な態度には苦悩のかげりがある、悲哀がある」(心霊現象の心理と病理)
ここで黎子は単なる「神伝《かむづた》え」ではなく、兄悠人と生を同じくして暗黒から脱出し、「わたしは、思考するわたしであることをやめて、石がそこに在るように、在らねばならぬ。このとき、物はすべて、わたしにとって意味のある物であることをやめる。わたしもまた、単に、そこに在るだけの物となる」

という思いの、父の思いのままの人形になる。無が有を形成して有が無を生む。やがて、黎子は「何もない、という感覚に」震えあがり「幽霊を見たような恐怖」「理屈にあわない恐怖感」に襲われる。彼女の混沌《こんとん》とした霧の中を歩くような核をなすものが何であるかが、再度、無から有に変わろうとする黎子によって語られる。ここでも黎子は、「在る」に変わろうとして「無」となる。

「わたしの〝霊能〟が嘘《うそ》だとしたら、この二年間が、まるでこっけいな、みじめなものになってしまうばかりか、わたしというものが丸ごと否定され、父が否定され、わたしはからっぽの皮袋にすぎないものと認めざるを得なくなる。

わたしは、自分の心の動き、思考、いっさいを信じることができなくなる。

敗戦で、すべてが逆転した。それは、わたしの外にあるものの変貌であった。輝かしかったものは実は泥土であり、真実は鍍金《メッキ》となって剝《は》げ落ちた。今度は、わたしにもっと密接な外部、そうしてわたし自身、それが空無になる」

迷路を彷徨《さまよ》う黎子を支配し続けているのは明らかに、あの戦争であり、その逆転劇であろう。

しかし何といっても著者の投げかけた言葉以上のものはない。「何がホントで、何がウソか」。

『巫女の棲む家』
中公文庫（一九八五年八月）所収

絵描きのひとりごと（中公文庫『妖かし蔵殺人事件』）

岡田《おかだ》嘉夫《よしお》

二十年ほど昔である。私ごとの話。絵を描いても一向うまくならず、公募展に出しても落選つづき、面白くない日々のある時、ハッとひらめいた。

「そうだ、作家になろう！」

嘘《うそ》八百、書いて原稿用紙一枚いくらなんて、こんなイイ商売ほかにあろうか。おそろしくも発作的に推理小説を書き出した。最初は楽しかった。誰がどうした、こうした、こういった。あたりがどうでどうなって、そうしてあの手でこう殺し、殺したあとはああなって……。

「イケル！」

と思いながら書き進んでいった。が、そのうち次第におちこんできた。行動・行為等、目に見える範囲のものだけしか書いていない。人間が書けていないのである。まして、人が人を殺さねばならない追いつめられた心理なんて本人が想像だにできないものどだい無理。ただただストーリー作りのためめったやたら人を殺すだけの鬆《す》入《いり》小説、ケツから息をふきかけるとブハッと全部外へ通りぬけてしまうシロモノ。たとえ人の心理が少し書けたとしても正面からだけ、裏面はだめ、まして左右両面とんでもない、さらに底面ひっくりかえし天井面からのぞく表現なんて論外、その上個々に細分、男性・女性・老人・中年・ヤング・子供達……にいたって書かねばならぬなんて……、やがて頭の片すみがカンカンと鳴り出した。

「はい、打ち止め」

しつこく能力以上のことをやるとゼニハゲができ入院の憂きめにあう。健康第一と二度とあつかましい考えをおこさず、ひたすら絵を描いて来た。

と、かくニガい過去を持っている私にとり、それ以来、作家とは、はかりしれない特殊頭脳を持った魑《ち》魅魍魎《みもうりょう》ということになった。意地悪で分析ぐせ、素直でなくしたたか、一を聞いたら百を知り、なにごともミスをしない人種、そう思っていた。

思っていた、ということは過去形で否定的要因につながる。その要因が皆川さんだ、それまでの私の中の皆川さんは、真黒のイブニングを着て、するどい目はランラン、手には首切り鎌を持ち、箒《ほうき》をまたいでピューと月夜の空を飛んでいた。

「ヒドイ！」

と、ご本人からなじられたって、泉鏡花《いずみきょうか》もはだしで逃げそうなあのすさまじい内容を持った作品群を読めばしかたないこと。ところがいざ会ってみるとなんのなんの、アッケラカンのお嬢さん（年齢は絶体二十代ではない）といったところ。

取材にも同行したがこれ又、ハチャメチャ、ある地方の江戸時代から今も営まれ続けている老舗《しにせ》のお茶屋を、昔の遊郭家屋と間違えて、これはまわし部屋、ここは布団部屋、あれは折檻《せっかん》部屋、座敷牢《ざしきろう》はさて——、なんてささやいて、もう少しで塩をかけられ追い出される寸前の目にあったり、ローカル線の車中では、朝市《あさいち》帰りの担《かつ》ぎ屋のおばさんたちとわいわい喋《しゃべ》りながらボタモチをたいらげたり、そのあとどーもないのだからオドロキ。私の中の空を飛んでいたチミモウリョウは、えーっ！　ウッソォ！　といって箒から落っこった。評論家がよくやる手をまねて作品と人物を結びつけて考えてみたりもしたが、皆川さんの場合どうもあまり接点がない。ひょっとしたら、私に似ているのではないか……。

私が描く場合、人も動物・植物・月も、一度自分の思い通りにいじくりまわし、生命・動き等を封じこめそれから構成プランをたてる。その時はすでに自然とか自由な動きの美しさはすべてなくなっている。花はこねまわした別の花になり、人は顔も体も自分で勝手に作りあげてしまう。暗い蔵の中の仕事である。皆のように花や人を描く時、それらの美しさ自然のつややかさ動きをめでながら、明るい陽《ひ》の下で描けばよいものをなぜか、それをくわえて蔵の中に入ってしまう。蔵の中の仕事はずいぶんイジイジしためんどうな仕事だ。それだから仕事をはなれた時はきっぱりイジイジから決別する。反動かもしれない。私は人によく云《い》われる、作品のイメージと本人は全く違うと——。自分がそうだから皆川さんも……、という考えは失礼かもしれないが、皆川さんの仕事も蔵の中だと思う。ほんの一例だが、

童女は椿《つばき》の幹を力をこめてゆする。……役者の子が……いっしょになって、ゆする。……狼藉《ろうぜき》、無惨、紅《あか》い胡蝶《こちょう》の群れが嵐に捲《ま》きこまれ、襤褸《らんる》となって渦を巻く。

童女も、兇暴《きょうぼう》に、ゆする。花にまみれ、笑う。二人で、花びらを食べる。競いあって口につめこむ。ふいと吐き出すと、紅い小さい舟が風に乗る。

（『変相能楽集』「景清」より）

こんな絢爛《けんらん》・凄絶《せいぜつ》な描写は自然の日のあたる戸外でのんびりスケッチするように書けるものではない。皆川さんはこの二人の子供も椿の大木も一度暗い蔵の中へひきずりこんで、ああしろ、こうしろと闇《やみ》の中で演出しながら椿まで皆川さんの椿にして書いている。

一番、てっとり早い自分をまな板にのせて料理し、同じ線上にあるのではないかと、臆測《おくそく》しながら皆川さんの事を書いた。全く短絡的な人物考だ。

これからも、読者のかたは、箒に乗った皆川さんとか、別の読者はヒヤーッとした古城に一人、蝙蝠《こうもり》と住んでいる絶世の美女とダブらせたり、はたまた、どこかのローカル線でボタモチ食べてる蔵の外の皆川さんにばったり出会ったり、何と楽しいじゃありませんか。雪之丞変化《ゆきのじょうへんげ》みたいで……。そうだ女闇太郎っていうのもぴったり。

ひとりごとのおそろしさはエスカレートしていくとかように、際限なく支離滅裂《しりめつれつ》になるもの、そして急に頭の中が真白になってとぎれる。

「プッツン！」

と……。

『妖かし蔵殺人事件』
中公文庫（一九八九年十月）所収

付録② インタビュー集

皆川博子になるための135冊

聞き手・小森収《こもりおさむ》

なにかの折に、皆川博子さんから、お好きな小説の話をうかがったことがある。そこで出て来た小説は、圧倒的に戦前や戦後すぐに読んだという本が多かった。それでアンソロジーを作りましょうかという話もした記憶があるが、お得意の「そういうの誰が読むのかしら」という台詞《せりふ》で、その場はおしまいになった。今回、そのときのことを思い出して、どのような読書体験をすれば皆川博子になれるのか、教えていただくことにした。ご本人は「誰が私みたいになりたいと思うのかしら」とおっしゃるに違いないのだが、皆川博子さんには、濃いファンが多いと思うし、同業者のファンも多い。皆川博子さんのようになりたいと思う人は、案外いるだろうと私は考えているのだ。ここに登場する本を浴びるように読めば、もちろん、あなたも皆川博子になれるだろう。皆川博子さんほどの才能さえあればの話だが。

溝《どぶ》に落ちながら

小森　今日は、皆川さんが子供のころお読みになっていた本の話をうかがいたいと思います。それは、つまり、太平洋戦争前夜の日本で、イケナイ女の子はなにを読んでいたかということになるかと思います。

皆川　真面目《まじめ》な女の子だよお（笑）。しかし、一世紀昔のことやさかいねえ。

小森　一応、読書リスト（391ページ参照）を作っていただいているので、それに沿って、お話していただくのがいいかと思いますが、一番最初に本を読んだ記憶というのは、いくつくらいのものですか。

皆川　いくつなんでしょうね。

小森　リストにはアンデルセンの童話なんてありますね。

皆川　それは小学校に上がる前。

小森　当時は国民学校なんですか。

皆川　いえ。小学校。途中から国民学校になったの。

小森　皆川さんは、お生まれが京城《けいじょう》、いまのソウルですね。東京にいらしたのは、いつごろなんですか。

皆川　生後三ヶ月。京城生まれって、いろんなところで書いたから、引き揚げ体験者と思われがちだけど。戸籍上は昭和五年（一九三〇）年生まれ（＊1）で、三ヶ月で東京、渋谷《しぶや》。

小森　ということは、最初の読書の記憶というのは、渋谷ですか。

皆川　渋谷。溝《どぶ》に落ちながら。

小森　（笑）なんですか。その、溝に落ちながらというのは。

皆川　道を歩きながら読みふけるものだから。あのころは溝がU字溝なので、しょっちゅう落っこちてた。荷馬車を引く馬が電信柱につながれていて、本を読みながら、馬と衝突したり（笑）。

小森　歩きながら読んでたんですか。

皆川　それは、みんなやるでしょう。このごろは、交通事情が悪いけど。本が好きな子はやるでしょう。

小森　私のころは無理でしょうね。

皆川　当時は車が少なかったからね。ぶつかっても、馬か自転車だから、たいしたことなかった。ただ、父親は、歩きながら読むのは目が悪くなるからいかんと言ってた。目からの距離が揺れるからでしょうね。

小森　乗り物の中で読むのも、目には悪いと言いますよね。

皆川　だけど、父親が見てさえいなけりゃ、やるわよなあ。

小森　歩きながら読むのはいけないと言われたけど、本を読むこと自体、いけないとは言われなかったんですか。

皆川　子供の本はね。大人の本はいけない。それから、だいたいにおいて、うちの中にこもって本を読むことは、いい傾向とは思われない。「外へ出て遊べ」。

小森　そう言われるんですか。

皆川　いちいちは言われないけれど、なんとなく、うしろめたいものを感じつつ。

小森　そのうしろめたいのが良かったと。

皆川　そうそう（笑）。でも、まあ、ピーちゃんは本の虫だからというのが、叔母《おば》なんかの了解事項だった。親は喜ばなかったけれど。

小森　ピーちゃんと呼ばれてたんですか。

皆川　叔母たちからね。博子だから。ヒーちゃんじゃなくてピーちゃんになって。

小森　じゃあ、最初は叔母さんか誰かに読んでもらったという感じですか。

皆川　人に読んでもらった憶《おぼ》えは全然ないの。いつのまにか、（本を読むことを）覚えていた。最初は誰かが読んでくれなくちゃ覚えるわけないいんだけど。

小森　では、最初の記憶というのは、童話ですか。

皆川　そうですね。外国童話とか。絵本もあるわね。

小森　そういう本は家にあったんですか。

皆川　それは、たぶん、親が買ってくれてたんだと思う。それと「幼年倶楽部《くらぶ》」。だけど、そんなものでは、とても間に合いませんよねえ。で、うちが医者だから、往診に自家用車を使うわけね。その当時は運転手がいて、その一家が道をへだてた向かいの長屋に住んでいて、私は、しょっちゅう行っちゃあ、そこには「譚海《たんかい》」とかあるから……。うちの方は普通の住宅を借りて、家族も住むし、一部が診療所で待合室もあるというふうになってたんだけど、待合室には、もう、大人の雑誌がごろごろある。「キング」「富士」。

小森　じゃあ、童話の次はいきなり、それだったんですか。

皆川　いろんなものが、ごっちゃだわねえ。最初童話で、それから大人の本と順を踏んでなくて、あるものを手当たり次第。

小森　じゃあ、そのへんからは、童話あり漫画あり絵物語あり。

皆川　大人の〈悪い〉小説あり（笑）。

小森　その大人の〈悪い〉小説は、小学校上がる前から読んでたんですか。

皆川　あったから読んだ。だって、目の前にあって、読むなって言われてもねえ。患者さん用に揃《そろ》えてあるわけだけど、襖《ふすま》へだてただけだから。そこの待合室で、私が処女作を書いた。

待合室で処女作を

小森　そうそう、そのお話をうかがわなきゃ。西条《さいじょう》八十《やそ》さんの連載でしたっけ？

皆川　『毬《まり》の行方』。「少女の友」か「少女倶楽部」で、たぶん看護婦さんか誰かの持ち物が置いてあったと思うんだけど、それで『毬の行方』という小説が連載されてて、その主題歌募集って書いてあった。映画化の話でもあったのかしら。

小森　お話は憶えてますか。

皆川　主人公の少女の毬子さんが、たいへん不幸であって（笑）、お琴という、ちょっと年上の若い娘がいて、そのお琴が、ささやかな洋食屋、いまで言うレストランをやることになる。その店の名をつけるのに、上野の精養軒《せいようけん》みたいにナントカ軒にしようといって毬子軒にするというのを憶えてる。

小森　そういう小説で主題歌を募集した。

皆川　幼稚園が嫌いで、さぼっていたとき。待合室の白いカヴァーのかかったソファーに寝転がって、それを読んでて、それで、やおら画用紙を持ってきて、クレヨンで大きく「あはれ毬子よ　お琴にあへるか」と書いたら、紙一杯になっちゃって（笑）。その先を思いつかなくて、送り方も分からないから、それで終わっちゃった。

小森　幻の処女作は西条八十の未完の主題歌（笑）。当時は西条八十さんだから読んだとか、ナニナニだから読んだとか、そういうのはないわけですね。

皆川　ないですねえ。あるものは読む。

小森　その「あるもの」というのは、待合室にあるものと、家にあるものと、運転手さんの家にあるものですか。

皆川　あと、東横《とうよこ》（デパート）がすぐ近くだったから、東横の本売り場。

小森　いまは駅の建物になってるところですね。

皆川　あれの何階だかが本の売り場で、そこへ通って。

小森　買ったわけではないんですね。

皆川　買えるわけないわよ（笑）。子供のときは、お祭りの日しか、自由に使えるお金はもらえなかった。憶えてるのが、小学校一年の夏休みに、そこへ通って少女小説を一冊読み上げた。たぶん、それがはじめて読んだ長い小説ではないかと。

小森　それはなんという小説ですか。

皆川　『涙の握手』水守亀之《みずもりかめの》助《すけ》。そのときは、作者の名前なんか読まないから、日本人の出ない外国の話としか憶えなかった。

小森　当時からエキゾチックなものがお好きだった。

皆川　でしたねえ。でも、日本の古い時代のも好きだったし、子供の身の回りの日常生活を書いたような話でなければ、なんでも面白かった。

小森　そのころから、くそリアリズムや社会派風は、お好きじゃなかった（笑）。

皆川　その夏読んだので、もうひとつ印象に残っているのが『三吉《さんきち》馬子《まご》唄《うた》』。これは、海の家で、集団の中に私ひとりだけ入れられた。それで、そこは年上の人たちがいっぱいいるから、いろんな本を持ってきていたの。「少女の友」の付録だと思うけど、歌舞伎《かぶき》の「重《しげ》の井《い》子別れ」の話を西条八十がリライトしたもので、須藤重《すどうしげる》の挿絵付きで、口絵がカラーで、歌舞伎の有名な場面とあとで知ったけど、重の井が裲襠《うちかけ》を広げて、子供の三吉がこう持ってる。「坂は照る照る　鈴鹿は曇る」なんて歌もそこらへんで覚えた。「間《あい》の土山雨が降る」と三吉が歌いながら馬を引っ張っていく。

小森　そういう歌を子供のころ覚えると、忘れないものですね。

皆川　「なにが良うてか糸屋のお嬢　やくざ弥ァ公になぜ惚《ほ》れた」とかね。これはタイトル全然憶えてないんだけど、大人の雑誌で読んだやつ。

小森　じゃあ、小学校上がるか上がらないかのうちに、そういうのをごたまぜに読んでいたわけですね。アンデルセン、グリムの童話があって、小川未明《おがわみめい》があって、コグマノコロスケ、タンクタンクローがあって、謝花凡太郎《しゃばなぼんたろう》（＊2）の漫画があって、「譚海」「キング」「富士」という雑誌があって、で、西条八十ですか。

皆川　でも、本好きの子はみんなそんなのを読んでたよ。別に私が特別じゃなくて。身近にあるものはなんでも読むから。

小森　本好きなお子さんというのは、皆川さんのまわりにはいらしたんですか。

皆川　私のまわりにはいなかった。あとになって久《く》世《ぜ》（光彦《てるひこ》）さんのお話を聞くと、小学校に上がる前から、菊池寛《きくちかん》の『真珠夫人』とか『第二の接吻《せっぷん》』あたりは読んでらしたそうよ。昭和の子供は読むのよ（笑）。

小森　私も昭和の子供ですが（笑）。

皆川　戦後生まれは〝昭和の子供〟じゃないの（笑）。「昭和の子供よ僕たちは」と歌ったあたりが、昭和の子供。そういう歌があったの。「昭和昭和昭和の子供よ僕たちは　心もきりり姿もきりり」だったかな。

小森　それは学校で歌わされるんですか。

皆川　普通に歌ってた。

小森　はじめて聴きました。

皆川　お父さま歌っていらっしゃらなかった？

小森　親父《おやじ》は大正の子供ですから。「めじろ　ロシヤ　野蛮国　クロパトキン　きんたま」ってのは聴かされました。

皆川　「マカロフ　ふんどし　締めた」って。

小森　そこは違うなあ。「饅頭《まんじゅう》の中には餡《あん》一丁　朝鮮征伐清正《きよまさ》が　学校の生徒を率《ひ》き連れて　帝国万歳大勝利　李鴻章《りこうしょう》の頭は禿《は》げ頭」でしたね。

皆川　それは私たち言わなかったわね。日露戦争のころの歌が八方に広がって、いろんなヴァージョンができたんでしょうね。親の前で歌うと、行儀の悪い歌を歌うなと叱《しか》られた。

オムレツカツレツハムライス

小森　では、漫画、絵物語のお話をうかがいましょうか。中島菊夫《なかじまきくお》の『日の丸旗之助』と、文が牧野大《まきのたい》誓《せい》、画が井元水明《いもとすいめい》の『長靴の三銃士』は、復刻版のコピーを手に入れたんですが。こういうのは雑誌でお読みになったんですか。

皆川　雑誌でも読むし、単行本でも読むし。

小森　単行本はやはり待合室で?

皆川　このへんは買ってくれたわね。親が。無害な漫画だから。それから、友だちのところで借りるとかね。

小森　『長靴の三銃士』に関しては、コピーを手に入れる前に、皆川さんが描いてファックスで送ってくださったイラストが、似ていたのでびっくりしました。

皆川　(笑)だって、印象的な絵だもんね。頭に長靴を逆さにのっけて。シュールだよね。しかも、底がすりきれないと頭からとれない。

小森　これ、国会図書館で読んで、はじめて知ったんですけど、刑罰なんですね、頭に長靴をのっけるという。

これが
そのイラスト

皆川　そうなのよね。私もコピーを読み直して、ああ、そうだったのかと思ったけど。

小森　男の子と女の子と猿が鬼が島にルビーを取りにいって捕まっちゃう。それで刑罰で長靴を頭に被《かぶ》せられるんだけど、そのかわり、長靴を被っていると強くなる。

皆川　ヘンよねえ。それで、お祈りして長靴を取ってもらうんだけど、長靴が取れて敵方の頭に移ると、敵の方が強くなっちゃう。

小森　これは漫画じゃなくて、絵物語というんですか。ページの上半分に絵があって、下半分に文章がついている。

皆川　映画の影響みたいね。サブタイトルとかダブるとかいう約束事のト書きがあって。無声映画の影響かもしれないわね。

小森　そうですね。ダグラス・フェアバンクスがいきなり出て来て、主人公たちに剣を教える(笑)。

皆川　そのあと、京都へ行って東山三十六峰でチャンチャンバラバラ。

小森　これ、やっぱり、子供向けだと思うんですけど、そこにダグラス・フェアバンクスが出て来て通じるということは、当時、みんな観《み》てたんですか。

皆川　うちは見せてくれなかったけれども。

小森　皆川さんも名前ぐらいはご存じだった。

皆川　どうだったろう。うちは、とにかく映画見せてくれなくて、映画雑誌がいとこの家に行くとあったから、それを見て、いろいろ覚えたけど。

小森　映画は観たかったですか。

皆川　そりゃ、観たかったですよ。渋谷だから、道玄坂《どうげんざか》を上ると映画館があって、いまもあるかな、それで映画館の前にスチール写真が貼《は》ってあるのを指くわえて見ていた。

小森　さすがに映画にひとりでは行かなかった。

皆川　行ったよ。あ、ひとりじゃないけど、親に内緒で。小学生のときだったけど。大井町《おおいまち》のいとこのうちに遊びにいったときに、いとこと映画館に入って、でも、どうやって入れたのか憶えてないのよね、お金持ってないし。帰ってからバレて、私はお客だったから怒られなくて、いとこだけ怒られて、すまんことであった。

小森　なにを観たか憶えてらっしゃいますか。

皆川　日本映画で『闘魚』というの。池部良《いけべりょう》のデビュー作。池部良が、そのいとこのお兄ちゃんに似てるって大人たちが話してるんで、どんなんだか見てみようって入ったの。話はさっぱり面白くはなかったんだけど。

小森　子供のとき観た映画というのは、それだけですか。

皆川　いや、子供向けの映画はいくつか、連れていってもらったわね。シャーリー・テンプルの『アルプスの山の娘』とか、高峰秀子《たかみねひでこ》の『馬』とか、『風の又三郎』とか。大人向けのは全然だけど。

小森　『長靴の三銃士』と同じ作者の『へのへの龍騎兵』。これは手に入らなかったんですが。

皆川　壁のへのへのもへじの落書きが飛び出してきてという話だったと思う。よく憶えていない。

小森　なんか、いい加減だけど、妙にぶっとんだところがある作家なんですかね。登場人物が逆立ちすると、下の文章を上下ひっくり返して組んでみたり。それに比べると『日の丸旗之助』はまともですね。

皆川　このころのって、だいたいこういうコマ割よね。変化がなくて。手塚《てづか》（治虫《おさむ》）さん以降だもんね、映画的になったのは。

小森　あと、『のらくろ』『冒険ダン吉』『タンクタンクロー』といったところは定番として、問題は謝花凡太郎ですね。

皆川　子供のとき、たくさんあったのよね、謝花凡《しゃかぼん》の漫画は。魔法使いの出て来る話とか、講談本を漫画にしたようなのとか。清水《しみず》の次郎長《じろちょう》を漫画にしたのがあって、武居《たけい》のども安《やす》が登場すると、「どんどんどもると人を斬《き》る　たんたん武居の安五郎」。講談本だったら「武居の安五郎、鬼のような奴よ。どどどどもれば人を斬る」で、それをリライトしたんでしょうね。

小森　私が子供のころ観たテレビドラマの清水の次郎長では、ども安は、ちゃんとどもってましたね。

皆川　あと、魔法使いの出る漫画では「チリップチリップレーナニコヨヒ」というのが、ヒヨコニナーレの呪文《じゅもん》。

小森　（笑）それを聞くと、やっぱり安直な人なんじゃないかと思いますよ。

皆川　魔法の絨毯《じゅうたん》で飛んでいくときの呪文が「ナムサツダルマオンダルギャ　オムレツカツレツハムライス　マホウノモリヘトンデイケ」っていうの。

小森　ハムライスというのは、どういう食べ物なんですか。

皆川　ハム混ぜた炒《いた》めご飯じゃない？

小森　そのへんもうかがっておかないと、ハムライスというのはどういうものかと思っちゃうんですよ、後世の人は（笑）。

皆川　その当時は、なんの疑問もなく唱えてたけどね。

全集を片っ端から

小森　では、渋谷時代のあとの話をうかがいましょう。

皆川　渋谷は家族の家と診療所が一緒だったから、だんだん、子供も増えたので、小学校二年の七月に、世田谷《せたがや》に住まいを移しまして……。

小森　下北沢《しもきたざわ》ですね。いまの私の家の近く（笑）。

皆川　そうそう。鎌倉橋の。で、渋谷の医院の方には、おじいちゃんとおばあちゃんと、叔父《おじ》とか叔母たち、つまり私の父の両親と弟妹が住むようになって、そうすると、がぜん、渋谷に本が豊富になったんですよね。世田谷の方は新しい家だから、応接間に本棚《ほんだな》を置いて、空《から》っぽじゃ恰好《かっこう》がつかないから、いろんな全集ものをドッと買い込んだ。一気に読むものが増えた。

小森　叔父さん叔母さんというのは、なにをなさってたんですか。

皆川　学生だった。叔父が大学生で、叔母が津田（塾）に行ってたの。そこで、渋谷の家には、たぶん叔父の持ち物だと思うんだけど、現代大衆文学全集（＊3）という青竹色の表紙の厚い本、活字が大きめで全部ルビ付きのがダーッとあるし、岩波や改造の文庫もあるし、待合室には、こちらは叔母のものかな、世界大衆文学全集、翻訳もので小豆《あずき》色の小型の本があった。それで家の本棚には、新潮社の世界文学全集（＊4）と蜜柑《みかん》色の表紙の大判の明治大正文学全集。四段組だった。あとは単発の本もぎしぎしあるし。

小森　それを片っ端から読んだわけですか。

皆川　嬉《うれ》しいよお、これは（笑）。お寿司屋さんに行って、ネタをここからここまで全部って注文するようなものだから（笑）。そうそう、それで、ディケンズ全集があったの、家の方に。

小森　あ、その話をうかがいましょうか。それは、私も少し調べてますから。これはですね、正確には、ヂッケンス物語全集です。

皆川　松本泰《まつもとたい》と松本恵子《けいこ》の訳でしょう？

小森　そうです。それで、なんと、これ中央公論から出てました。

皆川　そうなの？　口絵が宮本三郎《みやもとさぶろう》（＊5）だった

な。顔は日本人っぽくて、スタイルは洋装で、名前はみんな日本のに直してある。

小森　それがすごいですよね。『漂泊の孤児』は『オリヴァー・トゥイスト』なんですが。

皆川　織部捨吉ね。ナンシーが那須子。

小森　で、『千鶴井家《ちづるい》の人々』って言うんですか。

皆川　チャズルウィットがね。涌井珍介《わくいちんすけ》てのが出て来るのよね。元がなんなのか憶えてないけど。

小森　さっきの世界大衆文学全集では、ポーとかユーゴー、デュマ、ハガードといったところですか。

皆川　『洞窟《どうくつ》の女王』は面白かった。『ソロモン王の秘宝』とセットになってたのかな。

小森　それから、皆川さんにリストを作っていただいたときに、エインズワースの『倫敦塔《ロンドン》』を、もう一度お読みになりたいということだったんですが、国会図書館で請求したら、紛失してました。

皆川　エリザベス女王に幽閉されるジェイン・グレイの話ね。ほかのは、わりあい読み返してるんだけど、『倫敦塔』は、とても面白かったという記憶があるだけで、読み直してないのよ。

小森　日本の大衆小説も並行してお読みですよね。国枝史郎《くにえだしろう》とか。

皆川　『八ヶ嶽《やつがたけ》の魔神』の出だしの部分は、大正時代のヨーロッパの戯曲の翻訳ものみたいでね、台詞《せりふ》の口調といい、ちょっとバタくさくて、ふつうの時代ものと違った雰囲気なの。それから、矢田挿雲《やだそううん》（＊6）の『澤村田之助《さわむらたのすけ》』というのを、忘れもしない小学校三年のときに読んで、手足失い、舞台に立って、すごい美貌《びぼう》で男も女も誘惑しまくり、金をまきあげ、金がなくなれば放り捨てるというのに、ぶち当たった。挿絵がまた濃かった。橘小夢《たちばなさゆめ》（＊7）。

小森　このころの挿絵というと。

皆川　少年ものなら伊藤彦造《いとうひこぞう》（＊8）と山口将吉郎《やまぐちしょうきちろう》（＊9）ね。少女ものなら、中原淳一《なかはらじゅんいち》（＊10）、蕗谷虹児《ふきやこうじ》（＊11）。高畠華宵《たかばたけかしょう》（＊12）は、私たちが読んでたころよりちょっと前。

小森　そういう人たちは、子供の間で人気があったんですか。

皆川　私の間で人気があった。あんまり、友だちとそういう話はしなかったわね。

小森　皆川さんは友だちと遊ぶときはなにをしてたんですか。

皆川　外遊びは、とても憂鬱《ゆううつ》だけど、仲間に入って、縄跳《なわと》びとか石蹴《いしけ》りとか。ときには、みんなが外に遊びにいっても、私はここでいいわと言って、本を読んでたり。

小森　友だちの家で本読んだりしてたんでしょう。

皆川　そりゃそうですよ。うちにない本を読むのが目的で行くんだから。親しくない友だちでも、新しいところを開拓して、本を読みにいく。

小森　それは、そこのうちに読みたい本があるといううんじゃなくて、読んでない本があるだろうということですか。

皆川　行けば、なにかあるだろうと。

小森　ホントになんでもよかったんですね。

皆川　すると、『アラビアン・ナイト』の伏字だらけのが揃ってるとか、シェイクスピア全集の坪内逍《つぼうちしょう》遥《よう》訳が揃ってるとか。そうすると、毎日通って読む。シェイクスピアは小学校五年のときに、隣の家にあるのを発見したんだ。隣の兄ちゃんより私の方が愛読してた。

小森　シェイクスピアで一番のお気に入りは？

皆川　なんだろう。『タイタス・アンドロニカス』（＊13）なんて言わせないでね（笑）。

小森　そう言っていただくのを待っておりまして（笑）。

皆川　印象には残るわよね。

『白痴』はちょっとヤオイ

小森　世界大衆文学全集に戻りますが、エミール・ガボリオの『ルコック探偵』なんてありますね。

皆川　ルコック探偵とシャーロック・ホームズと両方入っていたけど、私、シャーロック・ホームズって、そんなに好きじゃなかった。

小森　探偵小説に触れたのは、そのあたりになるんですか。

皆川　同じころ、日本の方では亂歩《らんぽ》とか、小酒井不木《こさかいふぼく》とか。あと、横溝正史《よこみぞせいし》の『真珠郎《しんじゅろう》』の初版がうちにあったんだ。母親か誰かが読んで置いてあったんだろうね。雑誌では横溝の三津木俊助《みつぎしゅんすけ》ものがたくさん載ってた。亂歩の『大暗室』も雑誌でだったけど、トイレの中が一番落ち着いて読めるから、持ち込んで、それで、雑誌を開いたら、途端に『大暗室』の顔が焼けとろけて半分髑髏《どくろ》になった、田代光《たしろひかる》（＊14）のイラストが見開きでバーッと出て来たから、ぎゃーっと叫んで壺《つぼ》の中に落としちゃった（笑）。

小森　（笑）それは、じゃあ、落としたまんま。落としたと言うこともできず。

皆川　言わないわよ（笑）。読んじゃいけないって言うくせに、管理は甘かった。ヂッケンス物語全集がうちにきたときも憶えてるんだ。ドッと本が届いて、親が本棚に入れるのよね。私は読みたくてしょうがないのに、許可が出たのは二冊だけ。それが『漂泊の孤児』と『少女瑠璃子《るりこ》』。たぶん、タイトルから、子供が主人公らしいということで、その二冊だったのね。あとはダメと言われたんだけど、もちろん、読みたおして……。

小森　以前から不思議だったのは、戦前に子供時代をおくった人には、とにかく全部読んだ、あるものはみんな読んだと、おっしゃる人がけっこういるんですね。戦後生まれで、そういうふうに言う人は知らないんです。私自身を考えても、手にとれる本が全部読めるなんて、考えもつかない。そもそも世田谷に引っ越した小学校二年というのは、何年になるんでしょう。

皆川　昭和十二年ね。

小森　アラビアンナイトは伏字が多かった。で、ギリシア神話より北欧神話の方がお好きだったというのが、いまの皆川さんを見ていると、なるほどと思います。並行して戯曲をたくさんお読みになってますね。

皆川　小学校の低学年のころ読んだ、子供向けの本の中にも戯曲形式のものがあったしね。

小森　そうなんですか。

皆川　日本の作家も書いてたよ。坪内逍遥が日本の古い話を童話劇の形で書いてたり。それから、もちろん、メーテルリンクもあるし。だから、戯曲も小説読むのと同じように好きだった。それにもってきて、叔母が結婚して経堂《きょうどう》に住んで、その家に行くと、叔母の結婚相手の持ち物らしい世界戯曲全集（＊15）が揃ってた。だから、叔母の家に行っては、それを端からかじってた。

小森　叔母さんの旦那《だんな》さんは、なにをなさってたんですか。

皆川　サラリーマンなんだけど。

小森　あのころの戯曲全集は巻数がめちゃくちゃあるんですね。

皆川　幸せだったよ、あのころは。読む本がたくさんあって。

小森　このころ読んだ戯曲では、ピランデルロやイエイツを憶えていらっしゃるわけですか。

皆川　その前に、新潮社の世界文学全集の方にハウプトマンが入ってたのね。ハウプトマンは自然主義の「織工《おりこ》たち」のようなのもあるけど、そっちはちっとも面白くなくて、それと一緒に入ってた「沈《ちん》鐘《しょう》」が、子供のときは、すごく好きだった。ロマンティックな話で。これは泉鏡花《いずみきょうか》も翻訳してるんだ。新潮社の全集は違う人の訳だけど、泉鏡花訳が別にあってね。とても古風な言葉で訳してあって、面白いよ。「夜叉《やしゃ》ヶ池《いけ》」は、ハウプトマンに影響されたものだと言われている。

小森　私は皆川さんのリストを見るまで、聞いたこともなかったんですが。アシャアルの「ワタクシと遊んでクダサイ」は、再読していかがでした？

皆川　やっぱり、役者が客席から出て来る話だった。あそこが、やたら印象に残ってたんだ。

小森　岩田《いわた》豊雄《とよお》の解説も投げやりですよね。よく分からずに訳したと書いてある。

皆川　あのころとしては新しいやり方だったんじゃないのかな。別役《べつやく》（実《みのる》）さんと通じるものがあると思わない？　台詞がずれていくような。

小森　言い返しやくり返しが多かったり。

皆川　別役さんの方がずっと洗練されているけれど。

小森　おそらく、不条理劇のはしりというか。

皆川　ベケットなんかが出る前だもんね。いまではありきたりの手法だけれど、はじめてだったからショックを受けた。架空の世界である舞台と、安全なはずの客席が、雑炊《ぞうすい》状態になったことが、怖かった。それまで、戯曲と小説を同じように読んでいたのが、〈客席〉という特殊性を意識させられた。

小森　メタシアターですよね。登場人物もサーカスかなんかで演じる人間を演じている。

皆川　ピランデルロも、そうね。

小森　「エンリコ四世」も「作者を探す六人の登場人物」も当時お読みだったんですよね。

皆川　好きだったな、ピランデルロは。実際の舞台は観たことないけれど。戯曲で読んだ中では一番好きな人のひとり。メタとしては、アシャアルよりはピランデルロの方が、よくできてるわよね。アシャアルは単純よね。

小森　ピランデルロはいまも残っているけれど、アシャアルは、ちょっと……。

皆川　ははは。

小森　私が意外だったのは、ルナールの『にんじん』がお好きだということです。

皆川　あれは小学校二年ぐらいかなあ。岸田《きしだ》國士《くにお》の訳で。大人というものがめちゃくちゃ不条理な存在に描かれているところに、非常に共感が持てた（笑）。

小森　あれは暴力的な家庭ですよね。

皆川　私、肉体的暴力は受けてないけどね。圧迫はすごかったから。ただ、芝居や映画は結末をべたべたに甘ったるくしている。お父さんが、突如、にんじんに対して、ものわかり良くなっちゃう。ことに映画はね。

小森　そういうのお嫌いでしょう?

皆川　ラストは嫌い。小説の方は甘さが一切ないでしょ。『にんじん』と同じころ好きだったのが、ジュリアン・グリーンの『閉ざされた庭』。これが、また、ミもフタもない暗い話で。女の子が主人公で、お父ちゃんと姉ちゃんと三人で暮らしてて、お父ちゃんはガミガミ言うわ、姉ちゃんはブーブー言うわ。女の子は閉ざされた状態で、隣の医者を好きになるんだけれど、その医者は医者の姉ちゃんが囲いこんでいて、女の子を邪険《じゃけん》にする。最後、女の子は自殺しちゃう。救いのかけらもない。そういうのが十歳にならないころから好きだったんだから、根っから暗い（笑）。

小森　ドストエフスキーは、このころからお読みですね。

皆川　ドストエフスキーは私に一番深く食い込んでる。軽く「好き」とは言えないくらい。

小森　最初は『罪と罰』ですか。

皆川　それが、この全集にあったの。『カラマーゾフの兄弟』と『白痴《はくち》』が一番好きだけど、それは女学校に入ってからね。

小森　ドストエフスキーのどういうところがお好きだったんですか。

皆川　これ書いちゃダメよ。『白痴』は、ちょっとヤオイですね（笑）。最後ラゴージンとムイシュキンはまさにそうじゃない。抱き合って。

小森　それ、なぜ書いちゃいけないんですか（笑）。『悪霊』は読みとおせなかったと、以前うかがったんですが。

皆川　しょっぱなでいつも挫折《ざせつ》するの。スタヴローギンの告白だけ読んでいた。いろんな国の小説を読むでしょ。そうすると、ロシアの小説が一番好きだったな。暗くて重くて。それから、北欧とドイツね。

小森　圧倒的にヨーロッパの小説ですね。

皆川　アメリカの小説は、戦前、そんなに紹介されなかったし、戦後読んだアメリカの小説で好きなのは、南部の作家だな。フラナリー・オコナーとか、カースン・マッカラーズとか。最近のアメリカの作家だと、スティーヴ・エリクソンがいい。

牛乳のフタを読む

小森　時期的なことを確認すると、小学校五年くらいから女学校というと、太平洋戦争ということですか。開戦当初は、まだ平穏な生活だったんでしょう？

皆川　小学校五年のときに（アメリカとの戦争が）始まったんだけど、学校の朝礼で、戦争はこれから長期戦だって言われて、三十年戦争とか百年戦争が頭にあったから、まあ、一生戦争なんだろうと思った。戦争のない生活というのは、ないんだろうと。

小森　なるほど、じゃあ夢のようでしょう。平和が半世紀続いちゃいました（笑）。

皆川　不思議ですねえ。だけど、もう空襲と食糧難は嫌だよ。そのころから白内障なのか、小森くんは視界の中に黒い影が見えることはない？

小森　いや。

皆川　いまでも見えることがあるんだけど、このくらい（大きさを示して）の影が動いてるのが見えるの。それが、目が悪いからだってことに気づかなくて、その朝礼で言われたときに、それが見えてたのを憶えてる。

小森　戦争だからといって生活が変わるわけでもないっ？

皆川　全然。英語の授業だって、女学校に行けばあったし。

小森　女学校に入るのはいつなんですか。

皆川　昭和十七年。

小森　英語の授業はあったわけですか。

皆川　疎開するまで、あったわよ。

小森　女学校はどちらに行かれてたんですか。

皆川　いまの駒場《こまば》、当時は都立第三と言ってた。そのころは六本木《ろっぽんぎ》にあった。一年のとき、制服がセーラー服だったの。三年のとき組替えがあって、そのときは野暮《やぼ》ったい国民服になってた。

小森　六本木の学校というのは、遠いような気もしますが。

皆川　そんなでもない。渋谷まで井《い》の頭《かしら》線で行くでしょう。渋谷から、あのころは都電で六本木まで。交差点から麻布十番《あざぶじゅうばん》の方へ降りていく。で、第三の先をずーっと行くと東洋英和《とうようえいわ》があって、あそこはカッコよくて、昭和十九年に、こちらがへちま襟《えり》の国民服になっても、あちらは、上がセーラー服。下はスカートはいけなくてズボンになったけど、私たちはズボンの上からゲートル巻かされて、私はもちろん、うまく巻けなくて、しょっちゅうズルズル引きずってた（笑）。それが、東洋英和はゲートルなんかしなくて、ズボンも細身で、裾《すそ》がちょっと開いたカッコいいズボン。

小森　当時は学区というものはなかったんですか。

皆川　知らない。親が第三受けろって言うから受けただけだからねえ。

小森　試験で落ちたりすることはあるんですか。

皆川　もちろん。いまの義務教育の中学とは違うから。私たちのときは、幸い、なぜか学科試験がなかったの。内申書と体育のテストだけ。

小森　体育なんて大丈夫だったんですか。

皆川　全然大丈夫じゃないから、親が必死になったの。縁側に鉄棒つけて懸垂《けんすい》の練習させたり、ボール投げの練習させたり（笑）。

小森　戦争が進むにつれて、本が読めなくなるということは、なかったんですか。

皆川　うちにいればよかったんだけど、疎開して田舎《いなか》に行くと、本屋はないし、まわりにはまったく本がなかった。

小森　疎開はいつ？

皆川　女学校の三年のときに一度沼津《ぬまづ》に疎開したの。ところが、一向に空襲がないんで、大丈夫だろうって戻ったら、その翌年の三年生から四年生になる春に、東京大空襲があって、それで東北の方にもう一度疎開した。

小森　沼津にはどのくらいいらしたんです？

皆川　何ヶ月か。そのときに白井喬二《しらいきょうじ》の『富士に立つ影』を読んだの。沼津の親戚の家にあったんだ。バルザックの『麁皮《あらかわ》』もそこで読んだ。白井喬二は小学校五年のときに『祖国は何処へ』を熟読したけれど、あれは、なぜあんなに面白かったんだろう。沼津は母の実家で、母の兄が医者をやっていて。沼津にはまだ本があったわね。大人の本だから、おおっぴらには読めなかったけど、それでも読んでたな。

小森　依然、建前としては読んじゃいけなかったわけですか。

皆川　女学校に入ってからは、そんなに厳しくはなくなったけど、沼津の伯母《おば》は、感心せんという顔だった。

小森　昭和二十年、敗戦の年に入っても、東京にいる間は、本に不自由はしなかったんですか。

皆川　そうね、でも、あらかた読んじゃってたから、新しいものはなかなか。昭和二十年の春休みに東北へ疎開して、そこにまったくなにも本がなくて、八月に敗戦で、九月が十月か、かなり早くに東京に帰ってきた。

小森　その半年間は本が読めなかったわけですか。

皆川　しょうがないから牛乳のフタを読んでた。

小森　なんですか、それは。

皆川　牛乳瓶《びん》のフタに字が印刷してあるじゃない。何月何日とか。あれを読んでいた（笑）。祖母と一緒に疎開したんだけど、祖母か叔母かの持ち物に、婦人雑誌の付録で料理の作り方の本があって、しょうがないから、ジャムの作り方なんてのを読んでた（笑）。

小森　東北に疎開する前に東京にいらしたとき、東京の本屋には本があったんですか。

皆川　そう言えば、六本木の交差点近くに本屋があって、そこで鷲尾《わしお》雨工《うこう》の『吉野朝太平記』を必死に立ち読みした憶えがある。

小森　立ち読みは、よくやってたんですか。

皆川　しましたよ。映画雑誌は、いつも立ち読みだった。

小森　東北はどちらに疎開なさったんですか。

皆川　白石《しろいし》という仙台のひとつ手前。いろいろとカルチュアショックを受けた（笑）。疎開はいじめられたし。

小森　集団疎開じゃなくて縁故疎開ですよね。

皆川　縁故。

小森　疎開から戻ったのは、世田谷、渋谷のどちらに。

皆川　世田谷。そこは焼けなかったから。渋谷は丸焼け。学校は六本木が焼けちゃって、いまの駒場に移ってきたの。復帰してすぐは、学校は焼け跡に体育館しか残ってなくて、そこで授業してた。

下北沢の本屋事情

小森　戦争終わってすぐは、本はあったんですか。

皆川　ないよ。

小森　どうしてたんですか。

皆川　泣いてた（笑）。闇米《やみごめ》の買い出しに母と農家に行って、その家でも本を探したけど、なかった。でも、古本屋を歩きまわったな。下北沢にも古本屋あったし。上の道、下の道って分かる？　下北沢の駅に行くのに、鎌倉橋の方からいまの代田《だいた》一丁目を通って行くのが上の道、それからいまの南口商店街の方を行くのが下の道。それで、下の道を駅から来ると、代沢《だいざわ》小学校まで来ちゃわないで、もっと駅よりのところに、古本屋があったの。お金ないから、父の本を持ってって売っぱらって、自分の読みたい本を買ったこともある。小林秀雄《こばやしひでお》訳のランボオの詩集はそれで買った。本を売るのに名前を書かされるのよね。最初は自分の名前を書いてたんだけど、あんまり、女の子の読みそうにない本ばかり売るもんだから、古本屋がすごいヘンな顔して、それで全然違う名前書いたら、前に書いたのとつきあわされて、どっちがほんとの名前だとか言われて（笑）。

小森　新刊というのは出てたんですか。

皆川　ぽつぽつ仙花《せんか》紙《し》のひどいのが出て来て。結婚してからは貸本屋を利用してたけど。

小森　ご結婚は何年ですか。

皆川　二十二歳ってことは、昭和二十七年かな。

小森　それまでは、本はどうしてたんですか。

皆川　どうしてたのかしら。買ってたのかしら、貸本屋で借りてたのかしら。安部《あべ》公房《こうぼう》が出たあたりは、もう買って読んでたわね。

小森　貸本屋は下北沢にもあったんですか。

皆川　一軒あったわね。

小森　結婚するまで鎌倉橋にいらしんたんですか。

皆川　そう。結婚してから、ひところは世田谷の岡本町、二子《ふたこ》玉川《たまがわ》の近くにいて、それから高田馬場《たかだのばば》に移って、祖師《そし》ヶ谷《や》大蔵《おおくら》に移って、それで、いまのところ。
小森　じゃあ、下北沢の貸本屋なら、独身時代ですね。
皆川　結婚してからも、下北沢へはちょくちょく行っていたの。早川のポケット・ミステリ（＊16）が出たのはいつごろかしら。あれを貸本屋でせっせと借りて読んだのよ。
小森　女学校の卒業はいつなんです？
皆川　あのときは四年と五年とどっちでも卒業できたのね。私は昭和二十二年に五年で卒業して、その年に新制に切り替わった。だから、最後の女学生ね。それから東京女子大に入って……二年生の夏で、すぐやめちゃったけどね。
小森　そのころ、本屋さんはどこにあったんですか。
皆川　下北沢の駅を出て忠実屋《ちゅうじつや》ってあるじゃない。
小森　いまはダイエーになってますね。
皆川　そこに入っていく角、駅の階段を降りてすぐのところに、ちっちゃい本屋が一軒あった。そこで「キネマ旬報」や「映画の友」を立ち読みしてたの。学校の帰りに。上の道と下の道、南口商店街の方と井の頭線の吉祥寺《きちじょうじ》よりの出口の方とをつなぐ地下道があったの。汚くて怖かった。
小森　下北沢の北口の市場は闇市《やみいち》だったところですよね。
皆川　そうね。でも、闇市になる前を憶えてないのよね。闇市は敗戦後だものね。天ぷら屋があったはずなんだけど。
小森　本屋さんは、下の道にあっただけですか。
皆川　世田谷代田の駅のそばにも一軒あったわね。それが小学校の同級生の家で、その子はちっとも本を読まないから、もったいないなあ、私が本屋の子になりたかったと思ってた。本に埋もれて暮らしたいと思ってたから。いまは、埋もれすぎて寝る場所もない（笑）。

読んで楽しいものがあれば

小森　韻文《いんぶん》についても、うかがっておきたいんですが、リストに「万葉集」が出て来ますね。歌集も手当たり次第の中に入ってたんですか。

皆川　岩波新書の『万葉秀歌』で読んだの。あのころは「万葉」は、わりとよく読まれてて、私は「古今《こきん》」より「万葉」が好きだった。私たちは戦争で授業がカットになって、古典もあまり習わなかったから、いまでも、王朝ものなんかはきちっと読めないの。

小森　だけど、歌集は読んでいたと。

皆川　でも生活短歌は全然興味ない。塚本邦雄《つかもとくにお》さんとか葛原妙子《くずはらたえこ》さんは大好きだけど。

小森　中井英夫《なかいひでお》さんは全作品とありますが。

皆川　中井さんの詩は、可愛らしいよ。

小森　中井英夫さんは小説ですか、やはり。『虚無への供物《くもつ》』。

皆川　『虚無への供物』は、乱歩賞のことも、全然なんにも知らなくて、予備知識なしで、タイトルに惹《ひ》かれて読んで、のめり込んだ。表紙に、赤い薔薇《ばら》が一本、すっと横になっててね。持ってるよ、いまでも。

小森　リストの中には原書でお読みのものもあるんですよね。

皆川　叔母が私に英語を教えてくれたから。

小森　それはいつごろですか。

皆川　女学校入る前に。多少なりとも先に英語をやっておくと、女学校に入ってから楽だということで。『トワイス・トールド・テイルズ』とか簡単な本をテキストにして。

小森　それで、コールリッジの「老水夫行」とかストリンドベリを英語でお読みだったんですか。

皆川　それは、自分が好きで読んだの。

小森　原書はどこで手に入れたんですか。

皆川　ストリンドベリの『スワン・ホワイト』は、確か、古本屋で手に入れた。コールリッジも古本屋かな。赤い表紙の、薄い小さな本。

小森　そういう本は買ってもらえたんですか。

皆川　おこづかい工面《くめん》して、自分で買った。女学校に入ってからよ。

小森　以前、「文芸ポスト」の連載のためのヨーロッパ取材でご一緒したときも、アン・ライスだったかのペイパーバックをお読みでしたよね。最近も原書で読まれることはあるんですか。

皆川　めったにないですよ。必要な資料ぐらいね。英文科に入ったけど、やめちゃったでしょ。だけど、童話の翻訳をやる人になりたいなという気持ちが、常にありまして。ときどき、本を読んだり、英語の先生のところへ行ったり、まあ、やったりやめたりで、身につかなかったんだけど。

小森　結局、皆川さんが一番本を読んでいたのはいつごろですか。

皆川　小学校に上がったあたりから女学校の二、三年ぐらいまでかしらね。その後、本が欠乏した。

小森　一日に何冊も読むという感じですか。

皆川　それは、読めれば読むわね（笑）。親の目がないときとか。

小森　読むのは早かったんですか。

皆川　早かっただろうね。最近は、もう全然読めない。読みたい本も少なくなった。

小森　それは、読むよりも書いてる方が楽しいからじゃないですか、いまは？

皆川　いや、読んで楽しいものがあれば、それにこしたことはないのよ（笑）。

＊1　正しくは昭和四年十二月八日生まれ。当時はかぞえ年だったため、親が、翌年一月二日生まれとして役所に届けた。
＊2　戦前から戦後にかけての赤本漫画の代表的作家。中村書店の描き下ろし漫画の「顔」で、『びっくり突進隊』『魔法の昭くん』などの作品がある。三一書房『少年小説大系別巻3少年漫画傑作集（一）』に『まんが忠臣蔵』が収録されている。
＊3　平凡社から昭和二（一九二七）年より刊行。全六十巻。
＊4　新潮社から昭和二（一九二七）年より刊行。全三十八巻。
＊5　洋画家。裸婦を描いた作品に定評がある。
＊6　作家。『太閤記』などの作品がある。
＊7　洋画家。版画も多い。浮世絵とアールヌーヴォーに影響を受け、大正から昭和初期にかけて妖華耽美な挿絵を描いた。
＊8　大正時代に新聞の挿絵を描き始め、戦争をはさんで、細密なタッチの挿絵を「キング」「少年画報」などに描いた。

時代ものが多い。『伊藤彦造イラストレーション』（河出書房新社）としてまとめられている。

＊9　挿絵画家。「少年倶楽部」に連載された吉川英治『神州天馬侠』の挿絵が有名。

＊10　戦前、「少女の友」（実業之日本）の表紙や付録の絵を描いた。戦後は「ひまわり」「それいゆ」「ジュニアそれいゆ」などの雑誌を発行し、プロデュースの才能も発揮した。河口湖に中原淳一美術館がある。

＊11　大正から昭和にかけての挿絵画家。竹久夢二の紹介で「少女画報」に挿絵を描き始める。詩、小説も書き、作詞もする。「花嫁人形」は彼の詞に渡仏中に無断で曲をつけられたもの。

＊12　日本画家。大正時代「少女倶楽部」「少女画報」「婦女界」「主婦之友」「日本少年」などに挿絵を描く。郷里の愛媛県重信町に高畠華宵大正ロマン館がある。

＊13　シェイクスピアの作品中、血なまぐさく残虐なことで有名なもの。近年『タイタス』として映画化された。

＊14　洋画家。挿絵も昭和初期から生涯描き続け、遠藤周作『女の一生』、山崎豊子『白い巨塔』、松本清張『黒い画集』などの挿絵が有名。

＊15　近代社から昭和二（一九二七）年より刊行。全四十巻、別巻一。

＊16　世界屈指の点数を誇る早川書房のミステリシリーズ。一九五三年の刊行開始以来、現在も新刊が出ている。

付録　皆川博子になるための135冊の本

インタビューのために皆川博子さんに選んでいただいた本のリストを掲載する。正確には135冊以上あるのは見ての通りである。

- アンデルセン、グリムの童話
- 小川未明の童話（坪田譲治、鈴木三重吉といった生活童話は嫌いだった）
- 作者不詳「太陽馬」（外国の童話）
- 吉本三平『コグマノコロスケ』
- 阪本牙城『タンクタンクロー』
- 中島菊夫『日の丸旗之助』
- 牧野大誓・文　井元水明・画『長靴の三銃士』『へのへの龍騎兵』
- 謝花凡太郎の漫画
- 水守亀之助『涙の握手』
- 西条八十『砂金』『花物語』『毬の行方』『三吉馬子唄』
- ゲルハルト・ハウプトマン「沈鐘」
- ジュール・ルナール『にんじん』
- ジュリアン・グリーン『閉ざされた庭』「地上の旅人」
- ホフマン『黄金宝壺』『ブランビラ姫』『牡猫ムルの人生観』
- ハウフ『隊商』

・メーテルリンク「ペレアスとメリザンド」「モンナ・ヴァンナ」
・ウィリアム・バトラー・イェイツ『隊を組んで歩く妖精たち』「鷹の井戸」
・メリメ「マテオ・ファルコーネ」「カルメン」
・アルトゥール・シュニッツラー「盲目のジェロニモとその兄」
・ブールジェ『死』『弟子』
・黒岩涙香『死美人』『鉄仮面』
・野村（松田）瓊子『七つの蕾』
・山中峯太郎「星の生徒」
・吉川英治『神州天馬侠』『左近右近』『天兵童子』『鳴門秘帖』『神変麝香猫』
・横溝正史『真珠郎』
・白井喬二『祖国は何処へ』『富士に立つ影』
・「少年講談全集」
・国枝史郎『八ヶ嶽の魔神』「染吉の朱盆」
・下村悦夫『悲願千人斬』
・江戸川亂歩「踊る一寸法師」『パノラマ島奇譚』『孤島の鬼』「芋虫」「人間椅子」他
・矢田挿雲『澤村田之助』
・前田曙山『落花の舞』（『紅はこべ』の翻案）
・三上於菟吉『敵打日月双紙』
・小酒井不木「恋愛双曲線」「疑問の黒枠」
・〈ヂッケンス物語全集〉『漂泊の孤児』（オリヴァー・トウイスト）『千鶴井家の人々』（チャールズ・チャズルウィット）『少女瑠璃子』（骨董店）『北溟館物語』（荒涼館）など
・エドガー・アラン・ポー「アッシャー家の没落」「黒猫」「振り子と陥穽」他
・ヴィクトル・ユーゴー『九十三年』『レ・ミゼラブル』
・アレクサンドル・デュマ『三銃士』『モンテクリスト伯』
・ヘンリー・ライダー・ハガード『洞窟の女王』
・アンソニー・ホープ『ゼンダ城の虜』
・ラファエル・サバチニ『スカラムッシュ』
・アベ・プレヴォ『マノン・レスコー』
・デュマ・フィス『椿姫』
・テア・フォン・ハルボウ『メトロポリス』
・エミール・ガボリオ『ルコック探偵』『湖畔の悲劇』
・エインズワース『倫敦塔』
・シェイクスピア全集
・『アラビアン・ナイト』
・「北欧神話」
・曲亭馬琴『南総里見八犬伝』（途中まで）
・「万葉集」
・エーリッヒ・ケストナー『ファビアン』『飛ぶ教室』
・バルビュス『地獄』
・ロマン・ロラン『魅せられたる魂』
・エミリー・ブロンテ『嵐が丘』
・シャーロット・ブロンテ『ジェイン・エア』

・オスカー・ワイルド『サロメ』（日夏耿之介訳）
・マーガレット・ミッチェル『風とともに去りぬ』
・オノレ・ド・バルザック『麁皮』
・明治大正文学全集（芥川龍之介「藪の中」「河童」他、泉鏡花「高野聖」「婦系図」他、谷崎潤一郎「ある少年の恐れ」「少年」他、森鷗外「ヰタ・セクスアリス」）
・トゥルゲーネフ「父と子」
・アウグスト・ストリンドベリの戯曲
・アルフレッド・ド・ミュッセ「ロレンザッチョ」
・チャールズ・ディケンズ『二都物語』
・エミール・ゾラ『ナナ』
・シンキェヴィッチ『クオ・ヴァディス』
・シラー「群盗」
・エドモン・ロスタン「シラノ・ド・ベルジュラック」
・ルイジ・ピランデルロ「作者を探す六人の登場人物」「エンリコ四世」
・ゴーリキー『どん底』
・アシャアル「ワタクシと遊んでクダサイ」
・ベルトルト・ブレヒト「コーカサスの白い輪」
・A・A・ミルン『熊のプーさん』
・アルチュール・ランボオ「酩酊船」（小林秀雄訳）
・コールリッジ「老水夫行」
・グールモン詩集
・ロートレアモン「マルドロオルの歌」
・ジャン・ジロドゥ「オンディーヌ」他
・J＝P・サルトル「神と悪魔」「出口なし」
・トム・ストッパード「ローゼンクランツとギルデンスターンは死んだ」
・ボリス・ヴィアン『日々の泡』
・フェルナンド・アラバール「建築家とアッシリアの皇帝」「厳粛な聖体拝領」「迷路」「戴冠式」他
・ジャン・ジュネ「女中たち」他
・フラナリー・オコナー『賢い血』『善良な田舎の人』
・カースン・マッカラーズ『心は淋しい狩人』
・ハンス・E・ノサック「海から来た少年」「弟」
・アラン・ロブ＝グリエ「快楽の漸進的横滑り」
・グスタフ・マイリング「ゴーレム」
・ジョン・ファウルズ『魔術師』『コレクター』
・ドストエフスキー『罪と罰』『カラマーゾフの兄弟』『白痴』
・〈一群のミステリ〉ディクスン・カー、アガサ・クリスティ、エラリー・クイーン、クリスチアナ・ブランド、ボアロー＝ナルスジャック、ヘレン・マクロイ
・奇妙な味の短篇群
・安部公房『壁――S・カルマ氏の犯罪』「赤い繭」『水中都市』『箱男』
・大江健三郎『芽むしり仔撃ち』
・古井由吉『杳子』
・加賀乙彦『フランドルの冬』
・武田泰淳『富士』

・高橋たか子『誘惑者』『骨の城』
・石上玄一郎「絵姿」「自殺案内人」「針」
・吉田知子『蒼穹と伽藍』『無明長夜』
・中井英夫全作品
・塚本邦雄の短歌と小説（とくに『詞華美術館』）
・葛原妙子の短歌
・柳原白蓮「指鬘外道」
・日夏耿之介の詩
・郡虎彦全集
・尾崎翠『アップルパイの午後』（とくに「第七官界彷徨」）
・夢野久作・久生十蘭・小栗虫太郎
・山田風太郎全作品（とくに『妖異金瓶梅』『風来忍法帖』『明治警視庁草紙』）
・山尾悠子『仮面物語』
・スーザン・ヒル『ぼくはお城の王様だ』
・グレンドン・スワースアウト『動物と子供たちの詩』
・イェージー・コジンスキー『異端の鳥』
・ウィリアム・ゴールディング『蠅の王』
・ブルーノ・シュルツ『肉桂色の店』
・ホセ・ドノソ『夜のみだらな鳥』
・ハンス・ヘニー・ヤーン『鉛の夜』『十三の不気味な物語』
・ジュリアン・グラック『半島』他
・『平家物語』
・謡曲集
・説教浄瑠璃（「をぐり」「さんせう太夫」など）
・泉鏡花（「高桟敷」「星の歌舞伎」など）
・名作歌舞伎全集（「葛の葉」「白波五人男」など）
・鶴屋南北（「東海道四谷怪談」「桜姫東文章」など）
・河竹黙阿弥（「三人吉三」など）
・アゴタ・クリストフ『悪童日記』
・エリック・マコーマック『パラダイス・モーテル』
・スティーヴ・エリクソン『彷徨う日々』
・ウンベルト・エーコ『フーコーの振り子』
・セオドア・ローザック『フリッカー、あるいは映画の魔』
・バリー・ハナ『地獄のコウモリ軍団』
・ミック・ジャクソン『穴掘り公爵』
・篠田節子『聖域』
・古川日出男『13』『沈黙』
・久世光彦『桃』

『はじめて話すけど…　小森収インタビュー集』
フリースタイル（二〇〇二年七月）所収

芝居を描く――旅芝居から田之助、南北まで

聞き手・河出書房新社編集部

――皆川さんは歌舞伎《かぶき》を題材にした作品を多く書いてこられましたが、歌舞伎との出会い、興味を持たれたきっかけはどのようなものでしたか？　また、初めて実際に歌舞伎をご覧になった時の印象をお聞かせください。

皆川　歌舞伎に興味を持ったのは、赤江瀑《あかえばく》さんの影響です。赤江さんの描かれる歌舞伎と歌舞伎役者は、暗い美の魅力に満ちていました。実際の舞台より先に、赤江さんの文章によって歌舞伎への先入観を持ち、鶴屋南北《つるやなんぼく》の『桜姫東文章《さくらひめあずまぶんしょう》』（＊1）の舞台を観《み》ました。玉三郎《たまさぶろう》、孝夫《たかお》（現・十五代目仁左衛門《にざえもん》）、海《え》老《び》蔵《ぞう》（十二代目團十郎《だんじゅうろう》）という最高の配役だったのですが、海老蔵の清玄《せいげん》が鍾愛《しょうあい》する稚児白菊丸《ちごしらぎくまる》（玉三郎）と心中をはかる発端の場で、私はしらけてしまったのでした。舞台も客席も、煌々《こうこう》と明るすぎ、広すぎたのです。赤江さんが描かれる〈芝居の魔〉を、私は観ることができなかった。〈魔〉は、むしろ、唐十郎《からじゅうろう》や佐藤信《さとうまこと》のアンダーグラウンド演劇に感じていました。

実際の舞台より、南北の台本を読むほうが面白かった。

突然、魅力に引きずり込まれたのは、後日、玉三郎の土手のお六（＊2）を観たときです。〈悪婆《あくば》〉（＊3）ですね。白地に藍《あい》の首抜きの浴衣《ゆかた》でした。悪の魅力とか毒気とかいう前に、立ち姿に理屈抜きで魅入られました。

それから、思うようになりました。女形というのは、人工美の極《きわみ》だと。歌舞伎には、決まった〈型〉があります。女形は、笑うにしても泣くにしても、現実をリアルに写すのではない、〈型〉どおりの仕草をします。〈型〉は、もっともふさわしい、もっとも魅力のある動作を抽出《ちゅうしゅつ》し、練り上げ、リズミカルで美しい動きとしたものだと思います。女性がこ

の型どおりに動いても、女形の魅力はあらわせない。男性と女性の、肉体の違いだと思います。役者には、個々の魅力があります。〈型〉と〈個の魅力〉が融合したとき、その役者独特の華が開くのではないか。そう思います。私は歌舞伎に詳しいわけではないので、私の感じたことが正しいかどうかわからないのですが。

――『壁――旅芝居殺人事件』では、大劇場で行われる大芝居とは異なる旅芝居をテーマとしたミステリであり、古い芝居小屋も大きな役割を果たしています。旅芝居・小芝居、芝居小屋を題材にしようと思われたのは、どういうきっかけからだったのでしょう？

皆川　当時――三十数年昔――、白水社の編集の方と親しくしていました。その方が企画した「日本風景論」というシリーズで、塚本邦雄《つかもとくにお》、中井英夫《なかいひでお》、赤江瀑など、私が敬愛する方々が、それぞれのテーマで二百枚ほどのエッセイを書いておられました。塚本さんは「半島」、中井さんは「墓地」、赤江さんが「海峡」でした。そのシリーズの一本を書かないかというお誘いを受けて書いたのが『壁』です。私はそのころ、別の社の担当編集者に、「読者が二時間で読み捨て、読み終わったら中身を忘れるようなミステリを書いてください。皆川さんがこんなつまらないものは書きたくない、と思うようなものを書けば、読者は楽に読め、同じようなのをまた買ってくれます」――ほんとに、そういう言葉で言われたの――と命じられており、もう書くのをやめようかと泣いていた時期でした。白水社のシリーズなら、「気楽に読み飛ばして読み捨てられる」という制約の逆のものを書ける。でも、私にはエッセイは書けない。「ミステリでいいですよ」その方は小沢昭一《おざわしょういち》さんの影響で旅芝居に興味を持ち、私にさかんにその話をなさり、九州の古い芝居小屋「嘉穂《かほ》劇場」の写真集も見せてくださったりしていたのでした。

古い芝居小屋を素材にと決めて、旅役者と芝居小屋の取材を始めました。ショックでした。こんな役者さんたち、こんな芝居小屋がまだあったのか。十《じゅう》条《じょう》の篠原《しのはら》演芸場、浅草の木馬館《もくばかん》などに通い、楽屋にも入れてもらい、役者さんに話を聞きました。人に会って取材するのは苦手なのですが、旅芝居の取材では、役者さんの一人と親しくなり、奥さんや子供さんにも会ったりして楽しかったです。

三十数年後の今では、大衆演劇もかなり様変わりしているだろうと思います。そのころの篠原演芸場の見物席は、畳に座布団でした。役者はど派手なメーク、鬘《かつら》は髱《たぶさ》を長くのばしたり銀や赤に染めたり。芝居の内容は思いっきり古くさい江戸の人情話。第二部の舞踊になると、客は舞台のそばまで行って、目当ての役者にお祝儀《しゅうぎ》を手渡したり、万札《まんさつ》を連ねたレイを贈ったり、衣裳まで贈り物にしたり。未知の、物珍しい光景でした。大阪の小屋にも行ってみました。大阪は椅子《いす》席でしたが、壁に「日本一汚い劇場」と自虐《じぎゃく》だか自賛だかの張り紙がしてあり、その文言のとおり汚くて寒い小屋でした。床も壁もコンクリートの打ち放し、冬のさなかなのに暖房は石炭(石油だったかも)のストーブ一つ。劇場主らしいお婆《ばあ》さんが、なじみの客に毛布を渡していました。温泉宿での興行にも行ってみました。座敷で、湯上がり、浴衣掛けの、飲んだり食べたり雑談したりしているお客さんを、舞台(といっても、座敷の一部ですが)に惹《ひ》きつけなくてはならない。咳《せき》払いするのも気が引けるような劇場での観劇とは正反対でした。

明治維新の後、團十郎(九代目)の尽力と政府の意向によって演劇改良が行われましたが、それ以前の江戸の芝居見物は、気軽な賑《にぎ》やかなものであったようです。

話が少し逸《そ》れますが、廻り舞台や迫《せ》り、花道、すっぽんなどどれも、江戸時代に工夫されたものでした。すばらしい発明です。四国の金丸座《かなまるざ》(＊4)は、幕末の小屋がそのまま残っていて、江戸時代の歌舞伎のありようを再現しています。

このとき書いた『壁――旅芝居殺人事件』は、日本推理作家協会賞をいただき、書きたい世界がひとつ見えたと思ったのですが、他社の編集者から、うちではこういうのは困りますと釘《くぎ》を刺されました。やはり、二時間読み捨てミステリを要求されているのでした。

――直木賞を受賞された『恋紅』と、その続篇『散りしきる花』は吉原《よしわら》の遊女屋の娘ゆうと旅役者の恋物語ですね。時代は幕末から明治。この時代の芝居を描こうとされたのは、なぜですか?

皆川 そのすぐ後でしたか、旅芝居を書いている間にでしたか、正確な時期は忘れましたが、新潮社の編集の方に、「書きたいことを、思う存分、書いてみなさい」と言われました。書き下ろしのオーダーです。何を書いたらいいのか、とっさに思い浮かびませんでした。江戸の市井《しせい》人情話にはまったく興味がないのですが、白水社の編集者と話しているとき、吉原仲之町《なかのちょう》の桜は、盛《さか》りの時だけ、出入りの植木屋が運び入れて植え、花が散り落ちれば、引き抜いて溜《ため》に戻すということを聞き、興味を持ちました。吉原という遊里そのものが、芝居のように、虚を実と見せかける場所です。ちょうど旅芝居について調べたばかりでしたから、二つのトポスが自然に連なりました。

一つ、この機会に言い添えたいことがあります。黙阿弥《もくあみ》(＊5)が、「噓《うそ》を書くのは作家の特権だ。しかし、知らないで間違えるのは作家の恥だ」という意味のことを言っています。この特権を利用して、『恋紅』では大きな噓を一つつきました。おゆうが旅芝居でまわる先々で、桜の種を地に埋めてゆくという場面です。ご存じのように、栽培種のソメイヨシノは実生《みしょう》ではなく、接《つ》ぎ木しなくては増えません。自生はできないのですが、旅役者の歩いた後に桜が咲くというイメージを大事にしたくて、読者も、噓を承知で読んでくださるだろうと思い、注をつけなかったのですが、そのまま素直に信じてくださる方が多くて、ちょっと困りました。間違っているという指摘もなかった。このさい、興醒《きょうざ》めですけれど、物語の〈噓〉ですと、申しておきます。知らないで間違える恥は、他のことでやらかしています。

――同じく幕末を舞台にした『花闇《はなやみ》』は三代目澤村《さわむら》

田之助《たのすけ》（＊6）を主人公にした作品ですね。田之助は『恋紅』でも、主人公が恋する旅芝居役者・福之助と対照的な役者として、印象的な存在でした。現代ミステリの『妖《あや》かし蔵殺人事件』でも田之助の切首《くびきり》（作り物の首）を登場させていらっしゃいます。「眷恋《けんれん》の人」とおっしゃる田之助の生涯を描かれた『花闇』、書かれた経緯をお聞かせください。

皆川　子供のころ、――小学校の二、三年のころですね――身近に、「現代大衆文学全集」というのがほぼ全巻揃《そろ》っていまして、子供は絶対読んではいけないと厳命されているのを内緒で読み倒しました。そのなかの一冊に矢田挿雲《やだそううん》の『澤村田之助』という三代目田之助の一代記があり、強烈な印象を受けました。時代物で直木賞をいただいたので、その後、時代物を書き続けねばならず、知識もなく興味も薄いので困りましたが、『花闇』だけは、のめりこんで書けました。時代物で楽しく書けたのは、『花闇』と『妖櫻記《ようおうき》』の二作だけです。直木賞をいただいた後も、前からのお約束が残っていて、気の乗らない読み捨てミステリを同時に書かねばならなかったのですが、その間、一日分のノルマをこなしたら、後の時間は『花闇』に没頭できる、と、それだけを励《はげ》みにしていました。

田之助に関する資料は、同時代の役者、菊五郎《きくごろう》（五代目）や團十郎（九代目）の関連で沢山ありますし、歌舞伎年表を調べながら、当時の舞台を想像するのも楽しかった。全く知らなかったことが、資料を読むことによって少しずつ分かってゆく、その過程が楽しいです。子供の時に読んだ実録物とは違う、田之助の実像も見えてきました。最初と最後に出てくる越後の雪舞台は、『北越雪譜《ほくえつせっぷ》』で知りました。『恋紅』を書く前年に、「氷蝶《ひょうちょう》」という短篇で、『花闇』の枠に当たる雪舞台の部分を書いています。田之助の生涯を、その枠の中に入れて、長篇『花闇』が完成しました。

――続く『二人阿国《ににんおくに》』は、時代をさかのぼって、男装で人気を博した、歌舞伎の創始者とも言われる「出雲《いずも》の阿国」の芸と人生を、もう一人の「おくに」

の目を通して浮かび上がらせた物語です。阿国を題材とされたのはなぜですか？

皆川　服部幸雄《はっとりゆきお》先生の『歌舞伎成立の研究』を読んで、興味を持ったのです。服部先生は当時の公家《くげ》の日記など膨大な資料を読み込まれ、それまでの通説をくつがえす阿国を示されました。それにのっとって、新たな阿国を描くことを試みました。アトリエ・ダンカンというプロダクションの主宰者が、木《き》の実《み》ナナさんの主演でミュージカルにしたいと言ってくださり、『阿ＯＫＵＮＩ国』というタイトルで実現しました。私の『二人阿国』は暗く重い話なのに、どうやったらミュージカルになるのだろうと不思議でしたが、原作の中から、〈独自の舞台を考案し人気を得た阿国に対して、大資本を持つ遊女屋の主《あるじ》が、その案を踏襲しながら派手な舞台を作り、観客を奪っていく〉という部分を柱にし、上々颱風《しゃんしゃんたいふーん》が阿国一座のメンバーとして舞台で楽器を演奏し、たいそう楽しい、それでいて気骨のある舞台をつくってくださいました。ナナさんは、初演、再演と、舞台を重ねるにつれ、阿国という流れ芸人の哀《かな》しみや気概を、いっそう深く表現されるようになったのでした。

――『花闇』の大道具制作者、『写楽』の〝とんぼ〟が得意な大部屋役者、『花櫓《はなやぐら》』の中村座座元、『妖かし蔵殺人事件』の小道具制作者など、皆川さんの作品では様々な形で歌舞伎に関わる人物が登場します。芝居を支える製作側で特に気になる役割はございますか？

皆川　芝居は、舞台で脚光を浴びる役者ばかりが持て囃《はや》されますが、陰で支える力が大きいですね。特に気になる役割ということはなく、どれも興味がありました。

――『鶴屋南北冥府巡《めいふめぐり》』では、狂言作者・鶴屋南北の長い下積み時代を、初代尾上松助《おのえまつすけ》との関係を軸に描かれていらっしゃいます。ミステリ「化蝶記《けちょうき》」では、大成後の南北が探偵役を務めていますね。短篇集『秘め絵燈籠《どうろう》』収録の「小平次《こへいじ》」は南北の『解脱《げだつ》衣楓累《きぬもみじがさね》』を、同じく「鬼灯《ほおずき》」は『桜姫東文章』をモチーフとした作品です。南北を描こうと思われた理由とは？　南北の作品はやはりお好きでいらっしゃいますか？

皆川　南北の作品は、傑出して面白いです。台本を読むだけでも面白い。現代の感覚で没入できます。ラテンアメリカ文学とタメをはれます。忠臣蔵の美談の裏に四谷怪談をリバーシブルに貼り付け、メビウスの輪をなす。桜姫は安女郎になり、情夫と同棲《どうせい》しても、独り寝のほうが気楽でいいよと男を突っ放し、窮屈《きゅうくつ》で行儀のよい倫理道徳、無視。結婚式と葬式がごっちゃになるなどブラックユーモア横溢《おういつ》。

あれだけの才能を持ちながら、下積み時代が異様に長い。ようやく開花するや、たてつづけに傑作を物しています。下積み時代についてはよくわかっていないので、想像を広げ得る部分が大きくて、これは割合楽しんで書けました。

江戸物を書くときは、会話をなるべく当時使われた言葉に近づけることを試みました。小説を書くとき、できるだけ、その時代、その場所に近づけたいと思っているからです。（式亭《しきてい》）三馬《さんば》の『浮世風呂《うきよぶろ》』などは当時の言葉遣《づか》いを知るのに最適でした。『江戸語辞典』などでも調べました。江戸時代でも、初期と幕末ではずいぶん違います。初期は、近郷の「だんべい」言葉が使われていたようです。

後南朝を舞台とした『妖櫻記』では、「これも誰ゆえ、桜姫……」など歌舞伎の科白《せりふ》も意識して取り入れましたが、『邦訳日葡《にっぽ》辞書』という、日本で布教に励んでいたポルトガルの宣教師たちが、日本語の単語がポルトガル語の何にあたるかをポルトガル語で書いた辞書をあらわし、それをさらに日本語に翻訳した（もちろん、現代になってから）ものがあります。当時の日本語の表現や風習を知る役に立ちました。これも取り入れています。

『会津恋い鷹』という小説を書いたときは、方言辞典で、会津の古い言葉を調べました。こういう作業は、楽しくて好きだったのですが、もう体力と根気が続かなくてできません。

――『妖櫻記』には桜姫と清玄が登場しますが、山《さん》東京伝《とうきょうでん》の『桜姫全伝 曙草紙《あけぼのぞうし》』を下敷きにされたと書いていらっしゃいました。そこに南北版の桜姫・清玄ものである『桜姫東文章』の科白を入れられたことを面白く思いました。歌舞伎の科白の魅力、力についてはいかが思われますか？

皆川　歌舞伎と一口に言っても、世話物と時代物では異なりますし……。浄瑠璃《じょうるり》の言葉は美しいですね。歌舞伎の台本集はしまいこんでしまったので、いま、例をあげることができないのですが。

話は違いますが、説経浄瑠璃の詞がたいそう好きです。黒髪をあらわすには「丈と等《ひと》せの黒髪を」泣くときは「流涕《りゅうてい》こがれてお泣きある」など、決まり文句の繰り返しなのですが、その決まり文句が好きです。

謡曲にしても、『平家物語』などにしても、古い日本の詞は、実に流麗ですね。万葉集のころから美しい。歌舞伎の科白の魅力も、そういう古典の言葉の下地が底にあって、生まれてきたのではないでしょうか。南北の場合は、人間観察の鋭さが加わり、黙阿弥は情感たっぷりの七五調の魅力がありますね。

（二〇一七年四月二十四日）

＊1　白菊丸は清玄の名前が書かれた香箱を持って入水。その香箱を手に握りしめて生まれたのが主人公・桜姫である。

＊2『於染久松色読販』などに登場。人を殺し、ゆすりを働く毒婦。

＊3　悪事を働く婀娜な中年女性の役柄。

＊4　香川県琴平町に現存する最古の劇場で、舞台装置は現在も人力で動かしている。毎年春に「四国こんぴら歌舞伎大芝居」が行われている)

＊5　幕末〜明治初期に活躍した歌舞伎狂言作者。七五調の台詞回しが特徴。『三人吉三』、『白波五人男』など。

＊6　幕末〜明治初期に人気を博した女形。脱疽にかかり、両手足を切断するも舞台に立ち続けた。

『乙女のための歌舞伎手帖』
河出書房新社（二〇一七年六月）所収

あとがき

『巫女《みこ》の棲《す》む家』は、中公文庫版の解説をお願いした司修《つかさおさむ》さんに、事実が七割ですと申し上げましたが、この度ゲラを読み返し、事実をそのままの部分は四割ぐらい、と訂正します。きょうだいの構成も違いますし、いろいろな事件もフィクションです。しかし、芯《しん》になる部分、神霊を信奉する父親が霊媒《れいばい》を招き定期的に降霊会を開き、参加者が増えて新興宗教の組織が形成されて行くこと、娘――つまり私なのですが――が父親に強制されて自動書記をやらされ〈神伝《かむづた》え〉にされていくこと、その苦痛だの葛藤《かっとう》だのは、事実です。

私の父親は、若い頃から神政復古というアナクロも凄《すさ》まじい考えに取り憑《つ》かれていました。昭和八年か九年ごろに産まれた三男に政古《まさもと》と名付けたほどです。この子は、生後数カ月で没しました。作中、霊媒が操る人形に、死んだ息子の霊が憑依《ひょうい》したとされる場面がありますが、事実のほうは、夜光塗料を塗った人形が宙に浮くと、父は「おお、政古か。政古がきたか」と喜ぶのでした。

最初のうちは、降霊会に列席するのは父と母だけでした。敗戦後間もない頃で停電が多く、茶の間で蠟燭《ろうそく》の灯りを頼りに本を読んでいると、霊媒（と称する男）がきて、父が先立ち、二階に上がっていく。まもなく、〈靈〉と称するものの声が陰々滅々《いんいんめつめつ》と階下にも響いてきて、嫌な気分になるのでした。

ささやかながら集団の形が整うと、幹部ともいうべき数人だけの降霊会が時折開かれ、霊媒の〈背後霊〉はさかんに、米ソの間で戦争が起き第三次世界大戦が始まる、と煽《あお》っていました。父たちが畏《かしこ》まって拝聴するのを、霊媒は腹の中で、さぞや笑っていたことでしょう。幸い、オウムみたいな危険な大組織にはならず、霊媒のインチキに父も気づき、いつの間にか霊媒はこなくなり、会は消滅していました。

『妖《あや》かし蔵殺人事件』を書いたのは、日本推理作家協会賞をいただいた『壁――旅芝居殺人事件』、直木賞をいただいた『恋紅』などで、旅芝居と江戸歌舞伎《かぶき》、およびその関連のことについていろいろ調べた余波です。

江戸の歌舞伎小屋は、観客を楽しませるため、大道具も小道具も実にさまざまな工夫が凝らされました。舞台構造でいえば、花道、スッポン、迫《せ》り、空井戸《からいど》（これは四国の金丸座《かなまるざ》にのみ残っています）、回り舞台。大道具は、屋体崩し、龕灯《がんどう》返し、居所《いどころ》変わり。

今はほぼ電動ですが、かつてはすべて人力で動かしていました。照明も、窓の板戸を開けて外光を取り入れ、暗い場面ははたはたと板戸を閉ざし、蠟燭の灯りに頼るのでした。花道を歩む役者には、黒衣が面灯《つらあか》りを差し伸べる。天井からの照明には吊《つ》り蠟燭（〈瑠璃《るり》灯〉という字面《じづら》も綺麗な名で呼ばれます）。フットライトには、舞台の前端の細い板に並べ据えた蠟燭。〈いざり〉という名称があるのですが、差別語に指定され、呼び名を書けなくなりました。漁《いさ》り火《び》からきた用語だとも言われるのですが。言葉を消すことによって、かつて存在したものがどういう意味を持つか、被差別者はどのような非道な扱いを受けたのか、すべて、ないことになってしまいます。

ハヤカワ・ポケット・ミステリが創刊されたのは一九五三年、つづいて創元推理文庫の刊行が始まり、二十代だった私は海外の黄金期本格ミステリに初めて触れ、面白さ、楽しさに魅入られたのでした。クリスティ、クイーン、カー、ボアロー＝ナルスジャック、クリスティアナ・ブランド、マーガレット・ミラー、ヘレン・マクロイ、などなど、読み耽《ふけ》りました。
ハーバート・ブリーンの『ワイルダー一家の失踪《しっそう》』は、秀作ではないと評されていますが、人が次々に消失するという趣向が面白かった。人間消失を、違う方法でやってみたのが『妖かし蔵殺人事件』です。

二〇二〇年四月

皆川博子

編者解説

日下三蔵《くさかさんぞう》

現在入手困難な著者のミステリ長篇を集成する《皆川博子長篇推理コレクション》、第二巻の本書には、中央公論社のC★NOVELSから刊行された二作と関連するインタビュー二本を収めた。

『巫女《みこ》の棲《す》む家』は八三年三月に中央公論社C★NOVELSから刊行され、八五年八月に中公文庫に収められた。第一巻に収めた『霧の悲劇』に続くノベルス書下し長篇の三作目である。本書には、中公文庫版に寄せられた司修《つかさおさむ》氏の解説を再録させていただいた。初刊本の表1（表紙）には「霊媒《れいばい》それが私の生業、この何とも怪しい力を武器に夢想と野望が渦巻く新宗教集団に取り入ったが…」とのコピーが書かれていた。カバー袖《そで》の内容紹介および表4（裏表紙）の「著者のことば」は、以下の通り。

上海《シャンハイ》で習いおぼえた霊媒業を利用して、ひたすら復讐《ふくしゅう》の快感を追い求める倉田佐市郎。神政復古を理想と信じ、あやまりない御神意を仰《あお》ぐために、〝霊泉会〟設立に私財を投げうつ医師、日馬秀治。会を宗教団体にまで組織化し、事業として発展させようとたくらむ野心家たち。父親の夢想と男たちの野望にあやつられ、巫女へと変貌《へんぼう》してゆく日馬黎子。敗戦直後に生まれた新宗教集団〝霊泉会〟がついに迎えた大破局までを、息づまるタッチで描く異色長篇サスペンス。

著者のことば　演出家蜷川幸雄《にながわゆきお》氏のエッセイを読んでいたら、次のような言葉に触れた。「俳優にとって演技するということは、もう一人の自分に出会ってゆくことなんだよ」。私にとって小説を書くということは、「ありえたかもしれないもう一人の自分、ありえたかもしれないもう一つの生」に出会うことだと、氏の言葉をひいて言おう。

ここに「ありえたかもしれないもう一つの生」とあるように、この作品には作者自身の体験が色濃く反映されている。皆川博子の父は内科医であり、渋谷《しぶや》で医院を開業していたが、一方で心霊研究に没頭しており、終戦後には大陸帰りという霊媒師を招き入れて、頻繁《ひんぱん》に心霊実験を行っていたという。著者がそこで巫女をやらされていたという体験については、「医学と超能力と」（中央公論社『私の父、私の母　partⅡ』）などのエッセイに詳しい。

ここでは単行本未収録のエッセイ「霊媒の季節」（「問題小説」89年7月号）から、該当する部分をご紹介しておこう。

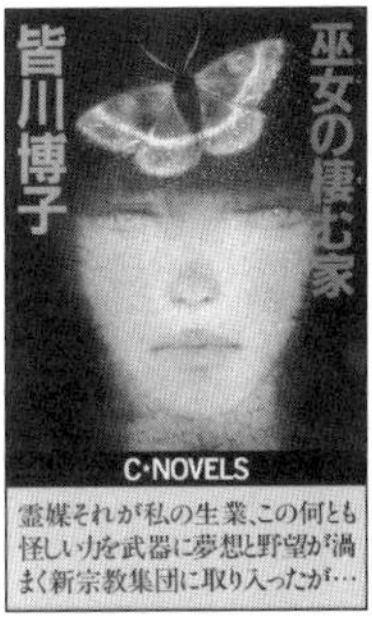

『巫女の棲む家』
C★NOVELS版カバー

『巫女の棲む家』
中公文庫版カバー

　我が家では、頻繁に、交霊会がもよおされ、同好の人々が集まるようになった。敗戦で、心の拠《よ》り所を見失った人たちは、なにか縋《すが》るものが必要だったのだろうか。奇妙な集団であった。集まる人のなかには、牧師もいれば、神主《かんぬし》もいた。交霊会を開いては、心霊の声に何かと指示をあおいでいた。光は霊力を傷つけ、時として霊媒に死をもたらすということで、雨戸を閉め暗幕をめぐらした真の闇《やみ》の部屋で、いんちき霊媒ののたまう言葉にみな、振り回されていたわけだ。

始め拒否していた子供たちもまきこまれるようになった。そうして、父は私に霊媒の素質があると信じ込み、訓練を始めた。進学はできたが、私は霊媒になるべきであるという父の信念はゆるがず、思い出すのも嫌な、それこそ地獄めいた日々が始まる。おかげで人間の心の闇は垣間見《かいま》た。もちろん私に超能力など、かけらもないと言い添えておく。

ここではハッキリ「いんちき霊媒」と書かれているが、二〇一三年に創元推理文庫で私が編んだ『大《おお》坪砂男《つぼすなお》全集2　天狗』に巻末エッセイをいただいたところ、この霊媒が自分の体験談として皆に聞かせた奇妙な話が、大坪の短篇「密偵の顔」そのままで、探偵小説誌「宝石」でその作品を読んでいた皆川さんが唖然《あぜん》とした、というエピソードが明かされ、こちらも唖然としてしまった。

エッセイのタイトルは「大坪砂男をぱくった男」で、「むかっ腹がたったのだが、今になって思い返すと、ビリケン頭で丸い鼻の頭が酒焼けしたあの霊媒男も、『寶石《ほうせき》』を愛読し、大坪砂男のファンだったのかと、何だか可笑《おか》しい」と書かれている。

こうした交霊会の体験は、中篇「巫子」（「別冊文藝春秋」74年9月号）として作品化され、さらに発展して『巫女の棲む家』が生まれた。「巫子」を初収録した作品集『巫子』（94年12月／学習研究社／学研ホラーノベルズ→00年12月／学研M文庫）の「あとがき」には、「この本に収められた「巫子」は、『巫女の棲む家』の母体のような作品である。私小説ではまったくないけれど、体験が、七割ぐらい入っている。四十をすぎて、ようやく、少女期のなんとも辛い嫌な日々を物語にしてしまうことができるようになった。物語にすることで、脱ぎ捨てたのかもしれない」とある。

「自選少女ホラー集」と銘打たれた作品集『巫子』を編んだのはアンソロジストの東雅夫《ひがしまさお》氏だが、東さんが編集長を務めていた季刊誌「幻想文学」第九号（84年12月）の特集「怪奇幻想ミステリー」で『巫女の棲む家』が取り上げられたことが、お二人が直接交流するきっかけとなった。

東さんは、千街晶之《せんがいあきゆき》くんと私と三人で一巻ずつの編纂《へんさん》を担当した白泉社《皆川博子作品精華》シリーズの幻想小説編『幻妖』（01年12月）に『愛と髑髏《どくろ》と』（85年1月／光風社出版）から「風」「猫の夜」「丘の上の宴会」の三篇を採っている。その解説で「風」の冒頭の一文「庭は、寝がえりをうって、背をむけた」を引いた後、東さんは、こう続けている。


この意表をついた書き出しを、しばし呆然と眺めた日のことを、今に忘れない。

一九八五年新春、私が編集する季刊雑誌『幻想文学』の編集部あてに書籍小包が送られてきた。差出人の名は、皆川博子。『壁――旅芝居殺人事件』と『愛と髑髏と』の二冊に、上品な紫のインクでしたためられた、次のような文面の書状が添えられていた（私信ではあるが、貴重な歴史的証言を含むと思うゆえ、特に作者のお許しを得て公開する）。


幻想文学9号に拙作「巫女の棲む家」をたいそう好意的にとりあげていただき、ありがとうございました。

日頃、幻想小説を書きたいとわめくたびに、編集者に、売れないからダメ、と拒否され悲しんでいます。貴誌の存在は心強うございます。

近著二冊同封いたしました。
おたのしみいただけましたら幸甚です。

心強いもなにもごく一部のマニアしか知るものもないマイナー雑誌の片々《へんぺん》たる記事に目をとめていただいていたことに、こちらのほうこそ恐縮しながら、まさに「魔性の庭」の光景を描いた司修の稠《ちゅう》密《みつ》なペン画に装われた『愛と髑髏と』を手に取り（『壁』はすでに入手していたので）、冒頭に収められた「風」と題する掌篇を読みはじめた私は、先に記したとおりしばし呆気《あっけ》にとられ、息つく間もなく全篇をむさぼるように読み尽くして、快哉《かいさい》を叫んだものだ。「とうとう、イッちゃったなぁ」と。

別に艶《つや》っぽい意味ではない。

皆川博子との縁を結んだ拙文（『幻想文学』第九号掲載「怪奇幻想ミステリー五十選」の「皆川博子」の項）を執筆していたときにも切実に感じたもどかしさ——その嗜好《しこう》といいイマジネーションといい、どこからどう見ても〈幻想と怪奇〉の資質に恵まれたこの作家が、どうして現実からの全き離陸を果たそうとしないのか……『巫女の棲む家』をはじめ、『トマト・ゲーム』『薔薇《ばら》の血を流して』といった初期作品に接して抱かざるをえなかった隔靴《かっか》搔痒《そうよう》の思いを、この「寝がえりをうつ庭」の一篇があっさりと吹き飛ばしてくれたのである。

この東解説は、今年二〇二〇年の三月に角川文庫で復刊された『愛と髑髏と』の解説でも紹介したので、一部が重複していることはご容赦《ようしゃ》いただきたい。

『巫女の棲む家』パートの最後に、「幻想文学」第九号「怪奇幻想ミステリー50選」から東さんの書いた同書の項目を再録しておく。

皆川博子は怕《こわ》い話を書く。彼女の作品が孕《はら》む、一種底冷えのするような怕さは、怨霊《おんりょう》や怪物などの超自然的怪異がもたらすそれとは、ほとんど縁がない。本書に登場する巫女、黎子の言葉を借りれば、それは〝えたいの知れぬ底の無い深淵に裸の魂が堕《お》ちてゆくような恐怖〟——少々大仰《おおぎょう》な云《い》い方をすれば、そういうことになる。

本書は敗戦直後の混乱した世相を背景に、ある新興宗教集団の形成から崩壊までを、大陸帰りの偽霊媒、彼の導きで巫女に変貌する教団主の娘、娘が思いを寄せる傴僂《くる》の文学青年の三者の独白を交錯《こうさく》させる形で描き出す。

カバー裏の紹介文を見ると、いかにも現在はやりの企業小説めいた、色と欲が渦まく教団内部の権謀術数をテーマにする小説のように誤解されそうだが、そんなものは本書のどこを繙《ひもと》いても見出《みいだ》しようがない。作者が女流特有のひたひたとした筆致で執拗《しつよう》に追求するのは、戦争という巨大な狂気の渦中で、三者三様に精神に傷を負った者たちが、癒《いや》しようのない傷を癒そうとしてあがく、無明《むみょう》の〝煉《れん》獄《ごく》〟の光景なのだ。詐《いつわ》りの交霊を神意と信じて疑わぬ教団主も、全くの俗物である幹部連も、交霊会をまやかしと知りつつ運動に参加する青年たちも、そしてしらじらとした戦後風景そのものが、三人の聖痕《スティグマ》を身に負った者たちの眼差《まなざし》を通して語られるとき、いつしか実体を失った影のような存在と化すのである。

『妖《あや》かし蔵殺人事件』は八六年四月に中央公論社C★NOVELSから刊行され、八九年十月に中公文庫に収められた。ノベルス書下し長篇の八作目である。本書には、中公文庫版に寄せられた岡田嘉夫《おかだよしお》氏の解説を再録させていただいた。初刊本の表1には「若手歌舞伎《かぶき》俳優とその母の死の真因は何か。舞台のトリックとけれんが散りばめられた華麗なる推理」とのコピーが書かれていた。カバー袖の内容紹介および表4の「著者のことば」は、以下の通り。

若手人気歌舞伎俳優が、公演中の千葉県手賀沼近くの劇場から忽然《こつぜん》と消え、浅草の芝居小道具商の蔵の中で死体となって発見された。その家の代々の主人が中で消えてしまうという言い伝えのある蔵が選ばれたのは何故か。ふとしたことから事件に関わりだした演劇誌の記者田浦は、持ち前の貪欲《どんよく》な好奇心から事件を追うが、殺人は新たな殺人を呼び、梨園《りえん》の人間関係の底知れぬ複雑さを窺《うかが》わせる。舞台のけれんと、トリッキーな雰囲気が散りばめられた本格ミステリーの幕が上がる。

著者のことば　絢爛《けんらん》と華やかな闇の世界、芝居小屋。妖しく美しい女形の切首《きりくび》。人を消失させる奇妙な土蔵。そこに交錯する男の女の愛憎――などなどを経糸緯糸《たていとよこいと》に、織りなしましたるロマネスクなミステリー。御気に召しましたら御喝采、と先《ま》ずは口上。

日本推理作家協会賞受賞作『壁――旅芝居殺人事件』（84年9月／白水社）、直木賞受賞作『恋紅』（86年3月／新潮社）を筆頭に、皆川作品には芝居の世界を扱ったものが非常に多い。長篇に『花闇』（87年8月／中央公論社）、『二人阿国《ににんおくに》』（88年8月／新潮社）、『鶴屋《つるや》南北冥府巡《なんぼくめいふめぐり》』（91年2月／新潮社）、短篇集に『変相能楽集』（88年4月／中央公論社）、『顔師・連太郎と五つの謎《なぞ》』（89年11月／中央公論社）、『薔薇忌』

（90年6月／実業之日本社）などがあり、『妖かし蔵殺人事件』は、そのもっとも早い作例の一つである。

ミステリとしての仕掛けも凝《こ》っており、今回いただいた「あとがき」で、人間消失トリックの発想の元が江戸《えど》川乱歩《がわらんぽ》も絶賛したハーバート・ブリーンの代表作『ワイルダー一家の失踪《しっそう》』と書かれていて、なるほどと思った。代々謎の失踪を遂げている一族、という『ワイルダー一家の失踪』の設定が、このように換骨奪胎《かんこつだったい》されたのか、と。

一九五七年から八七年までに刊行された作品を対象にしたブックガイド『本格ミステリ・フラッシュバック』（08年12月／東京創元社）では、皆川作品が六冊取り上げられている。真中耕平《まなかこうへい》氏による『妖かし蔵殺人事件』の項目を、ご紹介しておこう。

『妖かし蔵殺人事件』
C★NOVELS 版カバー

『妖かし蔵殺人事件』
中公文庫版カバー

歌舞伎公演の見せ場、鯉魚《りぎょ》の精が大立ち回りを演じ、水槽に飛び込んだうえでの早変わり――。しかし飛び込んだ若手俳優・璃《り》紅《こう》は、黒子の見守るなか水槽に着物だけを残して忽然と消え去ってしまった。大騒ぎのうちに璃紅は、現場から離れた小道具屋の土蔵にて首吊り死体となっているのを発見される。しかもその土蔵は、代々の小道具屋当主が姿を消してしまうという曰《いわ》くがあり、事実、編集者の田浦も半年前に四代目当主の消失に立ち会っていた。

もともとミステリ以外でも皆川博子は、役者による絢爛の表舞台と、その舞台裏での苦労や鬱屈《うっくつ》といったどろどろした世界の光と影を描くことに長《た》ける。本書はその両面に加え、人間消失を中心に複数の不可能トリックを重ねた贅沢《ぜいたく》な作品。特に舞台を利用したトリックは、歌舞伎の世界ならではの〝けれん〟が見事だ。真相追及に不可欠な動機に、普通ならば成立し辛い設定が隠されているのだが、ここに「梨園であること」への目配りが行き届いている点にも注意しておきたい。

流麗かつ繊細《せんさい》な文章が歌舞伎の魅力を引き出し、緻密《ちみつ》なプロットによってミステリが成り立つ。歌舞伎と本格ミステリという伝統的な二つの様式美を巧みに生かした作品で、そのサプライズ以上に、物語の余韻《よいん》が強烈に胸に残る名作である。（真中）

付録としてインタビュー二本を収めた。小森収《こもりおさむ》氏による「皆川博子になるための135冊」は、フリースタイル『はじめて話すけど…』（02年7月）に収録。単行本化の前に、同社のウェブサイトに短縮版が二回に分けて掲載されている。読書遍歴を中心に少女時代の思い出が詳細に語られているので、『巫女の棲む家』と併《あわ》せて読んでいただければ興趣が増すと思う。なお、単行本では「皆川博子になるための136冊」となっていたが、今回、冊数が違っていたことが判明したのでタイトルを修正した。

河出書房新社編集部による「芝居を描く――旅芝居から田之助、南北まで」は同社の『乙女のための歌舞伎手帖《てちょう》』（17年6月）に収録。芝居をテーマにした作品について語られているので、『妖かし蔵殺人事件』と併読していただきたい。

快《こころよ》く再録を許してくださった小森収さん、フリースタイルの吉田保さん、河出書房新社の岩崎奈菜さんに感謝いたします。

底本
『巫女の棲む家』（一九八五年・中公文庫）
『妖かし蔵殺人事件』（一九八九年・中公文庫）

皆川《みながわ》博子《ひろこ》長篇《ちょうへん》推理《すいり》コレクション2

巫女《みこ》の棲《す》む家《いえ》
妖《あや》かし蔵《ぐら》殺人《さつじん》事件《じけん》

二〇二〇年六月一〇日　第一刷発行

著　者　皆川博子《みながわひろこ》

編　者　日下三蔵《くさかさんぞう》

発行者　富澤凡子

発行所　柏書房株式会社
東京都文京区本郷二－一五－一三（〒一一三－〇〇三三）
電話（〇三）三八三〇－一八九一［営業］
（〇三）三八三〇－一八九四［編集］

組　版　株式会社キャップス

印　刷　壮光舎印刷株式会社

製　本　株式会社ブックアート

ISBN978-4-7601-5229-2